MORGAN RHODES

Flammendes Erwachen

Falling Kingdoms

GOLDMANN
Lesen erleben

Buch

Einst war das Reich des Westens vereint, das Volk lebte in Frieden, und die Magie der Elemente war tief im Leben der Menschen verwurzelt. Jahrhundertelang herrschten Harmonie und Wohlstand. Doch dann überkamen Gier und Machtstreben die einzelnen Stämme. Das Land zerfiel in drei Königreiche, die alten Götter gerieten in Vergessenheit, die Magie ging verloren.

Nun scheint das gesamte Reich dem Untergang geweiht, und alle drei Königshäuser kämpfen verzweifelt ums Überleben. Während politische Intrigen allmählich zu blutigen Schlachten werden, ruhen alle Hoffnungen auf den jungen Thronfolgern: Die im Luxus aufgewachsene Cleiona aus dem Süden muss die alte, mächtige Magie wiederfinden und beherrschen, wenn sie ihr Königreich retten will. Der rebellische, aufbrausende Jonas aus dem Reich der Mitte kämpft mit allen Mitteln gegen die Unterdrückung seines Volkes und wird dabei zum Spielball seiner eigenen Vorurteile – und seiner Gefühle. Und der nach außen hin kühle, gefühllose Magnus aus dem grausamen Reich des Nordens muss feststellen, dass das Herz tödlicher sein kann als das Schwert. In einer Welt, die in Flammen steht, sind sie verdammt, gegeneinander zu kämpfen – oder sich gegen ihr Schicksal aufzulehnen.

Weitere Informationen zu Morgan Rhodes
sowie zu lieferbaren Titeln der Autorin
finden Sie am Ende des Buches.

Morgan Rhodes

Flammendes Erwachen

Falling Kingdoms

Band 1

Roman

Aus dem Amerikanischen
von Christine und Anna Julia Strüh

GOLDMANN

Die amerikanische Originalausgabe erschien 2012
unter dem Titel »Falling Kingdoms« bei Razorbill,
an imprint of Penguin Group (USA) Inc., New York.

1. Auflage
Taschenbuchausgabe Januar 2016
Wilhelm Goldmann Verlag, München,
in der Verlagsgruppe Random House GmbH

Umschlaggestaltung: UNO Werbeagentur, München
Umschlagmotive: FinePic®, München · Umschlaginnenseiten: FinePic®, München; Penguin Group (USA) Inc. (Landkarte)
Autorenfoto: © Shanon Fujioka
Redaktion: Lothar Strüh
KS · Herstellung: Str.
Druck und Einband: GGP Media GmbH, Pößneck
Printed in Germany · ISBN: 978-3-442-48339-6
www.goldmann-verlag.de

PERSONEN DER HANDLUNG

AURANOS

Südliches Königreich

Cleiona (Cleo) Bellos	Jüngste auranische Prinzessin
Emilia Bellos	Älteste auranische Prinzessin
Theon Ranus	Cleos Leibwächter
Simon Ranus	Theons Vater
Aron Lagaris	Adliger am Hof, Cleos Verlobter
Corvin Bellos	König von Auranos
Elena Bellos	Verstorbene Königin von Auranos
Nicolo (Nic) Cassian	Knappe des Königs
Mira Cassian	Nics Schwester und Lady Emilias Zofe
Rogerus Cassian	Verstorbener Vater von Nic und Mira
Cleiona	Göttin von Luft und Feuer

PAELSIA

Mittleres Königreich

Jonas Agallon	Jüngster Sohn des Weinhändlers
Tomas Agallon	Jonas' älterer Bruder
Silas Agallon	Weinhändler, Jonas' Vater
Felicia Agallon	Jonas' ältere Schwester
Paulo	Felicias Ehemann
Brion Radenos	Jonas' bester Freund
Eirene	Frau aus dem Dorf
Sera	Eirenes Enkelin
Hugo Basilius	Paelsianischer Stammesführer/Häuptling
Laelia Basilius	Basilius' Tochter
Eva	Urmagierin, Wächterin

LIMEROS

Nördliches Königreich

Magnus Damora	Prinz von Limeros
Lucia Damora	Prinzessin von Limeros
Gaius Damora	König von Limeros
Althea Damora	Königin von Limeros
Sabina Mallius	Mätresse des Königs, Hexe
Jana	Sabinas Schwester
Michol Trichas	Lucias schüchterner Verehrer
Tobias Argynos	Gaius' unehelicher Sohn
Andreas Psellos	Lucias Verehrer, Rivale von Magnus
Amia	Küchenmädchen
Valoria	Göttin von Erde und Wasser

WÄCHTER

Alexius	Junger Wächter
Timotheus	Ältester Wächter
Phaedra	Junge Wächterin
Danaus	Ältester Wächter

PROLOG

Sie hatte noch nie jemanden getötet – bis heute Nacht.

»Warte hier«, zischte ihre Schwester.

Jana kauerte sich an die Steinwand der Villa und suchte die Dunkelheit ab. Dabei sah sie kurz zu den Sternen auf, die im schwarzen Nachthimmel so hell funkelten wie Diamanten.

Sie schloss die Augen und betete still zur großen Urmagierin. *Bitte, Eva, verleihe mir die Macht, die ich brauche, um sie zu finden.*

Als sie die Augen wieder öffnete, zuckte sie vor Schreck zusammen. Auf dem Ast eines Baums, ein Dutzend Schritte vor ihr, saß ein goldener Falke.

»Sie sehen uns«, flüsterte sie. »Sie wissen, was wir getan haben.«

Sabina sah kurz zu dem Falken hinüber. »Wir müssen hier weg. Schnell. Wir dürfen keine Zeit verlieren.«

Sorgsam darauf bedacht, dem Falken nicht das Gesicht zuzuwenden, trat sie aus dem Schatten der Hauswand und folgte ihrer Schwester zu der schweren Eichentür der Villa. Sabina legte die Hände auf das Holz und beschwor jene Magie herauf, die durch das zuvor vergossene Blut an Kraft gewonnen hatte. Jana sah, dass unter Sabinas Fingernägeln noch immer Spuren von dunklem Rot waren, und schauderte bei dem Gedanken daran, woher sie stammten. Plötzlich begannen Sabinas Hände in bernsteingelbem Licht zu glühen, einen Moment später zerfiel die massive Tür zu Staub. Holz war kein Hindernis für Erdmagie.

Sabina warf ihr über die Schulter hinweg ein triumphierendes Lächeln zu. Blut rann aus ihrer Nase.

Als ihre Schwester einen leisen Schreckenslaut ausstieß, verblasste Sabinas Grinsen sofort. Hastig wischte sie das Blut weg und betrat die Villa. »Es ist nichts.«

Doch es war alles andere als nichts. Zu viel dieser verstärkten Magie konnte ihnen beiden schaden. Ja sogar sie beide töten, wenn sie nicht vorsichtig waren.

Doch Sabina Mallius war nicht für ihre Vorsicht bekannt. Ohne auch nur einen Moment innezuhalten, hatte sie vorhin ihre Schönheit dazu benutzt, den nichts ahnenden Mann aus der Taverne zu locken, während Jana viel zu lange gezögert hatte, ihm endlich ihr Messer ins Herz zu stoßen.

Sabina war stark, leidenschaftlich und ohne jede Furcht. Während Jana ihr mit wild klopfendem Herzen ins Innere des weitläufigen Hauses folgte, wünschte sie sich nicht zum ersten Mal, mehr wie ihre große Schwester zu sein. Sie war schon immer die Vorsichtige gewesen. Die achtsame Planerin. Diejenige, die die Zeichen in den Sternen erkannt hatte, weil sie schon ihr Leben lang den Nachthimmel beobachtete.

Das Mädchen aus der Prophezeiung war geboren, und ganz sicher war es hier, in dieser riesigen, prunkvollen Villa, die aus massivem Stein und Holz errichtet war, nicht aus Stroh und Lehm wie die kleinen Hütten im angrenzenden Dorf.

Jana war sich absolut sicher, dass sie endlich den richtigen Ort gefunden hatten.

Sie war das Wissen, ihre Schwester die Tat. Zusammen waren sie unbesiegbar.

Als Sabina um die Ecke des Korridors bog, hörte Jana plötzlich einen kurzen, erstickten Schrei. Sie ging schneller, obwohl ihr das Herz bis zum Hals schlug, und als sie den düsteren Gang erreichte, sah sie im schummrigen Licht der Fackeln, dass ein Wachmann ihre Schwester an der Kehle gepackt hatte.

Diesmal dachte Jana nicht nach. Diesmal handelte sie.

Die Hände vor sich ausgestreckt, beschwor sie Luftmagie. Der Wachmann wurde von Sabina weggeschleudert und krachte mit solcher Wucht gegen die Wand hinter ihr, dass man seine Knochen brechen hörte. Leblos sackte er auf dem Boden zusammen.

Auf einmal schoss ein scharfer Schmerz durch Janas Kopf, so heftig, dass sie sich an die Stirn fasste und ein leises Wimmern ausstieß. Schnell versuchte sie das warme, dickflüssige Blut wegzuwischen, das jetzt auch aus ihrer Nase rann. Ihre Hand zitterte.

Sabina fasste sich an die lädierte Kehle. »Danke, Schwester.«

Die neuerliche Blutmagie beschleunigte ihre lautlosen Schritte und klärte ihre Sicht, aber sie würde nicht mehr lange anhalten.

»Wo ist sie?«, fragte Sabina.

»Ganz in der Nähe.«

»Hoffentlich hast du recht.«

»Sie ist hier. Ich bin mir sicher.« Sie folgten dem dunklen Gang.

»Da.« Unvermittelt blieb Jana vor einer unverschlossenen Tür stehen.

Sie stieß sie auf, und im selben Moment erblickten die Schwestern die mit kunstvollen Schnitzereien verzierte Wiege. Sie gingen langsam darauf zu und sahen dann auf das in eine weiche Hasenfelldecke gewickelte Baby hinab. Das Mädchen war blass, aber seine Wangen hatten einen gesunden, rosigen Schimmer.

Jana schloss es sofort ins Herz, und auf ihrem Gesicht breitete sich ein Lächeln aus – seit Tagen das erste. »Du kleine Schönheit«, flüsterte sie und hob das Neugeborene behutsam aus der Wiege.

»Bist du sicher, dass sie es ist?«

»Ja.« In den siebzehn Jahren ihres Lebens war sie sich noch nie über etwas so sicher gewesen wie in diesem Moment. Das Kind, das sie in den Armen hielt, dieses winzige, wunderschöne Mädchen mit den himmelblauen Augen und dem weichen Haarflaum, der eines Tages so schwarz wie Rabenfedern sein würde, verfügte der Prophezeiung nach über ebenjene Magie, die nötig war, um die Essenzen zu finden – die vier Artefakte, die den Ursprung aller *Elementia,* aller elementaren Magie, enthielten. Feuer und Wasser, Erde und Luft.

Das Kind würde keine gewöhnliche Hexe wie Jana und Sabina sein, sondern eine echte Magierin. Das erste Mal seit über tausend Jahren, seit Eva selbst gelebt hatte, würde es wieder eine Großmagierin der Elemente geben. Die Magie dieses Mädchens würde ohne Blut und Tod auskommen.

Jana hatte seine Geburt in den Sternen gesehen. Dieses Kind zu finden war ihr Schicksal.

»Leg meine Tochter sofort zurück!«, fauchte plötzlich eine Stimme aus den Schatten neben der Wiege. »Wagt es nicht, ihr etwas zuleide zu tun.«

Jana wirbelte herum, das Kind fest an die Brust gedrückt. Ihr Blick fiel auf den Dolch in der Hand der Frau. Seine Klinge blitzte drohend im schwachen Kerzenlicht. Genau vor diesem Moment hatte sie sich gefürchtet, deshalb hatte sie darum gefleht, er möge nicht kommen.

Sabinas Augen funkelten. »Ihr etwas zuleide tun? Das ist nicht unsere Absicht. Aber du weißt nicht einmal, wer das Kind ist, oder?«

Die Mutter des Mädchens runzelte verwirrt die Stirn, doch ihr Blick blieb hart. »Ich werde nicht zulassen, dass ihr sie mitnehmt. Eher bringe ich euch um.«

»Nein.« Sabina hob langsam die Hände. »Das wirst du nicht.«

Auf einmal weiteten sich die Augen der Frau, ihr Mund öffnete sich, und sie begann zu keuchen. Sie konnte nicht mehr atmen – Sabina versperrte der Luft den Weg in ihre Lungen. Jana wandte bestürzt ihr Gesicht ab. Im nächsten Moment war es vorbei. Zuckend sank der Körper der Frau zu Boden. Sie war tot, und die Schwestern eilten an ihr vorbei aus dem Zimmer.

Jana verbarg das kleine Mädchen in ihrem Umhang, als sie die Villa verließen und in den Wald rannten. Von all der Zerstörungsmagie blutete Sabinas Nase inzwischen so heftig, dass sie eine Spur roter Tropfen auf dem schneebedeckten Boden hinterließ.

»Das war zu viel«, keuchte Jana, als sie endlich langsamer wurden. »Zu viel Tod. Ich hasse das.«

»Sie hätte niemals zugelassen, dass wir ihre Tochter mitnehmen«, erwiderte Sabina. »Ich möchte sie sehen.«

Seltsam widerwillig hielt Jana ihrer Schwester das Mädchen hin.

Sabina nahm es entgegen und musterte das kleine Gesicht in der Dunkelheit. Dann sah sie Jana an, und ihre Lippen verzogen sich zu einem breiten, zufriedenen Grinsen. »Wir haben es geschafft.«

Plötzlich spürte auch Jana eine tiefe Freude, trotz all der Schwierigkeiten, auf die sie gestoßen waren. »Ja, wir haben es geschafft.«

»Du warst unglaublich. Ich wünschte, ich hätte auch Visionen wie du.«

»Aber sie kosten mich viel Kraft.«

»Alles kostet viel Kraft.« Mit einem Mal klang Sabina fast verächtlich. »Zu viel. Aber für dieses kleine Mädchen hier wird Magie eines Tages ganz einfach sein. Darum beneide ich es jetzt schon.«

»Wir ziehen sie zusammen auf. Wir werden ihr alles beibringen, was sie wissen muss, und für sie da sein, und sobald es für sie an der Zeit ist, ihr Schicksal zu erfüllen, werden wir an ihrer Seite stehen und sie auf Schritt und Tritt begleiten.«

Sabina schüttelte den Kopf. »Du nicht. Von jetzt an kümmere ich mich alleine um sie.«

»Was?« Jana blickte ihre Schwester finster an. »Sabina, wir haben doch gesagt, wir treffen alle Entscheidungen gemeinsam.«

»Diese nicht. Ich habe eigene Pläne für das Mädchen.« Ihr Gesicht wurde hart. »Und es tut mir wirklich leid, Schwester, aber darin hast du keinen Platz.«

Jana starrte in Sabinas kalte Augen. Im ersten Moment spürte sie gar nicht, wie die scharfe Spitze des Dolches sich in ihre Brust grub, erst als der Schmerz ihren Schockzustand durchdrang, stockte ihr der Atem.

Jeden Tag ihres Lebens hatten sie gemeinsam verbracht, jeden Traum geteilt ... jedes Geheimnis.

Fast jedes Geheimnis. Niemals hätte Jana für möglich gehalten, was jetzt geschah.

»Wie kannst du mich so hintergehen?«, stieß sie mit letzter Kraft hervor. »Du bist meine *Schwester*.«

Sabina wischte das Blut weg, das ihr immer noch aus der Nase rann. »Ich tue es aus Liebe.«

Als sie die Klinge mit einem einzigen Ruck zurückzog, sank Jana auf die Knie.

Ohne sich noch einmal umzusehen, eilte Sabina davon, das Kind fest im Arm, und schon bald verschmolz sie mit der Finsternis des Waldes.

Die Welt verschwamm vor Janas Augen, und ihr Herz schlug langsamer und langsamer. Sie beobachtete, wie der goldene Falke, den sie vorhin gesehen hatte, davonflog … und sie zum Sterben allein ließ.

KAPITEL 1

PAELSIA

Sechzehn Jahre später

Ein Leben ohne Wein und Schönheit ist einfach nicht lebenswert. Findest du nicht auch, Prinzessin?« Aron legte den Arm um Cleos Schulter, während die Gruppe den staubigen, steinigen Weg entlangwanderte.

Keine zwei Stunden war es her, seit sie im Hafen angelegt hatten, trotzdem war er schon ziemlich betrunken, was bei Aron allerdings niemanden mehr erstaunte.

Cleos Blick fiel auf einen jungen Gardisten der Palastwache, der neben ihr ging und in dessen Augen sie deutlich den Unmut darüber lesen konnte, dass Aron der Prinzessin von Auranos so nahe war. Dabei waren seine Bedenken ganz und gar unnötig. Obwohl Aron immer seinen schmucken juwelenbesetzten Dolch am Gürtel trug, war er nicht gefährlicher als ein Schmetterling. Ein betrunkener Schmetterling.

»Ganz deiner Meinung«, antwortete sie, und es war nur halb gelogen.

»Sind wir bald da?«, fragte Mira. Das schöne Mädchen mit den langen, dunkelroten Haaren und der glatten, makellosen Haut war Cleos beste Freundin und zugleich die Zofe ihrer älteren Schwester. Emilia selbst war wegen einer plötzlichen Kopfschmerzattacke zu Hause geblieben, hatte aber darauf bestanden, dass Mira Cleo auf diesem Ausflug begleitete. Als das Schiff angelegt hatte, waren die meisten ihrer Freunde lieber gemütlich an Bord geblieben, während Cleo und Mira sich Aron angeschlossen hatten, der in einem nahegelegenen

Dorf den »perfekten« Wein zu erwerben gedachte. Zwar lagerten im Weinkeller des Palasts Tausende Flaschen, sowohl aus Auranos als auch aus Paelsia, aber Aron hatte von einem ganz bestimmten Weinberg gehört, dessen Erzeugnisse angeblich unübertroffen waren. Auf seine Bitte hin hatte Cleo eines der Schiffe ihres Vaters bereitstellen lassen und einige ihrer gemeinsamen Freunde auf die Fahrt nach Paelsia eingeladen – mit dem ausdrücklichen Ziel, Arons perfekten Wein zu finden.

»Die Frage solltest du lieber Aron stellen«, erwiderte sie auf Miras Frage. »Er ist der Anführer.« Cleo zog ihren pelzgefütterten Samtumhang fester zu, um sich gegen die Kälte zu schützen. Zwar lag kein Schnee, aber über den steinigen Pfad wehten immer wieder Flocken. Auch wenn sie gewusst hatte, dass Paelsia weiter im Norden lag als Auranos, war sie von den hiesigen Temperaturen überrascht. Selbst in den rausten Wintermonaten war das Klima in Auranos mit seinen sanften grünen Hügeln, den alten Olivenbäumen und den endlosen Ackerflächen stets mild. Paelsia erschien ihr im Vergleich dazu staubig und grau, und das, so weit das Auge reichte.

»Ob wir bald da sind?«, echote Aron amüsiert. »Bald? Nur Geduld, Mira, meine Schöne! Vergiss nicht: Was lange währt, wird endlich gut.«

»My Lord, ich bin die geduldigste Person, die ich kenne, aber meine Füße tun weh.« Sie milderte ihre Klage mit einem freundlichen Lächeln.

»Es ist ein wunderschöner Tag, und ich habe das große Glück, von zwei hinreißenden jungen Damen begleitet zu werden. Wir sollten der Göttin für die Pracht danken, mit der wir hier empfangen worden sind.«

Cleo sah, wie die Palastwache neben ihr leicht die Augen verdrehte. Als der junge Mann merkte, dass sie ihn dabei ertappt hatte, schaute er nicht etwa hastig weg, wie andere

Wachen es getan hätten, sondern erwiderte ihren Blick so herausfordernd, dass ihr Interesse geweckt war. Ihr wurde bewusst, dass sie diesen Gardisten noch nie gesehen hatte – oder zumindest nie wahrgenommen.

»Wie heißt du?«, sprach sie ihn an.

»Theon Ranus, Hoheit.«

»Nun, Theon, hast du unserem Gespräch darüber, wie weit wir heute Nachmittag noch wandern müssen, irgendetwas hinzuzufügen?«

Aron kicherte und nahm einen Schluck aus seinem Flachmann.

»Nein, Prinzessin.«

»Das überrascht mich, da du mit der Aufgabe betraut sein wirst, die Weinkisten zum Schiff zurückzuschleppen.«

»Es ist meine Pflicht und eine Ehre, Euch zu dienen.«

Cleo musterte ihn einen Augenblick lang. Sein Haar hatte die Farbe dunkler Bronze, seine Haut war sonnengebräunt und faltenlos. Eigentlich sah er eher wie einer ihrer reichen Freunde auf dem Schiff aus als wie ein uniformierter Leibwächter, den ihr Vater ihnen als Begleitung praktisch aufgedrängt hatte.

Anscheinend dachte Aron genau das Gleiche. »Für eine Palastwache bist du ganz schön jung, finde ich.« Er war so betrunken, dass die Worte etwas undeutlich aus seinem Mund torkelten, und er musterte Theon mit zusammengekniffenen Augen. »Du kannst nicht viel älter sein als ich.«

»Ich bin achtzehn, Herr.«

Aron schnaubte. »Mein Fehler. Du bist viel älter als ich. Sehr viel älter.«

»Ein Jahr«, erinnerte Cleo ihn.

»Ein Jahr kann eine glückselige Ewigkeit sein.« Aron grinste. »Ich habe vor, in dem Jahr, das mir noch bleibt, meine Jugend und meine Freiheit nach Herzenslust auszukosten.«

Cleo ignorierte Arons Bemerkung. Der Name des Gardisten klang vertraut. Sie hatte einmal gehört, wie ihr Vater beim Verlassen einer seiner Ratsversammlungen die Ranus-Familie erwähnte. Theons Vater war vor einer Woche gestorben – er war vom Pferd gestürzt und hatte sich dabei das Genick gebrochen.

»Mein Beileid zum Tod deines Vaters«, sagte sie aufrichtig. »Simon Ranus war als persönlicher Leibwächter meines Vaters höchst angesehen.«

Theon nickte steif. »Er war immer sehr stolz auf seine Aufgabe. Ich hoffe, ebenfalls für diesen Posten in Erwägung gezogen zu werden, wenn König Corvin seinen Nachfolger wählt.« Dann stutzte er, als wundere er sich darüber, dass Cleo überhaupt vom Tod seines Vaters wusste, und in seinen dunklen Augen erschien eine Spur von Traurigkeit. »Ich danke Euch für Eure freundlichen Worte, Hoheit.«

Wieder schnaubte Aron hörbar, aber Cleo warf ihm einen vernichtenden Blick zu.

»War er ein guter Vater?«, fragte sie, wieder an Theon gewandt.

»Der beste. Von dem Moment an, als ich ein Schwert halten konnte, hat er mir alles beigebracht, was ich heute weiß und kann.«

Sie lächelte ihn mitfühlend an. »Dann wird dieses Wissen und Können durch dich weiterleben.«

Jetzt, da sie auf den jungen Gardisten und sein ebenso lebhaftes wie ansprechendes Äußeres aufmerksam geworden war, fand sie es schwierig, sich wieder auf Aron zu konzentrieren, dessen schmächtigem Körper und blasser Haut anzusehen war, dass er sein Leben vor allem in Innenräumen verbrachte. Theon dagegen hatte breite Schultern, seine Arme und der Brustkorb waren muskulös, und die dunkelblaue Uniform der Palastwache stand ihm erschreckend gut.

Schließlich zwang sie sich, sich wieder ihren Freunden zuzuwenden. »Aron, du hast noch eine halbe Stunde, dann gehen wir zum Schiff zurück. Die anderen warten bestimmt schon sehnsüchtig auf uns.«

Auranier feierten gern, für ihre Geduld waren sie allerdings nicht bekannt. Da die Freunde aber im Schiff von Cleos Vater zu den paelsianischen Docks gereist waren, würden sie dort wohl oder übel warten müssen, bis Cleo wieder zum Ablegen bereit war.

»Der Markt, zu dem wir gehen, ist gleich da vorn«, entgegnete Aron. Als ihre Blicke seinem Fingerzeig folgten, entdeckten Cleo und Mira eine Ansammlung hölzerner Verkaufsstände und abgewetzter bunter Zelte, die vielleicht noch zehn Minuten Fußmarsch entfernt lag. Zum ersten Mal, seit sie vor einer Stunde an einer Gruppe zerlumpter, um ein Feuer kauernder Kinder vorbeigekommen waren, bekamen sie wieder Menschen zu Gesicht. »Bald werdet ihr selbst sehen, dass sich der Weg gelohnt hat.«

Paelsianischer Wein galt als Getränk, das der Göttin würdig war. Delikat und mild im Geschmack fand sich in keinem anderen Land seinesgleichen. Außerdem führte sein Genuss, egal wie viel man trank, am nächsten Tag nie zu unerwünschten Folgen wie Übelkeit oder Kopfschmerzen. Manche sagten, im paelsianischen Boden und den Trauben selbst sei eine starke Erdmagie am Werk, die in einem Land, das sonst so unvollkommen war, so vollkommene Trauben reifen ließ.

Cleo hatte jedoch nicht die Absicht, es auszuprobieren. Sie trank keinen Wein, schon seit mehreren Monaten nicht mehr. Davor allerdings hatte sie sich mehr auranischen Wein zu Gemüte geführt, als gut für sie war – und der schmeckte nicht viel besser als Essig. Aber man – oder zumindest Cleo – trank ihn auch nicht wegen des Geschmacks, sondern wegen seiner berauschenden Wirkung – wegen des Gefühl, keine

Sorge auf der Welt zu haben. Ein solches Gefühl konnte einen leicht in gefährliche Bereiche treiben lassen – jedenfalls wenn man sonst nichts hatte, was einem Halt gab. Cleo hatte in absehbarer Zukunft jedenfalls nicht vor, etwas Stärkeres als Wasser oder Pfirsichsaft zu trinken.

Sie sah zu, wie Aron den Flachmann leerte. Er trank nie nur seinen, sondern immer auch ihren Anteil, und in betrunkenem Zustand entschuldigte er sich auch nie für das, was er tat. Doch trotz seiner Fehler waren viele am Hof überzeugt, dass Cleos Vater ihn als ihren zukünftigen Ehemann auserwählen würde. Bei dem Gedanken schauderte sie, aber sie duldete ihn dennoch in ihrer Nähe. Denn Aron kannte ihr Geheimnis. Auch wenn er monatelang nicht darüber gesprochen hatte, war sie sicher, dass er noch alles wusste. Und es niemals vergessen würde.

Die Enthüllung ihres Geheimnisses würde sie vernichten.

Deswegen ertrug sie seine Gesellschaft mit einem Lächeln auf den Lippen. Niemand wäre auf die Idee gekommen, dass sie ihn hasste.

»Da sind wir«, verkündete Aron schließlich, als sie das Tor zum Dorfmarkt durchschritten. Rechts hinter den Verkaufsständen sah Cleo in einiger Entfernung ein paar kleine Bauernhäuser und Hütten. Zwar wirkten sie deutlich ärmlicher als die Bauernhöfe, die sie von den ländlichen Gegenden in Auranos her kannte, aber sie stellte überrascht fest, dass die kleinen Lehmhäuser mit ihren strohgedeckten Dächern und schmalen Fenstern sauber und gepflegt aussahen, was eigentlich nicht zu dem Eindruck passte, den sie bisher von Paelsia gewonnen hatte. In Paelsia lebten arme Bauern, hier herrschte kein König, sondern ein Stammesführer, ein Häuptling, der Gerüchten zufolge ein mächtiger Magier war. Obwohl Paelsia an Auranos grenzte, hatte sich Cleo bisher selten Gedanken über ihre nördlichen Nachbarn gemacht, abgesehen davon, dass sie gelegentlich eine vage Neugier für die spannenden Geschichten über die »wilden« Paelsianer verspürte.

Vor einem Stand, der bis hinunter auf den staubigen Boden mit violettem Stoff behängt war, machte Aron halt.

Mira seufzte erleichtert. »Endlich.«

Als Cleo sich nach links wandte, blickte sie in ein wettergegerbtes, faltiges Gesicht mit schwarz funkelnden Augen. Instinktiv wich sie einen Schritt zurück, spürte jedoch sofort, dass Theon schützend hinter ihr stand. Der Weinhändler sah grob, sogar gefährlich aus, genau wie die wenigen anderen Einheimischen, die ihnen seit ihrer Ankunft in Paelsia begegnet waren. Ein Schneidezahn war abgebrochen und schimmerte weiß im hellen Sonnenlicht. Er trug einfache Kleidung aus Leinen und abgewetztem Schafsfell, darüber eine dicke, warme Wolltunika. Etwas verlegen zog Cleo ihren pelzgefütterten Umhang enger um ihr blaues, goldbesticktes Seidenkleid.

Aron beäugte den Mann interessiert. »Bist du Silas Agallon?«

»Ja, der bin ich.«

»Gut. Heute ist dein Glückstag, Silas. Ich habe gehört, dass dein Wein der beste in ganz Paelsia sein soll.«

»Da habt Ihr richtig gehört.«

In diesem Augenblick trat ein hübsches dunkelhaariges Mädchen hinter dem Stand hervor. »Mein Vater ist ein äußerst fähiger Weinbauer.«

»Das ist Felicia, meine Tochter.« Mit einer Kopfbewegung deutete Silas auf das Mädchen. »Eine Tochter, die sich eigentlich für ihre Hochzeit fertig machen sollte.«

Sie lachte. »Und dich den ganzen Tag mit dem Schleppen der Weinkisten alleinlassen? Ich bin gekommen, um dich zu überreden, dass du heute früher Schluss machst.«

»Vielleicht.« Während der Weinhändler Arons feine Kleider musterte, nahmen seine eben noch zufrieden glänzenden dunklen Augen einen leicht verächtlichen Ausdruck an. »Und wer mögt Ihr wohl sein?«

»Dir und deiner Tochter wird die große Ehre zuteil, die Bekanntschaft Ihrer königlichen Hoheit Prinzessin Cleiona Bellos von Auranos zu machen.« Aron nickte zuerst Cleo und dann Mira feierlich zu. »Dies hier ist Lady Mira Cassian. Und ich bin Aron Lagaris. Mein Vater ist Lord von Elder's Pitch an der Südküste von Auranos.«

Überrascht sah die Tochter des Weinhändlers Cleo an und senkte dann respektvoll den Kopf. »Es ist uns eine Ehre, Hoheit.«

»Ja, eine große Ehre«, pflichtete Silas ihr bei, und Cleo konnte keinen sarkastischen Unterton in seiner Stimme ausmachen. »In unserem bescheidenen Dorf haben wir selten Besuch von Mitgliedern eines Königshauses, weder aus Auranos noch aus Limeros. Es wäre mir eine Ehre, Euch eine Kostprobe meines Weins anzubieten, bevor wir über Euren Einkauf sprechen, Hoheit.«

Lächelnd schüttelte Cleo den Kopf. »Aron ist derjenige, der sich für deinen Wein interessiert. Ich begleite ihn nur.«

Der Weinhändler sah enttäuscht und sogar ein bisschen gekränkt aus. »Erweist Ihr mir trotzdem die Ehre, meinen Wein zu kosten – und auf die Hochzeit meiner Tochter anzustoßen?«

Wie konnte sie ein solches Angebot ausschlagen? Cleo nickte freundlich und versuchte, ihren Widerwillen zu verbergen. »Selbstverständlich. Es wäre mir ein Vergnügen.«

Je schneller sie den Wein trank, desto eher konnten sie diesen Markt wieder verlassen. Obwohl er farbenprächtig und gut besucht war, roch er doch nicht angenehm – beinahe so, als wäre in der Nähe eine offene Senkgrube, deren scharfer Gestank den Duft der Kräuter und Blumen überdeckte.

Trotz Felicias spürbarer Vorfreude auf ihre Hochzeit war die bittere Armut des Landes und seiner Bewohner beunruhigend. Vielleicht hätte Cleo doch lieber mit den anderen auf dem Schiff bleiben sollen.

Eigentlich war alles, was sie über das kleine, arme Paelsia wusste, dass es genau die Art von Reichtum besaß, mit dem keines der beiden flankierenden Königreiche aufwarten konnte. Der paelsianische Boden nah an der Küste ließ Weinberge gedeihen, deren Ertrag unvergleichlich war. Womöglich lag das wirklich an der Erdmagie. Cleo hatte Geschichten über Rebstöcke gehört, die aus der paelsianischen Erde gestohlen worden waren und fast augenblicklich welkten und abstarben, sobald sie über die Grenze gebracht wurden.

»Ihr werdet für heute meine letzten Kunden sein«, erklärte Silas. »Dann erfülle ich die Bitte meiner Tochter und beende den Verkauf, um mich für ihre Hochzeitsfeier fein zu machen. Die wird bei Anbruch der Dämmerung beginnen.«

»Euch beiden meine Glückwünsche«, sagte Aron, jedoch ohne echtes Mitgefühl, während er mit gespitzten Lippen den Blick über die ausgestellten Weinflaschen schweifen ließ. »Hast du geeignete Gläser, aus denen wir trinken können?«

»Natürlich.« Silas ging hinter den Stand, griff tief in eine klapprige Holzkiste, zog drei Gläser hervor, die im Sonnenlicht glitzerten, und entkorkte eine der Weinflaschen. Helle, bernsteinfarbene Flüssigkeit rann in die Gläser, von denen er Cleo das erste überreichte.

Auf einmal stand Theon neben ihr und riss dem Weinhändler das Glas aus der Hand, bevor sie es auch nur berühren konnte. Dabei sah der junge Mann so finster drein, dass Silas unsicher einen Schritt rückwärts machte und einen verwirrten Blick mit seiner Tochter wechselte.

Erschrocken schnappte Cleo nach Luft. »Was soll das?«

»Ihr wollt ohne Bedenken etwas trinken, das ein Wildfremder Euch anbietet?«, fragte Theon scharf.

»Der Wein ist bestimmt nicht vergiftet.«

Theon blickte in das Glas. »Was macht Euch da so sicher?«

Sie sah ihn überrascht an. Glaubte er ernsthaft, dass jemand sie vergiften wollte? Zu welchem Zweck? Der Frieden zwischen den Ländern hielt schon über ein Jahrhundert. Hier gab es keine Bedrohung. Dass eine Palastwache sie auf dieser Reise begleitete, geschah mehr zur Beruhigung ihres allzu fürsorglichen Vaters als aus echter Notwendigkeit.

»Na schön.« Sie schüttelte belustigt den Kopf. »Dann tu dir keinen Zwang an und probiere den Wein. Wenn du tot umfällst, trinke ich bestimmt nichts davon, das verspreche ich dir.«

»Oh, das ist doch lächerlich«, stieß Aron ungeduldig hervor. Mit einer raschen Bewegung nahm er sein Glas und leerte es in einem Zug.

Cleo sah ihn an. »Und? Stirbst du jetzt?«

Er hatte die Augen geschlossen, um sich auf den Geschmack zu konzentrieren. »Ich verdurste höchstens«, antwortete er dann.

Mit einem amüsierten Lächeln wandte Cleo sich wieder Theon zu. »Bekomme ich mein Glas jetzt zurück? Oder glaubst du, dieser Weinhändler hat sich die Mühe gemacht, jeden von uns einzeln zu vergiften?«

»Natürlich nicht. Bitte, lasst es Euch schmecken.« Er gab ihr das Glas zurück. Silas' dunkle Augen verrieten eher Verlegenheit als Ärger über die Aufregung, die der junge Gardist verursacht hatte.

Möglichst unauffällig prüfte Cleo die Sauberkeit des Glases. »Bestimmt schmeckt der Wein ganz köstlich.«

Dankbar blickte der Weinhändler sie an. Theon zog sich

auf die rechte Seite des Verkaufsstands zurück, wieder etwas entspannter, aber weiterhin wachsam.

Aus dem Augenwinkel sah Cleo, wie Aron das nächste Glas an die Lippen führte und eine zweite Kostprobe des Weins hinunterkippte, die ihm die Tochter des Weinhändlers eingeschenkt hatte.

»Unglaublich. Absolut unglaublich, genau wie man es mir erzählt hat.«

Mira nahm einen etwas damenhafteren Schluck, zog dann aber überrascht die Brauen in die Höhe. »Dieser Wein schmeckt wirklich wunderbar.«

Nun gut. Jetzt war Cleo an der Reihe. Vorsichtig setzte sie das Glas an die Lippen, und als der Wein ihre Zunge berührte, war sie zutiefst bestürzt. Nicht etwa, weil er widerlich schmeckte, nein, weil er köstlich war – lieblich, geschmeidig, anders als alles, was sie jemals getrunken hatte. Sofort sehnte sie sich nach mehr, und ihr Herz begann schneller zu schlagen. Ein paar weitere Schlucke reichten, schon war ihr Glas leer, und sie sah sich um. Auf einmal schien die ganze Welt zu leuchten, ein heller Glanz umgab ihre Freunde und machte sie noch attraktiver, als sie ohnehin schon waren. Sogar Aron wirkte etwas weniger hassenswert.

Und Theon sah – trotz seines anmaßenden Verhaltens – einfach umwerfend aus.

Dieser Wein war gefährlich, daran bestand kein Zweifel. Auf jeden Fall war er sein Geld wert, ganz gleich, wie viel der Weinhändler haben wollte. Auf jeden Fall musste sie sich möglichst weit davon fernhalten, nicht nur jetzt, sondern auch in Zukunft.

»Dein Wein ist sehr gut«, sagte sie laut und bemühte sich, nicht allzu begeistert zu klingen. Eigentlich wollte sie um ein weiteres Glas bitten, biss sich aber im letzten Moment auf die Zunge.

Silas strahlte. »Es freut mich sehr, das zu hören.«

Auch Felicia nickte und meinte: »Wie gesagt – mein Vater ist ein Genie.«

»Ja, ich finde, dein Wein ist es durchaus wert, gekauft zu werden«, lallte Aron. Ein Wunder, dass er überhaupt noch ohne Hilfe aufrecht stehen konnte. »Ich möchte heute vier Kisten mitnehmen und ein weiteres Dutzend zu meiner Villa liefern lassen.«

Prompt begannen Silas' Augen zu leuchten. »Wie Ihr wünscht.«

»Ich gebe dir fünfzehn auranische Centimos pro Kiste.«

Die braun gebrannte Haut des Weinhändlers wurde mit einem Schlag um eine Schattierung blasser. »Aber der Wein ist mindestens vierzig Centimos die Kiste wert. Ich habe sogar schon fünfzig dafür bekommen.«

Arons Lippen wurden schmal. »Wann? Vor fünf Jahren? Heutzutage gibt es hier nicht genügend Käufer, dass du deinen Lebensunterhalt damit verdienen kannst. Und Limeros war in den letzten Jahren auch kein guter Kunde, richtig? Der Import von kostspieligen Weinen hat für das Land angesichts seiner derzeitigen finanziellen Probleme nicht gerade höchste Priorität. Bleibt also nur Auranos, denn jeder weiß, dass eure göttinverlassenen Landsleute keine zwei Münzen besitzen, die sie aneinanderreiben könnten. Fünfzehn pro Kiste ist mein letztes Wort. Angesichts der Tatsache, dass ich sechzehn Kisten will – vielleicht in absehbarer Zukunft sogar noch mehr –, solltest du mit diesem Preis mehr als zufrieden sein. Wäre es an ihrem Hochzeitstag nicht ein hübsches Geldgeschenk für deine Tochter? Was meinst du, Felicia? Wäre es nicht besser, als den Laden jetzt dichtzumachen und gar nichts zu bekommen?«

Felicia biss sich auf die Unterlippe und zog die Stirn in Falten. »Es ist besser als nichts. Ich weiß, dass die Hochzeit sowieso schon zu viel kostet. Aber … ich weiß nicht. Vater?«

Offensichtlich wollte Silas etwas sagen, aber er zögerte. Cleo bekam von der ganzen Szene nur die Hälfte mit, denn sie versuchte mit aller Kraft, der Versuchung zu widerstehen, an dem Glas zu nippen, das Silas bereits wieder für sie gefüllt hatte. Und Aron liebte es nun einmal zu feilschen. Es war seine liebste Freizeitbeschäftigung, für alles immer den besten Preis zu bekommen, ganz gleich was er haben wollte.

»Ich möchte nicht respektlos wirken«, stieß Silas schließlich händeringend hervor. »Aber wärt Ihr möglicherweise bereit, fünfundzwanzig Centimos pro Kiste aufzubringen?«

»Nein, das wäre ich nicht.« Aron inspizierte seine Fingernägel. »So gut dein Wein auch ist, ich weiß, dass es auf diesem Markt und auch auf dem Rückweg zum Schiff noch viele weitere Weinhändler gibt, die mehr als glücklich über mein Angebot wären. Ich kann auch gerne zu ihnen gehen, wenn du nicht verkaufen möchtest. Willst du das?«

»Nein, ich …« Silas schluckte. »Ich möchte meinen Wein wirklich sehr gerne verkaufen. Deshalb stehe ich ja hier. Aber für fünfzehn Centimos …«

»Ich habe eine bessere Idee.« Ein bösartiger Gedanke blitzte in Arons grünen Augen auf. »Warum sagen wir nicht einfach vierzehn Centimos pro Kiste? Und wenn du mein Angebot nicht annimmst, bis ich bis zehn gezählt habe, verringert es sich um einen weiteren Centimo.«

Peinlich berührt wandte Mira den Blick ab. Cleo öffnete den Mund, um zu protestieren – dachte dann aber daran, was Aron mit ihrem Geheimnis machen konnte, wenn er Lust dazu hatte, und hielt lieber den Mund. Aron war jetzt fest entschlossen, den Preis zu drücken, so weit er nur konnte. Natürlich hätte er es sich leisten können, weit mehr zu bezahlen – Cleo wusste, dass er genug Geld bei sich hatte.

»In Ordnung«, sagte Silas schließlich mit zusammengebissenen Zähnen, und man sah ihm an, wie sehr es ihn schmerzte. Bevor er sich wieder Aron zuwandte, warf er Felicia einen kurzen Blick zu. »Vierzehn pro Kiste für sechzehn Kisten. Ich werde meiner Tochter die Hochzeit ausrichten, die sie verdient.«

»Hervorragend. Wie wir Auranier euch immer versichert haben …« Mit einem triumphierenden Lächeln griff Aron in seine Tasche, zog ein Bündel Geldscheine heraus und zählte dem Händler den Betrag auf die Hand. Jetzt war es ganz offensichtlich, dass die Summe nur ein kleiner Teil dessen war, was Aron bei sich trug. Nach Silas' empörtem Gesichtsausdruck zu urteilen, entging ihm die Kränkung keineswegs. »… eure Trauben werden eure Nation stets gut ernähren«, beendete Aron seinen Satz.

In diesem Moment näherten sich von links zwei Gestalten dem Stand.

»Felicia«, sagte eine tiefe Stimme. »Was machst du denn hier? Solltest du nicht längst bei deinen Freundinnen sein und dich hübsch machen?«

»Gleich, Tomas«, antwortete sie. »Wir müssen nur noch schnell den Handel hier abschließen.«

Cleo spähte nach links, um die Neuankömmlinge besser sehen zu können. Die beiden jungen Männer hatten dunkle, fast schwarze Haare und ebenso dunkle Brauen über kupferbraunen Augen. Beide waren groß, breitschultrig und braun gebrannt. Tomas, der Ältere der beiden – vielleicht Anfang zwanzig –, betrachtete seinen Vater und seine Schwester. »Alles in Ordnung?«

»In Ordnung?«, fragte Silas mit zusammengebissenen Zähnen. »Natürlich. Ich schließe gerade einen Handel ab, weiter nichts.«

»Unsinn. Du bist wütend, das sehe ich doch.«

»Nein, ich bin nicht wütend.«

Der andere Junge warf erst Aron, dann Cleo und Mira einen finsteren Blick zu. »Versuchen diese Leute etwa, dich übers Ohr zu hauen, Vater?«

»Jonas«, erwiderte Silas müde, »das geht dich nichts an.«

»Das geht mich sehr wohl etwas an, Vater. Wie viel will dieser Junge hier« – Jonas musterte Aron mit unverhohlener Verachtung – »dir für deinen Wein bezahlen?«

»Vierzehn pro Kiste«, antwortete Aron lässig. »Ein fairer Preis, den dein Vater bereitwillig akzeptiert hat.«

»Vierzehn?«, stieß Jonas entrüstet hervor. »Du wagst es, ihn dermaßen zu beleidigen?«

Tomas packte Jonas am Hemd und hielt ihn zurück. »Beruhige dich.«

In Jonas' dunklen Augen blitzte Wut auf. »Wenn unser Vater von einem lächerlichen in Seide gekleideten Bastard über den Tisch gezogen wird, ist das auch für mich eine Beleidigung.«

»Bastard?« Arons Stimme wurde eiskalt. »Wen schimpfst du einen Bastard, *Bauer?*«

Langsam wandte Tomas sich zu ihm um. Auch seine Augen funkelten jetzt vor Zorn. »*Dich* hat mein Bruder einen Bastard genannt, *Bastard.*«

Und das, dachte Cleo mit einem äußerst unguten Gefühl, war für Aron das schlimmste Schimpfwort überhaupt. Nicht viele wussten davon, aber er war tatsächlich ein Bastard. Geboren von einer hübschen blonden Magd, an der sein Vater Gefallen gefunden hatte. Da Sebastien Lagaris' Frau keine Kinder bekommen konnte, hatte sie das Kind sofort nach der Geburt als ihr eigenes angenommen. Die Magd, Arons leibliche Mutter, war kurz darauf ums Leben gekommen, unter mysteriösen Umständen, die niemand zu hinterfragen gewagt hatte, weder damals noch heute. Aber es gab Gerüchte.

Und diese Gerüchte waren auch Aron zu Ohren gekommen, als er alt genug war, um sie zu verstehen.

»Prinzessin?«, fragte Theon neben ihr, als warte er auf ihren Befehl einzugreifen. Doch Cleo legte ihm beschwichtigend die Hand auf den Arm. Sie wollte nicht, dass die Situation noch weiter eskalierte.

»Lass uns gehen, Aron.« Sie wechselte einen besorgten Blick mit Mira, die nervös ihr zweites Glas Wein wegstellte.

Aron ließ Tomas nicht aus den Augen. »Wie kannst du es wagen, mich zu beleidigen?«

»Du solltest lieber deiner kleinen Freundin gehorchen und verschwinden«, riet Tomas ihm. »Je schneller, desto besser.«

»Sobald dein Vater mir die Weinkisten bringt, bin ich dazu mehr als gern bereit.«

»Vergiss den Wein. Verschwinde und sei froh, dass ich dich so glimpflich davonkommen lasse. Mein Vater ist ein gutmütiger Mann, der bereit ist, seinen Wein unter Wert zu verkaufen. Ich nicht.«

Aron nahm eine herausfordernde Haltung ein. Die Beleidigung und der Wein hatten seine Gelassenheit verfliegen lassen und seinen Mut weit mehr angeheizt, als es diesen beiden großen, muskulösen Paelsianern gegenüber vernünftig war. »Habt ihr überhaupt eine Ahnung, wer ich bin?«

»Kümmert uns das?« Jonas und sein Bruder wechselten einen kurzen Blick.

»Ich bin Aron Lagaris, Sohn von Sebastien Lagaris, Lord von Elder's Pitch. Ich stehe hier auf eurem Markt in Begleitung von Prinzessin Cleiona Bellos von Auranos. Erweist uns gefälligst den gebührenden Respekt.«

»Das ist doch lächerlich, Aron«, zischte Cleo ihm zu. Sie hasste es, wenn er diese Überheblichkeit an den Tag legte. Mira hakte sich bei ihr unter und drückte ihre Hand. *Lass uns hier sofort verschwinden,* schien sie sagen zu wollen.

»Oh, Hoheit.« Unverhohlener Sarkasmus schwang in Jonas' Worten mit, als er sich übertrieben vor ihr verbeugte. »Euer beider Hoheit natürlich. Es ist uns eine große Ehre, in Eurer erhabenen Gegenwart zu weilen.«

»Ich sollte dich einen Kopf kürzer machen lassen für deine Respektlosigkeit«, lallte Aron. »Dich und deinen Vater. Und deine Schwester auch.«

»Lass gefälligst meine Schwester aus dem Spiel«, knurrte Tomas.

»Lass mich raten – wenn sie heute heiratet, dann ist sie vermutlich bereits schwanger, nicht wahr? Ich habe gehört, dass die paelsianischen Mädchen nicht bis zur Hochzeitsnacht warten, um die Beine für jeden breit zu machen, der genug Münzen hat, um dafür zu bezahlen.« Aron warf Felicia, die gleichermaßen beschämt und empört wirkte, einen anzüglichen Blick zu. »Ich hab ein bisschen Geld übrig. Vielleicht schenkst du mir vor der Abenddämmerung noch ein halbes Stündchen deiner Aufmerksamkeit?«

»Aron!«, fuhr Cleo ihn entsetzt an.

Dass er sie ignorierte, war keine große Überraschung, aber als sie plötzlich Jonas' wütenden Blick auf sich spürte, fühlte es sich an, als würde er sie versengen.

Tomas, der etwas weniger hitzig zu sein schien als sein Bruder, musterte Aron so finster und hasserfüllt, wie Cleo es noch nie bei einem Menschen gesehen hatte. »Dafür, dass du so etwas zu meiner Schwester sagst, sollte ich dich töten.«

»Versuch es doch«, erwiderte Aron mit einem dünnen Lächeln.

Nun warf Cleo doch einen Blick zu dem frustriert dreinblickenden Theon, dem sie vorhin praktisch verboten hatte einzugreifen. Inzwischen war auch ihr klar, dass die Situation außer Kontrolle geriet. Sie wollte einfach nur zurück zum Schiff und diese Unannehmlichkeiten hinter sich lassen. Aber dafür war es jetzt zu spät.

Plötzlich stürzte Tomas sich mit geballten Fäusten auf Aron. Mira schrie entsetzt auf und hielt sich die Augen zu. Kein Zweifel, dass Tomas den Faustkampf gewinnen und den schwächeren Aron blutig schlagen würde. Doch Aron hatte eine Waffe – den eleganten Dolch, den er an der Hüfte mit sich herumtrug.

Und den er jetzt in der Hand hielt.

Tomas sah das Messer nicht. Als er näher kam und Aron am Kragen packte, stieß Aron ihm die Klinge frontal in den Hals. Der junge Paelsianer fasste sich an die Stelle, wo das Blut herausspritzte, und seine Augen wurden groß vor Schreck und Schmerz. Im nächsten Moment sank er auf die Knie und stürzte dann zu Boden, mit beiden Händen nach seiner Kehle greifend, in der noch immer der Dolch steckte. Augenblicklich bildete sich eine blutrote Lache um den Kopf des am Boden liegenden jungen Mannes.

Es war alles so schnell gegangen.

Cleo presste die Hand auf den Mund, um nicht zu schreien. Aber jemand anders schrie – Felicia stieß einen gellenden Entsetzensschrei aus, der Cleo das Blut in den Adern gefrieren ließ. Und nun nahmen auf einmal auch die anderen Marktbesucher zur Kenntnis, was hier geschehen war.

Von allen Seiten erhoben sich Schreie. Plötzlich war Cleo von Fremden umgeben, sie wurde geschubst und gestoßen. Nun schrie auch sie. Als Jonas mit vor Kummer und Wut verzerrtem Gesicht auf sie und Aron zugestürzt kam, schlang Theon den Arm fest um ihre Taille und riss sie zurück. Mit einer weiteren raschen Bewegung zog er Mira mit sich fort und legte seinen Arm schützend um Cleo. Aron blieb dicht hinter ihnen. So flohen sie vom Markt, verfolgt von Jonas' wütenden Worten.

»Ihr seid tot! Ich werde euch umbringen! Alle beide!«

»Er hat es verdient«, knurrte Aron. »Er hat versucht, mich umzubringen. Ich habe mich nur verteidigt.«

»Wir müssen weiter, Eure Lordschaft«, fuhr Theon ihn an, und seine Stimme klang angewidert. Sie bahnten sich einen Weg durch die Menge und stolperten endlich auf den steinigen Weg, der zurück zum Schiff führte.

Tomas würde die Hochzeit seiner Schwester nicht erleben. Felicia hatte an ihrem Hochzeitstag mit ansehen müssen, wie ihr Bruder getötet wurde. Der Wein, den Cleo getrunken hatte, rebellierte in ihrem Magen und stieg ihr sauer in die Kehle. Verzweifelt riss sie sich los und übergab sich mitten auf den Weg.

Sie hätte Theon befehlen können, all das zu verhindern, ehe die Situation außer Kontrolle geraten war. Aber sie hatte es nicht getan.

Niemand schien sie zu verfolgen, und nach einer Weile war klar, dass die Paelsianer sie laufen ließen. Sie verlangsamten ihre Schritte. Den Kopf tief gesenkt stützte Cleo sich auf Mira. Schweigend wanderten die vier jungen Leute durch die staubige Landschaft.

Cleo war überzeugt, die schmerzerfüllten Augen des jungen Mannes niemals wieder vergessen zu können.

KAPITEL 2

PAELSIA

Jonas sank auf die Knie und starrte voller Entsetzen auf den Dolch, der aus Tomas' Kehle ragte. Tomas hob langsam die Hand, als wolle er ihn herausziehen, aber er war bereits zu geschwächt. Mit zitternden Fingern packte Jonas den Griff, zog die Klinge heraus und presste dann schnell die andere Hand auf die Wunde. Heißes, rotes Blut quoll zwischen seinen Fingern hervor.

»Tomas, nein! Bitte!«, schrie Felicia hinter ihm.

Mit jedem seiner langsamer werdenden Herzschläge verblasste das Lebenslicht in Tomas' Augen.

Jonas konnte keinen klaren Gedanken fassen. Die Zeit schien stillzustehen, während sein Bruder langsam dem Tod entgegenglitt.

Eine Hochzeit. Heute sollte eine Hochzeit gefeiert werden. Felicias Hochzeit. Sie hatte eingewilligt, Paolo zu heiraten, einen Freund ihrer Brüder. Als sie vor einem Monat ihre Verlobung bekanntgegeben hatten, waren Tomas und Jonas erst einmal zum Scherz über Paolo hergefallen, von wegen, was er sich denn erlaube. Und ihn dann mit offenen Armen in ihrer Familie aufgenommen.

Sie hatten eine Feier geplant, wie sie ihr kleines, ärmliches Dorf noch nie gesehen hatte. Reichlich zu essen und zu trinken ... und es waren auch eine Menge von Felicias hübschen Freundinnen eingeladen, in deren Gesellschaft die Agallon-Brüder sicher für eine Weile vergessen konnten, wie schwer es war, sich in einem sterbenden Land wie Paelsia über Wasser zu halten. Die beiden waren die besten Freunde – und unschlagbar in allem, was sie zusammen angingen.

Bis jetzt.

Panik packte Jonas, und er sah sich unter den umstehenden Dorfbewohnern fieberhaft nach jemandem um, der seinem Bruder helfen konnte. »Können wir denn nichts tun? Ist kein Heiler hier?«

Seine Hände waren nass von Tomas' Blut. Auf einmal bäumte sich der Körper seines Bruders krampfartig auf, und mit einem grässlich gurgelnden Geräusch quoll ein Blutschwall aus seinem Mund.

»Das kann nicht wahr sein!« Jonas' Stimme brach. Felicia umklammerte seinen Arm, und ihre verzweifelten, angsterfüllten Schreie waren ohrenbetäubend. »Es ging alles so schnell. Warum? Warum musste das passieren?«

Wie versteinert, mit schmerzerfülltem Gesicht, stand sein Vater neben ihnen. »Es war Schicksal, mein Sohn.«

»Schicksal?«, stieß Jonas hervor, und erneut flammte blinde Wut in ihm auf. »Das hat mit Schicksal nichts zu tun! Das war allein dieser – dieser verdammte auranische Adlige, für den wir nichts weiter sind als Dreck unter seinen Füßen!«

Seit Generationen schon ging es mit Paelsia immer weiter bergab – Land und Bevölkerung verarmten, während ihre Nachbarn im Norden und Süden weiterhin in Saus und Braus lebten, ihnen aber nicht nur jede Hilfe verweigerten, sondern auch noch das Recht, in den wildreichen Grenzgebieten zu jagen. Gerade hatten sie den härtesten Winter aller Zeiten hinter sich. Die Tage hatten sich noch aushalten lassen, aber die Nächte in den dünnen, schlecht isolierten Hütten waren eisig kalt gewesen. Hunderte, wenn nicht Tausende, waren erfroren oder verhungert.

In Auranos dagegen war niemand an Hunger oder Kälte gestorben. Diese schreiende Ungerechtigkeit hatte Jonas und Tomas schon immer zur Weißglut gebracht. Sie hassten die Auranier – vor allem die Adligen. Aber es war immer ein anonymer, namenloser Hass gewesen, eine allgemeine Abneigung gegen ein Volk, das Jonas nie näher kennengelernt hatte.

Doch nun hatte sein Hass ein Ziel. Er hatte einen Namen.

Jonas starrte in Tomas' Gesicht. Blut benetzte die gebräunte Haut und die Lippen seines Bruders. Jonas' Augen brannten, aber er weigerte sich zu weinen. Er durfte vor Tomas jetzt keine Schwäche zeigen. Obwohl Tomas nur vier Jahre älter war, hatte er Jonas nach dem Tod ihrer Mutter vor zehn Jahren großgezogen, und er hatte seinen kleinen Bruder immer dazu angehalten, selbst in den schwierigsten Situationen stark zu bleiben.

Tomas hatte ihm alles beigebracht, was er wusste – wie man jagte, wie man fluchte, wie man sich Mädchen gegenüber verhielt. Zusammen hatten sie ihre Familie versorgt. Sie hatten gestohlen und gewildert und auf diese Weise überlebt, anders als viele andere in ihrem Dorf.

»Wenn du etwas wirklich willst«, hatte Tomas immer gesagt, »musst du es dir nehmen. Denn niemand wird es dir einfach geben. Vergiss das nie, kleiner Bruder.«

Jonas erinnerte sich an alles. Er würde es niemals vergessen.

Inzwischen hatte Tomas' Körper aufgehört zu zucken, und das Blut – *so viel Blut!* – floss langsamer über Jonas' Hände.

Doch in den Augen seines großen Bruders las Jonas noch etwas anderes als Schmerz – er sah eine tiefe Bitterkeit.

Nicht nur darüber, dass es so entsetzlich ungerecht war, durch die Hand eines auranischen Lords zu sterben. Nein … weil er jeden einzelnen Tag seines Lebens hatte kämpfen müssen – um zu essen, zu atmen, zu überleben. Wie hatte es nur so weit kommen können?

Vor einem Jahrhundert war der damalige Anführer Paelsias in die Nachbarländer im Norden und Süden gereist und hatte die Herrscher von Limeros und Auranos um Hilfe gebeten. Limeros hatte die Unterstützung verweigert, mit der Begründung, dass sie nach dem Krieg gegen Auranos genug damit zu tun hatten, ihr eigenes Volk zu versorgen. Das wohlhabende Auranos dagegen hatte ein Abkommen mit Paelsia geschlossen und den Weinanbau auf dessen fruchtbarem Ackerland unterstützt – dort, wo die Bewohner auch Getreide hätten anbauen können, um sich und ihr Vieh zu ernähren. Doch die Auranier hatten versprochen, im Gegenzug die paelsianischen Weine zu einem guten Preis zu kaufen, was es Paelsia ermöglichen würde, ebenso günstig auranisches Getreide zu importieren. Der damalige König von Auranos hatte Paelsia die Sache mit der Aussicht schmackhaft gemacht, der Handel würde die Wirtschaft beider Länder unterstützen, und der naive paelsianische Stammesführer hatte den Vorschlag angenommen.

Aber die Abmachung war zeitlich begrenzt gewesen. Nach fünfzig Jahren waren die festgesetzten Preise für die importierten auranischen Nahrungsmittel rapide angestiegen, während Auranos als einziger Abnehmer ihres Weins die Preise immer weiter in den Keller trieb. Paelsia hatte keine großen Handelsschiffe, um die Länder jenseits der Silbernen See zu beliefern, und in dem frommen Limeros im Norden beteten die Leute eine Göttin an, die Alkohol jeder Art missbilligte. So konnten die Paelsianer nur hilflos zusehen, wie ihr Land langsam, aber sicher in den Ruin getrieben wurde.

Das Schluchzen seiner Schwester an jenem Tag, der der glücklichste ihres Lebens hatte werden sollen, brach Jonas das Herz.

»Du musst kämpfen«, flüsterte er seinem Bruder zu. »Kämpfe für mich. Kämpfe um dein Leben.«

Nein, es ist zu spät, schien sein Bruder zu erwidern, während das Licht in seinen Augen langsam erlosch. Er konnte nicht mehr sprechen. Der auranische Dolch hatte seinen Kehlkopf glatt durchtrennt. *Kämpfe du für uns beide. Für uns alle. Für Paelsia. Lass nicht zu, dass es so endet. Lass sie nicht gewinnen.*

Jonas versuchte das Schluchzen zu unterdrücken, das aus den Tiefen seines Herzens emporstieg – vergeblich. Er begann zu weinen, ein gebrochener Laut, der ihm selbst fremd war.

Aber sofort füllte bodenloser Hass das entsetzlich tiefe Loch, das der Schmerz in sein Innerstes gerissen hatte.

Lord Aron Lagaris würde für sein Verbrechen bezahlen.

Und das blonde Mädchen – Prinzessin Cleiona – ebenfalls. Sie hatte mit einem kalten, amüsierten Lächeln auf ihren schönen Lippen tatenlos zugesehen, wie ihr Freund Tomas ermordet hatte. »Ich werde dich rächen, Tomas. Das schwöre ich«, stieß Jonas heiser hervor. »Das ist erst der Anfang.«

Sein Vater berührte ihn an der Schulter, und Jonas zuckte zusammen.

»Er ist tot, mein Sohn.«

Jonas löste seine blutverschmierten, zitternden Hände vom Hals seines Bruders. Er hatte sein Versprechen einer leeren Hülle gegeben. Tomas' Seele hatte seinen Körper bereits verlassen.

Jonas sah zu dem strahlend blauen Himmel über dem Marktplatz auf, und ein markerschütternder Schmerzensschrei entrang sich seiner Kehle. Im gleichen Moment schwang sich vom Dach des Weinlagers seines Vaters ein goldener Falke in die Lüfte.

KAPITEL 3

LIMEROS

Jemand hatte ihn was gefragt, aber Magnus hatte nicht zugehört. Nach einer Weile erinnerten ihn die Gäste bei einem solchen Bankett an einen summenden Mückenschwarm. Störend, aber leider nicht rasch und mühelos zu beseitigen.

Er setzte ein – wie er hoffte – einigermaßen freundliches Gesicht auf und wandte sich nach links einem besonders redelustigen weiblichen Insekt zu, steckte einen Bissen *Kaana* in den Mund und schluckte, ohne zu kauen, um nichts davon schmecken zu müssen. Das gepökelte Rindfleisch auf dem Zinnteller daneben würdigte er kaum eines Blickes, denn ihm verging allmählich der Appetit.

»Bitte verzeiht, Mylady«, sagte er. »Ich habe Euch leider nicht ganz verstanden.«

»Eure Schwester Lucia«, sagte Lady Sophia und tupfte sich mit einer kunstvoll bestickten Serviette die Mundwinkel ab. »Sie hat sich zu einer ausnehmend hübschen jungen Frau entwickelt, nicht wahr?«

Magnus blinzelte. Oberflächliche Konversation war so unglaublich anstrengend. »Oh ja, das habt Ihr absolut recht.«

»Sagt mir bitte noch einmal – wie alt wird sie heute?«

»Sechzehn.«

»Ein reizendes Mädchen. Und so höflich.«

»Sie hat eine gute Erziehung genossen.«

»Selbstverständlich. Ist sie denn schon verlobt?«

»Nein, noch nicht.«

»Hmm. Mein Sohn Bernardo ist sehr begabt und auch recht ansehnlich, und was ihm an Körpergröße mangelt, macht er mit Intelligenz wett. Ich denke, die beiden würden ein ausgezeichnetes Paar abgeben.«

»Ich würde vorschlagen, dass Ihr darüber gelegentlich mit meinem Vater sprecht, Mylady.«

Warum nur hatte man ihn neben diese Frau gesetzt? Sie war uralt und roch nach Staub und aus irgendeinem unerfindlichen Grund nach Seetang. Vielleicht war sie der Silbernen See entstiegen und an den Felsklippen zu der frostigen Granitburg von Limeros emporgeklettert, statt wie alle anderen über das eisbedeckte Land anzureisen.

Ihr Ehemann, Lord Leonardo, beugte sich auf seinem Stuhl vor. »Jetzt reicht es aber mit der Kuppelei, Frau. Ich bin neugierig zu erfahren, wie der Prinz über die Probleme in Paelsia denkt.«

»Probleme?«, wiederholte Magnus fragend.

»Nun, die Unruhen, die ausgebrochen sind, als vor einer Woche dieser Weinhändlersohn am helllichten Tag mitten auf dem Markt ermordet wurde.«

Magnus fuhr mit dem Zeigefinger lässig über den Rand seines Kelchs. »Der Mord am Sohn eines armen Weinhändlers. Entschuldigt mein vermeintliches Desinteresse, aber ich muss sagen, dass sich das nicht nach einem außergewöhnlichen Ereignis anhört. Die Paelsianer sind eine unzivilisierte Rasse, sie neigen zu Gewalttätigkeiten. Angeblich verzehren sie ihr Fleisch auch gerne roh, wenn es ihnen zu lange dauert, ein Feuer zu entzünden.«

Lord Leonardo sah Magnus mit einem schiefen Lächeln an. »Gewiss. Aber dieser Fall ist außergewöhnlich, da der Mord von einem adligen Besucher aus Auranos verübt wurde.«

Das machte den Vorfall tatsächlich interessanter. Wenn auch nur geringfügig. »Ach ja? Von wem denn?«

»Ich weiß es nicht, aber es gibt Gerüchte, dass auch Prinzessin Cleiona in den Vorfall verwickelt war.«

»Ah. Meiner Erfahrung nach haben Gerüchte viel mit Federn gemeinsam – beide wiegen nicht sehr schwer.«

Es sei denn, diese Gerüchte erwiesen sich als wahr.

Magnus kannte die jüngste Prinzessin von Auranos. Sie war im gleichen Alter wie seine Schwester und galt als große Schönheit – er war ihr einmal begegnet, als sie noch Kinder gewesen waren. Aber er hatte keinerlei Interesse daran, noch einmal nach Auranos zu reisen. Außerdem mochte sein Vater den auranischen König nicht, und soweit er wusste, beruhte die Abneigung auf Gegenseitigkeit.

Sein Blick wanderte durch den großen Saal und kreuzte den seines Vaters, der ihn kalt und missbilligend anstarrte. Der König hasste den Gesichtsausdruck, den Magnus aufsetzte, wenn er sich bei gesellschaftlichen Anlässen langweilte. Er fand ihn dreist und überheblich. Aber es fiel Magnus so schwer, sich zu verstellen – obwohl er zugeben musste, dass er sich in solchen Fällen auch nicht sonderlich anstrengte.

Er hob seinen Wasserkelch und prostete seinem Vater, König Gaius Damora von Limeros, zu.

Die Lippen des Königs wurden schmal.

Bedeutungslos. Schließlich war es nicht Magnus' Aufgabe, dafür zu sorgen, dass dieses Festmahl ein Erfolg wurde. Es war sowieso alles nur Theater. Gaius war ein Tyrann, der sein Volk zwang, jede einzelne seiner Vorschriften zu befolgen – seine liebsten Waffen waren Angst und Gewalt, und er hatte eine Horde von Rittern und Soldaten, die dafür sorgten, dass niemand aus der Reihe tanzte. Der König legte großen Wert auf Äußerlichkeiten und darauf, stark, kompetent und unermesslich wohlhabend zu erscheinen.

Aber seit Gaius Eisenfaust, der »Blutkönig«, wie man ihn auch nannte, seinen Vater, den vielgeliebten König David, vor zwölf Jahren auf dem Thron abgelöst hatte, waren in Limeros schwere Zeiten angebrochen. Da die limerianische Religion jede Form von Luxus strikt ablehnte, hatte die schlechte Wirtschaftslage bisher noch keine Auswirkungen auf die Bewohner des Palasts, aber die Probleme überall sonst im Königreich waren nicht mehr zu übersehen. Dass der König diese Tatsache nie öffentlich angesprochen hatte, amüsierte Magnus.

Doch auch den Adligen wurde zu den Mahlzeiten eine Portion *Kaana* serviert – pürierte Bohnen, die wie Kleister schmeckten –, und man erwartete von ihnen, dass sie davon aßen, denn dieser unappetitliche Brei hatte viele Limerianer in diesem nicht enden wollenden Winter vor dem Verhungern bewahrt.

Außerdem waren in der Burg einige der kunstvolleren Gobelins und Gemälde abgenommen und eingelagert worden, so dass die meisten Wände nackt und kahl zurückblieben. Musik war ebenso verboten wie Singen und Tanzen, und im Palast von Limeros waren lediglich die wichtigsten Lehrbücher erlaubt, keine Romane oder Geschichten, die der Unterhaltung dienten. König Gaius legte nur Wert auf die limerianischen Ideale – *Stärke, Glaube* und *Weisheit* –, nicht auf Kunst, Schönheit oder Vergnügen.

Es gab Gerüchte, dass der Niedergang von Limeros – genau wie schon seit einigen Generationen in Paelsia –, mit dem Sterben der *Elementia* einherging. Diese elementare, grundlegende Magie, die der Welt erst Leben gab, versiegte zunehmend, vergleichbar einem Wassertümpel mitten in der Wüste.

Schon vor Jahrhunderten, als die rivalisierenden Göttinnen Cleiona und Valoria einander bekämpft hatten, waren nur noch Spuren der *Elementia* vorhanden gewesen. Aber selbst diese kläglichen Überreste, so flüsterten diejenigen, die an Magie glaubten, waren dabei zu verschwinden. Jedes Jahr bildete sich eine Eisschicht über ganz Limeros, während Frühling und Sommer nur noch ein paar kurze Monate andauerten. Paelsia welkte dahin, sein Boden war trocken und ausgedörrt. Lediglich im Süden von Auranos gab es keine äußeren Anzeichen von Zerfall.

Limeros war ein gläubiges, religiöses Land, dessen Volk sich an seinen Glauben an die Göttin Valoria klammerte, vor allem natürlich in harten Zeiten, aber Magnus hielt es insgeheim für ein Zeichen innerer Schwäche, an das Übernatürliche zu glauben, ganz gleich in welcher Form.

Bei den meisten Gläubigen zumindest. Einige wenige bildeten für ihn eine Ausnahme. Er wandte seinen Blick zur Rechten seines Vaters, wo pflichtbewusst seine Schwester saß, der Ehrengast dieses Banketts, das als ihre Geburtstagsfeier ausgegeben wurde.

Heute Abend trug sie ein orangefarbenes Kleid mit einem Stich Rosa, das Magnus noch nie an ihr gesehen hatte und das ihn an einen Sonnenuntergang erinnerte. Es war wunderschön gearbeitet und ein Symbol des unermesslichen Reichtums, den die Damora-Familie nach dem Willen des Königs stets zur Schau zu tragen hatte – obgleich Magnus zugeben musste, dass es ihn überraschte, wie farbenfroh es in dem Meer von Grau und Schwarz wirkte, das sein Vater sonst bevorzugte.

Die Prinzessin hatte helle, makellose Haut und lange, seidig dunkle Haare, die, wenn sie nicht zu einem ordentlichen Knoten aufgesteckt waren, in sanften Wellen bis auf ihre Taille fielen. Ihre Augen hatten die Farbe eines klaren blauen Himmels, ihre Lippen waren voll und von Natur aus rosig. Lucia Eva Damora war das schönste Mädchen in ganz Limeros. Ohne eine einzige Ausnahme.

Plötzlich zerbrach der Glaskelch, den Magnus fest umklammerte, und zerschnitt ihm die Hand. Er fluchte laut und packte eine Serviette, um die Wunde zu verbinden. Lady Sophia und Lord Leonardo sahen ihn erschrocken an, als fürchteten sie, ihr Gespräch über Verlobung und Mord hätte ihn derart aus der Fassung gebracht.

Aber dem war nicht so.

Es war nur dumm, einfach dumm.

Der Gedanke spiegelte sich auch im Gesicht von Magnus' Vater – ihm war das Missgeschick seines Sohns natürlich nicht entgangen. Seine Mutter, Königin Althea, die zur Linken des Königs saß, schaute ebenfalls kurz auf, wandte aber ihren kühlen Blick sofort wieder ab, um das Gespräch mit ihrer Sitznachbarin wieder aufzunehmen.

Magnus' Vater jedoch sah nicht weg, sondern starrte ihn unverwandt an, als wäre es ihm peinlich, mit ihm im gleichen Raum zu sein. Der ungeschickte, dreist-überhebliche Prinz Magnus, Erbe des Königs. *Wer weiß, wie lange noch,* dachte Magnus säuerlich, und seine Gedanken wanderten kurz zu Tobias, der »rechten Hand« seines Vaters. Magnus fragte sich, ob jemals der Tag kommen würde, an dem sein Vater ihm Anerkennung schenkte. Vermutlich musste er froh sein, dass der König sich die Mühe machte, ihn zu solchen Anlässen einzuladen. Andererseits wollte er ja immer den Anschein erwecken, dass die königliche Familie von Limeros eine eng verbundene und starke Einheit bildete – jetzt und für alle Zeit.

Was für ein Witz.

Schon längst hätte Magnus das kalte, farblose Limeros verlassen, um in aller Ruhe die anderen Reiche jenseits der Silbernen See zu erforschen, aber es gab etwas, was ihn dort festhielt, wo er war, selbst jetzt noch, mit seinen fast achtzehn Jahren.

»Magnus!« Lucia war zu ihm geeilt und kniete neben ihm,

voll und ganz auf seine verletzte Hand konzentriert. »Du hast dich verletzt.«

»Nicht der Rede wert«, sagte er fest. »Bloß ein Kratzer.«

Doch das Blut hatte den provisorischen Verband bereits durchtränkt, und Lucia machte ein besorgtes Gesicht. »Bloß ein Kratzer? Ich glaube nicht. Komm mit, ich helfe dir, dich richtig zu verbinden.«

Sie zog an seinem Handgelenk, um ihn zum Aufstehen zu bewegen.

»Geht mit ihr«, riet ihm Lady Sophia. »Ihr wollt doch nicht, dass die Wunde sich entzündet.«

»Nein, das will ich tatsächlich nicht.« Er biss die Zähne zusammen, nicht wegen der Schmerzen, denn die waren auszuhalten, aber der Vorfall war ihm äußerst peinlich. »Na gut – meine Schwester, die Heilerin. Ich lasse mich von dir versorgen.«

Sie lächelte ihm tröstend zu, und etwas in seinem Inneren zog sich schmerzhaft zusammen. Etwas, das er mit aller Kraft zu ignorieren versuchte.

Ohne einen Blick zu seinem Vater oder seiner Mutter verließ er mit Lucia den Saal, und sie führte ihn in einen Nebenraum. Hier war es, da die Wärme der vielen Menschen fehlte, deutlich kühler, und die düsteren Gobelins an den Steinwänden änderten wenig daran. Von einem hohen Sockel zwischen zwei Granitpfeilern blickte eine Bronzebüste von König Gaius finster auf seinen Sohn herab, und Magnus spürte das strenge Urteil, obwohl sein Vater gar nicht anwesend war. Lucia bat eine Palastdienerin, eine Schüssel mit Wasser und Verbandzeug zu bringen, dann setzte sie sich neben ihren Bruder und wickelte die Serviette von der Wunde.

Er ließ es widerspruchslos zu.

»Das Glas war offensichtlich zu dünn«, erklärte er.

Sie sah ihn fragend an. »Dann ist der Kelch einfach so zerbrochen?«

»Genau.«

Seufzend tauchte Lucia den Lappen ins Wasser und begann die Wunde damit vorsichtig zu säubern. Magnus fühlte den Schmerz kaum noch. »Ich weiß genau, warum es passiert ist«, sagte sie.

Er spannte sich an. »Ach ja?«

»Wegen Vater.« Ihre blauen Augen begegneten seinen. »Du bist wütend auf ihn.«

»Und du glaubst, ich habe mir anstelle des Kelchs seinen Hals vorgestellt wie bestimmt viele seiner Untertanen?«

»War es denn so?« Sie drückte fest auf seine Hand, um die Blutung zu stillen.

»Ich bin nicht wütend auf ihn. Eher andersherum. Er hasst mich.«

»Er hasst dich nicht. Er liebt dich.«

»Da wäre er der Einzige.«

Ein Lächeln huschte über ihr Gesicht. »Ach Magnus, sei doch nicht albern. Ich liebe dich. Mehr als alles auf der Welt. Das weißt du, oder nicht?«

Es fühlte sich an, als drücke ihm jemand das Herz zusammen. Er räusperte sich und blickte auf seine verletzte Hand hinab. »Natürlich. Und ich liebe dich auch.«

Die Worte fühlten sich sperrig an auf seiner Zunge. Lügen kamen ihm reibungslos über die Lippen, aber die Wahrheit war viel schwieriger.

Was er für Lucia empfand, war die Liebe eines Bruders zu seiner Schwester.

Diese Lüge fühlte sich sehr geschmeidig an. Selbst wenn er sie sich selbst erzählte.

»So«, sagte Lucia und klopfte leicht auf den Verband, den sie um seine Hand befestigt hatte. »Das wird schon wieder.«

»Du solltest wirklich Heilerin werden.«

»Ich glaube nicht, dass unsere Eltern dies als eine angemessene Beschäftigung für eine Prinzessin betrachten.«

»Da hast du vollkommen recht. So etwas würden sie niemals zulassen.«

Noch immer lag ihre Hand auf seiner. »Der Göttin sei Dank, dass du dich nicht schlimmer verletzt hast.«

»Ja, der Göttin sei Dank«, erwiderte er trocken, dann verzogen sich seine Lippen zu einem Lächeln. »Deine Hingabe für die Göttin Valoria hat mich schon immer beschämt.«

Sie sah ihn durchdringend, aber freundlich an. »Ich weiß, dass du es albern findest, an das Unsichtbare zu glauben.«

»Ich weiß nicht, ob ich es *albern* nennen würde.«

»Manchmal muss man versuchen, an etwas zu glauben, was größer ist als man selbst, Magnus. An etwas, das man nicht sehen und nicht anfassen kann. Man muss seinem Herzen erlauben, Vertrauen zu haben, komme, was wolle. Das ist es, was einem in schwierigen Zeiten Kraft verleiht.«

Geduldig sah er sie an. »Wenn du meinst.«

Lucias Lächeln wurde noch breiter. Sein Pessimismus hatte sie schon immer amüsiert, und sie führten diese Diskussion nicht zum ersten Mal. »Eines Tages wirst du auch glauben. Das weiß ich.«

»Ich glaube an dich. Das reicht doch, oder nicht?«

»Dann sollte ich mich wohl bemühen, ein gutes Vorbild für meinen lieben Bruder zu sein.« Sie beugte sich vor und streifte mit den Lippen seine Wange. Einen Moment stockte ihm der Atem. »Ich muss zurück zum Bankett. Schließlich findet es angeblich zu meinen Ehren statt. Mutter wird sich ärgern, wenn ich einfach verschwinde und nicht mehr zurückkomme.«

Er nickte und berührte seinen Verband. »Danke, dass du mir das Leben gerettet hast.«

»Wohl kaum. Aber versuche lieber, dein Temperament zu zügeln, wenn du dich in der Nähe zerbrechlicher Dinge befindest.«

»Ich werde es mir merken.«

Sie schenkte ihm ein letztes Lächeln, dann eilte sie in den großen Saal zurück.

Ein paar Minuten blieb Magnus sitzen, wo er war, und lauschte dem Stimmengewirr der adligen Bankettgesellschaft, aber er hatte weder die Energie noch die geringste Lust, dorthin zurückzugehen. Wenn jemand ihn morgen fragte, warum er verschwunden war, würde er einfach sagen, ihm wäre durch den Blutverlust übel gewesen.

Und ihm war tatsächlich übel. Seine Gefühle für Lucia waren falsch, sie waren unnatürlich. Und obwohl er alles daransetzte, sie zu ignorieren, wurden sie mit jedem Tag stärker. Ein ganzes Jahr schon war er außerstande, ein anderes adliges Mädchen auch nur anzusehen – ausgerechnet jetzt, da sein Vater ihn drängte, nach einer zukünftigen Frau Ausschau zu halten.

Wahrscheinlich würde ihn der König bald verdächtigen, dass er für das weibliche Geschlecht nichts übrighatte. Aber im Grunde kümmerte es Magnus wenig, was sein Vater über ihn dachte, denn ganz gleich welches Geschlecht er bevorzugte – wenn die Geduld des Königs erschöpft war, würde er für seinen Sohn eine Frau erwählen und ihn zwingen, sie zu heiraten.

Nicht nur in Magnus' wildesten Fantasien war Lucia diese Frau. Inzestuöse Verbindungen waren selbst unter Menschen königlichen Geblüts verboten, vom Gesetz ebenso wie von der Religion. Und wenn Lucia jemals von der Tiefe seiner Gefühle für sie erfuhr, wäre sie ganz sicher angewidert, und Magnus wollte nicht, dass das Licht, das in ihre Augen trat, wenn sie ihn ansah, auch nur das kleinste bisschen verblasste. Dieses Licht war das Einzige, was ihn überhaupt noch erfreute.

Alles andere machte ihn kreuzunglücklich.

Im Schatten des Korridors huschte eine hübsche junge Dienstmagd an ihm vorbei, sah ihn an und blieb stehen. Sie hatte graue Augen und kastanienbraune, zu einem Knoten zusammengebundene Haare. Ihr wollenes Kleid war verwaschen, aber sauber und faltenfrei. »Prinz Magnus, kann ich irgendetwas für Euch tun?«

Obwohl er so besessen war von seiner schönen Schwester, erlaubte er sich mitunter ein paar bedeutungslose Ablenkungen. Amia war äußerst nützlich, in vielerlei Hinsicht.

»Nein, heute nicht, meine Süße.«

Verschwörerisch kam sie näher. »Der König hat das Bankett verlassen und unterhält sich gerade leise mit Lady Mallius auf dem Balkon. Interessant, oder nicht?«

»Vielleicht.«

Amia hatte sich in den letzten Monaten als gute Informationsquelle erwiesen. Bereitwillig war sie Magnus' Spionin hier in der Burg geworden, und sie hatte keinerlei Skrupel, wenn es darum ging, für den Prinzen etwas in Erfahrung zu bringen. Ein gelegentliches freundliches Wort oder ein kleines Lächeln reichten aus, um ihre Loyalität zu sichern und sie in ihrem Bestreben, es ihm recht zu machen, zu unterstützen. Amia glaubte fest daran, dass Magnus sie für alle Zeiten als Mätresse behalten wollte – eine Illusion, die irgendwann in einer herben Enttäuschung enden würde. Wenn das Mädchen nicht wie jetzt direkt vor ihm stand, erinnerte er sich kaum mehr, dass es überhaupt existierte.

Jetzt schickte Magnus sie mit einem Tätscheln davon und schlich dann lautlos auf den Steinbalkon, von dem man auf die Schwarze See und die Felsklippen hinabblickte, auf denen die Burg und die Hauptstadt von Limeros erbaut waren.

Hierher kam sein Vater immer zum Nachdenken, trotz der Winterkälte in Nächten wie dieser.

»Mach dich nicht lächerlich«, hörte Magnus den König flüstern. »Das hat nichts mit diesen Gerüchten zu tun. Du bist nur abergläubisch.«

»Was für eine Erklärung könnte es sonst geben?«, entgegnete eine ebenfalls vertraute Stimme. Sie gehörte Lady Sabina Mallius, der Witwe des früheren königlichen Beraters. Zumindest war das ihr offizieller Titel. Inoffiziell war sie die Mätresse des Königs, eine Stellung, die sie schon fast zwei Jahrzehnte innehatte. Der König hielt ihr Verhältnis vor niemandem geheim, nicht vor der Königin, nicht vor seinen Kindern.

Königin Althea ertrug seine Untreue stumm. Magnus war nicht ganz sicher, ob es die kalte Frau, die er seine Mutter nannte, kümmerte, was ihr Ehemann so trieb und mit wem.

»Was für eine andere Erklärung es für Limeros' Probleme gibt?«, fragte der König. »Eine Menge. Und keine davon hat das Geringste mit Magie zu tun.«

Ah, dachte Magnus. *Anscheinend ist das Bauerngeschwätz auch ein Diskussionsthema für Könige geworden.*

»Woher willst du das wissen?«

Eine Weile schwiegen sie beide. »Ich weiß genug, um zu zweifeln.«

»Wenn irgendetwas von diesem Konflikt mit den *Elementia* zu tun hat, so bedeutet dies, dass wir uns nicht geirrt haben. Dass *ich* mich nicht geirrt habe. Dass all die Jahre nicht verschwendet waren, in denen wir geduldig auf ein Zeichen gewartet haben.«

»Du hast das Zeichen schon vor Jahren gesehen. Die Sterne haben dir alles mitgeteilt, was du wissen musstest.«

»Meine Schwester hat die Zeichen gesehen, nicht ich. Aber ich zweifle nicht im Mindesten an ihnen.«

»Das ist sechzehn Jahre her, und es ist nichts passiert. Nur endlose Warterei. Meine Enttäuschung wird mit jedem Tag größer.«

Sie seufzte. »Ich wünschte, ich wüsste es mit Sicherheit. Stattdessen bleibt mir nur mein Glaube daran, dass du noch eine kleine Weile warten musst.«

Der König lachte, aber ohne jede Fröhlichkeit. »Wie lange soll ich noch warten, bevor ich dich wegen dieses Schwindels in die Verbotenen Berge verbanne? Vielleicht fällt mir ja auch eine Strafe ein, die für jemanden wie dich geeigneter wäre.«

»Ich möchte dir ernsthaft raten, an so etwas nicht einmal zu denken«, entgegnete Sabina, und ihre Stimme war eiskalt geworden.

»Ist das eine Drohung?«

»Eine Warnung, Liebster. Die Prophezeiung ist heute noch genauso wahr wie vor all den Jahren. Ich glaube noch immer an sie. Und du?«

Wieder trat eine lange Pause ein. »Ich glaube ebenfalls daran. Aber meine Geduld ist bald zu Ende. Nicht mehr lange, und wir werden verkümmern wie Paelsia und müssen leben wie arme Bauern.«

»Lucia ist jetzt sechzehn. Die Zeit ihres Erwachens rückt näher, das weiß ich.«

»Bete darum, dass du recht hast. Ich werde mich nicht länger an der Nase herumführen lassen, auch nicht von dir, Sabina. Und du weißt auch sehr gut, wie ich auf Enttäuschungen reagiere.« In der Stimme des Königs lag nicht die geringste Spur von Wärme.

Doch auch nicht in der von Sabina. »Ich habe recht, Liebster. Und du wirst nicht enttäuscht sein.«

Magnus drückte sich fest an die kalte Steinwand, als sein Vater den Balkon verließ. Ihm schwirrte der Kopf, denn was er hier gehört hatte, verwirrte ihn zutiefst. Sein Atem dampfte in der kalten Nachtluft, die vom Balkon hereinströmte. Kurz nach dem König verließ auch Sabina den Balkon und wollte sich ebenfalls auf den Rückweg in den Bankettsaal machen. Aber auf einmal hielt sie inne, legte den Kopf schräg, wandte sich um und sah Magnus dann direkt ins Gesicht.

Ihm lief eine Gänsehaut über den Rücken, aber er bemühte sich, ruhig und gelassen zu bleiben.

Sabinas Schönheit war noch nicht verblasst – lange, glatte, dunkle Haare, bernsteinfarbene Augen. Sie trug stets rote, luxuriöse Stoffe, die sich um ihren Körper schmiegten und zwischen der schlichteren Kleidung der meisten Limerianer in Farbe und Machart deutlich hervorstachen. Magnus hatte keine Ahnung, wie alt sie eigentlich war, und gab sich mit solchen Überlegungen auch nicht ab. Sabina lebte im Palast, seit er ein kleiner Junge war, und sie erschien ihm immer gleich zu bleiben – kalt, schön, zeitlos. Wie eine Marmorstatue, die lebte und atmete, und mit der er gelegentlich ein mehr oder weniger langweiliges Gespräch führen musste.

»Magnus, mein lieber Junge.« Ein Lächeln erschien auf ihrem Gesicht. Ihre dunklen, mit schwarzem Kajal umrahmten Augen blieben argwöhnisch, als ahnte sie, dass er gelauscht hatte.

»Sabina.«

»Gefällt es dir nicht auf dem Bankett?«

»Oh, Ihr kennt mich ja«, antwortete er trocken. »Mir gefällt es überall.«

Ihre Blicke wanderten langsam über sein Gesicht, und er spürte ein unangenehmes Prickeln in der Narbe, die sich über seine Wange zog. »Selbstverständlich.«

»Wenn Ihr mich jetzt bitte entschuldigen würdet, ich möchte mich für den Abend in mein Gemach zurückziehen.« Sie rührte sich nicht von der Stelle, und er kniff die

Augen zusammen. »Ihr könnt ruhig gehen, bestimmt wollt Ihr meinen Vater nicht warten lassen.«

»Nein, bestimmt nicht. Er hasst Enttäuschungen.«

Magnus sah sie kalt lächelnd an. »Allerdings.«

Da sie immer noch keine Anstalten machte zu gehen, wandte Magnus sich ab und begann seinerseits gemächlich den Korridor hinunterzuschlendern, obgleich er ihren Blick heiß im Rücken spürte.

Das belauschte Gespräch hallte in seinen Ohren nach. Was sein Vater und Sabina gesagt hatten, ergab keinen Sinn für ihn. Es war um Magie und Prophezeiungen gegangen, und es hatte gefährlich geklungen. Was für ein Geheimnis kannten der König und Sabina über Lucia? Von welchem Erwachen hatten sie gesprochen? War es nur ein alberner Scherz, den sie erfunden hatten, um sich an ihrem Geburtstagsfest ein bisschen zu amüsieren? Wenn sie auch nur ansatzweise amüsiert geklungen hätten, hätte er das vielleicht für möglich gehalten. Aber sie hatten angespannt, besorgt und wütend geklungen.

Die gleichen Gefühle spürte auch Magnus nun in sich. Auf der ganzen Welt war ihm nichts so wichtig wie Lucia. Obgleich er seine wahren Gefühle niemals würde offenbaren können, war er bereit, alles in seiner Macht Stehende zu tun, um sie vor denen zu beschützen, die ihr womöglich etwas antun konnten. Und zu denen gehörte nun fraglos auch sein Vater, der König – der kälteste, tödlichste und gefährlichste Mann, den er kannte.

KAPITEL 4

IM HEILIGTUM

Alexius öffnete die Augen und atmete die angenehme, warme Luft tief ein. Das sonnenwarme grüne Gras war ein gutes Bett, und er setzte sich langsam auf. Es dauerte einen Moment, bis er wieder ganz in seinem eigenen Körper war, denn er war ziemlich lange ohne ihn unterwegs gewesen.

Dann schaute er auf seine Hände – Haut hatte die Federn ersetzt, Fingernägel die Krallen. Wie jedes Mal musste er sich erst wieder daran gewöhnen.

»Was hast du gesehen?«

Vielleicht würde er nicht so viel Zeit haben, wie er gerne hätte. Alexius reckte den Hals und sah hinüber zu Timotheus, der auf seine Rückkehr gewartet hatte. Er saß auf einer Steinbank, die Beine übereinandergeschlagen, der wallende weiße Umhang so makellos wie immer.

»Nicht mehr als sonst«, antwortete Alexius, obwohl das nicht ganz stimmte. Er und all jene, die wie er zwischen den Welten hin und her reisten, waren übereingekommen, ihre Erkenntnisse erst miteinander zu besprechen, ehe sie den Ältesten, die sich nicht mehr in Falken verwandeln konnten, davon erzählten.

»Überhaupt keine Hinweise?«

»Von den Essenzen? Nein, nichts. Sie sind noch genauso verborgen wie vor einem Jahrtausend.«

Timotheus' Gesicht wurde hart. »Unsere Zeit wird knapp.«

»Ich weiß.« Wenn sie die Essenzen nicht fanden, würde der Zerfall, der die sterbliche Welt jetzt schon heimsuchte, irgendwann auch auf das Heiligtum übergreifen.

Die Ältesten waren unentschlossen, wie sie vorgehen sollten. So viele Jahrhunderte waren verstrichen, ohne dass sich etwas gezeigt hätte. Ein Hinweis oder eine Spur. Selbst das Paradies konnte zum Gefängnis werden, wenn man genug Zeit hatte, um seine Mauern wahrzunehmen.

»Aber es gibt ein Mädchen«, sagte Alexius ein wenig zögernd.

Sofort war Timotheus ganz Ohr. »Ein Mädchen?«

»Sie könnte diejenige sein, auf die wir gewartet haben. Gerade ist sie sechzehn Menschenjahre alt geworden. Ich habe etwas bei ihr gefühlt – sie strahlt etwas aus, das über alles hinausgeht, was ich bisher gespürt habe.«

»Magie?«

»Ich glaube, ja.«

»Wer ist sie? Wo ist sie?«

Wieder zögerte Alexius. Trotz der Vereinbarung mit den anderen war es seine Pflicht, den Ältesten auf ihre Fragen zu antworten – und er vertraute Timotheus. Aber irgendetwas an seiner Beobachtung erschien ihm seltsam zerbrechlich, als wäre sie ein Schössling, der noch keine Wurzeln gebildet hatte. Wenn er jetzt Alarm schlug und sich später herausstellte, dass er sich geirrt hatte, würde er wie ein Narr dastehen. Doch wenn er richtiglag, dann war dieses Mädchen unglaublich wertvoll und musste behutsam behandelt werden.

»Überlass es mir, mehr in Erfahrung zu bringen«, erwiderte er deshalb. »Ich werde sie im Auge behalten und dir alles berichten, was ich sehe. Das bedeutet allerdings, dass ich meine Suche nach den Essenzen vorerst aufgeben muss.«

»Darauf werden sich dann eben die anderen konzentrieren.« Timotheus sah ihn nachdenklich an. »Ja, wache ruhig über dieses Mädchen, dessen Identität du mir nicht verraten und das du vor mir beschützen möchtest.«

Alexius musterte ihn durchdringend. »Ich weiß, du willst ihr nichts Böses. Warum sollte ich sie vor dir beschützen wollen?«

»Gute Frage.« Ein kleines Lächeln erschien auf Timotheus' Lippen. »Möchtest du das Heiligtum ganz verlassen, um an ihrer Seite zu sein, oder sie weiterhin von fern beobachten?«

Alexius kannte viele, die sich zutiefst in die Welt der Sterblichen und diejenigen, die sie beobachteten, verliebt hatten. Aber das Heiligtum zu verlassen bedeutete, niemals mehr dorthin zurückkehren zu können.

»Ich bleibe, wo ich bin«, antwortete er. »Warum sollte ich mir etwas anderes wünschen, als hier zu sein?«

»Das hat deine Schwester einst auch gesagt.«

Sein Herz zog sich zusammen. »Sie hat einen Fehler gemacht.«

»Vielleicht. Besuchst du sie manchmal?«

»Nein. Sie hat ihre Wahl getroffen, und ich muss mir das Ergebnis dieser Wahl nicht anschauen. Lieber erinnere ich mich an sie, wie sie einmal war – ewig jung. Jetzt ist sie eine alte Frau, die ebenso zerfällt wie das Land, das sie mehr geliebt hat als dieses hier, und nur ihre kostbaren Samen leisten ihr Gesellschaft.«

Damit legte Alexius den Kopf wieder ins weiche, warme Gras, schloss die Augen und verwandelte sich, um sich in die Lüfte zu erheben und so in die kalte und unerbittliche Welt der Sterblichen zurückzukehren.

KAPITEL 5

AURANOS

Die Vögel beobachten mich«, sagte Cleo, während sie auf dem Palasthof auf und ab ging.

»Wirklich?« Emilia unterdrückte ein Lächeln und trug mit dem Pinsel ein bisschen Farbe auf ihre Leinwand auf. Sie war dabei, den Palast von Auranos zu malen, der berühmt war für seine mit Gold eingelegte polierte Steinfassade. Die ließ ihn inmitten des üppigen Grüns aussehen wie ein glitzerndes Juwel. »Leidet meine kleine Schwester an Verfolgungswahn oder fängt sie an, die alten Legenden zu glauben?«

»Vielleicht beides.« Cleos Röcke raschelten leise, als sie sich umdrehte und zur Ecke der Einfriedung deutete. »Aber ich schwöre, die weiße Taube da auf dem Pfirsichbaum hat jede meiner Bewegungen verfolgt, seit ich hier draußen bin.«

Emilia lachte und wechselte einen amüsierten Blick mit Mira, die in der Nähe an ihrer Stickerei arbeitete. »Man sagt, die Wächter beobachten uns durch die Augen von Falken, nicht die irgendwelcher beliebiger Vögel.«

Ein langohriges Eichhörnchen huschte den Baumstamm hinauf, und nun flog die Taube endlich davon. »Wenn du meinst. Du bist in unserer Familie die Expertin für Religion und Mythologie.«

»Nur weil *du* dich weigerst, etwas darüber zu lernen«, hielt Mira ihr entgegen.

Cleo streckte ihrer Freundin die Zunge heraus. »Ich weiß mit meiner Zeit Besseres anzufangen, als zu lesen.«

In der letzten Woche hatte zu diesem »Besseren« auch gehört, dass sie sich am Tag endlos Sorgen machte und bei Nacht mit Albträumen quälte. Deshalb waren ihre Augen auch ohne Lesen rot und schmerzten.

Endlich legte Emilia den Pinsel zur Seite und widmete Cleo ihre volle Aufmerksamkeit. »Wir sollten wieder hineingehen, wo wir sicher sind vor den wachsamen Augen spionierender Vögel.«

»Du kannst dich darüber lustig machen, so viel du magst, Schwester, aber so empfinde ich das eben.«

»Ach ja? Vielleicht ist aber auch dein schlechtes Gewissen wegen der Ereignisse in Paelsia schuld daran.«

Übelkeit stieg in Cleo auf, und sie wandte ihr Gesicht rasch der Sonne zu, die hier so anders schien als in Paelsia, wo die Kälte ihr bis in die Knochen gedrungen war. Den ganzen Heimweg hatte sie gefröstelt, und längst wieder zu Hause, hatte es noch mehrere Tage gedauert, bis das eisige Gefühl endlich aus ihren Gliedern verschwunden war. »Ach, das ist doch lächerlich«, log sie. »Ich habe den Vorfall längst vergessen.«

»Weißt du, weshalb Vater sich heute mit seinen Ratsmitgliedern trifft?«

»Weshalb denn?«

»Es geht um … na ja, um dich. Und Aron. Und um all das, was an diesem Tag in Paelsia passiert ist.«

Cleo merkte, wie das Blut aus ihrem Gesicht wich. »Was sagen sie denn?«

»Nichts, worüber du dir Sorgen machen musst.«

»Wenn ich mir keine Sorgen machen müsste, hättest du das Thema nicht erwähnt, oder?«

Emilia schwang ihre Beine auf die andere Seite des Stuhls und erhob sich. Einen Moment schien sie zu schwanken, und Mira blickte erschrocken auf, legte ihre Stickerei beiseite und eilte zu ihr. In den letzten Wochen hatte Emilia immer wieder über Kopfschmerzen und Schwindel geklagt.

»Erzähl mir alles, was du weißt«, drängte Cleo und sah Emilia ängstlich an.

»Der Tod des Weinhändlersohns hat anscheinend zu politischen Schwierigkeiten geführt und sich zu einem kleinen Skandal ausgeweitet. Jeder redet darüber und gibt jemand anderem die Schuld. Vater tut sein Bestes, um die erhitzten Gemüter zu beruhigen. Obwohl Auranos eine Menge Wein aus Paelsia importiert, sind die Handelsbeziehungen fast zum Erliegen gekommen. Jetzt wollen sie abwarten, bis die Krise weitgehend überwunden ist. Viele Paelsianer weigern sich rundheraus, mit uns Geschäfte zu tätigen. Sie sind wütend auf uns – und auf Vater, dass er diese Eskalation nicht verhindert hat. Natürlich wird alles maßlos übertrieben.«

»Das ist ja grässlich«, rief Mira. »Ich wollte, ich könnte es einfach vergessen.«

Sie war nicht die Einzige. Cleo war ebenso entsetzt wie Mira. »Und wie lange wird es dauern, bis alles wieder normal ist?«, fragte sie.

»Das weiß ich ehrlich nicht«, antwortete Emilia.

Cleo hasste Politik – hauptsächlich deshalb, weil sie nichts davon verstand. Aber zum Glück musste sie das auch nicht, denn Emilia war die Thronerbin ihres Vaters. Sie würde die nächste Königin sein, nicht Cleo.

Der Göttin sei Dank. Niemals hätte Cleo die endlosen Ratssitzungen ertragen, sie konnte auch nicht nett und höflich zu Leuten sein, die es ihrer Ansicht nach nicht verdienten. Emilia dagegen war von Geburt an zur perfekten Prinzessin erzogen worden, fähig, mit jedem Problem umzugehen, das sich ihr stellte. Cleo … nun ja, sie liebte die Sonne, lange Ausritte und gemeinsame Unternehmungen mit ihren Freunden.

Mit einem solchen Skandal war sie noch nie in Berührung gekommen. Abgesehen von dem Geheimnis, das nur Aron kannte, konnte niemand etwas Skandalöses über Prinzessin Cleiona erzählen. Bis jetzt, erkannte sie mit Schrecken.

»Ich muss mit Vater sprechen«, sagte Cleo. »Und herausfinden, was los ist.«

Ohne ein weiteres Wort ließ sie Emilia und Mira auf dem Hof stehen und verschwand im Schloss, eilte durch die gut beleuchteten Korridore, bis sie den Ratssaal erreichte. Die gewölbte Tür führte in einen großen, hellen Raum, die hölzernen Fensterläden standen weit offen, so dass die Sonne durch die vielen Fenster hereinströmte, und das Kaminfeuer spendete zusätzliche Helligkeit. Wohl oder übel musste Cleo warten, bis die Sitzung zu Ende war, also wanderte sie unruhig vor dem Zimmer auf und ab – Geduld gehörte nicht zu ihren hervorstechenden Eigenschaften.

Als endlich alle Anwesenden den Raum verlassen hatten und ihr Vater allein war, stürmte sie zu ihm hinein. Er saß noch am Kopf des langen, polierten Holztisches, an dem hundert Männer Platz hatten. An der gegenüberliegenden Wand hing ein großer, farbenfroher Gobelin, auf dem die Geschichte von Auranos dargestellt war. Als Kind hatte Cleo ihn stundenlang angestarrt, voller Ehrfurcht und Bewunderung für dieses großartige Kunstwerk. Auf der anderen Wand prangte das Familienwappen der Familie Bellos und eines der vielen strahlend bunten Mosaikbildnisse der Göttin Cleiona, von der Cleo ihren Namen hatte.

»Was ist denn los?« Auf Cleos Frage blickte ihr Vater von dem Stapel Schriftrollen und Papiere vor ihm auf. Er war zwanglos mit ledernen Hosen und einer fein gestrickten Tunika bekleidet. Sein gepflegter brauner Bart war von grauen Strähnen durchzogen. Allgemein wurde gesagt, dass Cleo die leuchtend blaugrünen Augen ihres Vaters und Emilia die braunen Augen ihrer Mutter geerbt hatte. Doch sowohl Emilia als auch Cleo hatten die blonden Haare ihrer Mutter, eine Seltenheit in Auranos, wo Haut und Haare der meisten Menschen eher dunkel waren. Königin Elena war die Tochter eines wohlhabenden Gutsbesitzers in den östlichen Hügeln von Auranos gewesen; auf seiner Krönungsreise vor mehr als zwei Jahrzehnten hatte König Corvin sie gesehen und sich sofort in sie verliebt. Nach der Familienüberlieferung waren Elenas Vorfahren ursprünglich Emigranten von jenseits der Silbernen See.

»Haben dir die Ohren geklungen, Tochter?«, antwortete der König mit einer Gegenfrage. »Oder hat Emilia dir bereits das Neueste berichtet?«

»Was macht das für einen Unterschied? Wenn es mich betrifft, sollte ich es doch wohl erfahren. Also, erzählt es mir!«

Er erwiderte ihren Blick, unbeeindruckt von ihren Forderungen. Die aufbrausende Natur seiner jüngsten Tochter war ihm nicht neu, entsprechend reagierte er darauf so gelassen wie immer – die beste Taktik. Sicher, Cleo machte gelegentlich Wirbel, aber der beschränkte sich eigentlich immer auf Worte. Sie beklagte sich, sie schimpfte, aber sobald etwas Neues ihre Aufmerksamkeit erregte, vergaß sie rasch, was sie gerade noch so in Wallung gebracht hatte. Vor kurzem hatte der König sie mit einem Kolibri verglichen, der von einer Blüte zur anderen huschte, aber Cleo hatte das nicht als Kompliment aufgefasst.

»Deine Reise nach Paelsia letzte Woche hat zu Streitigkeiten geführt, Cleo. Und die weiten sich aus, fürchte ich.«

Angst und Schuldgefühle überwältigten sie. Bis heute war ihr nicht einmal klar gewesen, dass ihr Vater von dem Vorfall wusste. Zwar hatte sie Emilia ihr Herz ausgeschüttet, aber ansonsten hatte sie mit niemandem darüber gesprochen. Sie hatte gehofft, sie könnte den Mord an dem Sohn des Weinhändlers einfach vergessen, was leider ganz und gar nicht funktioniert hatte. Im Gegenteil – wenn sie die Augen schloss und einschlief, durchlebte sie ihn jede Nacht von neuem. Auch der mörderische Blick, den Jonas, der Bruder des Jungen, ihr zugeworfen hatte, und seine Drohung, sie umzubringen, verfolgten sie in ihren Träumen.

»Entschuldigung.« Das Wort blieb ihr fast in der Kehle stecken. »Ich wollte nicht, dass das alles passiert.«

»Das glaube ich dir. Aber anscheinend tauchen überall Schwierigkeiten auf, wohin du auch gehst.«

»Werdet Ihr mich bestrafen?«

»Nicht im üblichen Sinne. Aber die jüngsten Probleme haben mich zu dem Entschluss gebracht, dass du von heute an den Palast nicht mehr verlassen wirst. Ich werde dir bis auf weiteres nicht mehr erlauben, mein Schiff für deine Erkundungsreisen zu benutzen.«

Trotz ihrer Scham über die Ereignisse in Paelsia brachte sie schon die Vorstellung von Hausarrest in Rage. »Niemand kann von mir verlangen, dass ich die ganze Zeit im Palast bleibe, als wäre ich eine Gefangene.«

»Ich kann das, was geschehen ist, nicht einfach hinnehmen, Cleo.«

Sie hatte plötzlich einen Kloß im Hals. »Glaubt Ihr mir nicht, dass ich mich deswegen schon schrecklich genug fühle?«

»Oh doch, da bin ich sogar ganz sicher. Aber das ändert nichts.«

»Es hätte nicht geschehen dürfen.«

»Aber es ist geschehen. Du hättest nicht dabei sein dürfen. Paelsia ist kein Ort für eine Prinzessin. Es ist zu gefährlich.«

»Aber Aron ...«

»Aron.« Die Augen ihres Vaters blitzten. »Er ist derjenige, der den Bauernjungen getötet hat, richtig?«

Arons gewalttätiger und unerwarteter Ausbruch auf dem Markt hatte sogar Cleo überrascht. Und obwohl sie dem jungen Mann ohnehin nicht traute, bestürzte sie sein Mangel an Schuldgefühlen.

»Ja«, bestätigte sie.

Einen langen Moment schwieg der König, und Cleo hielt den Atem an, voller Angst, was er als Nächstes sagen würde.

»Danke der Göttin, dass er da war, um dich zu beschützen«, sagte er schließlich. »Ich habe den Paelsianern nie über den Weg getraut und mich stets für den Abbruch der Handelsbeziehungen zwischen unseren Ländern eingesetzt. Die Paelsianer sind unberechenbar, primitiv und werden leicht gewalttätig. Ich habe Lord Aron und seine Familie immer bewundert, die jüngsten Ereignisse haben mich darin nur bestärkt. Ich bin sehr stolz auf ihn, und sein Vater ist es sicher auch.«

Cleo musste sich auf die Zunge beißen, um ihrem Vater nicht vehement zu widersprechen.

»Dennoch«, fuhr der König fort, »dennoch bin ich nicht glücklich darüber, dass diese leidige Auseinandersetzung ausgerechnet auf einem Markt, mitten in der Menschenmenge stattgefunden hat. Wenn du den Palast oder dieses Königreich verlässt, musst du immer daran denken, dass du eine Repräsentantin von Auranos bist. Man hat mir hinterbracht, dass sich in Paelsia Ärger zusammenbraut. Man ist dort momentan nicht gut auf uns zu sprechen, noch weniger als sonst. Die Paelsianer neiden uns schon lange unseren Reichtum, denn wegen ihres nachlässigen Umgangs mit den eigenen Ressourcen ist fast nichts mehr übrig. Natürlich sehen sie den Mord an einem der ihren – ganz gleich wie es dazu gekommen ist – als eine Bekundung auranischer Überlegenheit.«

Cleo schluckte. »Eine ... eine Bekundung?«

Der König machte eine wegwerfende Handbewegung. »Es wird Gras über die Sache wachsen. Aber Auranier müssen sehr vorsichtig sein, wenn sie durch Paelsia reisen. Armut und Hoffnungslosigkeit können leicht zu räuberischen und gewalttätigen Überfällen führen …« Sein Gesicht wurde hart. »Paelsia ist ein gefährlicher Ort. Und du wirst dich dort nie wieder blicken lassen, ganz gleich aus welchem Grund.«

»Nicht dass ich es will, glaubt mir, aber … nie wieder?«

»Nie wieder.«

Überbehütend wie gewöhnlich. Aber Cleo verkniff es sich, darüber zu streiten. Sosehr sie den Gedanken hasste, dass Aron durch den Mord an Tomas Agallon für den König zum Helden geworden war, wusste sie doch, wann sie den Mund halten musste, um sich nicht noch mehr in Schwierigkeiten zu bringen.

»Ich verstehe«, sagte sie.

Ihr Vater nickte und kramte in den Papieren, die vor ihm lagen. Doch seine nächsten Worte trafen sie wie ein Schlag in den Magen. »Ich habe beschlossen, deine Verlobung mit Lord Aron sehr bald offiziell zu verkünden. Das wird allen deutlich zeigen, dass er den Jungen getötet hat, um dich zu beschützen – seine zukünftige Braut.«

Voller Entsetzen starrte sie ihren Vater an. »Was?«

»Hast du etwa ein Problem damit?« In den Augen des Königs schimmerte etwas, das seine heute Nachmittag zur Schau gestellte Gelassenheit Lügen strafte. Etwas, das unterdrückt werden musste. Der Protest erstarb auf Cleos Lippen. Ihr Vater konnte nichts von ihrem Geheimnis wissen … oder etwa doch?

Sie rang sich ein Lächeln ab. »Selbstverständlich, Vater. Wie Ihr meint.« Sie würde einen Weg finden, ihn umzustimmen, wenn die Lage sich etwas beruhigt hatte – und wenn sie sicher wusste, dass er nichts von jener Nacht wusste. Cleo würde es nicht ertragen, wenn er jemals herausfand, was sie getan hatte.

Er nickte. »Gutes Mädchen.«

In der Hoffnung, schnell verschwinden zu können, wandte sie sich zur Tür.

»Noch eins, Cleo.«

Sie blieb sofort stehen und wandte sich um. »Ja?«

»Ich weise dir einen Leibwächter zu, der dich rund um die Uhr beschützt. Sein Auftrag wird darin bestehen, meine jüngste Tochter in Zukunft von jedem Ärger fernzuhalten.«

Ihr Entsetzen wurde noch größer. »Aber hier in Auranos gibt es keinen Ärger. Wenn ich verspreche, nicht nach Paelsia zurückzugehen, was ist dann das Problem?«

»Die Seelenruhe deines Vaters, mein Schatz. Und ehe du mir widersprichst – meine Entscheidung ist endgültig. Ich bestimme Theon Ranus für diese Aufgabe. Er müsste jeden Moment hier sein, dann kann ich ihn über seinen neuen Posten informieren.«

Theon. Der Gardist, der sie nach Paelsia begleitet hatte. So anziehend Cleo ihn auch fand, verblasste die Verlockung doch neben dem Gedanken, dass er von früh bis spät in ihrer Nähe sein würde. Wohin sie auch ging. So dass sie keinerlei Privatsphäre oder Zeit für sich alleine mehr haben würde.

Als sie ihren Vater ansah, entdeckte sie in seinen Augen ein schwaches amüsiertes Funkeln, und ihr wurde klar, dass die Maßnahme Teil ihrer Strafe war, weil sie den guten Namen von Auranos in den Schmutz gezogen und die Beziehungen zwischen den beiden Ländern noch weiter strapaziert hatte. Aber sie zwang sich, ruhig zu bleiben, und senkte leicht den Kopf. »Wie Ihr wünscht, Vater.«

»Sehr gut. Ich wusste, dass du genauso vernünftig sein kannst wie deine Schwester, wenn du dich nur ein bisschen anstrengst.«

Cleo war überzeugt, dass Emilia im Lauf der Jahre einfach gelernt hatte, im Umgang mit ihrem Vater den Mund zu halten, um als perfekte Prinzessin dazustehen. Aber Cleo war nicht perfekt. Und das wollte sie auch gar nicht sein.

Ihr war klar, was sie tun musste. Sobald Theon sich bei ihr zum Dienst meldete, würde sie ihn einfach seiner Pflichten entheben. Dann konnte er tun, was er wollte, und sie ebenfalls. Der König sah sie für gewöhnlich ohnehin nur zu den Mahlzeiten und würde den Unterschied gar nicht bemerken.

Ganz einfach.

Ihr bevorstehendes Verlöbnis mit Aron war ein wesentlich größeres Problem. Nach allem, was in Paelsia geschehen war, und nachdem Aron sich auf der Heimreise auch noch so lächerlich eitel und egoistisch aufgeführt und nur darüber gejammert hatte, dass er seinen kostbaren Dolch im Hals des Weinhändlersohns hatte zurücklassen müssen und trotz all seiner Mühe nicht einmal Wein hatte kaufen können, war sie zu dem Entschluss gelangt, dass sie nichts mehr mit ihm zu tun haben wollte. Geschweige denn ihn heiraten.

Eine endgültige Entscheidung, also wirklich. Ihr Vater konnte sie doch nicht dazu zwingen, einen Mann zu heiraten, den sie nicht wollte.

Und ob er sie zwingen konnte. Er war der König! Niemand konnte sich ihm widersetzen, nicht einmal eine Prinzessin.

Sie rannte davon, weg vom Ratssaal, durch den Hof, eine Treppe hinauf und einen Gang hinunter, ehe sie einen lauten frustrierten Schrei ausstieß.

»Autsch. Du nimmst wirklich überhaupt keine Rücksicht auf mein Trommelfell, stimmt's, Prinzessin?«

Erschrocken und mit klopfendem Herzen wandte Cleo sich um – sie war ganz sicher gewesen, allein zu sein. Aber als sie sah, wer sie angesprochen hatte, stieß sie einen Seufzer der Erleichterung aus. Und brach dann prompt in Tränen aus.

An der glatten Marmorwand lehnte, die Arme vor der Brust verschränkt, Nicolo Cassian. Blitzschnell wandelte sich seine Neugier in Besorgnis.

»Oh nein! Bitte weine nicht. Mit Tränen kann ich überhaupt nicht umgehen.«

»Mein ... mein Vater ist gemein und unfair«, schluchzte sie und sackte in seinen Armen zusammen. Er tätschelte ihr sanft den Rücken.

»Der gemeinste von allen. Es hat nie einen gemeineren Vater gegeben als König Corvin. Wenn er nicht der König wäre und ich nicht sein Knappe, der jeden seiner Befehle befolgen muss, würde ich ihn augenblicklich niederstrecken, nur für dich.«

Nic war Miras großer Bruder, ein Jahr älter als sie, also siebzehn. Während Miras dunkles Haar nur von einigen leuchtend roten Strähnen durchzogen war, standen Nics karottenrote Haare in alle Richtungen vom Kopf ab, für einen Auranier sehr ungewöhnlich. Und im Gegensatz zu Miras hübschem, wohlgerundetem Äußeren war sein Gesicht ebenso schmal und kantig wie sein Körper, die Nase leicht nach links gebogen und von Sommersprossen übersät, die mit jedem Augenblick, den er draußen in der Sonne verbrachte, noch zahlreicher wurden. Cleo konnte die Arme leicht um seinen dünnen Körper schlingen, während sie den Kopf an seine Brust schmiegte und ihre Tränen auf seine wollene Tunika sickerten.

Nic und Mira waren die Kinder von Sir Rogerus Cassian, einem engen Freund des Königs, der zusammen mit seiner Frau vor sieben Jahren bei einem Schiffsunglück ums Leben gekommen war. Der König hatte ihnen offizielle Aufgaben im Palast zugewiesen und erlaubt, hier zu wohnen, zusammen mit ihm, Cleo und Emilia an einem Tisch zu essen sowie am Unterricht der Palastlehrer teilzunehmen. Mira war Emilias Zofe, während Nic sich als persönlicher Knappe des Königs verdient machte – ein Posten, um den ihn viele beneideten.

Mira war Cleos beste Freundin, Nic ihr bester Freund. Bei ihm fühlte sie sich, wenn sie ehrlich war, sogar noch wohler als bei Mira. Heute war nicht das erste Mal, dass sie sich an seiner Schulter ausweinte, und es würde vermutlich auch nicht das letzte sein.

»Mein Königreich für ein Taschentuch«, murmelte er. »Na, na, Cleo, was ist denn los?«

»Mein Vater will demnächst meine Verlobung mit Aron bekanntgeben.« Ihr Atem ging stoßweise. »Offiziell!«

Nic verzog das Gesicht. »Jetzt verstehe ich, was dich so fertigmacht. Eine Verlobung mit einem gutaussehenden Lord. Das muss ja schrecklich für dich sein.«

Sie boxte ihn in die Schulter und musste sich trotz ihres Kummers das Lachen verkneifen. »Hör auf. Du weißt doch, dass ich ihn nicht heiraten will.«

»Ja, das weiß ich. Aber eine Verlobung ist nicht das Gleiche wie eine Heirat.«

»Noch nicht.«

Er zuckte die Achseln. »Ich glaube, ich hätte eine ganz einfache Lösung für dich, wenn dich die Sache wirklich so stört.«

Begierig starrte sie ihn an. »Was denn?«

»Sag deinem Vater, dass du total in mich verliebt bist und dich weigerst, je einen anderen zu heiraten. Und wenn er Probleme macht, dann drohe ihm damit, mit mir durchzubrennen.«

Jetzt war ihr Lächeln echt, und sie nahm ihn noch einmal in den Arm. »Oh Nic. Ich wusste doch, dass du es schaffst, mich aufzuheitern.«

»Ist das ein Ja?«

Grinsend blickte Cleo in das vertraute Gesicht. »Sei nicht albern. Als wolltest du mich haben! Wir sind viel zu gute Freunde, um jemals zu heiraten.«

Er zuckte mit seinen knochigen Schultern. »Man kann es ja mal versuchen.«

Sie seufzte. »Außerdem würde mein Vater einen Anfall kriegen, wenn wir ihm das vorschlügen. Du hast kein königliches Blut in den Adern.«

»Richtig – mein Blut ist absolut unköniglich.« Er lächelte schief. »Und darauf bin ich verdammt stolz. Ihr Königlichen seid doch ein langweiliger Haufen. Trotzdem ist es Miras sehnlichster Wunsch, königlicher Abstammung zu sein.«

»Deine Schwester ist manchmal echt eine Nervensäge.«

»Wir sollten unbedingt dafür sorgen, dass sie einen Mann heiratet, der keine Nerven hat.«

»Gibt es so etwas?«

»Das bezweifle ich.«

In diesem Moment hörte Cleo, wie sich auf dem Marmorboden schwere Schritte näherten.

»Hoheit.« Es war Theon in seiner steifen blauen Uniform und mit mürrischem Gesicht. »Der König schickt mich.«

Sie seufzte leise. *Das fängt ja gut an.*

Nic blickte zwischen den beiden hin und her. »Gibt es ein Problem?«

»Das ist Theon Ranus«, erklärte Cleo. Der junge Gardist wirkte angespannt und längst nicht so selbstbewusst wie vor ein paar Tagen in Paelsia. »Theon, du siehst nicht sehr glücklich aus. Hat mein Vater dir etwa einen Auftrag erteilt, mit dem du nicht einverstanden bist?«

Theon hielt die Augen starr geradeaus gerichtet. »Ich befolge jeden Befehl des Königs.«

»Verstehe. Und was wollte er diesmal von dir?«, fragte sie, obwohl sie es genau wusste.

Theon biss die Zähne zusammen. »Er hat mich zu Eurer persönlichen Leibwache ernannt.«

»Hmm. Wie findest du das?«

»Ich … ich fühle mich geehrt.«

»Leibwache?«, wiederholte Nic verwundert. »Wozu brauchst du denn eine Leibwache?«

»Mein Vater meint, ich gerate nur dann nicht in Schwierigkeiten, wenn ich rund um die Uhr bewacht werde. Kurz gesagt, er möchte verhindern, dass ich Spaß habe.«

»Der Bruder des Bauern hat Euch mit dem Tod gedroht«, gab Theon zu bedenken.

Bei der Erinnerung zog sich Cleos Magen zusammen, aber sie winkte ab. »Jetzt, da ich wieder hier bin, macht mir das keine Angst. Er würde es niemals über die Palastmauern schaffen.«

»Tja, das ist wirklich lustig«, meinte Nic. »Eine Leibwache. Sogar hier im Schloss.«

»Es ist lächerlich und absolut unnötig«, rief Cleo. »Außerdem hat Theon mir gesagt, am liebsten möchte er mal Leibwächter meines Vaters werden, und jetzt ist er stattdessen mein Aufpasser. Das muss doch unglaublich enttäuschend sein für jemanden mit so viel Ehrgeiz, glaubst du nicht?«

»Absolut enttäuschend«, bestätigte Nic und warf Theon einen mitfühlenden Blick zu.

Theon wirkte nervös, sagte aber nichts.

»Er muss mich bewachen, wenn ich draußen in der Sonne faulenze. Und beim Kunstunterricht. Und wenn mir von der Zofe die Haare geflochten werden. Bestimmt findet er das alles unglaublich aufregend.«

»Wenn er scharf aufpasst, kann er vielleicht beim Flechten helfen«, sagte Nic leichthin.

Es sah aus, als bohrte sich jedes Wort wie ein Messer in Theons Rücken.

»Klingt das, als könnte es dir Spaß machen, Theon?«, neckte sie ihn weiter. »Mich auf meinen Exkursionen und Abenteuern zu begleiten … für den Rest meines Lebens?«

Als ihr Blick dem seinen begegnete, hielt sie abrupt in ihrem Spott inne. Sie hatte erwartet, Abscheu in seinen Augen zu sehen, aber da war etwas anderes. Etwas Dunkleres, aber seltsam Faszinierendes.

»Der König befiehlt, ich gehorche«, sagte er ruhig.

»Gehorchst du auch mir?«

»Im angemessenen Rahmen.«

»Was bedeutet das?«, fragte Nic.

Theons dunkle Augen wandten sich blitzschnell dem rothaarigen Jungen zu. »Das bedeutet, wenn die Prinzessin sich in Gefahr begibt, greife ich ohne Zögern ein. Ich werde nicht noch einmal einen solchen Vorfall zulassen wie letzte Woche. Dieser Mord hätte vermieden werden können, wenn ich die Chance bekommen hätte einzugreifen.«

Cleos Schuldgefühle saßen sehr tief. »Aron hätte den Jungen niemals töten dürfen.«

Theon musterte sie durchdringend. »Gut zu wissen, dass wir wenigstens in diesem Punkt einer Meinung sind.«

Sie hielt seinem Blick stand und wünschte sich dabei sehr, sie würde diesen unbequemen Gardisten nicht so aufregend finden. Aber seine Augen … wie er sie anstarrte …

So hatte noch kein Gardist sie jemals angesehen. Genau genommen hatte überhaupt niemand sie jemals so angesehen. Wütend und wild und kolossal unfreundlich … aber da war noch etwas anderes. Theon sah sie an, als wäre Cleo das einzige Mädchen auf der ganzen Welt und als würde er jetzt einen Teil von ihr besitzen.

»Sieh an, sieh an.« Nics Stimme riss sie aus ihren Gedanken. »Vielleicht sollte ich euch allein lassen, damit ihr euch ungestört weiter anstarren könnt?«

Hitze stieg in Cleos Wangen, und sie riss den Blick von Theon los. »Sei nicht albern.«

Nic lachte, aber es klang nicht mehr amüsiert wie vorhin, sondern wesentlich herber und weniger freundlich. Er beugte sich zu Cleo. »Vergiss eines nicht, wenn du dich auf die Regelung mit deinem neuen Leibwächter einlässt«, flüsterte er so dicht an ihrem Ohr, dass Theon ihn nicht hören konnte.

»Und zwar?«, fragte sie scharf.

»Er ist ebenfalls nicht königlicher Abstammung«, antwortete er und erwiderte ihren Blick, ohne mit der Wimper zu zucken.

KAPITEL 6

PAELSIA

Zweimal hatte Jonas die Klinge des Dolchs gereinigt, dennoch meinte er noch immer das Blut seines Bruders darauf zu erkennen. Schließlich steckte er die Waffe in den Gürtel und musterte prüfend die Grenze zwischen Paelsia und Auranos, ein dicht und wirr bewachsenes Waldstück, das man Wildland nannte. Nur wer sehr mutig – oder sehr dumm – war, hätte je in Erwägung gezogen, es zu durchqueren. Wer zivilisiert reiste, segelte mit dem Schiff an der Westküste entlang.

Obwohl es hier von Gefahren wimmelte – Raubtiere mit scharfen Zähnen, unwegsames Gelände, Diebe und Mörder, um nur einige davon zu nennen – wurde die Grenze von auranischen Posten kontrolliert. Zwischen der Silbernen See im Westen und den Bergen im Osten hielten sie Wache, gut getarnt und so gut wie unsichtbar – es sei denn, man wusste, wonach es Ausschau zu halten galt.

Jonas wusste es, denn er hatte den besten Lehrmeister gehabt – Tomas. Als er diese gefährliche Gegend das erste Mal betreten hatte, war er zehn Jahre alt gewesen. Damals hatte Tomas ihn mitgenommen und ihn in das Geheimnis eingeweiht, das er sonst keinem verriet: dass er regelmäßig bei den reichen Nachbarn wilderte. Auf dieses Verbrechen stand die Todesstrafe, aber Tomas war der Ansicht gewesen, dass sich das Risiko lohnte, um das Überleben der Familie zu sichern, und Jonas stimmte dem zu.

Früher war Paelsia ein Land mit Gärten, üppigen Wäldern und Flüssen voller Fische gewesen, ein Land, in dem es wilde Tiere im Überfluss gab, die man jagen konnte. Vor drei Generationen hatte sich das geändert. Zuerst in den schneebedeckten Bergen im Osten, von dort hatte sich der Niedergang langsam, aber sicher immer mehr zum Ozean im Westen ausgebreitet. Alles begann zu sterben, und zurück blieb braunes Gras, grauer Fels und Tod. Eine Wüste. Näher am Meer war es etwas besser, aber inzwischen war der Boden, der die Bewohner des Landes noch ernähren konnte, auf ein Viertel geschrumpft.

Dank Auranos jedoch wurde der wenige fruchtbare Boden trotz allem zum Weinanbau genutzt, um den südlichen Nachbarn den Wein billig zu verkaufen und sich selbst lieber um den Verstand zu saufen, als Feldfrüchte anzubauen. Für Jonas war der Wein zum Symbol der Unterdrückung von Paelsia geworden. Ein Symbol für die Dummheit der Paelsianer. Doch statt sich zu wehren und eine Lösung zu suchen, lebten sie von einem Tag zum anderen, träge gemacht von dem matten Gefühl, sich abfinden zu müssen.

Viele glaubten, ihr Stammesführer, Häuptling Basilius, würde irgendwann die Magie beschwören und sie alle retten. Seine treuesten Untertanen hielten ihn für einen Magier und verehrten ihn wie einen Mensch gewordenen Gott. Er strich drei Viertel des Weinprofits als Steuern ein, und sein Volk entrichtete die Abgabe gerne, in dem festen Glauben, dass ihr Stammesführer sie in naher Zukunft mit seiner Magie retten würde.

Sie sind so naiv, dachte Jonas aufgebracht. *So unverzeihlich naiv.*

Tomas andererseits hatte nicht an solchen Unsinn wie Magie geglaubt. Zwar hatte er die Position des Häuptlings als Stammesführer respektiert, aber ansonsten glaubte er nur an die handfesten Tatsachen des Lebens. Er hatte kein Problem damit, regelmäßig auf auranischem Gebiet zu wildern. Nur zu gern hätte er auch in Limeros gewildert, aber das felsige Gelände, die weiten Sümpfe und die kalten Temperaturen, die ihre nördlichen Nachbarn zu bieten hatten, waren der wilden Tierwelt längst nicht so zuträglich wie das milde Klima und die sanften grünen Täler von Auranos.

Als Tomas ihn zum ersten Mal heimlich über die Grenze nach Auranos geführt hatte, war Jonas aus dem Staunen gar nicht mehr herausgekommen. Ein Weißwedelhirsch war praktisch auf sie zugekommen, als wollte er sie in dem begüterten Königreich willkommen heißen und sich den Messern der beiden Jungen als Opfergabe anbieten. Wenn Tomas und Jonas wieder einmal für eine Woche verschwunden und mit reicher Beute zurückgekehrt waren, hatte ihr Vater ihnen nie irgendwelche Fragen gestellt. Sicher nahm er an, sie wären irgendwo in Paelsia auf ein geheimes Jagdparadies gestoßen. Und natürlich hatten sie die Wahrheit für sich behalten. Zwar war es dem alten Mann am liebsten, wenn seine Söhne bei ihm in den Weinbergen arbeiteten, aber er protestierte auch nie gegen ihre Ausflüge.

»*Eines Tages*«, hatte Tomas gesagt, als sie einmal genau an dieser Stelle standen, um die Grenze zu überqueren, »*eines Tages wird jeder Mensch in Paelsia die gleiche Schönheit und den gleichen Überfluss erleben, wie die verwöhnten Auranier sie jeden Tag genießen. Wir nehmen uns einfach, was uns zusteht.*«

Bei der Erinnerung an seinen toten Bruder begannen Jonas' Augen zu brennen, und der Kummer schnürte ihm fast die Kehle zu. Seit dem Mord ließ ihn die Trauer keinen Augenblick wirklich los.

Ich wünschte, du wärst hier, Tomas. Das wünsche ich mir mehr als alles andere.

Seine Hand streifte den Griff des Messers, mit dem Lord

Aron seinem Bruder vor den Augen einer kaltherzigen, schönen Prinzessin die Kehle durchgeschnitten hatte.

Diese Prinzessin war Jonas' Obsession geworden – sein Hass auf sie brannte jeden Tag heller. Wenn er mit Lord Aron fertig war, würde er auch sie töten, langsam, mit derselben Klinge.

»Es war so vorbestimmt«, hatte sein Vater gesagt, als das Begräbnisfeuer den dunklen Himmel erleuchtete.

»Nein, niemals«, hatte Jonas zähneknirschend erwidert.

»Es gibt keine andere Art, die Dinge zu sehen und zu ertragen. Es war sein Schicksal.«

»Es war ein Verbrechen, Vater. Ein Mord, begangen von dem gleichen Adligen, dem du noch immer ohne Zögern deinen Wein verkaufen würdest. Und niemand wird dafür bezahlen. Tomas ist umsonst gestorben, und dir fällt nichts Besseres ein, als dem Schicksal die Schuld zu geben?«

Mit dem herzzerreißenden Bild der seelenlosen Hülle seines Bruders vor Augen hatte sich Jonas von der Menge der Trauernden und der Bestattungszeremonie entfernt. Im Vorbeigehen war er dem glasigen Blick seiner Schwester begegnet.

»Du weißt, was du zu tun hast«, hatte Felicia ihm in hartem Ton zugeflüstert. *»Du musst ihn rächen.«*

Und deshalb stand er nun hier. Ein Raubtier auf der Jagd nach einer ganz anderen Beute.

»Du siehst ja sehr entschlossen aus«, sagte plötzlich eine Stimme aus dem Schatten.

Jeder Muskel in Jonas' Körper spannte sich an, er wandte sich nach rechts, aber ehe er zur Waffe greifen konnte, spürte er einen Faustschlag im Magen. Keuchend taumelte er zurück. Jemand rempelte ihn und stieß ihn auf den feuchten, bemoosten Waldboden.

Ehe er sich aufrappeln konnte, presste sich auch schon eine

scharfe Klinge an seinen Hals. Er hielt die Luft an und starrte empor in ein dunkles Augenpaar.

»Tot«, sagte die Stimme amüsiert. »Einfach so. Siehst du, wie leicht das passieren kann?«

»Runter von mir«, keuchte Jonas und versuchte sich zu befreien.

Die Klinge verschwand, und auch die Gestalt erhob sich mit einem leisen Lachen.

»Du Idiot. Denkst du ernsthaft, du kannst einfach verschwinden, und keiner merkt, dass du weg bist?«

Jonas funkelte Brion Radenos, seinen besten Freund, wütend an. »Ich hab dich nicht eingeladen mitzukommen.«

Brion fuhr sich mit der Hand durch seine zerzausten schwarzen Haare, und Jonas sah seine weißen Zähne blitzen. »Ich hab mir erlaubt, dir zu folgen. Zum Glück hast du eine deutliche Spur hinterlassen.«

»Es überrascht mich, dass ich dich nicht bemerkt habe.« Jonas klopfte sein Hemd ab, das jetzt nicht nur schmutzig, sondern auch zerrissen war. »Du stinkst ja wie ein Schwein.«

»Du warst nie besonders gut mit Schimpfworten. Ich persönlich nehme das als Kompliment.« Brion schnupperte. »Du bist auch nicht gerade die frischeste Blume des Tals. Jeder Grenzposten in einem Umkreis von fünfzehn Metern könnte dich riechen, und das Gleiche gilt für jedes hungrige Raubtier auf der Suche nach einer leckeren Mahlzeit.«

Jonas machte ein finsteres Gesicht. »Kümmere dich gefälligst um deine eigenen Angelegenheiten, Brion.«

»Wenn mein Freund wegrennt, um sich abschlachten zu lassen, ist das durchaus auch meine Angelegenheit.«

»Nein, keineswegs.«

»Du kannst meinetwegen den ganzen Tag und die ganze Nacht mit mir streiten, wenn es dich daran hindert, dieses Königreich zu betreten.«

»Wäre nicht das erste Mal, dass ich es betrete.«

»Aber das letzte Mal. Glaubst du, ich weiß nicht, was du vorhast?« Er schüttelte den Kopf. »Ich sag es noch einmal. Du bist ein Idiot.«

»Ich bin kein Idiot.«

»Du willst in den auranischen Palast marschieren und zwei Adlige ermorden. Meiner Meinung nach ist das ein idiotischer Plan.«

»Die beiden haben den Tod verdient.«

»Aber doch nicht so.«

»Du warst nicht dabei. Du hast nicht gesehen, was mit Tomas passiert ist.«

»Nein, aber ich habe genug darüber gehört. Ich habe deinen Kummer gesehen.« Brion atmete langsam aus und musterte seinen Freund. »Ich weiß, was du denkst, Jonas. Wie du dich fühlst. Ich habe auch meinen Bruder verloren, erinnerst du dich?«

»Dein Bruder ist im Vollrausch von einer Klippe gerutscht und in den Tod gestürzt. Das ist nicht mal ansatzweise das Gleiche.«

Bei der Erwähnung der Unzulänglichkeiten seines Bruders zuckte Brion zusammen, und Jonas hatte zumindest so viel Anstand, selbst über seine Taktlosigkeit zu erschrecken. »Der Verlust eines Bruders tut weh, ganz gleich wie er sein Ende findet«, sagte Brion nach einem Augenblick des Schweigens. »Und der Verlust eines Freundes ebenfalls.«

»Ich kann dieses Verbrechen nicht auf sich beruhen lassen, Brion. Auf keinen Fall. Ich werde mich nicht damit abfinden.« Jonas blickte über das offene Feld jenseits des dichten Waldes voller Wildwuchs, der die beiden Länder voneinander trennte. Zu Fuß war der Palast eine volle Tagesreise von hier entfernt. Da Jonas ein guter Kletterer war, hatte er geplant, einfach über die Mauer zu steigen; den Palast selbst kannte er nur aus Erzählungen. Im letzten Krieg zwischen Paelsia und Auranos vor annähernd hundert Jahren hatte der damalige auranische König um das gesamte Palastgelände, auf dem das Schloss und die Villen einiger wichtiger auranischer Bürger standen, eine goldglitzernde Marmormauer errichten lassen. Angeblich umschloss sie eine Fläche von über einer Quadratmeile – eine eigenständige kleine Stadt. Ein Teil einer solch immensen Mauer würde mit Sicherheit unbewacht sein, vor allem, da es schon lange keine echte Bedrohung mehr gegeben hatte.

»Du glaubst also, du kannst den Lord töten?«, fragte Brion.

»Nichts leichter als das.«

»Und die Prinzessin ebenfalls? Du glaubst, es wird dir leichtfallen, einem Mädchen die Kehle durchzuschneiden?«

Jonas begegnete seinem Blick. »Sie ist ein Symbol des reichen Packs, das uns auslacht, das uns immer wieder in die Armut zurückstößt und dafür sorgt, dass unser Land allmählich zugrunde geht. Ihre Ermordung wird eine Botschaft an König Corvin sein, dass wir diesen Missstand nicht länger akzeptieren. Tomas wollte schon immer, dass Paelsia sich gegen Auranos erhebt. Vielleicht wird der Funke jetzt endlich überspringen.«

Brion schüttelte den Kopf. »Du bist sicher ein guter Jäger, Jonas, aber ganz bestimmt kein Mörder.«

Wieder brannten Jonas' Augen, diesmal heftiger, und er wandte sich rasch ab. Auf keinen Fall würde er vor seinem Freund weinen, eine solche Schwäche würde er niemals mehr zeigen, vor niemandem. Das allein wäre schon die reine Kapitulation.

»Aber es muss etwas geschehen.«

»Da hast du recht. Aber es gibt einen anderen Weg. Du musst mit dem Kopf denken, nicht nur mit dem Herzen.«

Jonas konnte sich ein verächtliches Schnauben nicht verkneifen. »Du meinst also, ich benutze im Augenblick mein Herz zum Denken?«

Brion verdrehte die Augen. »Ja. Und falls es irgendwelche Zweifel gibt – dein Herz ist genauso ein Idiot wie der Rest von dir. Würde Tomas, selbst wenn er ein angehender Revolutionär war, etwa wollen, dass du nach Auranos rennst und ein paar Adlige abstichst?«

»Vielleicht.«

Brion legte den Kopf schief. »Ehrlich?«

Mit gerunzelter Stirn stand Jonas da, und ein Bild seines Bruders ging ihm durch den Kopf. »Nein«, gestand er schließlich. »Das würde er nicht wollen. Er würde mich für einen lebensmüden Trottel halten.«

»Nicht viel besser, als von einer Klippe zu stürzen, weil man seinen Kummer im Alkohol ertränken wollte, oder?«

Jonas seufzte tief. »Er war so arrogant. *Lord Aron Lagaris.* Hat seinen Namen deklamiert, als sollten wir vor ihm auf die Knie fallen, wie es sich für bedeutungslose Bauerntölpel gehört, und seinen Ring küssen.«

»Ich sage ja auch gar nicht, dass der Bastard seine Tat nicht mit Blut bezahlen soll. Aber nicht mit *deinem.*« In Brions Wange zuckte ein Muskel.

Brion war ein nüchterner, vernünftiger Mensch, auch wenn er ganz sicher nicht der klügste von Jonas' Freunden war und auch keiner, bei dem man Rat suchte. Normalerweise stürzte er sich als Erster in einen Kampf, bei dem durchaus auch mal Knochen zu Bruch gingen – sowohl bei ihm selbst als auch bei seinen Gegnern. Als sichtbare Erinnerung an einen dieser Kämpfe durchtrennte eine Narbe seine rechte Augenbraue, und im Gegensatz zu den meisten seiner Landsleute war Brion nicht bereit, sich zu ducken und ein »Schicksal« von Hunger und Unterdrückung ohne Gegenwehr zu akzeptieren.

»Erinnerst du dich an Tomas' Plan?«, fragte Jonas nach kurzem Schweigen.

»An welchen? Dein Bruder hatte eine Menge Pläne.«

Jonas musste grinsen. »Stimmt. Aber einer davon war, bei Häuptling Basilius um eine Audienz zu ersuchen.«

Brion zog die Stirn kraus. »Ist das dein Ernst? Aber den Häuptling bekommt doch nie jemand zu Gesicht. Höchstens wenn er selbst einen seiner Untertanen zu sich zitiert.«

»Ich weiß.« Häuptling Basilius lebte schon seit vielen Jahren völlig abgeschieden, ohne den geringsten Kontakt zu seinem Volk, abgesehen von seiner Familie und dem engsten Kreis von Beratern und Leibwächtern. Manche Stimmen behaupteten, dass er seine Zeit ausschließlich der spirituellen Suche nach den Essenzen widmete – den vier legendären Objekten, die endlose Magie enthielten und seit tausend Jahren verschollen waren.

Wie Tomas orientierte sich auch Jonas in Glaubensfragen eher an lebenspraktischen Erkenntnissen. Und als er jetzt an seinen großen Bruder dachte, fasste er einen Entschluss, der seine Pläne von Grund auf änderte.

»Ich muss ihn treffen«, murmelte er. »Ich muss das in die Tat umsetzen, was Tomas vorhatte. Die Dinge müssen sich ändern.«

Überrascht sah Brion ihn an. »Dann hast du also innerhalb von zwei Minuten deinen Racheplan aufgegeben und willst nun stattdessen um eine Audienz bei unserem Häuptling ersuchen?«

»So könnte man es zusammenfassen.« Die auranischen Adligen zu töten, das sah Jonas nun nüchtern ein, wäre zwar ein glorioser Rachemoment gewesen – eine Flamme des Ruhms. Aber die Tat würde seinem Volk nicht helfen, auf eine bessere Zukunft hinzuarbeiten – und das hatte Tomas gewollt.

Jonas glaubte nicht, dass Basilius ein Magier war, dennoch zweifelte er nicht daran, dass der Häuptling über genug Macht und Einfluss verfügte, um eine Veränderung zu bewirken und zu helfen, das Volk von Paelsia in eine neue Richtung zu führen, weg von der Armut und Verzweiflung, die es in letzter Zeit immer mehr verkrüppelten. *Falls* er sich dazu bereitfand.

Da Basilius sich so abkapselte, wusste er vielleicht gar nicht, wie schlimm das Leben der Paelsianer geworden war. Also musste ihm irgendjemand die Wahrheit sagen, jemand, der keine Angst hatte, sie auszusprechen.

»Du siehst auf einmal so entschlossen aus«, sagte Brion etwas beunruhigt. »Muss ich mir Sorgen machen?«

Jonas packte seinen Arm, und zum ersten Mal seit Tomas' Tod kam sein Grinsen von Herzen. »Ich habe eine Entscheidung getroffen. Die Dinge werden sich ändern, mein Freund.«

»Jetzt gleich?«

»Ja, jetzt. Wann sonst?«

»Also hast du nicht mehr vor, den Palast zu stürmen und Adlige abzustechen?«

»Heute nicht, nein.« Vor seinem inneren Auge konnte Jonas sehen, wie sein Bruder über ihn und seine ständig wechselnden Prioritäten lachte. Aber seine Entscheidung fühlte sich richtig an, richtiger, als sich überhaupt jemals in seinem Leben etwas angefühlt hatte. »Begleitest du mich zu dem Treffen mit Häuptling Basilius?«

»Meinst du, ich will verpassen, wie er den Befehl erteilt, dir den Kopf abzuschlagen und auf einen Pfahl zu stecken, weil du im Namen deines Bruders eine Revolution angezettelt hast?«, lachte Brion. »Nicht für alles Gold von Auranos.«

KAPITEL 7

AURANOS

Tomas streckte die Hand nach Cleo aus, als wollte er sie anflehen, ihm zu helfen. Er versuchte zu sprechen, aber vergeblich – der Dolch steckte viel zu tief in seiner Kehle. Unaufhaltsam strömte das Blut aus seinem Mund, unaufhaltsam vergrößerte sich die Lache, die sich um sie beide herum gebildet hatte, und verwandelte sich rasch in einen roten See.

Cleo ertrank in seinem Blut. Es schlug über ihr zusammen, drohte sie zu ersticken.

»Hilfe! Bitte helft mir doch!« Sie versuchte ihre Hand aus dem zähflüssigen, heißen Blut zu strecken, hinauf in die eiskalte Luft.

Tatsächlich wurde ihre Hand gepackt und sie an die Oberfläche gezogen.

»Danke!«

»Dankt mir nicht, Prinzessin. Fleht mich an, Euch nicht zu töten.«

Ihre Augen weiteten sich, als sie über sich das Gesicht von Jonas Agallon erkannte, dem Bruder des getöteten Jungen. Kummer und Hass blickten ihr entgegen. Dunkle Brauen zogen sich über den mahagonibraunen Augen zusammen.

»Fleht mich an«, sagte er abermals, während seine Finger sich schmerzhaft in ihr Fleisch gruben und sie unerbittlich quetschten.

»Bitte töte mich nicht! Es tut mir leid, ich wollte nicht, dass dein Bruder stirbt. Bitte tu mir nicht weh!«

»Aber ich will dir wehtun. Ich möchte, dass du leidest für das, was du getan hast.« Er stieß sie wieder zurück, und Cleo schrie laut auf, als der ermordete Junge selbst ihren Fußknöchel ergriff und sie tiefer in den blutroten Ozean des Todes zog.

Schreiend fuhr Cleo in ihrem Himmelbett auf, von den seidenen Laken gefesselt, schweißgebadet, mit wild klopfendem Herzen. Fieberhaft schaute sie sich in ihrem Zimmer um.

Sie war allein. Sie hatte nur geträumt.

Der gleiche Albtraum, der sie seit einem Monat jede Nacht heimsuchte. Seit dem Mord an Tomas Agallon. So lebhaft, so real. Aber trotzdem nur ein Traum, ausgelöst von ihren endlosen Schuldgefühlen. Mit einem langen Seufzer ließ sie sich auf die Seidenkissen zurückfallen.

»Das ist doch verrückt«, flüsterte sie. »Es ist vorbei, ich kann es nicht ändern.«

Wenn sie die Chance gehabt hätte, hätte sie Theon gebeten, einzugreifen und Arons Feilschen Einhalt zu gebieten. Seinem eitlen Getue. Seiner Arroganz. Sie hätte der Sache ein Ende bereitet, ehe sie auf so fatale Weise eskalierte.

Seit ihrer Rückkehr von Auranos war sie Aron aus dem Weg gegangen. Wenn sie sich mit ihren Freunden traf und auch er irgendwann auftauchte, ging sie schnell weg. Wenn er sich ihr näherte, um mit ihr zu reden, widmete sie sich schleunigst einer anderen Gesprächsrunde. Bisher hatte er sich nicht darüber beschwert, aber sie wusste, es war nur eine Frage der Zeit.

Aron legte Wert darauf, so viel wie möglich in ihren Freundeskreis einbezogen zu werden. Und wenn er nun drohte, wegen einer vermeintlichen Kränkung ihr Geheimnis zu enthüllen …

Sie kniff die Augen zusammen und versuchte, bei dem Gedanken nicht in Panik zu geraten.

Nach einem vollen Monat dieser Vermeidungstaktik wusste Cleo, dass sie mit Aron sprechen musste. Sie wollte wissen, ob auch er Albträume hatte. Und Schuldgefühle. Wenn sie sich auf Drängen ihres Vaters mit diesem Jungen verlobte, musste sie sich vergewissern, dass er kein Ungeheuer war, dass er nicht kaltblütig einen Menschen tötete, ohne sich auch nur einen Deut um den Schmerz zu scheren, den er verursacht hatte.

Wenn auch Aron ein schlechtes Gewissen plagte, würde das ihre Meinung von ihm vielleicht ändern. Womöglich quälte ihn seine Tat ebenso sehr wie Cleo, und er versuchte nur, seine wahren Gefühle zu verstecken. Dann hätten sie etwas gemeinsam, und das wäre immerhin ein Anfang. Sie beschloss, so bald wie möglich ein Gespräch unter vier Augen mit ihm zu arrangieren.

Trotzdem wälzte sie sich auch den Rest der Nacht unruhig im Bett herum.

Am Morgen stand sie auf, kleidete sich an und aß das Frühstück aus Obst, Weichkäse und Brot, das ihr von einer Dienerin aufs Zimmer gebracht wurde. Dann holte sie tief Atem und öffnete ihre Tür.

»Guten Morgen, Prinzessin«, begrüßte Theon sie. Meistens wartete er morgens auf dem Korridor vor ihrem Zimmer, bereit, seiner Pflicht als Leibwächter nachzugehen – zu der es gehörte, sich den ganzen Tag am Rand ihres Blickfelds herumzutreiben.

»Morgen«, antwortete Cleo so lässig wie möglich.

Wenn sie mit Aron unter vier Augen sprechen wollte, musste sie ihrem Schatten entwischen. Zum Glück wusste sie, dass das nicht unmöglich war. In den vergangenen Wochen hatte sie schon ein paar Mal getestet, ob sie sich vor Theon verstecken konnte. Es war fast eine Art Spiel für sie, das sie oft gewann. Theon allerdings fand es nicht sonderlich amüsant.

»Ich muss unbedingt meine Schwester sehen.«

Theon nickte. »Unbedingt. Lasst Euch von mir nicht aufhalten.«

Sie ging weiter den Korridor hinunter, und als sie um die nächste Ecke bog, sah sie zu ihrer Überraschung Mira auf sich zukommen. Ihre Freundin machte einen aufgeregten und fahrigen Eindruck, und auf ihrem runden, hübschen Gesicht erschien auch kein Lächeln wie sonst, wenn sie Cleo entdeckte.

»Was ist los?«, fragte Cleo und ergriff Miras Arm.

»Wahrscheinlich gar nichts, aber ich bin auf dem Weg, einen Heiler für Emilia zu holen.«

»Ist sie immer noch krank?«, fragte Cleo stirnrunzelnd.

»Die Kopfschmerzen und der Schwindel scheinen jeden Tag schlimmer zu werden. Sie behauptet zwar, dass sie einfach nur mehr Schlaf braucht, aber ich halte es für besser, wenn jemand nach ihr schaut, der etwas davon versteht.«

»Natürlich. Danke, Mira«, sagte Cleo, konnte aber nicht verhindern, dass sich eine gewisse Besorgnis in ihr ausbreitete.

Mira nickte, warf Theon einen kurzen Blick zu und ging dann weiter.

»Meine Schwester lässt sich nicht gerne helfen«, meinte sie leise. »Das war schon immer so – man muss ihr jede Hilfe geradezu aufzwingen. Für sie geht die Pflicht über alles. Wie es sich wohl für eine richtige Prinzessin gehört. Mein Vater wäre stolz auf sie.«

»Sie ist sehr tapfer«, sagte Theon.

»Vielleicht. Aber alle meinen immer, ich bin störrisch – dabei würde ich sofort ein Dutzend Heiler am Bett haben wollen, wenn mir die ganze Zeit schwindlig wäre, nur damit es aufhört.« Vor der Tür zu Emilias Gemach machte sie halt. »Bitte lass mich unter vier Augen mit meiner Schwester sprechen.«

»Selbstverständlich. Ich warte hier.«

So betrat Cleo das Zimmer ihrer Schwester und schloss die Tür hinter sich. Emilia stand auf ihrem Balkon und blickte hinaus auf den Garten. Die Morgensonne berührte ihre hohen Wangenknochen und verlieh ihren Haaren, die – wahrscheinlich weil sie nicht so viel Zeit im Freien verbrachte – etwas dunkler waren als die von Cleo, einen goldenen Schimmer. Emilia drehte sich um.

»Guten Morgen, Cleo.«

»Ich hab gehört, es geht dir nicht so gut.«

Emilia seufzte, aber auf ihren Lippen lag ein Lächeln. »Ach was, mir geht es gut, keine Sorge.«

»Mira macht sich aber Sorgen.«

»Mira macht sich immer Sorgen.«

»Da könntest du recht haben.« Tatsächlich hatte Mira eine Neigung zum Dramatisieren. Cleo erinnerte sich nur allzu gut daran, wie sie hysterisch darauf beharrt hatte, dass eine Viper in ihrem Schlafzimmer war, die sich dann aber als harmlose Gartenschlange herausgestellt hatte. Cleo entspannte sich etwas. Außerdem sah Emilia völlig gesund aus.

Emilia musterte ihre Schwester. »Du siehst aus wie eine Verschwörerin. Was führst du denn im Schilde?«

Cleo konnte sich ein Lächeln nicht verkneifen. »Nur eine Kleinigkeit.«

»Was denn?«

»Flucht.« Cleo warf einen Blick zum Fenster. »Ich möchte dein Spalier benutzen, wie wir es früher gemacht haben.«

»Ach ja? Darf ich fragen, aus welchem Grund?« Das Geständnis ihrer Schwester schien Emilia nicht im Geringsten zu überraschen. Sie war es, die Cleo vor Jahren beigebracht hatte, wie man in den Garten hinunterkletterte – bevor sie sich in eine fügsame und formvollendete Prinzessin verwandelt hatte. Zu einer Zeit, als es sie noch nicht gestört hatte, sich zusammen mit ihrer kleinen Schwester schmutzig zu machen oder die Knie aufzuschürfen. Jetzt war Cleo die Einzige, bei der so etwas vorkam.

»Ich muss mit Aron sprechen. Allein.«

Emilia sah sie missbilligend an. »Unser Vater hat noch nicht mal deine Verlobung bekanntgegeben. Und du schleichst dich zu einem unerlaubten Stelldichein davon, ehe die Sache offiziell ist?«

Cleo wurde flau im Magen. »Deshalb will ich mich nicht mit ihm treffen.«

»Er wird dir ein guter Ehemann sein, du wirst sehen.«

»Na klar«, antwortete Cleo sarkastisch. »Genau wie Darius für dich.«

Emilias Blick wurde hart. »Du solltest aufpassen, dass du mit deiner scharfen Zunge niemanden verletzt.«

Cleo wurde rot und schämte sich. Das Thema, das sie gerade angeschnitten hatte, war ausgesprochen heikel. Vor einem Jahr hatte sich Emilia, soeben achtzehn geworden, mit Lord Darius Larides verlobt. Doch je näher die Hochzeit rückte, desto deprimierter wurde sie – obwohl alle darin übereinstimmten, dass er eine gute Partie war: groß, gutaussehend, charismatisch. Niemand wusste, warum Emilia so reagierte, aber Cleo vermutete, dass ihre Schwester sich in einen anderen verliebt hatte. In wen – falls sie überhaupt richtiglag –, hatte sie bis heute nicht herausgefunden. Emilia hatte keinem der Männer im Palast je auch nur schöne Augen gemacht, und gerade in den letzten Wochen war sie auch wieder ziemlich traurig gewesen. Verlegen wechselte Cleo das Thema.

»Ich muss mich absetzen, solange ich noch die Chance dazu habe«, flüsterte Cleo und äugte zum Balkon. Das Spalier an der Wand draußen war stabil wie eine Leiter.

»Bist du so versessen darauf, deinem Leibwächter zu entkommen? Und ihn – wie ich schätze – vor meinem Gemach stehen zu lassen?«

Cleo sah sie mit einem flehenden Lächeln an. »Ich bin zurück, sobald ich kann. Er wird nicht mal merken, dass ich weg bin.«

»Und was soll ich ihm sagen, wenn er beschließt, einen Kontrollgang zu machen?«

»Sag ihm, ich habe plötzlich festgestellt, dass ich über Luftmagie verfüge, und mich einfach weggezaubert.« Cleo drückte ihrer Schwester hastig die Hand und eilte dann, ganz und gar auf ihren Plan konzentriert, zum Balkon. Länger als eine Viertelstunde würde sie bestimmt nicht weg sein.

»Du warst schon immer abenteuerlustig«, sagte Emilia einlenkend. »Na ja, Romanze oder nicht … viel Glück.«

»Danke. Kann ich wahrscheinlich brauchen.«

Cleo schwang die Beine über die seitliche Balkonbrüstung, kletterte an dem Spalier mühelos nach unten und landete sanft auf dem Gras. Ohne zum Fenster zurückzublicken, eilte sie dann über das Palastgelände, vorbei am Schloss, zu den luxuriösen Villen innerhalb der Mauer. Nur die wichtigsten Adligen durften hier wohnen, geschützt vor allen Bedrohungen der Außenwelt.

Das Palastgelände war innerhalb der Mauern tatsächlich wie eine kleine Stadt für sich, mit Cafés und Tavernen, Geschäften, Läden, Kopfsteinpflasterstraßen und wunderschönen, gepflegten Blumengärten – zum Beispiel dem ausgedehnten Labyrinth hoher Hecken, wo Cleo und Emilia vor ein paar Monaten ein Fest abgehalten hatten. Über zweitausend Menschen lebten hier in Glück und Wohlstand, und viele von ihnen verließen die Siedlung nie.

Die Stadtvilla der Lagaris gehörte zu den besonders beeindruckenden Gebäuden, nur fünf Minuten vom Schloss entfernt und aus dem gleichen golden glänzenden Materialgemisch erbaut wie das Schloss selbst. Aron saß draußen, rauchte einen Zigarillo und sah Cleo mit einem trägen Lächeln entgegen.

»Prinzessin Cleiona«, begrüßte er sie gedehnt und stieß eine Rauchwolke aus. »Was für eine entzückende Überraschung.«

Angeekelt beäugte Cleo den Zigarillo. Sie hatte nie verstanden, was manche Leute daran fanden, heißen Qualm von zerdrückten Pfirsichblättern oder anderen Kräutern einzuatmen. Im Gegensatz zu Wein fand sie Zigarillos widerlich, und ihr Geruch erinnerte sie auch nicht im Geringsten an süße, aromatische Pfirsiche.

»Ich muss mit dir reden, Aron«, sagte sie.

»Ich habe gerade hier gesessen, den Morgen an mir vorüberziehen lassen und mich so ungeheuerlich gelangweilt, dass ich dachte, ich muss etwas dagegen tun.« Wie üblich sprach er etwas schleppend. Die meisten Menschen hätten sich nichts dabei gedacht, aber Cleo wusste sofort, dass Aron bereits angefangen hatte zu trinken. Dabei war es noch nicht einmal Mittag.

»Und was wolltest du dagegen unternehmen?«, fragte sie.

»Das habe ich noch nicht entschieden.« Sein Grinsen wurde breiter. »Und jetzt muss ich das ja auch nicht mehr. Jetzt bist du da.«

»Ist das gut?«

»Natürlich. Es ist immer ein Vergnügen, dich zu sehen.« Sein Blick wanderte zu dem blassblauen Seidenrock, der von der Kletterei aus Emilias Zimmer zerknittert und schmutzig war. »Hast du unterwegs auf den Blumenbeeten Purzelbäume geübt?«

Cleo wischte gedankenverloren an den Flecken herum. »So ungefähr.«

»Ich fühle mich geehrt, dass du dir die Mühe machst, mich

zu besuchen. Du hättest ja auch nach mir schicken lassen können.«

»Aber ich wollte unter vier Augen mit dir reden.«

Er sah sie neugierig an. »Du willst über das sprechen, was in Paelsia passiert ist, richtig?«

Sie fühlte, wie ihr das Blut aus dem Gesicht wich. »Lass uns reingehen, Aron. Ich möchte nicht, dass jemand uns hört.«

»Wie du magst.«

Er öffnete die schwere Tür und ließ ihr den Vortritt. Sie betrat die prächtige Eingangshalle mit der hohen Kuppeldecke und dem in leuchtenden Sonnenfarben gefliesten Marmorboden. An der Wand hing ein großes Porträt von Aron mit seinen Eltern – ein blasser kleiner Junge mit zwei strengen, gutaussehenden Erwachsenen. Aron blieb an der Tür stehen und ließ sie einen Spalt offen stehen, um den Rauch abziehen zu lassen. Seine Eltern sahen es nicht gern, wenn er im Haus rauchte. Trotz seiner Arroganz und seines zur Schau getragenen Selbstbewusstseins war Aron erst siebzehn und musste sich bis zu seinem nächsten Geburtstag den Anordnungen seiner Eltern beugen – wenn er nicht vorzeitig ausziehen wollte. Und Cleo wusste genau, dass er keinen Wert auf diese Art Verantwortung legte, weder finanziell noch sonst.

»Nun, Cleo?«, hakte er nach, nachdem sie eine volle Minute geschwiegen hatte.

Sie fasste sich ein Herz und wandte sich ihm zu, noch immer in der Hoffnung, dass ein Gespräch mit ihm ihre Schuldgefühle wegen des Mordes lindern und ihre Albträume beenden würde. Sie wollte, dass er seine Handlungsweise begründete – und dass sie ihr dann verständlicher erschien.

»Ich muss dauernd daran denken, was mit dem Sohn des Weinhändlers passiert ist.« Sie blinzelte und stellte schockiert fest, dass ihre Augen plötzlich voller Tränen waren. »Du auch?«

Sein Blick verhärtete sich. »Natürlich.«

»Und wie … wie fühlst du dich?« Sie hielt den Atem an.

Mit angespanntem Gesicht warf er den erst halb gerauchten Zigarillo aus der Tür und wedelte den zurückgebliebenen Rauch mit der Hand weg.

»Hin- und hergerissen.«

Schon jetzt spürte sie eine große Erleichterung. Wenn sie sich mit Aron verloben sollte, dann musste sie wissen, dass sie im Großen und Ganzen ähnlich fühlten. »Ich habe Albträume. Jede Nacht.«

»Weil der Bruder dir gedroht hat?«, fragte er.

Sie nickte. Sie spürte noch immer Jonas Agallons durchdringenden, hasserfüllten Blick. »Du hättest den Jungen nicht töten dürfen.«

»Er ist auf mich losgegangen. Das hast du doch selbst gesehen.«

»Aber er hatte keine Waffe.«

»Er hatte seine Fäuste. Und er war zornig. Er hätte mich auf der Stelle erwürgen können.«

»Das hätte Theon niemals zugelassen.«

»Theon?«, wiederholte er. »Ach, der Gardist. Hör zu, Cleo. Ich weiß, dass es dich aus der Fassung gebracht hat – aber es ist nun mal passiert, das lässt sich nicht mehr ändern. Also vergiss es einfach.«

»Das würde ich gern, aber ich kann nicht.« Sie atmete stockend aus. »Ich mag den Tod nicht.«

Aron lachte, und sie warf ihm einen ungehaltenen Blick zu. Sofort wurde er wieder ernst. »Entschuldigung, aber natürlich magst du den Tod nicht. Wer mag den schon? Der Tod ist unschön und unerfreulich, aber es gibt ihn eben. Und gar nicht mal selten.«

»Wünschst du dir auch, es wäre nicht passiert?«

»Was? Meinst du den Tod des Weinhändlersohns?«

»Sein Name war Tomas Agallon«, sagte sie leise. »Er hatte einen Namen. Er hatte ein Leben und eine Familie. Er war fröhlich und hat gelacht, als er an den Stand gekommen ist. Er war auf dem Weg zur Hochzeit seiner Schwester – hast du ihr Gesicht gesehen? Sie war am Boden zerstört. Der Streit hätte überhaupt nicht stattfinden dürfen. Wenn dir der Wein so gut geschmeckt hat, hättest du Silas Agallon einen fairen Preis dafür bezahlen sollen.«

Aron lehnte sich mit der Schulter an die Wand neben der Tür. »Ach Cleo, erzähl mir doch nicht, dass dich so etwas interessiert.«

»Natürlich interessiert mich das«, erwiderte sie grimmig.

»Ach bitte.« Er verdrehte die Augen. »Es interessiert dich, ob ein Weinhändler in Paelsia genug verdient, um seinen Lebensunterhalt bestreiten zu können? Seit wann gibst du dich mit solchen Lappalien ab? Du bist eine Prinzessin von Auranos. Du kannst alles haben, was du willst, wann immer du willst. Du brauchst nur danach zu fragen, und schon gehört es dir.«

Cleo war nicht sicher, was das alles damit zu tun hatte, wie viel ein Händler für seinen Wein verlangen konnte. »Siehst du mich wirklich so?«

»Ich sehe dich als das, was du bist. Eine schöne Prinzessin. Und es tut mir leid, dass mir der Tod dieses Bauernjungen nicht so an die Nieren geht, wie du es vielleicht gerne hättest. Ich habe getan, was ich in der Situation tun musste, und ich bedaure nichts davon, keine Sekunde.« Wieder wurde sein Blick hart. »Ich habe rein instinktiv gehandelt. Ich war schon oft auf der Jagd, aber einem anderen Menschen das Leben zu nehmen, das war schon ein anderes Kaliber … in meinem ganzen Leben habe ich mich noch nie so mächtig gefühlt.«

»Wie kannst du nur so ruhig darüber reden?«, fragte Cleo zutiefst angeekelt.

»Wäre es dir lieber, ich würde lügen und behaupten, ich hätte Albträume wie du?«, fragte er und hielt ihren Blick fest. »Würde das deine Schuldgefühle lindern?«

Ernüchtert musste sie feststellen, dass sie sich genau das gewünscht hatte. »Ich möchte nur die Wahrheit wissen«, beharrte sie.

»Und die habe ich dir gesagt. Du solltest dankbar sein, Cleo. Es gibt in unseren Kreisen nicht viele, die die Wahrheit sagen, selbst wenn man sie darum bittet.«

Aron sah gut aus. Er stammte aus einer noblen Adelsfamilie. Er war witzig, hatte Sinn für Ironie, war geistreich und klug. Und Cleo hatte noch nie jemanden so verabscheut wie ihn.

Sie konnte Aron nicht heiraten. Das war schlicht unmöglich.

Auf einmal spürte sie eine ganz neue Entschlossenheit in sich. Ehe sie nach Paelsia gefahren waren, war sie willens gewesen nachzugeben, sich dem Willen ihres Vaters – bis zu einem gewissen Punkt – zu beugen und ihn eine wichtige Entscheidung für sich treffen zu lassen. Immerhin war er ja der König.

»Hast du von den Plänen meines Vaters gehört?«, fragte sie Aron.

Er legte den Kopf schräg, ohne den Blick von ihrem Gesicht abzuwenden. »So schnell wechselst du das Thema?«

»Kann schon sein.«

»Tut mir leid, dass dir der Vorfall in Paelsia so zu schaffen macht.«

Er sagte das ohne die geringste Spur von Gefühl. Vielleicht tat es ihm tatsächlich leid, dass Cleo so aufgebracht war, aber er empfand ganz offensichtlich keinerlei Reue, und auch die Drohung des trauernden Bruders brachte ihn nicht aus der Ruhe.

»Danke«, sagte sie.

»Also – du willst wissen, ob ich von den Plänen deines Vaters gehört habe?« Er verschränkte die Arme vor der Brust und begann langsam um sie herumzugehen. Auf einmal kam sie sich vor wie ein Reh, das von einem hungrigen Wolf beäugt wird. »Dein Vater ist der König, er hat viele Pläne.«

»Der Plan, der uns beide angeht«, erklärte Cleo schlicht und drehte sich mit ihm, so dass sie den Blickkontakt halten konnte.

»Unsere Verlobung.«

Sie zuckte zusammen. »Genau.«

»Was glaubst du, wann er sie verkünden wird?«

Kalter Schweiß rann ihr über den Rücken. »Ich weiß nicht.«

Er nickte. »Die Nachricht war wohl ein Schock für dich.«

Wieder seufzte sie. »Ich bin erst sechzehn.«

»Ziemlich jung für eine solche Bekanntmachung, das finde ich auch.«

»Mein Vater mag dich.«

»Dieses Gefühl beruht absolut auf Gegenseitigkeit.« Er legte den Kopf auf die andere Seite. »Ich mag auch dich, Cleo, falls du das vergessen hast. Wolltest du mit diesem Gespräch andeuten, dass du daran zweifelst? Das solltest du niemals tun.«

»Nein, darum ging es mir nicht.«

»Aber dann dürfte die bevorstehende Verlobung eigentlich keine allzu große Überraschung für dich sein. Schließlich wird schon eine ganze Weile darüber geredet, dass wir irgendwann ein Paar werden.«

»Dann hast du also nichts dagegen?«

Er zuckte die Achseln, und sein Blick glitt lüstern über ihren Körper. »Ganz und gar nicht.«

Sag es, Cleo. Lass das nicht noch länger über dich ergehen.

Sie räusperte sich. »Ich weiß nicht, ob es wirklich eine gute Idee wäre.«

Abrupt blieb er stehen. »Wie bitte?«

»Dass ... dass wir ein Paar werden sollen, fühlt sich irgendwie nicht richtig an. Jedenfalls nicht so schnell. Ich meine, wir sind Freunde. Natürlich. Aber wir sind nicht ...« Ihr Mund war trocken. Einen flüchtigen Moment wünschte sie, sie hätte ein Glas Wein – irgendeinen Wein, der ihr dabei half, die Welt wieder golden und wunderbar zu finden.

»Verliebt?«, ergänzte Aron den Satz für sie.

Sie blinzelte und nickte, senkte den Blick aber auf den kunstvoll gefliesten Marmorboden. »Ich weiß nicht, wie ich es ausdrücken soll.«

Sie wartete darauf, dass Aron etwas sagte, dass er den Druck von ihr nahm und ihre Nervosität linderte, aber er schwieg. Schließlich nahm sie allen Mut zusammen und sah ihn an. »Wenn wir beide einer Meinung sind, dann ist es leichter, den König zu überzeugen, dass jetzt nicht der richtige Zeitpunkt ist.«

»Dein Zögern hat mit dem zu tun, was in Paelsia passiert ist, richtig?«

»Ich weiß nicht«, antwortete sie und sah ihm in die Augen.

»Natürlich weißt du das. Du regst dich darüber auf, was einem Menschen passiert ist, der für dein Leben absolut keine Bedeutung hat. Lässt du auch jeden Abend Tränen auf deinen Teller tropfen, wenn Fleisch von der Jagd serviert wird?«

Hitze stieg ihr in die Wangen. »Das ist wohl kaum das Gleiche, Aron.«

»Ach, ich weiß nicht. Ein Reh zu töten, diesen Jungen zu töten – es hat sich angefühlt, als hätte es ungefähr die gleiche Bedeutung. Ich glaube, dir fehlt einfach die richtige Perspektive. Du bist zu jung.«

»Du bist gerade mal ein Jahr älter als ich«, gab sie ärgerlich zurück.

»Das reicht mir, um die Welt ein bisschen klarer zu sehen.« Er trat näher zu ihr und umfasste mit der Hand ihr Kinn. Er roch nach Rauch. »Ich werde dem König nicht sagen, dass ich die Verlobung nicht will. Ich will sie nämlich.«

»Du willst mich heiraten?«

»Selbstverständlich.«

»Liebst du mich denn?«

»Ach Cleo.« Aron verzog spöttisch die Lippen. »Du hast Glück, dass du so schön bist. Dadurch fallen deine anderen Fehler nicht so ins Gewicht.«

Wütend funkelte sie ihn an und wollte ihn wegschieben, aber sein Griff wurde fester, so fest, dass es wehtat. Seine Absicht war unmissverständlich – er wollte, dass sie stillhielt.

»Ich erinnere mich noch an jene Nacht, Cleo. Sie ist kristallklar in meinem Gedächtnis.«

»Sprich nicht davon«, stieß sie hervor.

»Wir sind allein, niemand kann uns hören.« Er starrte auf ihre Lippen. »Du wolltest doch, dass das passiert. Versuch nicht, es abzustreiten.«

Ihre Wangen brannten. »Ich hatte zu viel Wein getrunken und konnte nicht mehr richtig denken. Jetzt bereue ich es.«

»Das behauptest du. Aber es ist geschehen. Du und ich, Cleo. Wir sind füreinander bestimmt. Diese Nacht war nur ein kleiner Vorgeschmack.« Er zog eine Augenbraue in die Höhe. »Hätte dein Vater für dich einen anderen ausgesucht und nicht mich, hätte ich womöglich etwas sagen müssen. Ich weiß, das hätte dir nicht gefallen. Der König soll ja nicht erfahren, dass seine perfekte Prinzessin sich im Bett eines Mannes vergnügt hat, den sie nicht heiraten wird.«

Sie hatte nur vage Erinnerungen an diese Nacht vor sechs Monaten, nur, dass es Wein gegeben hatte – viel zu viel Wein.

Und sie erinnerte sich an Lippen, die nach Rauch schmeckten, an tastende Hände, die an Kleidungsstücken herumfummelten, an im Dunkeln geflüsterte Lügen.

Für ein anständiges Mädchen – für eine Prinzessin – gehörte es sich, bis zur Hochzeitsnacht rein und unberührt zu bleiben und ihre Jungfräulichkeit dann ihrem Ehemann schenken. Aber am allermeisten beschämte es Cleo, dass sie diesen Fehler ausgerechnet mit Aron gemacht hatte – einem Jungen, den sie in nüchternem Zustand kaum ertragen konnte. Niemand durfte je etwas davon erfahren.

Mit hochrotem Kopf entzog sie sich seiner Hand. »Ich muss gehen.«

»Nein, noch nicht.« Aron packte sie und presste sie an seine Brust, grub die Hände in ihre Haare, so dass sie sich aus dem lockeren Knoten lösten und ihr bis auf die Taille fielen. »Ich habe dich vermisst, Cleo. Ich bin froh, dass du mich heute Morgen unter vier Augen sehen wolltest. Ich denke oft an dich.«

»Lass mich gehen«, flüsterte sie. »Und verrate niemandem, dass ich hier war.«

Er streichelte ihren Hals, und sein Blick wurde dunkel. »Wenn wir erst einmal verlobt sind, werde ich dafür sorgen, dass es häufiger solche Momente gibt. Ich freue mich schon darauf.«

Sie war gekommen, um vernünftig mit ihm zu reden, und das Einzige, was sie erreicht hatte, war, ihn an die Nacht zu erinnern, in der sie sich und ihrer Familie solche Schande bereitet hatte. Und während sie dieses Geheimnis am liebsten für immer aus ihrer Erinnerung gestrichen hätte, schien Aron sich regelrecht daran zu laben.

Sein Atem roch, als hätte er seit Sonnenaufgang getrunken und geraucht. Wieder versuchte Cleo ihn wegzuschieben, aber er war stark. Stärker, als er aussah …

Auf einmal klopfte es laut an der halb offenen Tür. Arons Hände hielten Cleos Taille umklammert, und er warf einen finsteren Blick zu der Tür, die sich quietschend öffnete.

»Da seid Ihr ja, Prinzessin«, ertönte Theons Stimme.

Aron ließ sie so abrupt los, dass sie Schwierigkeiten hatte, das Gleichgewicht wiederzufinden.

Fragend schaute Theon von ihr zu Aron, und seine Augen wurden schmal. »Ist alles in Ordnung hier?«

»Ja. Alles gut«, stieß Cleo hastig hervor. »Sehr gut. Danke.«

An Theons Gesicht war unschwer abzulesen, dass er nichts Belustigendes daran finden konnte, dass sie sich hinter seinem Rücken weggeschlichen hatte. Seine Augen funkelten vor Wut.

Trotzdem war Cleo mehr als erleichtert, dass er sie aus dieser Situation befreite, ganz gleich wie ärgerlich er sein mochte.

»Bring mich bitte zurück in den Palast«, sagte sie mit fester Stimme.

»Sobald Ihr bereit seid.«

»Das bin ich schon.« Sie straffte die Schultern und warf Aron einen kurzen Blick zu.

Er sah gelangweilt aus. Jedenfalls an der Oberfläche. Tief in seinen Augen jedoch nahm sie ein unangenehmes Flackern wahr – die unausgesprochene Drohung, dass die trunkene Nacht, die Cleo so gern vergessen wollte, nur die erste in einer langen Reihe sein würde. Sie schauderte.

Ihr Vater musste diesem Unsinn ein Ende bereiten – er hatte auch Emilia nicht gezwungen, ihren Verlobten zu heiraten. Da konnte er ihr diesen Ausweg doch nicht verwehren.

Wenn Aron nach dem, was heute passiert war, jemals auf die Idee kam, ihr Geheimnis zu verraten, dann würde sie ... einfach alles abstreiten. Das konnte sie. Sie war die Prinzessin. Ihr Vater würde eher ihr als Aron glauben, selbst wenn sie lügen musste – aus purer Notwendigkeit. Sie würde nicht zulassen, dass diese Nacht ihr Leben ruinierte. Um keinen Preis! Keinen Tag länger würde sie Aron eine solche Macht zugestehen.

»Bis bald, Cleo«, sagte Aron und trat mit ihnen ins Freie. Dort zündete er sich einen neuen Zigarillo an und sah ihr und ihrem Leibwächter nach, bis sie verschwanden.

Cleo sagte nichts. Das Wichtigste war, dass sie die Villa so rasch wie möglich hinter sich lassen konnte.

Doch Theons Blick brannte ihr im Nacken. Schließlich, als sie schon fast wieder beim Schloss angelangt waren, drehte sie sich zu ihm um.

»Hast du mir etwas zu sagen?«, fragte sie barsch, dabei versuchte sie mit Macht zu verbergen, dass sie den Tränen nahe war. In ihrem Magen machte sich Übelkeit breit.

Wenn Theon nicht eingegriffen hätte …

Sie war froh, dass er gekommen war, doch gleichzeitig war sie noch immer aufgebracht. Und sie hatte nichts anderes gelernt, als ihre Frustration und ihre Wut an der nächstbesten Person auszulassen.

Theon musterte sie – nicht mit dem Respekt, den man üblicherweise einem Mitglied der königlichen Familie zollte, sondern als wäre er darüber verärgert, dass man ihm die Aufsicht über ein trotziges Kind zumutete. »Ihr müsst wirklich aufhören, vor mir wegzulaufen.«

»Ich bin nicht weggelaufen. Ich musste unbedingt allein mit Aron sprechen.«

»Ja, das habe ich gesehen.« Er warf einen Blick zurück in Richtung der goldenen Villa, die irgendwo am Ende der von grünen Bäumen und gepflegten Beeten gesäumten Straße lag. »Entschuldigt, dass ich Euer Rendezvous gestört habe. Sah aus, als wolltet Ihr …«

»Gar nichts wollte ich«, fiel sie ihm ins Wort. Zwar fand

sie, dass sie sich keine Sorgen wegen der Meinung ihres Leibwächters zu machen brauchte, aber es war ihr trotzdem lieber, wenn er gar nicht erst auf die Idee kam, dass ihre Jungfräulichkeit womöglich nur noch eine Erinnerung sein könnte. »Es war überhaupt nicht so, wie du denkst.«

»Ach wirklich?«

»Ja, wirklich. Es war nur ein Gespräch unter vier Augen.«

»Sah interessant aus.«

Wütend wischte sie sich mit den langen Ärmeln ihres Kleids über die Augen. »War es aber nicht.«

Im Bruchteil einer Sekunde verwandelte sich Theons Gesichtsausdruck, und aus Ärger wurde Besorgnis. »Seid Ihr sicher, dass alles in Ordnung ist?«

»Was kümmert es dich? Für dich bin ich doch bloß eine Pflicht, die der König dir auferlegt hat.«

In seiner Wange zuckte ein Muskel, als hätte sie ihn geohrfeigt. »Entschuldigt, dass ich gefragt habe.« Kurz darauf leuchtete sein Gesicht auf. »Wartet. Ihr wart bei Lord Aron, um ihn wegen der Ereignisse in Paelsia zur Rede zu stellen. Ihr fühlt Euch schlecht deswegen.«

Ihr tat das Herz weh – es gab eine Menge Dinge, aufgrund derer sie sich schlecht fühlte. »Lass uns ins Schloss zurückgehen.«

»Prinzessin, Ihr könnt nichts dafür. Vergesst das nicht.«

Sie konnte nichts dafür? Wenn er damit doch recht hätte! Aber sie hatte tatenlos zugesehen, wie der Junge ermordet worden war. Und vor ein paar Monaten war sie Aron zu Willen gewesen und gab seither dem Wein die Schuld dafür – als hätte sie selbst keinerlei Verantwortung für das, was geschehen war. Er hatte sie nicht vergewaltigt. In ihrem weinseligen Dämmerzustand hatte sie ganz und gar nichts dagegen gehabt, dass ein gutaussehender Lord, den viele ihrer Freundinnen anhimmelten, sie mit Zärtlichkeiten überhäufte.

Sie schüttelte den Kopf. Ihre Kehle war wie zugeschnürt, es tat weh zu schlucken. »Der Tod dieses Jungen verfolgt mich.«

Er packte sie bei den Schultern und zog sie näher zu sich. »Aber es ist leider passiert, Ihr könnt nichts mehr daran ändern. Deshalb müsst Ihr es vergessen. Aber Ihr braucht keine Angst zu haben, dass der Bruder des Jungen sich an Euch rächt – ich werde Euch beschützen, das schwöre ich. Das ist einer der Gründe, weshalb ich in Eurer Nähe bleibe.« Sein Gesicht wurde wieder dunkel. »Das heißt, wenn Ihr endlich mit dem Weglaufen aufhört.«

»Ich laufe doch nicht vor dir weg. Na ja, jedenfalls nicht vor dir im Besonderen«, erklärte sie und fand es plötzlich schwierig, die richtigen Worte zu finden. »Ich ... ich laufe weg vor ...« Sie seufzte. »Ach, ich weiß selbst nicht mehr. Ich versuche nur, das alles zu verstehen, aber es kommt mir vor, als ergäbe nichts einen Sinn.«

»Ich habe gehört, wie Euer Vater mit jemandem geredet hat.« Nachdenklich fuhr Theon sich durch seine kurzen, bronzen schimmernden Haare. »Es ging um Eure Verlobung mit Lord Aron.«

Auf einmal hatte Cleo Schwierigkeiten beim Atemholen. »Und wie hat er sich angehört?«

»Sehr zufrieden.«

»Da kann ich mich ihm nicht anschließen«, murmelte sie leise vor sich hin, während sie zu dem Pferdewagen hinübersah, der gerade an ihnen vorbeirollte.

»Ihr seid also nicht glücklich über die Verlobung?« Jetzt war Theons Ton wieder so barsch wie üblich.

»Wie soll ich glücklich darüber sein, dass ich zu etwas gezwungen werde und selbst nicht das Geringste zu sagen habe? Nein, darüber bin ich absolut nicht glücklich.«

»Das tut mir leid.«

»Wirklich?«

»Ich finde, niemand sollte etwas tun müssen, was er nicht möchte«, antwortete Theon mit einem Achselzucken.

»Zum Beispiel eine Aufgabe erledigen, die einen überhaupt nicht interessiert?«

Seine Lippen wurden schmal. »Das ist etwas anderes.«

Einen Moment ließ Cleo sich seine Antwort durch den Kopf gehen. »Du und ich – das ist fast wie eine sonderbare Ehe. Du bist gezwungen, in meiner Nähe zu bleiben. Ich darf nicht vor dir weglaufen. Und wir werden jetzt und in Zukunft sehr viel Zeit zusammen verbringen.«

»Dann akzeptiert Ihr diese Regelung also endlich?«

Cleo kaute auf der Unterlippe und überdachte ihre heutigen fragwürdigen Entscheidungen. »Ich weiß, dass ich den Palast nicht hätte verlassen sollen, ohne dir Bescheid zu sagen, und entschuldige mich, wenn ich dich damit in Schwierigkeiten gebracht habe.«

»Eure Schwester hat mir sehr bereitwillig verraten, wohin Ihr Euch davongemacht habt.«

»So eine Verräterin!«

Er lachte. »Es hätte auch keine Rolle gespielt, wenn sie es mir nicht gesagt hätte. Auch wenn keiner von uns sich diese Regelung freiwillig ausgesucht hat, nehme ich sie trotzdem sehr ernst. Ihr seid nicht irgendein Mädchen, Ihr seid die Prinzessin, und zurzeit besteht meine einzige Mission darin, Euch zu beschützen. Egal wohin Ihr also weglauft, könnt Ihr Euch auf eines hundertprozentig verlassen.«

Cleo wartete und hatte wieder Mühe zu atmen, so intensiv war der Blick, mit dem der hübsche Gardist sie musterte. »Und das wäre?«

Als er lächelte, wirkte das ebenso bedrohlich wie bezaubernd. »Ich werde Euch finden.«

KAPITEL 8

LIMEROS

Ich habe gehört, dass Vater irgendetwas vorhat.«

Lucia war so in ihr Buch versunken gewesen, dass sie beim Klang von Magnus' Stimme heftig zusammenzuckte. Rasch blies sie die Kerze aus, die vor ihr stand, klappte das Buch zu und wandte sich um. Ihr war nur allzu bewusst, dass sie sich benahm, als hätte sie ein schlechtes Gewissen.

»Wie bitte?«, erwiderte sie, so ruhig sie konnte.

Ihr Bruder sah sich amüsiert in dem dunklen Zimmer um – auf der einen Seite der Schlafbereich – ein Bett mit Vorhang, steifen Leinenlaken und einer Pelzdecke –, auf der anderen die kleine Sitzecke. »Störe ich?«

Sie legte die Hand auf die Hüfte. »Nein, natürlich nicht.«

Er trat näher zu ihrem Sofa am Fenster, von dem aus man über die weitläufigen Palastgärten blickte. Zurzeit waren sie reifbedeckt, wie fast das ganze Jahr – abgesehen von den wenigen etwas wärmeren Monaten. »Was liest du denn?«

»Nichts Wichtiges.«

»Hmm.« Er zog eine Augenbraue hoch und streckte die Hand nach dem Buch aus.

Manchmal gefiel es Lucia gar nicht, wie gut ihr großer Bruder sie kannte.

Schließlich aber kapitulierte sie und legte das kleine ledergebundene Buch in seine Hand. Er warf einen Blick auf den Einband und blätterte es dann rasch durch. »Lyrik über die Göttin Cleiona?«

»Vergleichende Studien, nichts weiter.«

»Unartiges Mädchen.«

Sie achtete nicht auf die Hitze, die ihr sofort ins Gesicht stieg – sie war nicht unartig, nur neugierig, und das war ein großer Unterschied. Trotzdem wusste sie, dass eine Menge Leute, einschließlich ihrer Mutter, von ihrer Lektüre nicht begeistert wären. Zum Glück gehörte Magnus nicht dazu.

Cleiona war die Gegenspielerin der Göttin Valoria. Die eine galt als gut, die andere als böse, aber dieser Unterschied beruhte einzig und allein darauf, in welchem Königreich man sich befand. In Limeros hielten sie Cleiona für die Böse, während Valoria als die Reine und Gute angesehen wurde, die Kraft, Glaube und Weisheit verkörperte, die drei Eigenschaften, die für die Limerianer höchste Priorität besaßen. Auf jedem Wappen, das als Wandschmuck in der großen Halle oder sonst einem Raum hing, auf jedem Pergament, das ihr Vater unterzeichnete, auf jedem Porträt des Königs waren diese drei Worte zu finden.

Kraft. Glaube. Weisheit.

In Limeros widmete man pro Woche zwei volle Tage dem Gebet und der stillen Einkehr. Wenn jemand in den Dörfern und Städten bis hinauf zu den Verbotenen Bergen dieses Gesetz brach, musste er dafür eine Geldstrafe entrichten, und wer sie nicht bezahlen konnte, wurde auf noch härtere Art gemaßregelt. König Gaius ließ alle öffentlichen Bereiche von einer Patrouille kontrollieren, um dafür zu sorgen, dass seine Untertanen für ihn schufteten, ihre Steuern zahlten und strikt die Befehle ihres Königs befolgten.

Die meisten protestierten nicht und machten keine Probleme. Und die Göttin Valoria hätte die strengen Vorschriften des Königs befürwortet, so hart sie gelegentlich erscheinen mochten, da war Lucia sicher.

Limeros war ein Land der Klippen, der weiten Heidelandschaften und steinigen Böden; den größten Teil des Jahres herrschte Frost, und alles war von einer glitzernden Schicht aus Eis und Schnee bedeckt, die nur für eine kurze kostbare Zeit von sommerlichem Grünen und Blühen durchbrochen wurde. Dennoch war es ein wunderschönes Land – manchmal brachte seine Schönheit Lucia fast zum Weinen. Vom Fenster ihres Zimmers blickte man über die Gärten hinaus zur scheinbar endlosen Silbernen See, auf der man in ferne Länder gelangte, und an den jäh abfallenden schwarzen Granitmauern der Burg hinunter ins dunkle Wasser, das unablässig ans felsige Ufer donnerte.

Eine atemberaubende Landschaft, selbst jetzt im Winter, wenn es nahezu unmöglich war, ins Freie zu gehen, weil man die beißende Kälte kaum ertrug, es sei denn, man war von Kopf bis Fuß in Pelz und Leder eingehüllt.

Lucia störte das nicht. Sie liebte dieses Königreich, trotz all der Erwartungen und Schwierigkeiten, mit denen sie als eine Damora unweigerlich konfrontiert war. Sie liebte ihre Bücher und ihren Unterricht, in dem sie Wissen aufsaugte wie ein Schwamm. Sie las alles, was ihr in die Finger kam. Zum Glück verfügten sie über eine reich ausgestattete Schlossbibliothek. Für Lucia war Wissen ein wertvolles Geschenk – kostbarer als das Gold und die Juwelen, die sie gelegentlich von besonders stürmischen Verehrern geschenkt bekam.

Das heißt, wenn diese Verehrer es schafften, an Lucias überfürsorglichem Bruder vorbeizukommen. Bisher hatte Magnus noch keinen der jungen Männer, die Lucia den Hof machen wollten, der Aufmerksamkeit der Prinzessin für würdig befunden. Sie fand sein Verhalten ihr gegenüber seit jeher zu gleichen Teilen entnervend und wundervoll. In letzter Zeit allerdings war sie nicht ganz sicher, wie sie seine ständig wechselnden Stimmungen einzuschätzen hatte.

Lucia sah in sein ihr so vertrautes Gesicht, als er ihr Buch achtlos beiseitelegte. Der Wissensdurst war zwischen ihnen beiden sehr ungleichmäßig verteilt. Auch Magnus hatte seine Unterrichtsstunden, vornehmlich im Reiten, im Schwertkampf und Bogenschießen, was er angeblich hasste. Aber der König bestand darauf, dass er sich in allem übte, ganz gleich ob Magnus sich brennend dafür interessierte oder nicht.

»Cleiona ist auch der Name der jüngsten auranischen Prinzessin«, meinte Magnus nachdenklich. »Das ist mir bisher noch gar nicht aufgefallen. Sie ist genauso alt wie du, richtig? Fast auf den Tag genau?«

Lucia nickte, hob das Buch auf, das auf dem Sofa gelandet war, und schob es unter einen Stapel weniger kontroverser Bücher. »Ich würde sie gerne kennenlernen.«

»Daraus wird wohl eher nichts. Vater hasst Auranos und wünscht sich seinen endgültigen Untergang. Seit … nun, das weißt du ja selbst.«

Oh ja, das wusste sie. Ihr Vater verachtete König Corvin Bellos und scheute nicht davor zurück, seine Meinung auch beim Essen in furchterregenden Wutausbrüchen kundzutun, wann immer er in der entsprechenden Stimmung war. Lucia glaubte, dass die Feindschaft viel mit einem Bankett im auranischen Palast vor mehr als zehn Jahren zu tun hatte. Damals war es aufgrund einer mysteriösen Verletzung, die Magnus sich zugezogen hatte, zwischen den beiden Königen um ein Haar zu einer handgreiflichen Auseinandersetzung gekommen. Seit diesem Vorfall war König Gaius kein einziges Mal mehr nach Auranos gereist. Und auch nicht eingeladen worden.

Als er an diesen Besuch zurückdachte, berührte Magnus instinktiv die Narbe, die sich von oberhalb seines rechten Ohrs bis zum Mundwinkel zog.

»Erinnerst du dich eigentlich immer noch nicht, was damals passiert ist?« Diese Frage interessierte Lucia brennend.

Magnus' Finger erstarrten, als wäre er bei etwas Unerlaubtem erwischt worden. »Zehn Jahre sind eine lange Zeit. Ich war noch ein Junge.«

»Vater wollte, dass derjenige, der dich angegriffen hatte, mit dem Leben bezahlt.«

»Genau genommen wollte er sich den Kopf des Übeltäters auf einem Silbertablett servieren lassen. Der Anblick eines weinenden, blutenden Kindes hat unseren Vater in Rage gebracht. Auch wenn ich dieses Kind war.« Seine dunklen Brauen zogen sich zusammen. »Aber nein, ich erinnere mich an nichts, ganz ehrlich. Ich weiß nur noch, dass ich mich alleine weggeschlichen habe, und auf einmal habe ich das warme Blut auf meinem Gesicht gespürt, und es tat weh. Erst als Mutter mich gesehen hat und erschrocken ist, bin ich auch erschrocken. Vielleicht bin ich auf der Treppe gestolpert und gegen eine Türkante geknallt. Du weißt ja, wie ungeschickt ich bin.«

»Unsinn, du bist überhaupt nicht ungeschickt.« Ihr Bruder bewegte sich mit der Anmut eines Panthers – geschmeidig, lautlos. Viele hielten ihn auch für gefährlich, denn schließlich war er der Sohn von König Gaius, genannt Eisenfaust. »Ich bin die Ungeschickte in der Familie.«

»Da muss ich dir entschieden widersprechen.« Zur Betonung schürzte er die Lippen. »Du bist anmutig und schön, meine Schwester, mit einer Vielzahl von Verehrern, die nach deiner Pfeife tanzen. Und außerdem gezwungen, dich damit abzufinden, dass du ein entstelltes Monstrum als Bruder hast.«

»Als würde deine Narbe dich zu einem Monstrum machen.« Der Gedanke war lächerlich. »Du musst blind sein, wenn du nicht merkst, wie die Mädchen dich anschauen – sogar hier im Schloss starren sie dir sehnsüchtig nach, wenn du an ihnen vorbeigehst, ohne sie auch nur wahrzunehmen.

Sie finden dich hinreißend. Und deine Narbe macht dich nur noch …« Einen Augenblick suchte sie nach dem richtigen Wort. »… nur noch faszinierender.«

»Glaubst du das wirklich?« Seine dunkelbraunen Augen funkelten amüsiert.

»Oh ja.« Sie strich ihm die dunklen Haare, die dringend gestutzt werden mussten, von der Wange, um die blasse Narbe eingehender zu betrachten. »Außerdem ist sie kaum noch zu sehen. Ich nehme sie jedenfalls kaum wahr.«

»Wenn du meinst.« Plötzlich klang seine Stimme erstickt, sein Gesicht hatte einen gequälten Ausdruck, und er schob ihre Hand weg.

Sie runzelte die Stirn. »Was ist los?«

Magnus trat ein paar Schritte zurück. »Nichts. Ich … ich bin eigentlich nur gekommen, um …« Er fuhr sich mit der Hand durch die Haare. »Ach, vergiss es. Wahrscheinlich interessiert es dich ohnehin nicht. Unten findet eine improvisierte politische Besprechung statt, die Vater kurz entschlossen einberufen hat. Aber ich überlasse dich lieber wieder deinen Studien.«

Lucia sah verdutzt zu, wie er hastig und ohne ein weiteres Wort ihr Zimmer verließ.

Irgendetwas bedrückte ihren Bruder, das war ihr in letzter Zeit schon des Öfteren aufgefallen, und es wurde jeden Tag schlimmer. Er wirkte abgelenkt und zutiefst beunruhigt. Lucia hätte gern gewusst, was ihn quälte, denn sie hasste es, wenn er so unglücklich war und sie nicht wusste, wie sie ihm helfen konnte.

Außerdem sehnte sie sich danach, ihm ihr eigenes Geheimnis anzuvertrauen, das sie seit fast einem Monat mit sich herumtrug – das Geheimnis, von dem niemand etwas wusste. Ganz und gar niemand.

Entschlossen schob sie ihre Angst und Unsicherheit beiseite und betete zu der Göttin, ihr die nötige Kraft, den Glauben und die Weisheit zu schenken, um dem dunklen Sturm zu trotzen, den sie nahen fühlte.

Magnus folgte dem Lärm in die große Halle der Burg und drängte sich durch die Menge. Es waren mehrere bekannte Gesichter darunter – junge Männer in seinem Alter, vorgeblich seine Freunde. Er begrüßte sie mit einem steifen Lächeln, das ebenso erwidert wurde.

Natürlich waren diese Jungen nicht wirklich seine Freunde – kein einziger von ihnen –, sondern nur die Söhne der Mitglieder des Königlichen Rats, von denen erwartet wurde, dass sie sich um ein gutes Verhältnis zum limerianischen Prinzen bemühten, ob sie wollten oder nicht. Und Magnus hatte im Vorbeigehen immer wieder Gespräche gehört, denen zu entnehmen war, dass einige ihn überhaupt nicht mochten.

Bedeutungslos.

Vermutlich waren diese Jungen – deren Schwestern sicherlich mehr als willig seinen Antrag annehmen würden, sollte er eine von ihnen zu seiner zukünftigen Braut erwählen – jederzeit bereit, ihn für ihre Zwecke auszunutzen, wann immer die Situation es erforderte. Und umgekehrt verhielt es sich ebenso.

Er traute keinem von ihnen. Nur Lucia. Sie war anders. Bei ihr konnte er ganz er selbst sein, musste sich nicht verstellen. Sie war seine engste Vertraute und Verbündete. Im Lauf der Jahre hatten sie so viele Geheimnisse miteinander geteilt, weil sie wussten, dass sie beim anderen gut aufgehoben waren.

Aber gerade vorhin war er aus ihrem Gemach gerannt, als stünde es in Flammen.

Das Geheimnis, dass er Lucia mehr und mehr begehrte, würde er allerdings niemandem anvertrauen – vor allem nicht ihr. Niemals. Er würde es tief in seiner Brust vergraben, bis der feurige Schmerz sein Herz verbrannt hatte. Halbwegs hatte er dieses Ziel schon erreicht. Vielleicht würde alles leichter werden, wenn endlich nur noch Asche übrig war.

Seit dem Bankett war schon über ein Monat verstrichen, aber er hatte nichts Interessantes in Erfahrung bringen können, was Licht in das geheimnisvolle Gespräch zwischen seinem Vater und Sabina brachte. Er hatte Amia gebeten, besonders aufmerksam zu sein, wenn sie sich im Schloss umhörte, und ihm sofort Bescheid zu geben, sobald Lucias Name erwähnt wurde. Natürlich war das junge Küchenmädchen sofort mit dem gleichen Eifer dazu bereit gewesen, wie es zu allem bereit war, was Magnus von ihm verlangte.

In der Halle sprach sein Vater mit lauter Stimme zu etwa dreihundert dort versammelten Männern. Gebannt lauschten die Zuhörer seinen Worten, alle Augen waren auf den König gerichtet. Hinter ihm hing eines der wenigen Kunstwerke, die noch an den kalten, glatten Wänden der Halle verblieben waren – ein großer Gobelin, der den König auf seinem schwarzen Lieblingshengst zeigte, in der Hand das Schwert. Stark, streng und majestätisch.

Auch Magnus starrte ihn an. Sein Vater liebte es, im Mittelpunkt zu stehen.

»Ein Mord.« Die Stimme des Königs dröhnte durch die Halle. »Vor eineinhalb Monaten, mitten auf dem paelsianischen Markt. Es war ein kühler, aber schöner Tag, die Paelsianer genossen draußen den Sonnenschein, verkauften ihre Waren und bemühten sich, für sich und ihre Familien einen ordentlichen Lebensunterhalt zu verdienen. Aber ein paar bösartige auranische Adlige in ihrer Mitte brachten das muntere Treiben zum Erliegen.«

Um Magnus herum erhob sich Gemurmel. Einige wussten

bereits von dem Mord am Sohn des Weinhändlers, aber andere hörten zum ersten Mal davon. Doch Magnus war überrascht, dass sich überhaupt jemand dafür interessierte.

Vor allem überraschte es ihn, dass sein Vater sich darum kümmerte. Als Magnus auf Lucias Geburtstagsbankett von dem Vorfall gehört hatte, war ihm die Nachricht nicht sonderlich wichtig vorgekommen. Und später, als sein Vater davon erfuhr, hatte der König nur die Achseln gezuckt.

Anscheinend hatte er seine Meinung geändert. Vielleicht war der Einfluss des jungen dunkelhaarigen Mannes daran schuld, der neben dem König stand. Des jungen Mannes, der erst vor kurzem von einer Seereise zurückgekehrt war.

Seine Wange begann zu zucken.

Der junge Mann hieß Tobias Argynos. Vor einem Jahr hatte der König ihn zum Kammerdiener gemacht und ihn schon bald umfassend ins Vertrauen gezogen. Offenbar hielt er ihn für einen großen Zugewinn, denn er behandelte ihn wie einen Lieblingssohn.

Falls man geflüsterten Gerüchten Glauben schenken konnte, *war* Tobias tatsächlich sein Lieblingssohn – der Bastard des Königs, vor zwanzig Jahren von einer schönen Kurtisane in Auranos zur Welt gebracht.

Magnus hatte nie viel auf Klatsch und Tratsch gegeben, aber vollständig ignorieren konnte er solche Gerüchte auch nicht. Was hinter vorgehaltener Hand getuschelt wurde, konnte sich von einem Tag zum anderen in eine Wahrheit verwandeln, die jeder lauthals verkündete. Genau genommen war Tobias keine Gefahr für Magnus' Position im Königreich – Magnus war der rechtmäßige Thronfolger, heute, morgen, immer. Dennoch verletzte es Magnus mehr, als er zuzugeben bereit war, dass der König so rasch ein so inniges Verhältnis zu Tobias aufgebaut hatte, während er zu Magnus dessen ganzes Leben lang so kalt gewesen war. Der rechtmäßige

Prinz war von einer Narbe verunstaltet, während der Bastard neben dem König stand, wenn dieser vor einem hingerissenen Publikum seine Reden hielt.

Andererseits hatten Fairness und Freundlichkeit auch nie zu den von König Gaius vertretenen Grundsätzen gehört. Kraft, Glaube und Weisheit über alles – das war es, worum es ihm ging.

»Die Paelsianer leiden«, fuhr der König fort. »Ich beobachte es seit einer Weile, und mein Herz ist voller Mitgefühl für unsere armen Nachbarn. Die Auranier dagegen protzen mit ihrem Reichtum, wo sie nur können. Sie sind schamlos eitel. Inzwischen beginnen sie sogar, Religion und Gebet abzulehnen und ihre eigenen Bildnisse als Götzenbilder aufzustellen – ein schlagender Beweis ihrer Vermessenheit und ihres sündhaften Dünkels. Ein selbstsüchtiger junger Fürst – Lord Aron Lagaris – hat den armen Sohn des Weinhändlers getötet. Der Ermordete war ein guter, ein hübscher Junge, der seinem Vater hätte helfen können, sein Volk aus dem Elend zu führen, in dem es seit Jahrhunderten gefangen ist. Doch er wurde niedergestochen, weil ein verwöhnter junger Adliger sich vor einer Prinzessin – Prinzessin Cleiona – großtun wollte. Ja, die Prinzessin ist benannt nach der bösen Göttin, die unsere Liebste aller Lieben, unsere Valoria, Göttin von Erde und Wasser, getötet hat. Die beiden haben tatenlos zugeschaut, wie Tomas Agallon vor den Augen seiner Familie sein junges Leben aushauchte. Welches Leid sie dieser Familie und allen Paelsianern zufügten, war ihnen völlig gleichgültig.«

Wieder wurde unter den Zuhörern aufgeregt gemurmelt.

»Das ist nicht nur ein Mord, es ist obendrein eine Beleidigung. Und ich für meinen Teil bin zutiefst zornig im Namen alles Paelsianer, unserer Nachbarn, die im Osten eine Grenze mit uns teilen, bis hinauf zu den Verbotenen Bergen. Der Tag der Abrechnung ist gekommen – einer Abrechnung, die sich seit tausend Jahren anbahnt.«

Das Murmeln wurde lauter, und Magnus hörte ausschließlich Einverständnis mit dem König heraus.

Es gab zahlreiche Geschichten über den Überfluss in Auranos. Mit Gold gepflasterte Straßen. Kostbare, in die Haare adliger Damen eingeflochtene Diamanten, die am Ende des Tages entsorgt wurden. Reichtümer, die auf wochenlangen Festen verprasst wurden. Doch am abstoßendsten wurde allgemein das rapide schwindende Interesse an harter Arbeit und strengem Glauben empfunden – den Grundfesten der limerianischen Gesellschaft.

»Was tut Ihr da, Vater?«, flüsterte Magnus wie betäubt vor sich hin.

Im gleichen Moment packte ihn eine starke Hand an der Schulter, und als er sich erschrocken umblickte, sah er ins Gesicht eines Mannes, dessen Namen ihm entfallen war – ein großer, ungeschlachter Kerl, Mitglied des Königlichen Rates, dessen grauer Bart fast sein ganzes Gesicht bedeckte und dessen kleine Knopfaugen vor Erregung blitzten.

»Euer Vater ist der beste König, den Limeros je gekannt hat«, rief der Mann. »Ihr solltet stolz darauf sein, dass Ihr sein Sohn seid.«

Mit »stolz« hätte Magnus sein Verhältnis zu seinem Vater niemals beschrieben, weder heute noch früher. Ein falsches Lächeln erschien auf seinen Lippen. »Selbstverständlich. Und niemals war ich stolzer als in diesem Augenblick.«

Seit der Ansprache des Königs war eine Woche vergangen. Magnus' Muskeln brannten – er hatte gerade eine Unterrichtsstunde im Schwertkampf hinter sich. Nachdem er sich gewaschen und umgezogen hatte, schlenderte er durch die Korridore der Burg und bemühte sich, einem Schatten ähnlich zu sein. Dieses kleine Spiel war eine Herausforderung, der er sich gelegentlich gerne stellte – zu sehen, wie weit er kam, ohne dass jemand von ihm Notiz nahm. Dank der schwarzen Kleidung, die er bevorzugte, war er für gewöhnlich recht erfolgreich.

Heute war er Lucia, nachdem sie sich beim Frühstück kurz gesehen hatten, gezielt aus dem Weg gegangen. Sie hatte den ganzen Nachmittag lernend in ihrem Zimmer verbracht.

Gut. Aus den Augen, aus dem Sinn.

Wie leicht es doch war, sich selbst zu belügen.

Auf seiner lautlosen Wanderung stieß er auf einen Jungen, der unten in der hohen, weitläufigen Eingangshalle mit ihrer präzise in die Steinwand eingemeißelten Wendeltreppe stand und wartete. Er war der Sohn einer ansässigen Adelsfamilie. Magnus kannte ihn flüchtig, hatte jedoch seinen Namen vergessen. Das passierte ihm häufig – nicht etwa weil er ein schlechtes Gedächtnis hatte, sondern weil es ihm an Interesse mangelte. An die Namen von Menschen, die ihm wichtig waren oder die in seinem Leben irgendeinen Zweck erfüllten, erinnerte er sich durchaus. Dieser Junge jedoch war ihm vollkommen gleichgültig – abgesehen von der Tatsache, dass er sich für Lucia interessierte. Und das war ein ganz anderes Thema.

Bei früheren Gelegenheiten hatte Magnus in den wachsamen Augen des Jungen erkannt, dass er zu den zahlreichen jungen Männern gehörte, die in Lucia verliebt waren und auf eine Gelegenheit warteten, Zeit mit ihr zu verbringen und ihre … Freundschaft zu intensivieren.

Wie er es bei vielen anderen solchen Verehrern tat, umkreiste Magnus den Jungen bedrohlich und musterte ihn mit durchdringender Missbilligung, bis Schweißperlen auf dessen blasser Stirn erschienen.

Lucia hatte Magnus schön genannt, aber er wusste, dass

viele sein Äußeres – dunkle Haare, dunkle Augen, dunkle Kleidung und natürlich die Narbe – als einschüchternd und bedrohlich empfanden. Dass er König Gaius' Sohn und Erbe des limerianischen Throns war, verstärkte diesen Eindruck nur noch. Manche Könige gewannen den Respekt ihres Volkes durch Liebe – wie es beispielsweise bei Magnus' Großvater der Fall gewesen war. Sein Vater dagegen zog es vor, sich mithilfe von Angst und Gewalt Respekt zu verschaffen. Die Methode war anders, der Effekt der gleiche.

Dass er in den Augen vieler seinem Vater glich, kam Magnus gerade recht. Wenn es erforderlich war, musste man jede Waffe nutzen. Und momentan war es erforderlich.

»Du hast hier nichts zu suchen«, herrschte er den Jungen an.

Nervös stemmte Lucias potenzieller Verehrer die Spitze seines Lederschuhs auf den grauen Marmorboden. »Ich – ich wollte nur … ich bleibe nicht lange. Meine Eltern fanden, es wäre nett, wenn ich Prinzessin Lucia zu einem kleinen Spaziergang auf dem Palastgelände einlade. Heute ist es nicht so kalt.«

»Ja, wie schön.« Die Worte waren wie Säure auf seiner Zunge, und die Eifersucht durchzuckte Magnus wie ein Blitzschlag. »Aber sie hat kein Interesse an Spaziergängen auf dem Palastgelände. Jedenfalls nicht, na ja … nicht mit *dir*.«

Der junge Mann riss die Augen auf. »Wie meint Ihr das?«

Magnus setzte ein Gesicht auf, als hätte er zu viel gesagt, und jetzt plagten ihn Gewissensbisse. »Nun, es geht mich ja eigentlich nichts an.«

»Nein, bitte, wenn Ihr einen Rat für mich habt, dann bin ich Euch sehr dankbar. Ich weiß ja, dass Ihr mit Lucia sehr vertraut seid.«

Mit einer väterlichen Geste legte Magnus dem Jungen die Hand auf die Schulter. »Ach, es ist nur so, dass sie dich mir gegenüber mal erwähnt hat.« Jetzt wäre eine gute Gelegenheit gewesen, den Namen des Jungen einzuschieben – Mark, Markus, Mikah, irgendwas in der Art. »Und sie hat ganz klar gesagt, falls du jemals vorbeikommen solltest, möchte sie, dass du nicht weiter ermutigt wirst. Selbstverständlich meint sie das nicht böse. Aber … ihr Interesse liegt eher woanders.«

»Woanders?«

»Ja. Deshalb schlage ich vor, dass auch du jetzt woanders hingehst.«

»Oh.« Die Stimme des Jungen klang dünn. Er kapitulierte bereits.

Mit jemandem, der sich so leicht manipulieren ließ, hatte Magnus keine Geduld. Wenn der Kerl sich wirklich für Lucia interessierte, musste er bereit sein, sich gegen alle Widerstände für sie zu engagieren, auch gegen ihren überbeschützenden Bruder.

Schwächlinge waren so leicht kleinzukriegen.

Man sah förmlich, wie der Junge den Schwanz einzog, während er jetzt auf schnellstem Wege die Burg verließ, um in die Villa seiner Eltern zurückzukehren. Und das war das Ende von Mikey. Oder wie er sonst heißen mochte.

Mit einem triumphierenden Lächeln auf den Lippen setzte Magnus seinen gemächlichen Streifzug durch die Gänge der Burg fort. Nicht lange darauf hatte er eine etwas angenehmere Begegnung.

Amia lächelte ihn im Vorbeigehen an und gab ihm mit einer Geste zu verstehen, ihr zu folgen, ehe sie um die nächste Ecke verschwand. Mit raschen Schritten führte sie ihn in einen kleinen Raum, der von der Dienerschaft als Kapelle genutzt wurde, und schloss die Tür hinter sich. Sie waren allein. Das Mädchen kaute auf der Unterlippe, aber seine Wangen waren vor Aufregung gerötet. »Ich habe das Gefühl, ich habe Euch eine Ewigkeit nicht mehr gesehen, mein Prinz.«

»Aber es ist erst einen oder zwei Tage her.«

»Eine Ewigkeit.« Sie legte die Hände auf seinen Bauch und ließ sie von dort langsam bis zu seinen Schultern hinaufgleiten.

Er wehrte sich nicht. Heute sehnte er sich nach einer Berührung, die den Schmerz in seiner Brust linderte. Wenn er die Augen schloss, konnte er sich vorstellen, Amia wäre eine andere. Sie zitterte, als er sie an die Steinmauer drängte und seinen Mund zu einem eindringlichen Kuss auf ihren drückte. Langsam fuhr er mit den Fingern durch ihre weichen braunen Haare und bildete sich ein, dass sie bis zu ihrer Taille reichten und die Farbe von tiefdunklem Ebenholz hatten. Dass ihre Augen blau waren wie der Sommerhimmel, nicht blass und wintergrau.

»Hast du etwas in Erfahrung gebracht?«, fragte er und schob die Fantasie beiseite. Amia roch nach dem Fisch, bei dessen Zubereitung sie geholfen hatte, und nicht nach Rosen und Jasmin. Seine Vorstellungskraft hatte Grenzen.

»Über Eure Schwester?«

Seine Kehle wurde eng. »Ja.«

»Nein, noch nicht.« Wie gebannt blickte sie zu ihm auf. »Aber es passiert etwas anderes, gerade in diesem Augenblick. Der König und Tobias treffen sich gerade heimlich mit ein paar Gästen.«

Tobias, dachte Magnus angewidert. *Ständig lauert er irgendwo.* »Was denn für Gäste?«

»Vor einer Stunde ist Häuptling Basilius mit seinem Gefolge eingetroffen.«

Magnus starrte sie an, für einen Moment sprachlos. »Das ist nicht dein Ernst.«

Sie grinste. »Ich habe Euch schon gesucht, um es Euch mitzuteilen. Wenn der paelsianische Stammesführer, der ansonsten nie öffentlich auftritt, nach Limeros gereist ist, um mit dem König zu sprechen, muss etwas sehr Spannendes vorgehen, meint Ihr nicht auch?«

»Aber ja.«

Gerüchten zufolge war Häuptling Basilius ein mächtiger Magier, der von seinem Volk gefürchtet und respektiert wurde. Er lebte abgeschottet von den anderen Paelsianern in einem privaten Lager, wo er seine Zeit der Meditation und angeblich auch der Magie widmete.

Für solche lächerlichen Ideen hatte Magnus nichts übrig. Sein Vater dagegen schon, zumindest bis zu einem gewissen Grad. König Gaius glaubte an die Macht der *Elementia,* an die Magie, die seit den Tagen der Göttinnen von der Welt verschwunden war.

»Hast du sonst noch etwas gehört?«, fragte Magnus. »Weißt du, warum der Häuptling hier ist?«

»Ich hab gelauscht, solange ich konnte, aber ich hatte Angst, erwischt zu werden.«

»Amia, du darfst dich auf gar keinen Fall erwischen lassen. Mit Spionen kennt mein Vater keine Gnade.«

»Selbst wenn ich im Auftrag seines Sohnes lausche?«

»Ich würde nicht zögern zu behaupten, dass du lügst.« Er nahm ihren Arm und drückte ihn fest, bis sie zurückzuckte und ein angstvolles Flackern in ihren blassen Augen erschien. »Was denkst du, wem der König glauben würde? Seinem Sohn und Erben? Oder einem Küchenmädchen?«

Amia schluckte schwer. »Ich bitte um Entschuldigung, mein Prinz. Niemals würde ich verraten, was ich für Euch tue.«

»Kluges Mädchen.«

Sie brauchte einen Moment, um sich zu fassen und die unangenehme Stimmung wieder abzuschütteln. »Wie ich es verstanden habe, hat sein Besuch etwas mit dem Mord in dem paelsianischen Dorf letzten Monat zu tun und mit der Versammlung, die König Gaius letzte Woche abgehalten hat.«

Magnus lockerte seinen Griff. »Ich glaube, ich werde mich ihnen anschließen. Schließlich habe ich wohl das gleiche Recht wie Tobias, an einem solchen Treffen teilzunehmen.«

»Da bin ich ganz Eurer Meinung.«

Das Mädchen war wirklich liebenswürdig. Er blickte auf sie hinunter. »Danke für die Information, Amia. Ich weiß deine Mühe zu schätzen.«

Ihr Gesicht hellte sich auf. »Braucht Ihr sonst noch etwas von mir?«

Einen Augenblick überlegte er, dann trat er einen Schritt zurück. »Ja. Besuch mich in meinen Gemächern, wenn ich mich heute Abend zurückgezogen habe.«

Ihre Wangen röteten sich wieder, und sie lächelte schüchtern. »Stets zu Diensten, mein Prinz.«

Mit großen Schritten verließ Magnus die Kapelle und machte sich auf den Weg zur privaten Versammlungshalle seines Vaters, die auf dem Hauptgeschoss gleich neben dem großen Saal lag. Er machte sich nicht die Mühe zu lauschen, sondern marschierte einfach hinein. Im Raum saßen ein Dutzend Männer, die sich ihm sofort zuwandten.

»Oh, tut mir leid«, sagte er. »Störe ich etwa?«

Obwohl Magnus die meiste Zeit lieber Schatten spielte, gab es doch Gelegenheiten, bei denen ein unübersehbares Erscheinen angebracht war. Tobias' ständige Anwesenheit in der Burg hatte ihn wohl doch mehr in Rage gebracht, als ihm bis heute klar gewesen war. Auf einmal spürte er einen heftigen Drang, seine Position als Prinz und rechtmäßiger Thronfolger geltend zu machen.

»Dies«, begann sein Vater von seinem Platz auf dem Podium, immer eine Stufe höher als alle anderen, »dies ist mein Sohn, Prinz Magnus Lukas Damora.«

Statt empört auf die Störung zu reagieren, umspielte ein kleines, gedankenverlorenes Lächeln die Lippen des Königs. Tobias dagegen funkelte Magnus wütend an, als wäre er im Namen des Königs über dessen eklatante Unhöflichkeit erbost.

»Es ist mir eine große Ehre, den Prinzen kennenzulernen«, ertönte eine tiefe Männerstimme, und Magnus blickte nach links. »Ich bin Häuptling Hugo Basilius von Paelsia.«

»Die Ehre ist ganz unsererseits«, antwortete Magnus ruhig. »Willkommen in Limeros, Häuptling Basilius.«

»Geselle dich zu uns, mein Sohn«, forderte der König seinen Sohn auf.

Magnus verbiss sich eine schneidende Bemerkung darüber, dass er die offizielle Einladung wohl nicht mitbekommen hatte, und setzte sich dem Häuptling gegenüber an den Tisch.

Der Stammesführer war eindrucksvoller, als Magnus es angesichts der Tatsache, dass er über ein einfaches Bauernvolk herrschte, erwartet hatte. In Paelsia gab es keine Ober- oder Mittelschicht, sondern nur verschiedene Stufen einer Unterschicht, vor allem in den jüngeren Generationen, die miterleben mussten, wie das Land immer schwächer wurde.

Selbst im Sitzen wirkte Basilius ganz und gar nicht wie ein Bauer. Er war groß und breitschultrig, sein dunkles Haar von grauen Strähnen durchzogen und sein gebräuntes Gesicht faltig, doch aus seinen Augen leuchtete eine verwegene Schärfe. Auch seine Kleider aus weichem Leder und Silberfuchspelz waren von feinster Machart. Er sah einem König ähnlicher, als Magnus es je für möglich gehalten hatte. Vermutlich führte Basilius in seinem Lager nicht das gleiche ärmliche Leben wie die einfachen Bürger von Paelsia.

»Sollen wir Euren Sohn darüber ins Bild setzen, was wir bisher besprochen haben?«, fragte Basilius.

»Selbstverständlich.« König Gaius hatte seine Aufmerksamkeit keine Sekunde von seinem Sohn abgewandt, seit dieser hereingekommen war. Selbst ohne ihn anzusehen, spürte Magnus seinen Blick auf sich ruhen – ein Brennen, das er auf seiner Narbe spürte. Kalter Schweiß lief ihm über den Rücken, obwohl er sich alle Mühe gab, entspannt zu wirken.

König Gaius besaß ein hitziges Temperament, und Magnus wusste aus eigener Erfahrung, was es hieß, von ihm bestraft zu werden, wenn man sich zu weit vorwagte. Schließlich hatte er die Narbe, um es zu beweisen.

Und trotz seiner zur Schau gestellten Ahnungslosigkeit wusste er nur allzu genau, wie er sie sich zugezogen hatte.

Vor zehn Jahren hatte der König ihn und Königin Althea zu einem königlichen Besuch nach Auranos mitgenommen. Sie waren noch nicht lange in dem üppigen und reich geschmückten Palast, der in scharfem Kontrast zu der zweckmäßigen und kargen Burg von Limeros stand, ehe Magnus seiner kindlichen Neugier nachgab. Während eines Banketts zog er alleine los, um den Palast auf eigene Faust zu erkunden. Dabei entdeckte er eine Vitrine mit juwelenbesetzten Dolchen, und ihn überkam der überwältigende Drang, ein goldenes, mit Saphiren und Smaragden verziertes Messer zu stehlen. In Limeros gab es solche wunderschönen, kunstvollen Waffen nicht, dort waren Dolche ebenso praktisch und zweckdienlich wie alles andere, geschmiedet aus Stahl oder Eisen. Aber diesen Dolch wollte Magnus damals mehr, als er in den sieben Jahren seines Lebens je etwas gewollt hatte.

Sein Vater ertappte ihn, als er gerade dabei war, das goldene Messer vorsichtig aus der Vitrine zu ziehen. Vor Wut darüber, dass sein Sohn etwas entwenden wollte und damit womöglich den guten Namen der Familie beschädigte, riss sein Vater ihm die Waffe aus der Hand und schlug ihn mit der scharfen Klinge ins Gesicht. Und so war der heiß ersehnte Dolch zu seiner Strafe geworden.

Natürlich hatte der König seine Gewalttat sofort bereut. Aber statt Magnus zu helfen und die Wunde zu verbinden, hatte er sich vor ihn gekniet und mit leiser, drohender Stimme auf ihn eingeredet, während dem kleinen Jungen das Blut über die Wange lief und auf den glänzenden Marmorboden des auranischen Palasts tropfte. Eiskalt hatte er Magnus damit gedroht, ihn, seine Mutter und seine kleine Schwester zu töten, wenn er jemals einer Menschenseele verriet, wie es zu dieser Verletzung gekommen war.

Und Magnus hatte geschwiegen. Jedes Mal, wenn er in den Spiegel schaute, wurde er an die Drohung und den Jähzorn seines Vaters erinnert.

Aber er war kein siebenjähriger Junge mehr, er war inzwischen siebzehn, fast achtzehn sogar. Genauso groß wie sein Vater. Und genauso stark. Er wollte sich nicht mehr vor ihm fürchten.

»Ich habe Häuptling Basilius benachrichtigen lassen«, erklärte der König, »dass ich mich mit ihm persönlich über die Probleme in seinem Land austauschen möchte, die uns durch den Mord an Tomas Agallon durch die Hand eines auranischen Adligen noch einmal besonders ins Gedächtnis gerufen wurden. Er hat sich einverstanden erklärt, herzukommen und über eine mögliche Allianz zu sprechen.«

»Eine Allianz?«, wiederholte Magnus überrascht.

»Ein Bündnis zweier Länder zu einem gemeinsamen Zweck«, erklärte Tobias.

Magnus warf dem Bastard des Königs einen vernichtenden Blick zu. »Ich weiß, was eine Allianz ist.«

»Ich glaube, es könnte das Omen sein, auf das ich gewartet habe«, sagte Häuptling Basilius. »Lange habe ich nach einer Möglichkeit gesucht, meinem sterbenden Land zu helfen.«

»Und was für eine Lösung bringt ein Bündnis mit Limeros?«, fragte Magnus.

Sein Vater und der Häuptling wechselten vielsagende Blicke, dann sah König Gaius seinen Sohn an und antwortete: »Ich habe vorgeschlagen, dass wir Auranos mit vereinten Kräften diesem gierigen, selbstsüchtigen König wegnehmen, der sein Volk glauben lässt, es könne tun, was ihm beliebt, ohne an die Folgen zu denken.«

»Auranos wegnehmen?«, hakte Magnus nach. Er traute seinen Ohren nicht. »Du meinst, wir wollen Auranos erobern? Gemeinsam?«

Das Lächeln des Königs wurde breiter. »Was hältst du davon, mein Sohn?«

Das konnte nur eine Fangfrage sein. Immerhin waren die Verhandlungen bei seinem Eintreffen schon eine ganze Weile im Gange gewesen. Niemand schien schockiert zu sein, dass nach so vielen Generationen des Friedens ein Krieg vom Zaun gebrochen werden sollte.

Und jetzt, da Magnus die Chance gehabt hatte, zu Atem zu kommen, war er auch gar nicht mehr so überrascht. Sein Vater machte schon seit einem Jahrzehnt keinen Hehl aus seinem Hass auf Corvin Bellos, und über die limerianische Missbilligung eines Königreichs, das sich der Genusssucht und anderen frivolen Exzessen hingab, wurde in den Sitzungen des königlichen Rats und auf Banketten sicher schon doppelt so lange hitzig debattiert. Nein, dachte Magnus nach kurzem Nachdenken – eigentlich war es eher überraschend, dass es so lange gedauert hatte, bis sein Vater zur Tat schritt.

Das Land von Häuptling Basilius lag direkt zwischen Limeros und Auranos. Um auf dem Landweg zur auranischen Grenze zu gelangen, musste jede Streitmacht aus Limeros rund hundertfünfzig Meilen zurücklegen, da würde eine Allianz mit Paelsia diesen Marsch natürlich sehr erleichtern.

»Ich kann Euch sagen, was *ich* davon halte«, mischte sich Tobias ein. »Ich finde, es ist ein brillanter Plan, Euer Gnaden.«

Magnus betrachtete den Kammerdiener des Königs voller Abscheu. Dunkle Haare, braune Augen, gleich groß und ähnlich gebaut wie er selbst – nur Tobias' Gesichtszüge waren etwas weicher. Es bestand wenig Zweifel daran, dass sie den gleichen Vater hatten, und Magnus fand es ziemlich beunruhigend, dass Tobias aussah, als könnte er ganz legitim Magnus' großer Bruder sein. Falls der König Tobias jemals als seinen Sohn anerkannte, würde dieser in der Thronfolge vor Magnus stehen. Kein Gesetz in Limeros verlangte rein königliches Blut als Voraussetzung dafür, den Thron zu besteigen. Auch der Sohn einer Hure konnte König werden.

»Ich denke, ganz gleich welche Meinung ich zu diesem Thema habe, wird mein Vater tun und lassen, was ihm richtig erscheint«, sagte Magnus schließlich. »Wie er das schon immer getan hat.«

Der Häuptling lachte laut. »Ich glaube, Euer Sohn kennt Euch recht gut.«

»Das kann man wohl sagen«, pflichtete König Gaius ihm amüsiert bei. »Also, Häuptling Basilius, was sagt Ihr? Stimmt Ihr meinem Plan zu? Auranos ist in den vielen Friedensjahren faul und fett geworden und kann einem Überraschungsangriff nicht standhalten. Es wird fallen, und wir werden uns gemeinsam um das kümmern, was zurückbleibt.«

»Und werden wir das, was zurückbleibt, dann gerecht miteinander teilen?«, fragte Basilius.

»Ja, das werden wir.«

Der Häuptling lehnte sich auf seinem Stuhl zurück und ließ den Blick langsam über die im Raum Versammelten schweifen. Die vier Männer, die hinter ihm standen, trugen Krummdolche am Gürtel und waren von Kopf bis Fuß in

Leder gekleidet. Sie sahen aus, als würden sie auf der Stelle in den Kampf ziehen, wenn man ihnen den entsprechenden Befehl erteilte.

»Kennt Ihr die Gerüchte, die über mich kursieren?«, fragte der Häuptling. Magnus brauchte einen Moment, um zu begreifen, dass Basilius direkt mit ihm sprach.

»Gerüchte?«, wiederholte er.

»Darüber, warum ich der Auserwählte bin, der mein Volk führen soll.«

»Ich habe Geschichten gehört, dass Ihr der letzte einer Linie von Magiern seid, die einst über *Elementia* verfügten. Dass Eure Vorfahren zu den Wächtern gehörten, zu denen, die die Essenzen beschützten.«

»Da habt Ihr richtig gehört. Deshalb bin ich der Stammesführer meines Volkes, und deshalb vertraut man mir mehr als allen anderen. Wir haben keinen Gott und auch keine Göttin, die wir verehren, wie das bei Euch der Fall ist. Mein Volk hat mich. Wenn die Leute beten, beten sie zu mir.«

»Und hört Ihr ihre Gebete?«

»Im Geist höre ich sie alle. Aber wenn jemand sich etwas wirklich wünscht, dann bringt er ein Blutopfer, um mir Ehre zu erweisen.«

Blutopfer? Wie primitiv. Kein Wunder, dass die Paelsianer ein sterbendes Volk waren, angewiesen auf ein paar Weinberge, die verhinderten, dass ihre Wirtschaft komplett zum Erliegen kam.

»Wie interessant«, erwiderte Magnus trotzdem.

»Das größte Opfer muss etwas sein, was einem wirklich am Herzen liegt. Etwas zu opfern, was für einen selbst keinen Wert besitzt, ist bedeutungslos.«

»Richtig.«

»Ist es das, was Ihr Euch jetzt von mir wünscht?«, fragte König Gaius. »Ein Blutopfer, um Euch Ehre zu erweisen?«

Basilius breitete die Hände aus und wandte sich dem König zu. »Es gibt viele Legenden über mich, aber es gibt auch viele über Euch. Manchmal ist die Wahrheit nur schwer von der Fantasie zu unterscheiden.«

»Was habt Ihr denn gehört?«

»Dass Ihr ein König seid, der von allen in seiner Umgebung Perfektion erwartet. Dass Ihr Euer Volk besteuert, bis es sich selbst kaum noch ernähren kann. Dass Eure Armee die Dörfer von Limeros kontrolliert und dass jeder, der sich nicht an Eure Regeln hält, seinen Fehler teuer bezahlen muss, oft mit dem Leben. Dass Ihr alle in Eurem Land, die der Hexerei angeklagt werden, gnadenlos foltern und hinrichten lasst. Dass Ihr Euer Königreich mit Gewalt und Einschüchterung regiert habt und Euer Volk Euch deshalb fürchtet, selbst wenn es den Kopf vor Euch neigt. Dass man Euch den Blutkönig nennt.«

Hätte Magnus auf diese kleine Rede antworten sollen, hätte er bestimmt kein Wort herausgebracht. Das erzählte man sich also über König Gaius?

Wie unglaublich … zutreffend.

Er beobachtete die Reaktion seines Vaters aufmerksam und in der Erwartung, dass er mit Drohungen und Wut um sich werfen und den Häuptling samt seines Gefolges sofort aus seinem Königreich jagen würde.

Doch stattdessen begann König Gaius zu lachen. Es war ein dunkles Geräusch mit einem durchaus gefährlichen Unterton, und es jagte Magnus eine Gänsehaut über den Rücken, als es durch den weitläufigen Saal hallte.

»Solche Geschichten erzählt man sich also über mich«, sagte er schließlich. »Natürlich mächtig aufgebauscht, sonst hätten sie ja keinen Unterhaltungswert. Stören Euch solche Gerüchte?«

»Ganz im Gegenteil«, antwortete Häuptling Basilius. »Ein

solcher Mann lehnt sich nicht zurück und lässt andere für sich kämpfen, nein, er kämpft selbst. Er tötet und nimmt sich, was er braucht. Seid Ihr ein solcher Mann?«

König Gaius beugte sich vor, und alle Erheiterung verschwand aus seinem Gesicht. »Ich bin ein solcher *König*.«

»Ihr wollt Auranos erobern, aber ich kann nicht glauben, dass der Grund dafür nur die Empörung über einen Mord ist, der in meinem Land verübt wurde. Sagt mir, warum Ihr solchen Wert darauf legt, Euch mit Paelsia zu verbünden.«

Einen Moment schwieg König Gaius, als müsse er den Häuptling genauer einschätzen. Dann antwortete er: »Ich möchte sehen, wie der Herrscher dieses Landes leidet, wenn ihm sein Königreich von einem Mann genommen wird, den er hasst. Und dieses Bündnis ist die Gelegenheit, dies zu bewerkstelligen.«

Die Antwort schien Häuptling Basilius zufriedenzustellen. »Gut. Dann fehlt nur noch, dass Ihr mir einen Beweis für Eure Entschlossenheit liefert, der greifbarer ist als Worte. Wenn Ihr diesen erbringt, schwöre ich, mit aller Ernsthaftigkeit über die Angelegenheit nachzudenken und Euch in Kürze meine endgültige Antwort zu übermitteln.«

»Ihr meint ein Blutopfer.«

Der Häuptling nickte. »Ich möchte, dass Ihr mir etwas opfert, was Euch sehr am Herzen liegt, etwas, dessen Verlust Ihr zutiefst betrauern werdet.«

Der Blick des Königs huschte zu Magnus, der mit feuchten Händen die Tischplatte umklammerte.

Unmöglich, dass sein Vater sich auf eine Laune des paelsianischen Bauernkönigs hin zu etwas so Barbarischem überreden ließ.

»Tobias«, sagte König Gaius. »Gib mir deinen Dolch.«

»Aber gewiss doch.« Tobias zog seinen einfachen Dolch mit Stahlklinge aus dem Gürtel und überreichte ihn dem König. »Wenn ich Euch etwas vorschlagen soll, Euer Majestät – es sitzen etliche Diebe im Kerker, die auf ihren Prozess warten.«

»Wäre das annehmbar für Euch, Häuptling Basilius?« Der König erhob sich von seinem Thron. »In diesem Land ist Diebstahl kein Verbrechen, auf das die Todesstrafe steht. Schlimmstenfalls wird einem Dieb die Hand abgeschnitten. Der Verlust eines limerianischen Untertanen wäre auch ein Verlust für mein Reich, für meine Wirtschaft – und daher für mich selbst.«

Auch Basilius erhob sich. Magnus blieb, wo er war und beobachtete die Szene mit einer Mischung aus Interesse und Abscheu.

»Ich bin alles andere als angetan von Eurer Wahl«, sagte der Häuptling. »In meinem Volk gibt es Menschen, die bereit wären, mir ihre eigenen Kinder zu opfern.«

»Und Ihr billigt ein solches Verbrechen?«, fragte der König sichtlich angespannt. »Für mich ist die Familie ein höheres Gut als alles andere auf der Welt. Und Kinder sind unser Vermächtnis, wertvoller noch als Gold.«

»Dann sind wir hier fertig. Ich werde über das nachdenken, was Ihr mir heute vorgeschlagen habt.« Der Stammesführer machte sich auf den Weg zur Tür. Sein Ton hatte nicht mehr den gleichen Enthusiasmus wie vorher.

»Tobias«, sagte der König monoton.

»Ja, Euer Majestät?«

»Ich bedaure, dass dies notwendig ist.«

Blitzschnell trat der König hinter den Jungen, riss seinen Kopf zurück und schnitt ihm mit einer entschlossenen Handbewegung die Kehle durch.

Tobias' Augen wurden groß, und seine Hände fuhren instinktiv an seinen Hals. Blut quoll zwischen seinen Fingern hervor, dann stürzte er zu Boden.

Grimmig starrte König Gaius auf ihn hinab, während Tobias' Körper langsam erstarrte.

Magnus bemühte sich mit aller Kraft, sich den Sturm der Gefühle in seinem Innern nicht anmerken zu lassen, und nahm Zuflucht zu der Maske des Gleichmuts, an der er all die Jahre so hart gearbeitet hatte.

Basilius war unter der Tür stehen geblieben und blickte stirnrunzelnd auf den König und seinen toten Kammerdiener zurück. Seine Gardisten hielten die Waffen griffbereit, um gegebenenfalls ihren Häuptling zu verteidigen, aber Basilius winkte ab.

»Er war Euer Kammerdiener, nicht wahr?«, fragte er.

Das Gesicht des Königs war hart. »Ja, das war er.«

»Und sogar noch mehr, wenn man den Gerüchten Glauben schenkt.«

Darauf antwortete König Gaius nicht.

Schließlich nickte der paelsianische Stammesführer. »Danke, dass Ihr mir eine solche Ehre erweist. Euer Opfer wird unvergessen bleiben. Ich werde Euch meine endgültige Entscheidung sehr bald mitteilen.«

Dann wandte er sich mit seinem Gefolge zum Gehen.

»Schafft die Leiche fort«, blaffte der König die Gardisten an, die sofort Tobias' Körper hochhoben und wegtrugen. Als Beweis für das, was geschehen war, blieb nur eine große Blutlache zurück. Magnus zwang sich, sie nicht anzustarren.

Ansonsten rührte er sich nicht, sondern wartete stumm und reglos, was als Nächstes passierte.

Es dauerte mehrere Minuten, bis der König zu seinem Thron zurückging. Jeder Muskel in Magnus' Körper spannte sich an. Während Tobias ganz sicher nicht erwartet hatte, von der Hand seines eigenen Vaters zu sterben, war Magnus weit davon entfernt, den König in dieser Hinsicht zu unterschätzen.

Als der König ihn bei der Schulter packte, fuhr er vor Schreck in die Höhe.

»Schwere Zeiten verlangen schwere Entscheidungen«, sagte Gaius lakonisch.

»Ihr habt das Einzige getan, was Ihr tun konntet«, erwiderte Magnus so ruhig er konnte.

»So sei es. Ich bereue nichts. Ich habe nie etwas bereut und werde nie etwas bereuen. Steh auf, mein Sohn.«

Magnus schob seinen Stuhl zurück und trat dem König gegenüber.

Sein Vater musterte ihn eingehend vom Scheitel bis zur Sohle und nickte. »Ich wusste schon immer, dass du etwas Besonderes in dir trägst, Magnus, und dein heutiges Auftreten bestärkt mich in dieser Überzeugung. Du hast dich beispielhaft verhalten.«

»Danke.«

»Ich habe dich in letzter Zeit sehr genau beobachtet. Nach einer schwierigen Kindheit ist ein beachtlicher junger Mann aus dir geworden – einer, der bereit ist, Verantwortung zu übernehmen und sich nicht nur ständig der Muße eines jungen Prinzen hinzugeben. Mit jedem Tag werde ich stolzer darauf, dich meinen Sohn zu nennen.«

Dass sein Vater tatsächlich stolz auf ihn sein könnte, war für Magnus eine schockierende Offenbarung.

»Ich freue mich, das zu hören«, brachte er einigermaßen gleichmäßig heraus.

»Ich möchte, dass du Teil dieser Unternehmung wirst und lernst, so viel du kannst, damit du, wenn du den Thron eines Tages übernimmst, gestärkt bist durch all deine Erfahrungen. Das, was ich vorhin gesagt habe, war nicht gelogen. Die Familie ist für mich das Wichtigste, wichtiger als alles andere. Ich möchte dich an meiner Seite haben. Bist du damit einverstanden?«

Hatte sein Vater schon länger darüber nachgedacht, oder hatte der Verlust von Tobias und die Art, wie er zustande gekommen war, gereicht, um plötzlich eine elterliche Bindung heraufzubeschwören?

Aber spielte das überhaupt eine Rolle?

»Selbstverständlich bin ich einverstanden«, antwortete Magnus. »Mit allem, was Euch beliebt.«

Während er das sagte, wurde ihm bewusst, dass er es tatsächlich ernst meinte.

Der König nickte. »Gut.«

»Gibt es irgendetwas, was ich jetzt sofort für Euch tun kann? Oder müssen wir warten, bis der Häuptling Euch seine Entscheidung mitgeteilt hat?«

Der König sah zu den beiden Gardisten, die im Raum geblieben waren, und gab ihnen mit einer Kopfbewegung zu verstehen, dass sie verschwinden sollten, damit er unter vier Augen mit Magnus sprechen konnte.

»Es gibt tatsächlich etwas, allerdings hat es nicht direkt etwas mit meinen Plänen für Auranos zu tun.«

»Was ist es?«

»Es geht um deine Schwester.«

Magnus erstarrte. »Was ist mit ihr?«

»Ich weiß, dass sie dir sehr nahesteht. Näher als mir oder ihrer Mutter. Ich möchte, dass du sie im Auge behältst. Sobald dir etwas an ihr auffällt, was dir ungewöhnlich vorkommt, musst du mir sofort Bescheid geben. Wenn du es nicht tust, könnte sie das in Gefahr bringen. Hast du mich verstanden?«

Ihm stockte der Atem. »Was denn für eine Gefahr?«

»Für den Augenblick kann ich dir nicht mehr dazu sagen.« Sein Gesicht verdunkelte sich. »Wirst du meine Bitte erfüllen, ohne weitere Fragen zu stellen? Es ist wichtig, Magnus. Wirst du über Lucia wachen und mich benachrichtigen, falls dir irgendetwas seltsam erscheint?«

Der Boden unter Magnus' Füßen schwankte. Er hatte Tobias nicht gemocht, und trotzdem war ihm der Tod des Bastards an die Nieren gegangen.

Aber Lucia mochte er sehr, und worum auch immer es seinem Vater ging, hatte bestimmt mit dem Gespräch zwischen dem König und Sabina zu tun, das er in der Nacht ihres Geburtstages belauscht hatte. Ein Gespräch über Magie, über Geheimnisse. Und wenn Lucia in Gefahr war, wusste er, dass es für ihn nur eine Antwort gab.

Er nickte. »Natürlich werde ich das tun, Vater.«

KAPITEL 9

AURANOS

Ich freue mich sehr, euch verkünden zu können …«, rief König Corvin vom Podium des großen Saals den Freunden und Adligen zu, die sich zum Festbankett versammelt hatten, »… dass meine Tochter, Prinzessin Cleiona Aurora Bellos, mit Lord Aron Lagaris, Sohn von Sebastien Lagaris von Elder's Pitch, die Ehe eingehen wird. Ich hoffe, ihr werdet alle diese glückliche Verbindung mit mir feiern. Auf Prinzessin Cleo und Lord Aron!«

Die Menge jubelte, während Cleo, die neben ihrem Vater stand, die Tränen zurückzuhalten versuchte. Sie sah die Gesichter nur noch verschwommen, aber sie würde auf gar keinen Fall weinen.

»Lächle, Cleo.« Aron stieß sein Weinglas gegen ihres, als sie sich wieder an den Tisch setzte, der von den Speisen des königlichen Festmahls regelrecht überschwemmt war. Das Geräusch verursachte ihr eine Gänsehaut, und ihr Rücken wurde steif. »Sonst denken alle, du freust dich nicht über die Bekanntmachung.«

»Das tu ich ja auch nicht, wie du sehr wohl weißt«, stieß sie zähneknirschend hervor.

»Du wirst dich schon daran gewöhnen«, beschwichtigte er sie, aber es hörte sich nicht an, als interessiere er sich sonderlich dafür. »Und ehe du dichs versiehst, ist unsere Hochzeitsnacht gekommen.«

Es klang eher wie eine Drohung als wie ein Versprechen.

Doch nun war es offiziell. Sie waren verlobt.

Nach der unangenehmen Unterhaltung mit Aron in seiner Villa vor drei Wochen hatte Cleo das Thema bei ihrem Vater angeschnitten, in der Hoffnung, dass er ihr erlauben würde, die Verlobung zu lösen, ehe sie öffentlich verkündet wurde. Stattdessen hatte er ihr gesagt, dass es nur zu ihrem Besten sei und sie Vertrauen in die Fähigkeit ihres Vaters haben solle, für seine geliebte Tochter den passenden Ehemann auszuwählen.

Ihr Vater, dachte Cleo mit zunehmendem Entsetzen, war weit mehr in die Idee verliebt, Aron als Schwiegersohn zu bekommen – einen Adligen, der sich angeblich in den Kampf gestürzt hatte, um eine hilflose Prinzessin vor einem brutalen paelsianischen Bauern zu beschützen –, als sie jemals in Aron verliebt sein würde.

Seit diesem »Gespräch« war der König zu beschäftigt gewesen, um unter vier Augen mit Cleo zu sprechen. Zum Glück jedoch auch zu beschäftigt, um die Verlobung öffentlich bekanntzugeben. Jeder Tag, der so verstrich, war ein Geschenk für Cleo. Eine Chance, eine Lösung zu finden.

Aber sie hatte es nicht geschafft. Nicht rechtzeitig.

Und jetzt ist es zu spät, dachte sie deprimiert.

Sie brachte keinen Bissen hinunter. Ihr war so übel, dass sie ohnehin nichts hätte bei sich behalten können – weder von der reichen Auswahl an Kalbfleisch, Wild oder gefülltem Huhn noch von dem Obst oder dem süßen Gebäck, um nur einen Teil des üppigen Fünf-Gänge-Mahls zu nennen. Und sie weigerte sich auch, einen einzigen Schluck Wein zu trinken.

Sobald sie konnte, floh sie von dem überfüllten Bankett und schlich sich, während sie Theons Blick mied, an den Horden der Gratulanten vorbei, die der königlichen Hochzeit mit freudiger Erwartung entgegenzublicken schienen.

»Wie wunderbar«, hörte sie eine Frau im Vorbeigehen sagen, »dass wir so ein frohes Ereignis zu feiern haben. Vielleicht wird es eine Frühlingshochzeit, das wäre doch herrlich. Nur schade, dass Prinzessin Emilia krank ist und nicht an dem Fest teilnehmen kann.«

Cleos Herz zog sich zusammen. Wann immer ihr bewusst wurde, dass sie wieder einmal nur mit ihren eigenen Problemen beschäftigt gewesen war, wollte sie sich am liebsten ohrfeigen. Es gab doch etwas viel Wichtigeres als ihre läppische Geschichte mit Aron.

Emilias Beschwerden waren schlimmer geworden. Sie hatte sich ins Bett gelegt und war inzwischen sogar zu schwach, um zu den Mahlzeiten aufzustehen. Mehrere Heiler waren in den Palast gerufen worden, aber keiner von ihnen wusste, worunter Emilia litt. Sie rieten ihr, sich auszuruhen und abzuwarten. Und wie ein Fieber nach einer Krise wieder sank, so würden hoffentlich auch der Schwindel und die Kopfschmerzen irgendwann von selbst nachlassen.

Hoffentlich.

Aber Cleo mochte kein »Hoffentlich«. Sie wollte Gewissheit haben. Sie wollte, dass der nächste Tag angenehm und sonnig werden würde und sie nette Dinge zu tun hatte. Sie wollte, dass ihre Familie und ihre Freunde gesund und glücklich waren. Alles andere war inakzeptabel für sie.

Emilia würde gesund werden, weil sie gesund sein musste. Wenn Cleo sich etwas genug wünschte, würde es sich erfüllen. Warum auch nicht? So war es bisher immer gewesen. Entschlossen verdrängte sie den Gedanken an ihre Verlobung.

Vom großen Saal ging Cleo direkt zu den Gemächern ihrer Schwester. Emilia saß auf eine Menge bunter Seidenkissen gestützt hinter den dünnen Vorhängen ihres Himmelbetts und las beim Licht einer Kerze. In der Ecke stand auf einer

Staffelei das Gemälde, das sie gerade vollendet hatte – eine Studie des Nachthimmels. Als Cleo ins Zimmer trat, blickte Emilia auf. Ihre Augen waren ein wenig glasig, das Gesicht bleich und verhärmt.

»Cleo …«, sagte sie nur.

Sofort fing Cleo an zu weinen, hasste aber jede Träne, die sie vergoss – für sich selbst, für Emilia. Tränen halfen niemandem, sie führten nur dazu, dass man sich schwach und hilflos fühlte, ohne Kontrolle über den Strom der Ereignisse, der sie alle mit sich riss.

Emilia legte das Buch beiseite, schob den Vorhang ein Stück zurück und streckte ihrer Schwester die Hand entgegen. Cleo stolperte vorwärts und ließ sich neben ihre Schwester aufs Bett sinken.

»Ich hasse es, wenn es dir nicht gutgeht«, schluchzte sie.

»Das weiß ich. Aber das ist nicht der einzige Grund für deine Tränen, oder? Hat Vater deine Verlobung bekanntgegeben?«

Cleo konnte nur nicken, ihre Kehle war wie zugeschnürt.

Emilia drückte ihre Hand und sah ihre Schwester ernst an. »Er will dir damit nicht wehtun. Er glaubt wirklich, dass Aron dir ein guter Ehemann sein wird.«

Aber Cleo wusste es besser. Aron würde ein schrecklicher Ehemann sein. Warum sah das denn niemand außer ihr? »Warum jetzt? Warum konnte er nicht noch zwei Jahre warten?«

»Viele, selbst diejenigen, die hier wohnen, haben das, was in Paelsia passiert ist, als direkte Beleidigung unserer Nachbarn gesehen. Indem er dich mit Aron verlobt, erklärt der König, dass er hinter Aron steht und ihn seiner geliebten Tochter für würdig hält. Die Gerüchte, dass Aron so gehandelt hat, weil er das Mädchen, das er liebt, beschützen wollte, werden bestätigt, und die Krise ist abgewendet.«

»Das ist so unfair.« Dass die Verlobung eine rein politische Entscheidung war, klang so kalt, so analytisch. Idealerweise sollte es bei einer Ehe doch um Liebe gehen, nicht um Politik – das fand zumindest Cleo.

»Unser Vater ist der König. Alles, was er tut und sagt, alles, wozu er sich jemals entschlossen hat, geschieht im Dienst des Königreiches. Um es dort zu stärken, wo sich eine Schwäche zeigen könnte.«

Cleo holte angestrengt Luft. »Aber ich will Aron nicht heiraten.«

»Ich weiß.«

»Was soll ich denn jetzt tun?«

Emilia lächelte. »Vielleicht solltest du mit Nic durchbrennen. Du hast mir doch erzählt, dass er das vorgeschlagen hat.«

Um ein Haar hätte Cleo laut gelacht. »Sei nicht albern.«

»Du weißt aber schon, dass Nic in dich verliebt ist, oder nicht?«

Cleo runzelte die Stirn und sah ihre Schwester zweifelnd an. »Überhaupt nicht. Das würde ich merken.«

Emilia zuckte die Achseln. »Manche Tatsachen sind nicht so leicht als solche zu erkennen.«

Aber Nic war ganz sicher nicht in sie verliebt. Sie waren gute Freunde – mehr nicht. In diesem Augenblick sah sie aus dem Augenwinkel, wie Theon an der offenen Tür von Emilias Zimmer vorbeiging, als wolle er auf sich aufmerksam machen. Er war Cleo vom Bankett gefolgt, über die Wendeltreppe hinauf zum Zimmer ihrer Schwester. Auf einmal spürte sie eine seltsame Freude darüber, dass er auf sie aufpasste und sie nicht entwischen ließ.

Sie wandte den Blick von ihm ab, während er schweigend an der Tür stehen blieb, und sah wieder ihre Schwester an. Ihr stockte der Atem. Aus Emilias Nase sickerte Blut.

Als Emilia Cleos entsetztes Gesicht sah, griff sie nach einem cremeweißen Taschentuch, das bereits mehrere rote Flecken aufwies, und wischte das Blut weg, als wäre sie daran gewöhnt.

Cleo war starr vor Entsetzen. »Emilia ...«

»Ich weiß, dass du durcheinander bist wegen der Verlobung«, unterbrach Emilia sie sanft, ohne auf den beunruhigenden Anblick einzugehen. »Deshalb muss ich dir etwas über meine aufgelöste Verlobung erzählen, Cleo. Vielleicht hilft dir das.«

Cleo zögerte, sie war überrascht, denn sie hatte nicht erwartet, jemals die Wahrheit darüber zu erfahren. »Erzähl.«

»Damals war ich glücklich, verlobt zu sein. Ich hielt es für meine Pflicht. Lord Darius war nicht abstoßend, ich mochte ihn, ich mochte ihn wirklich. Ich war durchaus bereit, ihn zu heiraten. Andererseits hatte Vater gewartet, bis ich achtzehn war, um jemanden für mich auszusuchen. Er hat die Sache nicht so überstürzt wie jetzt bei dir.«

Ihr achtzehnter Geburtstag schien Cleo noch eine Ewigkeit entfernt, und sie wünschte, ihr Vater hätte ihr so viel Zeit gelassen, um mit all dem zurechtzukommen. »Was ist dann passiert?«

»Ich habe mich in einen anderen verliebt.«

»Ich wusste es!« Cleo packte die Hand ihrer Schwester. »Wer war es?«

Emilia befeuchtete sich die blassen Lippen mit der Zungenspitze und schien zu zögern. »Ein Gardist.«

Cleo fielen fast die Augen aus dem Kopf. Das war so ziemlich die letzte Antwort, die sie erwartet hätte. »Das kann nicht dein Ernst sein.«

»Doch. Ich habe nie eine solche Liebe empfunden wie für ihn. Ich war überwältigt. Er war so schön und so aufregend, bei ihm habe ich mich lebendiger gefühlt als je zuvor. Ich wusste, dass es falsch war und dass wir niemals würden heiraten können, aber wenn unsere Herzen sich auf eine solche Reise begeben, kann man weiter nichts tun als sich festhalten. Ich habe Vater gesagt, ich könnte Lord Darius nicht heiraten, und ihn angefleht, mich nicht zu zwingen. Ich habe ihm gesagt, wenn er mich zwingt, würde ich … würde ich mich umbringen.«

Ein Frösteln durchlief Cleo, als sie sich an die tiefe Niedergeschlagenheit ihrer Schwester in der Zeit erinnerte, als sie mit Lord Darius verlobt gewesen war. »Bitte sag so etwas nicht.«

»Damals war es aber so. Und Vater hat mir geglaubt. Er hat die Verlobung sofort gelöst, denn das Leben der zukünftigen Königin von Auranos war ihm mehr wert als eine arrangierte königliche Hochzeit. Heute habe ich ein schlechtes Gewissen, weil ich ihn so unter Druck gesetzt habe, aber damals konnte ich nicht klar denken.«

»Wo ist er jetzt?«, flüsterte Cleo. »Dieser Gardist?«

Emilias Augen füllten sich mit Tränen, die langsam über ihr blasses Gesicht zu rinnen begannen. »Tot.«

Dieses eine Wort enthielt ihren ganzen Schmerz, und Emilia drückte wieder ihr Lieblingsbuch an sich, ein Andachtsbuch der Göttin Cleiona.

»Ich fühle mich stärker, wenn ich über ihre Kraft lese«, sagte Emilia leise und blickte auf den goldgeprägten Einband. »Sie hat getan, was getan werden musste, um Auranos zu beschützen, sie hat ihre eigene Existenz aufs Spiel gesetzt, um dieses Königreich vor der Gefahr von außen zu beschützen. Mein Glaube ist alles, was ich habe, um mir durch diese dunkle Zeit zu helfen. Aber ich weiß, dass dein Glaube mehr in eine praktische Richtung geht.«

Obgleich sie nach der Göttin benannt war, hatte Cleo für Religion nicht viel übrig – und war damit auch nicht allein.

Viele Menschen im Königreich hatten sich von diesem einst so wichtigen Teil des auranischen Lebens wegentwickelt. Schon vor Jahren hatte der König die Regel, dass ein Tag in der Woche ganz dem Gebet gewidmet sein sollte, gelockert. Nun waren alle Tage gleich, und seine Untertanen konnten sie nutzen, wie es ihnen beliebte.

Cleo zuckte die Achseln. »Ich finde es einfach schwierig, an Dinge zu glauben, die ich nicht sehen kann.«

»Ich wollte, du wärst bereit, dich wenigstens ein bisschen mehr damit zu beschäftigen. Cleiona war so mutig und stark. Deshalb hat unsere Mutter auch darauf bestanden, dass du ihren Namen trägst. Sie hat schon das Kind vor dir verloren, und man sagte ihr, sie würde kein weiteres haben können. Du warst ein Wunder, und sie hat ständig für dein kleines, kostbares Leben gebetet. Sie hat sich so sehr gewünscht, dass du am Leben bleibst, und darauf bestanden, dass du den Namen der Göttin trägst, um dir Kraft zum Überleben zu geben. Das war ihr letzter Wunsch.«

»Ich wollte, wir hätten beide überlebt.« Cleos Stimme brach. Trotz all seiner Reichtümer hatte König Corvin hilflos zusehen müssen, wie seine geliebte Königin bei Cleos Geburt gestorben war.

»Nun, das wollte ich auch, aber ich bin trotzdem sehr froh, dass du hier bist.«

»Du weißt, dass ich alles für dich tun würde, oder?« Cleo bekam die Worte kaum über die Lippen. »Ich liebe dich mehr als alles auf der Welt.«

»Ich weiß. Und ich liebe dich auch.« Wieder quoll Blut aus Emilias Nase, und sie wischte es hastig weg.

»Kann ich irgendetwas für dich tun?«

»Nein.« Emilia blinzelte, ihr Gesicht war düster. »Ich sterbe, Cleo.«

»Emilia! Sag das nicht«, rief sie und konnte ein Schluchzen

nicht unterdrücken. Ihre Schwester hatte zum ersten Mal laut ausgesprochen, wovor Cleo sich am meisten fürchtete.

Erneut drückte Emilia ihre Hand. »Es ist die Wahrheit. Du musst dich auf das vorbereiten, was geschehen wird. Du musst dem Sturm standhalten und gestärkt aus ihm hervorgehen.«

»Hör auf.« Cleos Stimme zitterte. »Sprich nicht über solche Dinge. Du wirst nicht sterben.«

»Oh doch. Ich weiß es. Als der Mann, den ich liebe, vor zwei Monaten gestorben ist, habe ich zu Cleiona gebetet, mich ebenfalls zu sich zu nehmen, damit ich wieder bei ihm sein kann. Und nun sind meine Gebete erhört worden.«

Tränen strömten über Emilias trauriges Gesicht, und die Tränen waren rot gefärbt von ihrem Blut.

Cleo rang nach Atem. Ihre Schwester war in einen Gardisten verliebt gewesen, der vor zwei Monaten gestorben war. »Es war Theons Vater, nicht wahr?«

Emilia verschlug es einen Moment den Atem, und sie starrte Cleo überrascht an. Dann begann sie noch heftiger zu weinen.

Cleo hatte richtig geraten. Ihre Schwester war in den Leibwächter des Königs verliebt gewesen, der vom Pferd gestürzt war und sich dabei das Genick gebrochen hatte. Eine Tragödie. Cleo hatte großes Mitgefühl mit Theon gehabt, aber sie hatte nicht gewusst, was dieser Tod für ihre Schwester bedeutete.

»Es tut mir so leid.« Sie nahm Emilia in die Arme, und die blutigen Tränen ihrer Schwester durchnässten die Schulter ihres Gewands. Dass Emilia so viel Gefühl zeigte, war ganz untypisch für sie. Normalerweise verbarg sie ihre Tränen, selbst vor Cleo. Emilia war stets ausgeglichen und abgeklärt, korrekt, klug und kultiviert, während Cleo sich immer anstrengen musste, gute Manieren zu zeigen. Emilia war der

Fels in der Brandung – sie beruhigte Cleo, wenn sie sich wegen irgendwelches dummen Geredes oder eines belanglosen Streits mit einer Freundin aufregte. So war es auch damals gewesen, als sie ihre Unschuld an Aron verloren hatte.

»*Du bist die Gleiche wie gestern und vorgestern*«, hatte Emilia sie getröstet. »*Nichts hat sich verändert. Nicht wirklich. Vergiss, was dich bekümmert. Bereue nichts, sondern lerne aus deinen Fehlern. Morgen sieht die Welt ganz anders aus, das verspreche ich dir.*«

»Es tut mir so leid, dass er tot ist«, murmelte Cleo in die Haare ihrer Schwester. »Ich wollte, ich könnte es ändern. Aber bitte sag nicht, dass du darum gebetet hast zu sterben. So etwas darfst du nicht tun.«

»Als ich von seinem Tod erfahren habe, dachte ich, ich würde auf der Stelle sterben. Es war, als hätte ich meinen Ehemann verloren, nicht nur meinen Geliebten.« Emilia holte mühsam Luft. »Obwohl Simon und ich nicht einmal davon träumen konnten, in Wirklichkeit verheiratet zu sein, ist er zwei Wochen vor seinem Tod mit mir ins Lesturne-Tal ausgeritten, ein paar Stunden von der Stadt entfernt. Wir haben den Tag zusammen verbracht und uns unsere Liebe geschworen, mit der Schönheit der Natur als Zeugen. Es war perfekt, Cleo. In diesen wenigen Stunden war alles einfach perfekt. Wir haben gemeinsam den Sonnenuntergang beobachtet und die Sterne gezählt, als es dunkel wurde. Simon meinte, wenn wir tot sind, werden wir Sterne und wachen über diejenigen, die wir lieben. Jetzt sehe ich jede Nacht zum Himmel hinauf und hoffe, ihn dort zu sehen. Ich vermisse ihn so, dass ich weiß, dieser Kummer ist der Grund für meine Krankheit. Die Trauer hat sich in mich hineingebohrt und frisst langsam mein Leben weg.«

»Das darfst du nicht zulassen.« Cleos Stimme klang erstickt, aber in ihren Worten hörte man die Wut. »Das kannst du nicht. Du wirst eines Tages Königin sein. Wenn du stirbst, heißt das, ich muss auf den Thron, und glaub mir, Emilia, das wäre sehr, sehr schlecht. Ich wäre eine furchtbare Königin. So schlimm das alles für dich gewesen ist und sosehr mir dieses Geheimnis, das du so lange für dich behalten hast, das Herz bricht, weigere ich mich trotzdem zu akzeptieren, dass du vor Kummer stirbst. Du bist krank, weiter nichts. Und kranke Leute werden wieder gesund.«

»Die Heiler verstehen nicht, was mit mir los ist. Sie haben keine Antworten, keine Heilmittel außer solchen, die mich den ganzen Tag schläfrig machen.« Emilia schnaubte leise. »Einer hat vorgeschlagen, dass ich Hilfe in Paelsia suche. Das wäre meine einzige Hoffnung zu überleben.«

»Bei wem in Paelsia?«, fragte Cleo sofort.

Emilia winkte ab. »Es ist eine Legende, weiter nichts.«

»Was für eine Legende?«

Emilias Lächeln wurde breiter. »Auf einmal interessiert sich meine Schwester, die nur an Dinge glaubt, die sie sehen kann, für Geschichten und Legenden?«

»Wenn du es mir nicht verrätst, fange ich an zu schreien, das schwöre ich dir.«

»Ach du liebe Güte, das möchte ich natürlich nicht.« Emilias blasses Gesicht sah müde aus, und sie lehnte den Kopf an ihr Kissen. »Der Heiler hat mir von einer Frau in Paelsia erzählt, die die ursprünglichen von Erdmagie erfüllten Traubenkerne bewacht. Die Samen, die dafür gesorgt haben, dass die paelsianischen Weinberge solch wunderbaren Wein hervorbringen. Aber die Frau hält ihre Erdmagie vor dem Rest der Welt strikt geheim und kümmert sich nur um die Weinberge.«

»Magie«, wiederholte Cleo skeptisch.

»Ich weiß, dass du nicht daran glaubst, deshalb wollte ich es dir ja auch nicht erzählen.«

»Diese Frau hat magische Traubenkerne und ist verantwortlich dafür, dass in Paelsia so wunderbarer Wein gedeiht? Warum benutzt sie diese Magie nicht, um Paelsia aus der Armut zu befreien?«

»Vielleicht reicht ihre Magie dafür nicht aus. Aber die Legende besagt, dass sie auch die Fähigkeit besitzt, Krankheiten zu heilen.«

»Und wer ist diese Frau, dass sie über eine solche Magie verfügt?«

Emilia zögerte, offensichtlich wollte sie es nicht sagen.

»Und?«, beharrte Cleo.

»Eine im Exil lebende Wächterin, die das Heiligtum schon vor vielen Jahren verlassen hat.«

»Eine *Wächterin*«, wiederholte Cleo ungläubig.

»Ja, du hast ja recht. Märchen, weiter nichts. Wächter gibt es nicht wirklich. Niemand ist da draußen, niemand beobachtet uns mit den Augen eines Falken und hofft auf Hinweise, wo die Essenzen sind.«

»An so einen Unsinn habe ich noch nie geglaubt.«

»Deshalb wollte ich dir ja auch nichts von all dem erzählen.« Sie wischte sich ein neues Blutgerinnsel unter der Nase weg. Cleos Herz, das gerade dabei gewesen war, sich zu erholen, begann sofort wieder zu schmerzen.

»Emilia …« Ihre Augen füllten sich mit Tränen. »Ich weiß nicht, was ich tun soll.«

Emilia sah sie traurig an. »Ich … ich hätte dir das alles nicht erzählen sollen. Meine Geschichte ist mir aus dem Ruder gelaufen. Eigentlich wollte ich dir nur sagen, dass du mit Vater darüber sprechen solltest, wenn du Aron wirklich nicht heiraten willst. Mache ihm klar, dass du sterben wirst, wenn du es tust. Und wenn du dich in einen anderen verliebst, musst du so viel Zeit wie nur möglich mit ihm verbringen, denn du weißt nie, wann er dir genommen wird. Folge deinem Herzen, wohin immer es dich führt. Sei dankbar für das Leben, Cleo, es ist ein Geschenk, das dir jeden Tag genommen werden kann. Ganz gleich was durch diese Krankheit jetzt mit mir geschieht, ich bereue keine Sekunde, die ich mit Simon verbracht habe.«

Cleo biss die Zähne zusammen. »Du wirst nicht sterben. Ich werde es nicht zulassen.«

Emilia atmete stockend aus. »Mein Kopf tut sehr weh, ich glaube, ich muss schlafen. Wegen dieser ganzen lächerlichen Elixiere, die mir von den Heilern verabreicht werden, kann ich kaum noch die Augen offen halten. Gute Nacht, liebe Schwester. Morgen wird alles besser sein.«

Cleo hielt Emilias Hand, bis sie eingeschlafen war. Dann küsste sie ihre Schwester auf die Stirn, verließ das Zimmer und ging mit zittrigen Beinen hinaus auf den Gang. An der Tür stand Theon, und sein hübsches Gesicht sah grimmig aus.

Da die Tür offen gewesen war, hatte er jedes Wort verstanden, auch wenn er nicht hätte zuhören wollen.

»Ich dachte schon, Ihr wolltet vielleicht wieder über den Balkon Eurer Schwester das Weite suchen«, sagte er leise.

»Nein, heute nicht.« Sie blickte in sein angespanntes Gesicht. »Wusstest du es?«

Er schüttelte den Kopf. »Ich wusste, dass mein Vater sich für jemanden interessiert hat, aber er hat mir nie verraten, wer sie war. Deshalb habe ich angenommen, es wäre eine verheiratete Frau. Aber jetzt weiß ich Bescheid.«

Cleo schlang im Gehen die Arme um sich. Die flackernden Wandlaternen tauchten den Gang in ein unstetes Spiel von Licht und Schatten. »Glaubst du irgendetwas von dem, was sie über Wächter im Exil und magische Samen gesagt hat, die angeblich Krankheiten heilen können?«

»Ich weiß es nicht.«

Cleo blieb stehen und wandte sich ihm zu. »Du weißt es nicht? Heißt das, du hältst es für möglich?«

»Mein Vater hat an Magie geglaubt, an lange verschollene Legenden über die Wächter der Essenzen. Er hat mir gesagt, dass diejenigen, die in der Welt der Sterblichen Exil suchen, Kinder haben werden, die ebenfalls Magie in sich tragen. Hexen.«

»Ich kann mir nicht vorstellen, dass es wirklich Hexen gibt. Oder Wächter.«

Sein Gesicht wurde finster. »Ich auch nicht, und ich bin nicht sicher, ob Ihr jetzt damit anfangen solltet.«

»Ich frage mich, ob die paelsianischen Dörfler wissen, wo diese Frau zu finden ist«, sagte sie nach kurzem Schweigen leise. »Wenn ich herausfinde, wie sie heißt und wo sie wohnt, könnte ich sie suchen und mit ihr sprechen.«

Auch Theon schwieg einen Moment. »Ihr zieht aber nicht ernsthaft in Erwägung, der Sache nachzugehen, oder? Es war doch nur eine Geschichte, die Eure Schwester Euch erzählt hat.«

»Wenn es wirklich eine Frau gibt, die Emilia helfen kann, muss ich sie finden.«

Man sah Theon an, dass Cleos plötzliche Entschlossenheit ihm Sorgen bereitete. »Nach dem, was mit Lord Aron passiert ist, wäre es für jemanden aus Auranos ganz sicher keine gute Idee, die Grenze nach Paelsia zu überqueren, bevor Gras über die Sache gewachsen ist.«

Erschrocken sah sie ihn an. »Glaubst du, es wird irgendwann Gras darüber wachsen?«

Er nickte. »Das ist einer der Gründe, weshalb Euer Vater sich entschlossen hat, zu handeln und Eure Verlobung bekanntzugeben. Ein Ablenkungsmanöver sozusagen.«

Sie ließ die Schultern sinken. »Mein zukünftiges Unglück wird also als Ablenkungsmanöver eingesetzt. Wunderbar.«

»Wie Eure Schwester gesagt hat – Ihr müsst ihn nicht heiraten. Wenn Ihr nicht wollt.«

»Du hörst dich an, als hätte ich eine Wahl.«

»Prinzessin Emilias Verlobung wurde auch wieder gelöst, weil sie einen anderen geliebt hat.«

»Dann meinst du also, ich sollte mich in einen anderen verlieben?«

Er antwortete nicht sofort, und sie merkte, dass er sie sehr aufmerksam beobachtete.

»Vielleicht solltet Ihr das, ja«, sagte er schließlich.

Ihr Herz setzte einen Schlag aus. Wie einem Zwang gehorchend wanderte ihr Blick zu seinen Lippen. Dann sah sie schnell weg.

»Ich möchte Emilia helfen«, flüsterte sie. »Ich darf sie nicht verlieren.«

»Ich weiß.«

»Ich muss nach Paelsia und versuchen, etwas über diese im Exil lebende Wächterin zu erfahren.«

Theons Gesicht verhärtete sich. »Vergesst es, Prinzessin. Außerdem glaubt Ihr doch gar nicht an Magie.«

»Ich habe nicht an Magie geglaubt, weil ich an nichts glaube, was ich nicht mit meinen eigenen Augen sehe. Deshalb muss ich nach Paelsia gehen, sobald ich kann, und selbst die Wahrheit herausfinden.«

Er musterte sie geduldig, und in seinem Blick lag zumindest ein kleines bisschen Respekt. »Ihr seid also fest entschlossen, Eurer Schwester zu helfen.«

»Sie stirbt. Ich – ich fühle es, Theon. Wenn ich nicht schnell etwas unternehme, werde ich sie verlieren.« Sie schluckte und blickte zu ihm empor. »Würdest du mich begleiten?«

Theon schwieg einen Moment. »Wenn Ihr die Erlaubnis Eures Vaters für diese Reise bekommt, begleite ich Euch selbstverständlich.«

Das konnte die Antwort sein, die sie brauchte – die Emilia brauchte, um wieder gesund zu werden. Und wenn es in Paelsia Unruhen gab, würde sie ihnen eben aus dem Weg gehen. Mit Theon an ihrer Seite konnte nichts sie aufhalten. Eine Welle von Unternehmungslust und Zuversicht erfüllte sie.

»Dann werde ich die Erlaubnis meines Vaters bekommen.«

KAPITEL 10

LIMEROS

Sie ist doch bloß ein Mädchen, mehr nicht. Aber du glaubst es?«

In der Welt der Sterblichen konnte Alexius sich mit den anderen seiner Art mental verständigen, selbst als Falke. Er wandte seine scharfen Augen von der dunkelhaarigen Prinzessin ab, die aus der großen, unheimlichen Steinburg gekommen war, blickte nach rechts und sah auf dem Zweig neben sich seine Freundin Phaedra sitzen.

»Ja, ich glaube es.«

»*Und was bedeutet es, wenn sie es ist?*«, fragte Phaedra.

»Alles.«

Es bedeutete, dass das Heiligtum gerettet werden konnte. Dass sie endlich eine Chance hatten, die Essenzen zurückzugewinnen, ehe sie jemand anderem in die Hände fielen.

Wenn die Welt der Sterblichen völlig verblasst war, würde das Heiligtum noch lange bestehen bleiben, aber nicht für immer. Was ihr Gefängnis geworden war, würde bald zu ihrem Grab werden.

Ohne *Elementia* schwand alles irgendwann dahin. Vor allem das, was aus der Magie selbst erschaffen war.

»*Und was, wenn sie es nicht ist?*«, beharrte seine Freundin.

»Dann ist alles verloren.«

Sechzehn Jahre zuvor hatte Alexius die Zeichen gesehen. Sogar die Sterne hatten auf die Geburt dieses wunderschönen Mädchens reagiert. Dann hatte er beobachtet, wie die

Kleine aus ihrer Wiege gestohlen wurde, wie die Hexen – Abkömmlinge einer Verbannten aus dem Heiligtum – sie dem Schutz ihrer natürlichen Mutter entrissen hatten.

Obwohl diese Mutter nicht wusste, was sie der Welt geschenkt hatte, hatten die Hexen trotzdem kein Recht, das Kind zu stehlen, zu verstecken und dabei auch noch so viel Blut zu vergießen. Eine der beiden Hexen – diejenige mit dem guten Herzen – war durch die Hand ihrer skrupelloseren Schwester gestorben.

Diese lebte noch und wachte über das Mädchen, wie Alexius über sie beide wachte.

Geduld war eine Gabe, die ein Wächter über alles schätzte. Aber selbst Alexius spürte ein nervöses Flattern in der Brust. Er glaubte. Er hatte gewacht. Und nun wartete er auf ein Zeichen, dass er sich nicht geirrt hatte. Dass sie es wirklich war. Nur höchst ungern gestand er sich ein, dass sein Glaube zu wanken begann und seine Geduld allmählich versiegte.

In seinem Innern rührte sich Zorn darüber, dass dieses zierliche Geschöpf eine Enttäuschung für ihn werden könnte, dass sie doch nicht mehr war als eine gewöhnliche Sterbliche – bestenfalls eine weitere ordinäre Hexe –, und dieses Gefühl war sehr ungewohnt für ihn. Allzu lange in dieser Welt zu verharren war gefährlich für einen Wächter, und dieser wachsende Zorn war ein Zeichen, dass er bald ins Heiligtum zurückkehren musste, um sich von solchen nutzlosen Gefühlen zu reinigen.

Vielleicht hatte er sich tatsächlich geirrt. Vielleicht war es Zeitverschwendung gewesen, dieses Mädchen zu beobachten, wann immer es nach draußen kam. Wann immer es auf seinem Balkon stand und auf den bereiften Garten unterhalb seines Gemachs hinabschaute. Seine Lippenbewegungen zu studieren, wenn es sich selbst etwas vorlas, wenn es zu einer falschen Göttin betete, die seine tiefe Hingabe nicht verdiente.

Alexius wollte sich abwenden, seine kostbare Zeit in der sterblichen Welt mit anderen Dingen ausfüllen, aber er konnte sie nicht verlassen.

Vielleicht bald. Aber jetzt noch nicht.

Er stieß sich vom Boden ab, breitete die Flügel aus und schwang sich hinauf in den Himmel. Vom Boden schaute die schöne dunkelhaarige Prinzessin zu ihm empor, und für einen kurzen Moment trafen sich ihre Blicke.

Alles, was sie sehen konnte, war ein goldener Falke.

Aus irgendeinem Grund tat ihm diese Erkenntnis weh.

KAPITEL 11

LIMEROS

Lucia stand draußen, und ihr Atem bildete kleine Wolken in der kalten Luft, während sie dem Falken nachsah, der sich in den strahlend blauen Himmel erhob. Sie hätte schwören können, dass er sie direkt anschaute.

Aber sie schob den Gedanken beiseite und sah sich um, ob ihr Bruder zurückgekommen war. Schon seit Wochen hatte sie ihr schreckliches Geheimnis für sich behalten, aber nun spürte sie den dringenden Wunsch, jemandem ihr Herz auszuschütten – komme, was wolle.

Aber wenn sie Magnus einmal wirklich brauchte, war er natürlich nirgends zu finden. Eine ganze Stunde lang hatte sie die Gänge des Schlosses nach ihm abgesucht, nur um von einem Küchenmädchen zu erfahren, dass er seinen Vater auf der Jagd begleitete, aber bald zurückerwartet wurde.

Dass Magnus mit seinem Vater jagen ging, war seltsam, denn bisher hatte er daran nie das geringste Interesse gezeigt. Etwas beunruhigt grübelte Lucia darüber nach, ob der Tod von Tobias – sie wusste, dass er ihr Halbbruder war – irgendetwas mit dieser Veränderung zu tun hatte. Tobias war hastig und in aller Stille begraben worden, ohne jede Erklärung für sein plötzliches Ableben.

Lucia hatte sich vorgenommen, ihre wirbelnden Gedanken mit einem energischen Spaziergang durch Kälte und Sonnenschein zu beruhigen und sich auf ihren Nachmittagsunterricht einzustellen – Kunst, Geografie und leider auch

Stickerei. Sie überstand fast nie eine ganze Stunde Handarbeit, ohne sich zu stechen. Zwar versuchte Magnus ihr einzureden, sie wäre nicht ungeschickt, aber ihre schmerzenden Fingerspitzen erzählten eine andere Geschichte.

Auf einmal erhaschte sie ein Stück weit weg einen Blick auf einen jungen Mann, den sie kannte – Michol Trichas –, und hob die Hand, um ihm zuzuwinken. Doch er schien sie nicht zu bemerken und wandte sich ab.

Sie ging schneller, um ihn einzuholen, und zog ihren pelzgefütterten Umhang gegen die eisige Kälte enger um sich. Bei jedem Schritt knirschte der gefrorene Boden unter den Ledersohlen ihrer Schuhe.

»Michol!«, rief sie und lächelte ihn an. Vor ein paar Monaten hatten sie im Palast gemeinsam an einem Kunstkurs teilgenommen. Ursprünglich hatte ihr Vater vorgehabt, das Fach abzuschaffen, aber Lucia hatte ihn angefleht, es sich noch einmal zu überlegen. Schließlich gehe es bei dem Studium der Kunst weniger um eine frivole Beschäftigung mit ästhetischer Schönheit als um Geschichte und Überlieferung.

Michol war der Sohn einer Adelsfamilie aus der Gegend, die auch mit dem König befreundet war. Lucia mochte Michol und hatte sich mit ihm vor allem sehr angeregt über Bildhauerei unterhalten. Eine Stunde lang hatten sie über eine Skizze von einem geheimnisvollen steinernen Rad diskutiert, das sich irgendwo im hohen Norden von Limeros befand, einer Gegend, wo es niemals taute. Angeblich stammte es ursprünglich direkt aus dem Heiligtum – einem legendären magischen Ort, versteckt in den Verbotenen Bergen, an dem unsterbliche mystische Wesen über die Welt der Sterblichen wachten. In ein paar eher obskuren Texten hatte Lucia gelesen, dass die Wächter mit solchen Steinrädern Orte kennzeichneten, an denen sie Hinweise auf die verlorenen Essenzen vermuteten – ein solches Rad zu entdecken, konnte also sowohl ein Segen als auch ein Fluch sein, je nach dem, an welche Mythen man glaubte.

Michol war auf Lucias Geburtstagsfest gewesen und hatte ihr versprochen, gelegentlich einen Spaziergang auf dem Palastgelände mit ihr zu machen. Aber er war nie aufgetaucht, und sie fragte sich, warum. Jetzt wandte er sich mit einem verlegenen Ausdruck zu ihr um und fuhr sich mit der Hand durch die zerzausten Haare. »Prinzessin Lucia, wie schön, Euch zu sehen.«

Sie schob ihre Nervosität beiseite und beschloss, so direkt wie möglich zu sein. »Ich habe dich ewig nicht mehr gesehen!«

»Nein.«

»Versuchst du dich vor mir zu verstecken?« Sie wollte lächeln, doch der Gedanke, dass sie womöglich recht hatte, war zu beunruhigend. Aber sie wollte auch die Wahrheit erfahren. »Habe ich vielleicht etwas gesagt, was dich beleidigt hat?«

Er stieß ein seltsames Schnauben aus, das auch ein nervöses Lachen sein konnte. »Wohl kaum.«

»Ich habe darauf gewartet, dass du mich zum Spazierengehen abholst.«

Verwundert starrte Michol sie an. »Das … das verstehe ich nicht.«

Lucia steckte die Hände in die Ärmel ihres Umhangs, um sie zu wärmen. »Damit bist du nicht allein.«

»Dein Bruder hat mir gesagt, du wolltest nichts mit mir zu tun haben«, platzte er heraus.

Sie blinzelte. »Wie bitte?«

»Ich war vorhin hier, um Euch zu besuchen, und er hat mir unmissverständlich mitgeteilt, dass meine Anwesenheit unerwünscht ist und dass Ihr gesagt habt, man solle mich nicht weiter ermutigen. Dass Ihr … na ja … dass Ihr gern mit anderen Jungen spazieren geht, aber nicht mit mir.«

Auf einmal begriff sie, und heißer Zorn stieg in ihr auf. »Ach wirklich?«

»Ja, das hat er gesagt.«

Sie bemühte sich, normal zu atmen und sich nicht von ihren Gefühlen überwältigen zu lassen. In letzter Zeit passierten oft merkwürdige Dinge, wenn sie ihnen freien Lauf ließ ... Dinge, von denen niemand erfahren durfte.

Sie atmete lange und gleichmäßig aus und sah Michol dann direkt an. »Das hätte er dir nicht sagen dürfen.«

»Wirklich?« Sein Gesicht verriet neue Hoffnung.

»Und du hättest ihm nicht glauben dürfen, ohne mit mir zu sprechen. Mein Bruder hat nicht darüber zu bestimmen, mit wem ich mich treffe und wann. Das ist einzig und allein meine Sache.«

Michol wurde blass. »Davon wusste ich nichts.«

»Es ist nämlich nicht das erste Mal, dass so etwas passiert.«

Tatsächlich hatte Magnus es sich in letzter Zeit zur Gewohnheit gemacht, darüber zu entscheiden, wer die Aufmerksamkeit seiner kleinen Schwester verdiente und wer nicht. Aber sie legte keinen Wert auf seine Meinung und brauchte seine Hilfe nicht, um Kontakte zu meiden, die nicht der Mühe wert waren. Sie war durchaus in der Lage, das selbst zu tun.

»Ehrlich«, murmelte sie. »Wie kann er es wagen, sich so in mein Leben einzumischen?«

»Heißt das, wir können doch ein bisschen zusammen gehen?«

Lucia sah ihn an und musterte ihn durchdringend, als sähe sie ihn zum ersten Mal. Auf den ersten Blick sah er ziemlich gut aus, ein gutes Stück größer als sie, mit blasser, makelloser Haut.

Schade, dass er ohne Rückgrat geboren war.

Sie rang sich ein Lächeln ab, das die Augen des Jungen zuversichtlich aufleuchten ließ.

»Vielleicht lieber ein andermal. Schönen Tag noch.«

Ohne ihn noch einmal anzusehen, ging sie in die Burg zurück, und während sie durch die dunklen Gänge eilte, wurde die Wut auf ihren Bruder mit jedem Herzschlag größer. Magnus war eine überbeschützende, sich überall einmischende Nervensäge und vor allem *unglaublich* dreist. Sie bog um die nächste Ecke.

»Lucia«, sagte Königin Althea kühl. Beim Anblick ihrer Mutter erstarrte Lucia.

»Ja, Mutter?«

Die dunklen Haare der Königin waren von grauen Strähnen durchzogen, ihr Gesicht war blass und eingefallen, und sie schien von oben auf ihre Tochter herabzuschauen, obwohl sie genau gleich groß waren. »Was für einen Unfug brütest du denn nun schon wieder aus? Und warum sind deine Wangen so rot?«

»Ich brüte nichts aus, ich war nur draußen. Es … es ist kalt.«

»Wir haben Winter, natürlich ist es da kalt. Warum warst du draußen?«

In Limeros war fast immer Winter. Lucia räusperte sich, sofort auf der Hut unter den kritischen Blicken ihrer Mutter. »Ich suche Magnus. Weißt du, wann er von der Jagd mit Vater zurückkommt?«

»Bestimmt bald.« Die Königin presste missbilligend die Lippen zusammen und taxierte ihre Tochter von oben bis unten. »Deine Haare sind eine Katastrophe, du solltest deine Gemächer wirklich nicht in einem solch nachlässigen Zustand verlassen. Womöglich sieht dich jemand.«

Lucia verzog das Gesicht und berührte ihre zerzauste Mähne. »Ich dachte, es wäre nicht so schlimm.«

»Nun, es ist aber schlimm. Ich werde sofort eine Zofe zu dir schicken, damit sie dir hilft, dich wieder herzurichten.«

Lucias Gesicht spannte, ihr Inneres fühlte sich an wie brodelnde Lava. »Das ist wirklich … wirklich sehr nett von Euch, Mutter.«

»Nicht der Rede wert.«

Der Königin ihr Geheimnis zu erzählen, war für Lucia nie in Frage gekommen. Zwar hatte ihre Mutter ihr das Leben geschenkt, aber sie war nie wirklich freundlich oder gar liebevoll zu ihrer Tochter gewesen. Manchmal fragte sich Lucia, ob diese Frau überhaupt in der Lage war, irgendjemandem Liebe zu zeigen. Abgesehen von ein paar Momenten, in denen die Königin vor anderen einen gewissen mütterlichen Stolz zur Schau gestellt hatte, war Lucia nie auf einen Beweis dafür gestoßen. So hatte sie schon früh in ihrem Leben angefangen, anderswo nach Anerkennung zu suchen und sich den Büchern und dem Lernen zugewandt. Ihre Lehrer waren es, die sie lobten. Oder Magnus. Gelegentlich auch ihr Vater. Um den Beifall ihrer Mutter bemühte sie sich längst nicht mehr.

»Geh auf dein Zimmer, Tochter«, sagte die Königin in strengem Ton. »Sofort. Wir können nicht zulassen, dass jemand die limerianische Prinzessin in diesem Zustand sieht.«

»Schon gut.« Obwohl Lucia sich eigentlich nicht für die Meinung ihrer Mutter interessierte, hatte sie sich selten in ihrem Leben so hässlich gefühlt wie in diesem Augenblick. Sie wandte sich ab und machte sich auf den Weg zu ihrem Zimmer, wobei ihr jetzt schon vor dem Eintreffen der Zofe graute. Die übliche Kandidatin für solche Aufgaben war grob und zog Lucia so gnadenlos an den Haaren, dass sie jedes Mal den Rest des Tages Kopfschmerzen hatte.

Egal, Hauptsache, sie war präsentabel. *Genauso wünscht es die Königin.* Die frustrierenden Gespräche mit Michol und mit ihrer Mutter hatten Lucia gründlich die Laune verdorben, und sie war völlig entnervt. Und durcheinander. Und ja, wahrscheinlich auch ein bisschen zerzaust.

»Lucia«, begrüßte sie eine Stimme, ehe sie zu ihrer Tür kam. »Schätzchen, stimmt irgendetwas nicht?«

Es war Sabina Mallius, die sich ihr in den Weg stellte. *Sie hat mir gerade noch gefehlt*, dachte Lucia.

»Nein, alles in Ordnung«, erwiderte sie trotzdem ruhig. »Aber danke für Eure Fürsorge.« Zwar liebte sie ihre Mutter nicht besonders, aber niemals würde sie sich bei der Mätresse ihres Vaters über ihre Mutter beklagen.

»Lass mich raten.« Sabina sah sie scharf, aber mitfühlend an. »Du hast gerade mit Althea gesprochen.«

»Meine Haare sind eine Katastrophe«, erklärte Lucia. Sabina war von morgens bis abends makellos schön – als koste es sie nicht die geringste Mühe.

»Ich finde deine Haare fantastisch – wild und frei, nicht streng und gezähmt«, widersprach Sabina. »Lass dir nur nichts anderes einreden. Nicht einmal von deiner Mutter.«

Obwohl sie das leichthin sagte, schwang ein harter Unterton in ihrer Stimme mit.

»Seid Ihr böse auf mich?«, fragte Lucia, einer plötzlichen Eingebung folgend.

Sabina zog die Augenbrauen in die Höhe. »Auf dich? Aus welchem Grund sollte ich auf dich böse sein?«

»Ach, egal. Ich entschuldige mich, ich bilde mir das sicher nur ein.«

Obwohl die Königin so unfreundlich war und ihrer Tochter so wenig Gefühl entgegenbrachte, war ihr Einfluss auf Lucia beträchtlich. So hatte sie ihr eingebläut, dass es für eine Prinzessin vor allem wichtig war, sich pflichtbewusst und höflich zu benehmen und stets sauber und ordentlich auszusehen.

Und außerdem, dass Sabina die Verkörperung alles Bösen war.

Die Tatsache, dass die Mätresse des Königs all die Jahre Seite an Seite mit ihnen in der Burg wohnte, war eine Bedrohung für Königin Althea, aber sie hätte sich eher die Zunge abgebissen, als dies zuzugeben.

»Bist du sicher, dass alles in Ordnung ist, meine Liebe?«, fragte Sabina. »Du machst einen ziemlich aufgelösten Eindruck.«

»Wirklich?« Anscheinend hatte Lucia ihr Gesicht noch nicht so gut unter Kontrolle wie ihr Bruder. Magnus war ein Meister darin, sich hinter einer Maske der Gleichgültigkeit zu verstecken, aber Lucia gab ihre Gefühle immer noch deutlicher zu erkennen, als gut für sie war. Denn Gefühle konnten jederzeit gegen sie verwendet werden.

Und sie konnten auch die merkwürdigen ... Phänomene auslösen, die sich in letzter Zeit immer wieder ihrer bemächtigten.

»Ich bin auf der Suche nach Magnus«, erklärte Lucia. »Ich möchte mit ihm reden, wenn er von der Jagd zurückkommt.«

Allerdings war sie nicht mehr sicher, ob sie ihm ihr Geheimnis erzählen würde. Zuerst einmal musste sie mit ihm darüber reden, warum er jeden jungen Mann vor ihrer Tür vergrault hatte.

»Sie sind bereits zurück«, erwiderte Sabina. »Ich habe sie vor ein paar Minuten von meinem Fenster aus auf die Burg zureiten sehen. Worüber möchtest du denn mit Magnus reden?«

Lucia spannte sich an. »Nichts, was Euch interessieren würde.«

Sabina musterte sie eindringlich. »Ich möchte dir gern etwas sagen, Liebes. Es kommt von Herzen.«

»Was denn?«

»Wenn du das Gefühl hast, du möchtest dich jemandem anvertrauen, kannst du immer zu mir kommen.« Sabina starrte in Lucias Gesicht, als suchte sie dort nach einer verborgenen Antwort. »Ganz gleich, worum es geht. Du bist jetzt eine junge Frau, und die Veränderungen, die du durchmachst, sind bestimmt nicht einfach für dich. Aber ich kann dir helfen. Selbst wenn diese Veränderungen dir ungewöhnlich erscheinen oder sogar … erschreckend.«

Lucia atmete scharf ein, denn auf einmal hatte sie den Eindruck, dass Sabina ihr Geheimnis kannte, obwohl sie ihr nie davon erzählt hatte. »Ich weiß nicht, was Ihr meint.«

Sabinas Augen wurden eine Spur schmaler. »Das Schlimmste ist, wenn man ein Geheimnis hat, von dem man befürchtet, es könnte gefährlich sein, aber niemanden, mit dem man es teilen kann. Niemanden, dem man vertraut. Verstehst du?«

Stumm starrte Lucia sie an. Ihr Mund war ganz trocken.

Sabina zog sie dichter zu sich und senkte die Stimme zu einem Flüstern. »Einige von uns haben das gleiche gefährliche Geheimnis. Und ich versichere dir, es gibt nichts zu befürchten. Ich kann dir helfen, wenn du mich brauchst. Und du wirst mich brauchen.«

Das gleiche Geheimnis.

Jetzt hatte sie die Gelegenheit, dieser Frau alles zu erzählen. Sich die Last ihrer merkwürdigen Entdeckungen von der Seele reden. Ihrer merkwürdigen neuen Fähigkeiten.

Aber die Worte wollten sich nicht auf ihrer Zunge formen. Sie war nicht so dumm, einfach mit der Wahrheit herauszuplatzen, ganz gleich welche Mittel jemand einsetzte, um sie ihr zu entlocken. »Wenn es etwas gibt, was ich jemandem anvertrauen möchte, dann komme ich zu Euch, ich verspreche es.«

Unter Sabinas rechtem Auge zuckte fast unmerklich ein

Muskel. Aber dann nickte sie. »Nun gut. Dann sehen wir uns beim Abendessen, Liebes.«

Mit ruhigen Schritten ging Lucia weiter, denn sie wollte auf gar keinen Fall den Eindruck erwecken, dass sie davonlief. Womöglich deutete sie Sabinas Worte falsch. Die königliche Mätresse konnte unmöglich wissen, was mit ihr nicht stimmte. Und der Gedanke, dass die Geliebte ihres Vaters die gleichen merkwürdigen Fähigkeiten besaß, die sich bei ihr bemerkbar machten ...

Unmöglich. Dann hätte es früher schon einen Hinweis darauf geben müssen, dass Sabina anders war.

Nein, Lucia hatte bis heute geschwiegen und würde es auch weiter tun.

Mit einem hatte Sabina allerdings recht. Der König und Magnus waren von der Jagd zurück und entledigten sich gerade in der weitläufigen Eingangshalle, die so hoch war wie das Schloss selbst, ihrer schmutzigen Stiefel. Leise ging Lucia die Treppe hinunter, die in die kalte Steinwand eingemeißelt war und sich von den oberen Stockwerken zum Hauptgeschoss hinabwand. Von hier konnte sie ihren Bruder direkt im Blick behalten, und obwohl sie seit ihrer Rückkehr in die Burg mehrmals abgelenkt worden war, hatte ihr Zorn auf Magnus keineswegs nachgelassen.

Ein Bote näherte sich ihrem Vater und überreichte ihm einen Brief. Der König riss den Umschlag auf und las eilig.

Dann blickte er auf und sagte laut: »Ausgezeichnet!«

»Was ist?«, fragte Magnus.

»Häuptling Basilius hat dem Bündnis mit Limeros offiziell zugestimmt. Ihm gefällt mein Plan.« Sein Kiefer spannte sich an. »Und er war zutiefst geehrt von meinem Opfer.«

»Soll ich jetzt schon gratulieren oder warten, bis Ihr Auranos besiegt habt?«, fragte Magnus nach einer kurzen Pause trocken.

Lucia blieb abrupt stehen. Auranos besiegen?

»Davor, währenddessen, danach – wie du willst«, antwortete der König mit einem humorlosen Lachen. »Das sind gute Neuigkeiten, mein Sohn. Heute ist ein wichtiger Tag, der ganz dir gehört. Mein Vermächtnis an dich.«

Auf einmal hob Magnus den Blick, als spüre er Lucias Gegenwart, und Lucia sah in seinen Augen etwas, was sie dort noch nie gesehen hatte.

Gier.

Auf einmal war er ihr völlig fremd, und ein Frösteln durchlief sie, so kalt, dass sie erstarrte. Aber schon einen Sekundenbruchteil später gewannen seine Augen wieder ihre normale Wärme und ihren Humor zurück. Lucia, die gar nicht bemerkt hatte, dass sie die Luft anhielt, atmete auf, als sie endlich den Fuß der Treppe erreichte.

»Lucia«, begrüßte Magnus sie lächelnd.

Sie tat so, als hätte sie von dem, worüber die beiden Männer gesprochen hatten, nichts gehört. »Wir müssen uns unterhalten, Bruder.«

»Ach ja?«

»Ich habe vorhin mit Michol geredet.«

Er sah sie fragend an. »Michol?«

»Netter Junge«, warf der König ein und nickte. »Ich glaube, er ist in dich verliebt, Tochter.«

Jetzt schien Magnus zu begreifen. »Er hat dich besucht, richtig?«

»Er hat mir von eurem Gespräch erzählt«, erwiderte sie kurzangebunden. »Würdest du es mir erläutern?«

Ein Lächeln umspielte seine Lippen. »Eigentlich nicht.«

Sie funkelte ihn wütend an. Wie konnte er es wagen, diese Angelegenheit auch nur im Geringsten lustig zu finden?

Aber sein Lächeln wurde breiter. »Ich habe dir etwas von der Jagd mitgebracht.«

»Etwas, was du getötet hast?«, fragte sie angeekelt.

»Komm, schau es dir an.«

Zögernd trat Lucia näher, auf der Hut, was es sein mochte. Trotz seiner Tüchtigkeit im Bogenschießen hatte Magnus nie einen Geschmack dafür entwickelt, nur zum Vergnügen das Leben eines Tieres zu beenden. Hinter seinem Rücken wurde er von anderen Jungen deswegen verspottet, aber das war ihm gleichgültig. Einmal hatte er Lucia erklärt, dass er kein Problem habe zu jagen, wenn es darum ging, etwas zu essen auf den Tisch zu bringen, aber aus rein sportlichen Gründen zu töten übe keinerlei Reiz auf ihn aus. Der Gedanke, dass sich daran etwas geändert haben könnte, bestürzte sie. Ein Wirbelwind von Gefühlen begann in ihr zu toben.

Plötzlich schlugen die großen, schweren Eisentüren hinter ihrem Vater und Bruder zu.

Erstaunt blickte der König sich um und sah Lucia fragend an.

Mit klopfendem Herzen wandte sie sich Magnus zu, der etwas Kleines, Pelziges mit langen Schlappohren und einer zuckenden Nase aus einem Korb zog.

»Ein Häschen!«, rief Lucia überrascht. »Ein kleines Häschen!«

»Ja, ein Haustier. Extra für dich.« Er überreichte ihr das Tier, das sich sofort in ihren Arm schmiegte, und als sie seinen schnellen Puls unter ihren Fingerspitzen spürte, wurde ihr ganz warm ums Herz. Sie hatte sich schon immer ein Tier gewünscht, vor allem als Kind, aber außer Pferden und ein paar Wolfshunden, die dem König gehörten, hatte ihre Mutter nichts erlaubt.

»Du hast es nicht getötet.«

Magnus sah sie eigentümlich an. »Natürlich nicht. Ein totes Häschen wäre kein gutes Haustier, oder?«

Sein Fell war so weich! Lucia streichelte das kleine Tier beruhigend. Als sie wieder zu Magnus aufblickte, hatte sie einen Kloß im Hals. »Dann glaubst du also, das ist eine Entschuldigung dafür, dass du Michol vergrault hast – und wer weiß, wen sonst noch alles?«

Er sah sie an. »Hilft es vielleicht wenigstens ein bisschen?«

Sie schnaubte, konnte aber nicht verhindern, dass ihre Lippen sich zu einem Lächeln verzogen. »Vielleicht ein kleines bisschen.«

Magnus war fordernd, irritierend, eigensinnig und versteckte seine wahren Gefühle viel zu oft hinter seinen Masken. Aber sie liebte ihn trotzdem und wusste ohne jeden Zweifel, dass sie alles für ihn tun würde, selbst wenn er ihre Geduld oft auf eine harte Probe stellte.

Und das nächste Mal, wenn sich eine Gelegenheit ergab, würde sie ihm ihr Geheimnis verraten. Vielleicht würde er ihr dann auch sagen, was ihn in letzter Zeit bedrückte. Sogar jetzt, da er sie mit seinem Geschenk in den Armen ansah, lag eine bodenlose Traurigkeit in seinen Augen.

KAPITEL 12

AURANOS

Cleo wartete, bis ihr Vater allein in seinem Arbeitszimmer war, und setzte beim Eintreten sofort zu einer allumfassenden Erklärung an – nur das Thema, dass Emilia mit Theons Vater liiert gewesen war, ließ sie unerwähnt.

Der König unterbrach seine Tochter nicht, sondern ließ ihr all die Zeit, die sie brauchte.

Zum Schluss fasste Cleo alles noch einmal zusammen.

»Anscheinend kann kein Heiler Emilia helfen, und es geht ihr immer schlechter. Ich weiß, dass ich diese Wächterin finden werde. Sie besitzt die Magie, die Emilia retten kann. Aber ich muss so bald wie möglich aufbrechen. Zu meinem Schutz kann Theon mitkommen. Ich glaube nicht, dass wir lange weg sein werden.« Sie rang die Hände. »Ich weiß, dass das die Lösung ist, Vater. Ich weiß es einfach. Ich kann Emilias Leben retten.«

Der König starrte seine Tochter eine volle Minute stumm und etwas benommen an.

»Eine Wächterin, die im Exil lebt«, sagte er schließlich. »Und magische Heilkerne besitzt.«

Cleo nickte. »Irgendjemand in einem der Dörfer muss wissen, wo sie zu finden ist. Und wenn ich jedes Dorf in Paelsia durchsuchen muss, dann werde ich das eben tun.«

Der König legte die Finger an die Schläfe und sah sie mit verschleiertem Blick an. »Die Wächter sind nur eine Legende, Cleo.«

Zum ersten Mal, seit sie das Sitzungszimmer des Königs betreten hatte, meldeten sich in Cleo Zweifel am Ausgang dieser Unterredung. »Nun, das habe ich auch gedacht, aber wenn es eine Chance gibt … ich meine, Ihr wisst es ja nicht mit Sicherheit.«

»Dass es Wesen gibt, die uns durch die Augen von Falken beobachten, auf der Suche nach ihren kostbaren Essenzen? Das ist eine Geschichte, die Kinder im Zaum halten und ihnen Angst einjagen soll, damit sie sich anständig benehmen. Sie sollen denken, dass jemand es sieht, wenn sie unartig sind.«

Cleos Blick huschte über das königliche Wappen, auf dem unter einer goldenen Krone zwei Falken zu sehen waren, einer golden, einer schwarz. Das Wappen war ihr so vertraut wie ihr eigener Name, und sie wusste, dass dies eine Bedeutung haben musste. Es bedeutete, dass sie recht hatte. »Nur weil man etwas noch nie gesehen hat, heißt das noch lange nicht, dass es nicht wahr ist. Ich habe diese Haltung bis jetzt auch vertreten, aber ich habe mich geirrt.«

Ihr Vater wirkte nicht ärgerlich, nur müde. Sein Gesicht war faltiger, als Cleo es in Erinnerung hatte. »Cleo, ich weiß, wie sehr du deine Schwester liebst …«

»Mehr als alles auf der Welt!«

»Natürlich. Ich liebe sie auch. Aber sie wird nicht sterben. Sie ist nur krank. Und diese Krankheit ist zwar ernst, aber wenn Emilia sich ordentlich ausruht, wird sie wieder gesund.«

Seine Reaktion frustrierte Cleo zutiefst. »Das könnt Ihr nicht mit Sicherheit wissen. Ihr müsst mich gehen lassen.«

»Nichts dergleichen muss ich.« In die Gesichtszüge des Königs mischte sich Anspannung. »Es wäre sehr unklug von dir, momentan eine Reise nach Paelsia auch nur in Erwägung zu ziehen. In der Zeit seit dem Tod des Agallon-Jungen sind die Probleme dort größer geworden, nicht kleiner.«

»Was denn für Probleme?«

»Probleme, mit denen du dich nicht zu beschäftigen brauchst, Cleo. Probleme, um die ich mich kümmere.«

Cleo ballte die Fäuste. »Wenn die Probleme zunehmen, dann muss ich umso rascher aufbrechen, weil ich sonst womöglich keine Chance mehr habe.«

»Cleo.« Nun war das warnende Knurren in der Stimme ihres Vaters nicht mehr zu überhören. Bis jetzt hatte er ihr Verhalten toleriert, aber sie wusste, dass er müde war und nicht in der Stimmung, sich mit Dingen zu beschäftigen, die er für reine Zeitverschwendung hielt.

Aber ihrer Schwester das Leben zu retten war keine Zeitverschwendung.

Sie verschränkte die Arme und begann, in dem prächtigen Raum auf und ab zu wandern. »Ich meine, wenn ich mich irre, dann irre ich mich eben. Aber ich muss es versuchen. Warum könnt Ihr das denn nicht sehen?«

Der König presste die Lippen zusammen. »Alles, was ich sehe, ist meine sechzehnjährige Tochter, die an den Haaren herbeigezogene Geschichten erfindet, um ihrem Verlobten aus dem Weg zu gehen.«

Entsetzt starrte sie ihn an. »Ihr glaubt allen Ernstes, dass es mir darum geht?«

»Ich weiß, dass du eine Weile brauchen wirst, um dich daran zu gewöhnen. Aber wenn die Hochzeit erst einmal vor der Tür steht, wird alles besser. Bis dahin ist Emilia wieder gesund und kann dir bei den Vorbereitungen behilflich sein.«

Darum ging es doch überhaupt nicht! Aber wenn er es schon zur Sprache brachte …

»Emilia habt Ihr nicht gezwungen, einen Mann zu heiraten, den sie nicht geliebt hat.«

Er stieß zischend die Luft aus. »Das war etwas anderes.«

»Warum war das etwas anderes? Weil sie damit gedroht hat, sich das Leben zu nehmen? Vielleicht tu ich das ja auch!«

Geduldig sah der König sie an, von der Drohung anscheinend nicht beunruhigt. »So etwas würdest du niemals tun.«

»Ach wirklich? Ich … ich könnte es gleich heute Abend machen, zum Beispiel könnte ich mich die Treppe hinunterstürzen. Oder aufhören zu essen. Ich könnte … na ja, es gibt jede Menge Möglichkeiten, mein Leben zu beenden, wenn ich das möchte.«

Er schüttelte den Kopf. »Aber du würdest es niemals tun, weil du nicht wirklich sterben willst. Du lebst nicht einfach nur, Cleo, du bist pure Lebensenergie.« Ein winziges Lächeln umspielte seine Lippen. »Eines Tages, wenn du dich nicht mehr so dramatisch aufführst, um Aufmerksamkeit zu heischen, wird dein wahres Selbst hervortreten. Und diese Cleo wird eine bemerkenswerte Frau sein – eine, die den Namen einer Göttin verdient.«

Sie sah ihn wütend an. »Ihr glaubt ja nicht mal an die Göttin!«

Sein Gesicht wurde hart. Er hatte große Geduld mit ihr gezeigt, aber jetzt war sie zu weit gegangen.

Seit ihre Mutter im Kindbett gestorben war, hatte der König dem Gebet und jeder Art von Religion den Rücken gekehrt, und schon bald war sein Volk seinem Beispiel gefolgt. Emilia war die Einzige der Familie Bellos, die noch religiös war.

»Entschuldigung«, flüsterte sie.

»Du bist jung und sprichst, bevor du nachdenkst. So war es bei dir schon immer, Cleo. Ich erwarte nichts anderes.«

Sie fuhr sich mit dem Handrücken über die Oberlippe. »Ich wollte Euch nicht verletzen.«

»Mach dir um mich keine Sorgen. Lieber um dich selbst. Ich mache mir ständig Sorgen um dich. Vor allem, wenn ich dich mit deiner Schwester vergleiche. Eines Tages wirst du dich in Schwierigkeiten bringen, Cleo, und ich kann nur hoffen, dass es gut ausgeht. Das ist einer der Gründe, weshalb ich eine Heirat mit Aron unterstütze, auch wenn du noch sehr jung bist. Die Pflichten einer Ehefrau werden dir zu ein wenig Reife verhelfen, die du gut brauchen kannst.« Als sie zurückzuckte, wurde sein Blick sanfter. »Ich versuche nur, dir zu helfen.«

»So wollt Ihr mir helfen? Indem Ihr mich daran erinnert, dass ich keine Kontrolle über mein Schicksal habe?«

Er ergriff ihre Hand. »Du musst mir vertrauen, Cleo. Vertrau mir, dass ich die richtigen Entscheidungen für dich und für unsere Familie treffe.«

»Familie ist für mich das Allerwichtigste. Genau deshalb muss ich nach Paelsia«, sagte sie leise. »Bitte sagt ja.«

Sein Gesicht wurde wieder streng. »Nein, Cleo.«

Ihre Augen brannten. »Dann schaut Ihr also lieber tatenlos zu, wie Emilia stirbt? Und das soll eine richtige Entscheidung für die Familie sein? Sie ist Euch unwichtig, ich bin Euch unwichtig. Ihr interessiert Euch doch nur für dieses hassenswerte Königreich.«

Mit einem müden Seufzer setzte er sich an den Tisch und wandte sich wieder den vor ihm liegenden Papieren zu. »Es wird Zeit, dass du gehst, Cleo. Ich habe Arbeit zu erledigen. Das Gespräch ist beendet.«

Cleos Herz klopfte zum Zerspringen. »Vater, bitte! Ihr könnt doch nicht so grausam und gleichgültig sein, mir diese Bitte abzuschlagen!«

Als er sie daraufhin mit kaum gezügeltem Zorn anstarrte, stolperte sie einen Schritt zurück.

»Geh auf dein Zimmer und bleib dort bis zum Abendessen. Theon!« Einen Augenblick später trat Theon, der vor der Tür gewartet hatte, ins Zimmer. »Bring meine Tochter in ihre Gemächer zurück und sorge dafür, dass sie in den nächsten Tagen keinen törichten Versuch unternimmt, nach Paelsia zu reisen.«

Theon verneigte sich. »Ja, Majestät.«

Es gab nichts mehr zu sagen. Natürlich wollte Cleo noch viel mehr vorbringen, aber selbst sie wusste, wann es besser war, den Mund zu halten. Wenn sie weiter mit ihrem Vater stritt, würde ihn das nur noch mehr reizen, und womöglich würde er dann zur Strafe ihre Hochzeit mit Aron für nächste Woche ansetzen. Oder für morgen.

Der König glaubte nicht, dass Emilia sterben würde. Aber Cleo war überzeugter denn je, sie spürte es tief in ihrem Herzen. Nur Magie konnte ihre Schwester retten.

»Es tut mir leid, Prinzessin«, sagte Theon leise, als sie den König verließen.

Cleos Wangen brannten, während sie in Theons Begleitung zu ihrem Zimmer zurückmarschierte. Eigentlich hatte sie gedacht, sie könnte nicht mehr weinen, aber ganz offensichtlich hatte sie sich getäuscht – die Tränen flossen in Strömen, als Theon sie verlassen und die Tür hinter sich geschlossen hatte.

Doch als die Tränen dann endlich versiegten, trat an ihre Stelle eine ruhige, stahlharte Entschlossenheit.

Auch wenn die ganze Welt – einschließlich ihres Vaters – ihre Bitte immer wieder mit einem Nein beantworten mochte – für sie änderte das letztlich nichts.

Sie würde sich nicht von ihrem Plan abbringen lassen. Ganz gleich was dafür notwendig war oder wohin sie reisen musste, sie würde das Leben ihrer Schwester retten, bevor es zu spät war.

Nach dem Abendessen scharte Cleo ihre beiden engsten Vertrauten – Nic und Mira – um sich. »Ich werde gehen«, sagte sie, als sie ihnen alles erklärt hatte.

Nick blinzelte. »Nach Paelsia.

»Ja.«

»Um eine Wächterin zu suchen und ein paar magische Traubenkerne von ihr zu erbitten.«

Cleo wusste, dass es absurd klang, aber das war ihr inzwischen gleichgültig. »Ja, genau.«

Ein breites Grinsen erschien auf Nics Gesicht. »Klingt fantastisch.«

»Machst du Witze?«, rief Mira. »Cleo, was denkst du dir bloß dabei? Weißt du, wie gefährlich es ist, noch einmal nach Paelsia zu reisen?«

Trotzig zuckte sie die Achseln. »Ich muss es tun. Ich habe keine andere Wahl.«

Ihr Vater würde rasend sein vor Zorn, wenn er merkte, dass sie ohne seine Zustimmung aufgebrochen war, das wusste sie. Aber sie würde nicht lange weg sein. Wenn sie den richtigen Hinweis bekam und im richtigen Dorf den richtigen Leuten die richtigen Fragen stellte, dann war die Reise nicht schwieriger als Arons Weinkauf-Unternehmung..

Bei der Erinnerung daran verzog sie unwillkürlich das Gesicht. Vielleicht war das nicht gerade das beste Beispiel für eine erfolgreiche Reise.

»Aber ihr dürft keinem etwas davon verraten«, sagte sie. »Ich sage es euch nur, damit ihr euch keine Sorgen um mich macht, wenn ich weg bin.«

»Oh nein.« Mira verdrehte die Augen zum Himmel. »Warum sollten wir uns Sorgen machen um dich? Oh Cleo, ich liebe dich und Emilia sehr, aber von diesem ganzen Wahnsinn bekomme ich Kopfschmerzen.«

Nic verschränkte die Arme. »Ich verstehe nicht, wie diese Kerne wirken sollen. Es sind doch Samen für die Weinreben, aus denen wunderbarer Wein gemacht wird ... und außerdem sollen sie noch Krankheiten heilen können?«

»Das ist Erdmagie.«

»Ah, verstehe. Vielleicht kannst du diese Wächterin auch gleich fragen, wo die Essenzen seit tausend Jahren versteckt sind. Das wäre doch eine nützliche Information, oder nicht?«

Cleo funkelte ihn böse an. »Du meinst wohl, ich bin vollkommen verrückt.«

Sein Grinsen wurde breiter. »Du *bist* verrückt. Auf die bestmögliche Art. Aber warum willst du alleine losziehen? Also, das ist echt verrückt.«

Sie schüttelte den Kopf. »Nein, ich gehe nicht allein, Theon begleitet mich.«

»Nein, das tue ich ganz sicher nicht«, meldete Theon sich leise zu Wort.

Er hatte ein Stück hinter Cleo gestanden, so dass er bei dem Gespräch nicht direkt in ihrem Sichtfeld gewesen war.

Sie wirbelte zu ihm herum. »Natürlich kommst du mit!«

»Eure Schwester hätte Euch nie von all dem erzählen dürfen«, entgegnete er ernst. »Sie hat Euch auf seltsame Ideen gebracht.«

»Und jetzt, wo die Ideen einmal da sind, muss ich herausfinden, ob sie wahr sind. Begreifst du das nicht? Das ist die Lösung. Nur so kann ich Emilia retten. Wenn ich nicht nach Paelsia gehe – wenn *wir* nicht nach Paelsia gehen –, dann wird sie sterben. Das weiß ich.«

Sein Gesicht war angespannt. »Euer Vater hat Euch aber nicht die Erlaubnis zu dieser Reise gegeben.«

»Es ist mir vollkommen gleich, was mein Vater mir erlaubt oder nicht!« Sofort waren ihre Wangen wieder rot vor Wut. »Du hast ihn doch selbst gehört. Er versteht einfach nicht, worum es geht. Er glaubt nicht daran. Aber ich schon. Er wird wütend sein, aber wenn er sieht, dass ich Erfolg habe, wird er dankbar sein, dass wir uns nicht seinen Wünschen gebeugt haben.«

»Er möchte nur, dass Ihr in Sicherheit seid.«

»Mir wird schon nichts passieren. Außerdem bist du ja da, um mich zu beschützen.«

»Ihr mögt entschlossen sein, die Wünsche Eures Vaters zu missachten, ich bin es nicht. Er ist der König. Sein Wort ist mir Befehl. So ist es für mich, für jeden in diesem Reich. Wisst Ihr, was mit Leuten geschieht, die sich einem Befehl des Königs widersetzen? Darauf steht die Todesstrafe, Hoheit.«

Cleos Herz klopfte wild. »Ich würde niemals zulassen, dass dir etwas zustößt, das schwöre ich. Du brauchst keine Angst zu haben.«

»Ich habe keine Angst«, fuhr er auf. »Und Ihr seid einfach nur störrisch. Bekommt Ihr denn immer Euren Willen?«

»Ja«, antwortete Nic, und Mira sagte gleichzeitig: »So ist es.«

Cleo wandte sich wieder an Theon: »Wenn ich dir befehlen muss mitzukommen, werde ich das tun. Aber zwinge mich lieber nicht dazu.«

»Ihr könnt mir befehlen, was Euch beliebt, die Antwort bleibt nein«, knurrte er und sah sie drohend an. »Ich muss mich vor dem König verantworten, nicht vor Euch, und er hat nein gesagt. Also muss auch ich nein sagen. Wir reisen nicht nach Paelsia. Bitte, Prinzessin, versucht das zu akzeptieren. Alles andere wird die Lage nur noch schwieriger für Euch machen.«

Zwar brannten Cleos Augen, aber diesmal kamen keine Tränen. Vielleicht hatte sie tatsächlich keine mehr übrig, und nur ihr heißer Zorn war geblieben.

»Was meinst du?«, wandte sie sich an Nic.

»Gute Frage«, erwiderte er. »Zwar bin ich nicht sicher, ob es die klügste Idee ist, die ich je gehört habe, aber ich weiß, dass du das Herz auf dem rechten Fleck hast.«

»Genug davon«, sagte Theon scharf. »Das Gespräch ist beendet. Es wird heute keine Reise nach Paelsia geben.«

»Ich wollte sowieso erst in zwei Tagen aufbrechen.« Cleo atmete langsam und stockend aus. »Vielleicht hast du bis dahin deine Meinung geändert.«

»Zwei Tage«, wiederholte Theon, und nun wurde sein harter Blick etwas weicher. »In zwei Tagen kann sich viel ändern.«

»Ich weiß.«

»Das Gleiche gilt für Euch, Prinzessin. Denkt in den zwei Tagen noch einmal gründlich über alles nach. Ich hoffe, dass Eure Begeisterung für diese Unternehmung sich legen wird. Haltet Ihr das für möglich? Wird die Vorstellung von Wächtern und magischen Samenkörnern nicht weniger aussichtsreich erscheinen, wenn ein bisschen Zeit verstrichen ist?«

»Vielleicht«, räumte Cleo widerwillig ein.

Theon nickte, offenbar zufrieden mit ihrer Antwort. »Ich werde Euch jetzt zurück zu Euren Gemächern begleiten.«

Cleo wünschte den Cassian-Geschwistern eine gute Nacht und folgte ihm schweigend, bis sie die Tür zu ihrem Zimmer erreichten.

»Es tut mir leid«, sagte Theon. »Ich weiß, wie sehr Ihr Eure Schwester liebt. Aber ich kann mich den Wünschen Eures Vaters nicht widersetzen.«

»Ich mache dir keinen Vorwurf«, erwiderte sie seufzend. »Auch wenn harte Worte zwischen uns gefallen sind, weiß ich ja, dass du ein gutes Herz hast. Du willst nur das Richtige tun.«

Sein Kiefer spannte sich an, und er wandte den Blick ab. »Ich glaube, das Gleiche trifft auch auf Euch zu.«

Seine Antwort überraschte Cleo. »Du brauchst nicht zu lügen, ich weiß, dass ich eine verwöhnte Göre bin, die nur will, dass alles nach ihrer Nase geht.«

»Das habe ich nie gesagt. Und das denke ich auch nicht. Ihr seid eigensinnig, aber … na ja, eigensinnig zu sein ist nicht immer schlecht, wenn es aus den richtigen Gründen geschieht.«

»Mein Vater hat gesagt, ich werde dramatisch, damit man mir Aufmerksamkeit schenkt.« Nachdenklich kaute Cleo auf der Unterlippe. Hatte der König tatsächlich diese Meinung von ihr? Kein Wunder, dass es ihm leichtgefallen war, sie abzuweisen, wenn sie ihn um etwas so Wichtiges bat.

»Bei allem Respekt kann ich dem König in dieser Hinsicht nicht zustimmen.« Theon schüttelte den Kopf und sah Cleo wieder an. »Ihr seid ein Mädchen, das die Welt auf eine bestimmte Art wahrnimmt. Ihr wollt, was Ihr wollt. Und wenn Ihr auf ein Hindernis stoßt, dann versucht Ihr, einen Weg um es herum zu finden. Oder mitten hindurch.«

Dankbar sah sie zu ihm auf. So kurz wie sie sich erst kannten, war es doch erstaunlich, dass er sie so sah, wie sie gesehen werden wollte. Sie konnte nur hoffen, dass er es ehrlich meinte. »Danke, dass du mich zu beschützen versuchst, auch wenn es gelegentlich bedeutet, dass ich nicht das bekomme, was ich will.«

»Es ist mir eine Ehre, Euch zu beschützen, Hoheit. Schlaft gut.« Nach einem letzten eindringlichen Blick wandte Theon sich ab und ging den Korridor hinunter.

In ihrem Zimmer machte Cleo sich bettfertig und legte sich schlafen.

Eine Stunde vor Sonnenaufgang stand sie wieder auf, zog sich an und schlich aus ihrem Zimmer, vorbei an der schlafenden Zofe, die vor ihrer Tür postiert war.

Als sie Theon gestern gesagt hatte, sie würde erst in zwei Tagen aufbrechen, hatte sie ihn bewusst hinters Licht geführt. So viel Zeit hatte Emilia nicht mehr, und Cleo hatte beschlossen, sofort loszuziehen, selbst wenn sie es alleine tun musste. Sie hatte ein bisschen Geld und würde einen Führer anheuern. Sobald sie die Palastmauern erfolgreich überwunden hatte, würde sie den nächsten Schritt planen.

»Morgen, Prinzessin.«

Sie blieb wie angewurzelt stehen.

Für den Bruchteil einer Sekunde war sie sicher, dass es Theon war, der ihre List durchschaut hatte. Aber um zu wissen, wann sie log, kannte er sie anscheinend doch noch nicht gut genug.

Das war einem anderen vorbehalten.

An der nächsten Ecke lehnte Nic unter einem Porträt von Cleos und Emilias Urgroßvater an der Wand.

»Schon so früh unterwegs?«, fragte er, die Arme vor der Brust verschränkt. Seine roten Haare standen vom Kopf ab, als wäre er gerade aus dem Bett gerollt, ohne sich im Geringsten um sein Äußeres zu kümmern. Wahrscheinlich war genau das der Fall.

»Ich … ich habe Hunger und will in die Küche.«

»Also bitte. Mich kannst du nicht so leicht an der Nase herumführen, Cleo.«

Sie richtete sich auf und kämpfte gegen die aufkommenden Schuldgefühle an. »Na gut. Ich verlasse den Palast und reise nach Paelsia, und es ist mir vollkommen egal, was irgendjemand dazu sagt. Hast du vor, mich aufzuhalten?«

Nic musterte sie eine Weile mit ausdrucksloser Miene. »Nein. Aber ich sage dir, was ich tun werde.«

»Was denn?«

Auf einmal grinste er breit. »Ich komme mit.«

KAPITEL 13

PAELSIA

Es hatte weit über einen Monat gedauert, aber jetzt endlich bekam Jonas seine Audienz bei Häuptling Basilius.

»Ich bin beeindruckt«, sagte Brion leise, als sie auf dem Feldweg auf das umzäunte und bewachte Gelände des Stammesführers zugingen. »Du musst mir bei Gelegenheit eine Charisma-Lektion der Jonas-Agallon-Schule erteilen.«

»Das ist ganz einfach.«

»Sagst du.« Brion warf dem hinreißenden Mädchen, das den Arm um Jonas' Taille gelegt hatte, einen Blick zu. Sie war es, die ihnen schließlich die Zusage für das Treffen mit dem Häuptling überbracht hatte, der unter anderem auch ihr Vater war.

Jonas hatte schnell gemerkt, dass der einzige Weg, auf dem er je eine Chance haben würde, von dem zurückgezogen lebenden paelsianischen Stammesführer empfangen zu werden, über seine Familie führte. Und Laelia Basilius, der er sich in einer Taverne behutsam genähert hatte, war mehr als willens gewesen, ihm zu helfen. Laelia war dort als Tänzerin aufgetreten.

Und was für eine Tänzerin …

»Schlangen«, hatte Brion überrascht zu Jonas gesagt, als die beiden jungen Männer vor einer Woche zusammen mit über hundert Zuschauern bei einer ihrer Vorführungen gewesen waren. »Sie tanzt mit *Schlangen.*«

Und so war es. Laelia tanzte mit Schlangen.

»Ich mochte Schlangen bisher nicht besonders«, antwortete Jonas. »Aber allmählich entdecke ich ihren Reiz.«

Laelia war ein hinreißend schönes Mädchen – ein paar Jahre älter als Jonas. Und sie tanzte mit zwei Schlangen, einer schwarzen und einer weißen Python, die sich geschmeidig auf ihrem schönen Körper räkelten. Fasziniert beobachtete Jonas, wie sie sich in den Hüften wiegte, während ihre langen schwarzen Haare – die ihr bis zu den Knien reichten – im Rhythmus ihres gebräunten Körpers hin- und herschwangen.

Aber er sah sie gar nicht wirklich.

Denn er sah immer nur eine wunderschöne Prinzessin mit meerfarbenen Augen vor sich, die sich über die Leiche seines toten Bruders beugte. Und neben ihr stand sein Mörder.

Obgleich Jonas von seinem ursprünglichen Plan, sich in den auranischen Palast zu schleichen und Lord Aron sowie Prinzessin Cleo zu töten, abgekommen war, ließ ihn die Erinnerung an sie nicht los. Er hasste die Angehörigen der Königsfamilie und alles, wofür sie standen, mit jeder Faser seines Wesens. Aber jetzt musste er sich auf das konzentrieren, was vor ihm lag. Es gab keine andere Möglichkeit. Also setzte er ein freundliches Lächeln auf und ging mit Brion auf die Tochter des paelsianischen Häuptlings zu.

Wenn Jonas und Tomas früher nach einem harten Arbeitstag in den Weinbergen mit immer neuen Schwielen an Händen und erschöpften Lebensgeistern in eine Taverne gegangen waren und sich mit hübschen Mädchen getroffen hatten – ganz gleich ob sie zu den dort auftretenden Artistinnen gehörten oder nicht –, war Tomas immer der Beliebtere von ihnen beiden gewesen – älter und vielleicht eine *Spur* attraktiver. Außerdem war er der geborene Charmeur. Nach so einem anstrengenden Tag bekam zwar auch Jonas reichlich Zuwendung, die ihm die Nächte versüßte, aber er wurde nie das Gefühl los, dass die Mädchen eigentlich seinen Bruder bevorzugten.

Ohne Tomas hatte sich das eindeutig verändert.

Als er es am ersten Abend geschafft hatte, Laelias Aufmerksamkeit auf sich zu ziehen, musterte sie ihn vom Scheitel bis zur Sohle, offensichtlich sehr angetan. Sobald die Musik verstummt war, hüllte sie ihren sinnlichen Körper in eine dünne Stola und wartete diskret, bis er sich ihr näherte.

»Hübsche Schlangen«, sagte er und grinste sie schelmisch an.

Und sein Grinsen verfehlte seine Wirkung nicht.

Sie war bezaubert.

Laelia Basilius hatte keine Schwielen an den Händen und kein sonnenverbranntes Gesicht wie die Mädchen, mit denen Jonas sonst seine Zeit verbrachte. Wenn sie lachte, war es reines Vergnügen, ungetrübt von der Erschöpfung harter körperlicher Arbeit. Jonas gefiel ihr. Sehr sogar. Und eine Woche später verkündete sie, dass sie ihn ihrem Vater vorstellen wolle.

»Tretet näher.« Der Häuptling winkte seine Tochter und ihre Begleiter zu sich an das große Lagerfeuer. Die jungen Frauen, die mit nacktem Oberkörper für ihn getanzt hatten, entließ er mit einer Handbewegung, worauf sie sich auf die andere Seite des Feuers zurückzogen.

Funken sprühten durch die Luft, am samtschwarzen Himmel funkelten die Sterne. An einem Spieß über dem Feuer brieten noch die Überreste einer Ziege. Offensichtlich hatte man ein spätes Abendessen zu sich genommen, und der Geruch von brutzelndem Fleisch hing schwer in der kühlen Nachtluft. Laelia zog Jonas an der Hand. Er versuchte, möglichst gelassen zu wirken, merkte aber plötzlich, dass die Situation ihn einschüchterte. Er war dem Stammesführer noch nie begegnet und kannte auch niemanden, der ihn je gesehen hatte, denn Basilius lebte schon seit Jahren völlig zurückgezogen. Das also war die höchste Ehre, die einem Paelsianer je zuteilwerden konnte, und Jonas fühlte sich geehrt, ungeachtet dessen, was er hatte tun müssen, um das Treffen zu ermöglichen.

Zum einen hatte er nicht erwartet, dass Basilius' Lager so üppig ausgestattet war. Während der Rest der paelsianischen Bevölkerung bis zur Erschöpfung in den Weinbergen schuftete und nur mit Mühe genug zu essen auf den Tisch brachte, schien es auf der anderen Seite dieser Mauern keinerlei Beschränkung zu geben. Einerseits glaubte Jonas pflichtschuldig daran, dass für ein Stammesoberhaupt andere Maßstäbe gelten mussten als für seine Untertanen, und dass Basilius durchaus berechtigt war, einen Teil der hohen Weinsteuer zu benutzen, um für sich eine standesgemäße private Heimstatt zu schaffen. Andererseits spürte er beim Anblick dieses Reichtums ein unruhiges Grummeln in der Magengrube.

Er fiel neben Brion auf die Knie, und sie senkten beide ehrerbietig den Kopf vor ihrem Stammesführer.

»Steht auf.« Der Häuptling lächelte, und in den Winkeln seiner grauen Augen erschienen Dutzende kleiner Lachfalten. Er trug die Haare lang und ums Gesicht herum teilweise zu *Texos* – dünnen Zöpfen – geflochten, was für Männer in Paelsia die traditionelle Haartracht war. Jonas hatte sich die Haare schon mit dreizehn Jahren kurz geschnitten, weil das praktischer war. Brions Haare waren etwas länger als seine, aber nicht lang genug zum Flechten. Seit das Land zu verkümmern begann, waren auch viele Traditionen verkümmert.

»Papa«, sagte Laelia, und es klang wie das Schnurren einer Katze, während sie mit der Hand zärtlich über Jonas' Brustkorb strich. »Ist er nicht hübsch?«

Der Häuptling grinste. »Laelia, meine Schöne, ich möchte

mich mit den beiden jungen Männern gern ein wenig allein unterhalten und sie besser kennenlernen.«

Seine Tochter ließ die Schultern sinken und schmollte, aber der Häuptling entließ sie mit einer so entschiedenen Handbewegung, dass sie sich schließlich zu den anderen Mädchen gesellte.

Jonas und Brion wechselten wachsame Blicke.

Sie hatten es geschafft, ins Lager des Stammesführers zu gelangen. Aber was nun?

»Häuptling, es ist eine große Ehre ...«, begann Jonas.

»Bist du in meine Tochter verliebt?«, fiel ihm der Häuptling ins Wort. »Bist du gekommen, um mich um ihre Hand zu bitten?«

In diesem Augenblick brachte ihm jemand eine hoch mit Truthahnschenkeln, Wild und gebratenen Süßkartoffeln beladene Platte – mehr Essen, als Jonas je auf einem Teller gesehen hatte. In seiner Familie blieb man oft hungrig, und er hatte verbotenerweise im reichen Nachbarland gejagt, um seine Lieben am Leben zu erhalten. Aber von dem, was im Lager des Häuptlings an einem Abend verspeist wurde, hätte man mehrere Monate lang sein ganzes Dorf ernähren können.

Bei dieser Erkenntnis wurde ein Teil in Jonas' Innerem kalt und hart.

Weil er nicht sofort auf die Frage des Häuptlings antwortete, stieß Brion ihn mit dem Ellbogen an.

»Ob ich in Eure Tochter verliebt bin?«, wiederholte Jonas, unsicher, was er antworten sollte.

»Ja«, zischte Brion ihm zu. »Sag ja, du Idiot.«

Aber das wäre eine Lüge gewesen, und Jonas konnte in Herzensangelegenheiten nicht lügen. Er hatte es versucht und war jedes Mal kläglich gescheitert. Zwischen Lust und Liebe bestand für ihn ein großer Unterschied.

»Laelia ist ein sehr schönes Mädchen«, sagte er schließlich.

»Ich schätze mich glücklich, dass sie mir überhaupt ihre Aufmerksamkeit schenkt.«

Der Häuptling musterte ihn. »Sie bringt nicht viele Jungen zu mir. Du bist der zweite.«

»Was ist mit dem ersten geschehen?«, fragte Brion.

»Er hat nicht überlebt«, antwortete der Häuptling, und Brion machte ein erschrockenes Gesicht.

Aber der Häuptling fing an zu lachen. »Das war ein Scherz. Ihm geht es gut. Irgendwann wurden seine Avancen meiner Tochter langweilig, aber ich bin sicher, er lebt noch. Irgendwo.«

Vielleicht hat Laelia ihn auch an ihre Schlangen verfüttert, dachte Jonas.

Aber deswegen waren sie nicht hier. Er musste endlich zur Sache kommen.

»Häuptling Basilius, es ist mir eine Ehre, dass Ihr uns heute Abend empfangt«, sagte Jonas. »Denn ich habe etwas sehr Wichtiges zu besprechen.«

»Ach ja?« Der Stammesführer zog eine buschige Augenbraue in die Höhe. »Und dafür hast du dir ausgerechnet mein Festmahl ausgesucht?«

»Was wird denn heute gefeiert?«

»Wir haben einen neuen Verbündeten gewonnen, und diese Allianz wird uns helfen, Paelsia in eine bessere Zukunft zu führen.«

Das war unerwartet, aber eine großartige Nachricht. Jonas' Unbehagen über die Reichtümer im Lager des Häuptlings ließ ein bisschen nach. »Ich freue mich, das zu hören. Denn genau darüber wollte ich mit Euch reden.«

Basilius nickte, und seine Augen funkelten neugierig. »Dann sage uns bitte, was du zu sagen hast.«

»Mein Bruder, Tomas Agallon, ist vor kurzem von einem auranischen Lord ermordet worden.« Jonas schluckte schwer. »Das war ein Zeichen für mich, dass die Dinge sich ändern müssen. Dass wir Paelsias derzeitige Probleme nicht hinnehmen können. Ich glaube, dass Auranos ein böses Land ist, das von hinterlistigen Menschen bewohnt wird. Vor Jahren haben sie uns die Einwilligung abgeluchst, dass wir nur noch Wein anbauen, für den sie einen Spottpreis bezahlen, während wir ihnen ihre völlig überteuerten Nahrungsmittel abkaufen müssen. Sie verweigern uns den Zugang zu ihren mehr als reichlichen Rohstoffvorkommen. Wenn wir auch nur einen Fuß über ihre Grenze setzen, riskieren wir unser Leben. Das können wir nicht hinnehmen.« Er holte tief Luft, atmete ganz langsam wieder aus und nahm all seinen Mut zusammen. »Ich bin hier, um Euch vorzuschlagen, einen Aufstand gegen Auranos zu organisieren und uns seinen Wohlstand anzueignen. Es ist Zeit, dass wir aufhören zu warten, bis die Dinge sich von selbst ändern.«

Der Häuptling musterte ihn einen langen, stummen Moment. »Ich bin vollkommen deiner Meinung.«

Jonas blinzelte. »Tatsächlich?«

»Und was deinem Bruder zugestoßen ist, tut mir sehr leid. Es ist eine Tragödie, einen der Unseren auf so sinnlose Weise zu verlieren. Ich hatte keine Ahnung, dass du mit dem ermordeten Jungen verwandt bist, und ich bin sehr froh, dass du heute hergekommen bist. Und du hast recht. Auranos muss für seine Arroganz bezahlen – für das, was deinem Bruder geschehen ist, und für die Missachtung und Geringschätzung meines Landes und meines Volkes.«

Jonas konnte nicht glauben, dass es so leicht war. »Ihr seid also auch der Meinung, dass wir uns gegen Auranos erheben müssen?«

»Noch mehr als das, Jonas. Es wird einen Krieg geben.«

Auf einmal wurde es Jonas kalt. »Krieg?«

»Ja.« Der Häuptling beugte sich näher und blickte Jonas

und Brion prüfend ins Gesicht. »Ihr zwei seid sehr wertvoll für mich, denn ihr seht, was die meisten nicht sehen. Ich möchte, dass ihr mir bei dem, was auf uns zukommt, zur Seite steht.«

»Das klingt ja, als hieltet Ihr unseren Vorschlag nicht für eine verrückte Idee«, meinte Brion etwas verwirrt. »Wartet – Euer Festmahl ... Ihr plant bereits in diese Richtung, nicht wahr? Ohne dass wir etwas gesagt haben?«

Der Stammesführer nickte. »Ich habe mich mit dem König von Limeros verbündet, und unser gemeinsames Ziel ist es, Auranos einzunehmen. Wenn Auranos untergeht, werden Paelsia und Limeros erblühen.«

Jonas war sprachlos, er konnte den Häuptling nur stumm anstarren. Was er hörte, ging weit über das hinaus, was er sich je erträumt hatte.

»Was an jenem Tag auf dem Markt passiert ist, hat alles ins Rollen gebracht«, fuhr der Stammesführer fort. »Das Opfer deiner Familie – der Verlust deines Bruders – war eine Tragödie. Aber sie wird echte Veränderung herbeiführen.«

»Ihr werdet wirklich versuchen, Auranos zu erobern«, sagte Jonas benommen.

»Wir werden es nicht versuchen, wir werden es tun. Ich habe Kundschafter in ganz Paelsia ausgeschickt, um fähige Männer zu finden, die sich der gut ausgebildeten Armee von Limeros anschließen. König Gaius ist ein kluger Mann. Ein sehr kluger Mann. König Corvin dagegen ist gänzlich unbedarft, denn Auranos hat seit hundert Jahren keinen Krieg mehr geführt. Da wird man fett und faul. Der Sieg wird unser sein, und das Volk von Paelsia darf sich auf eine bessere Zukunft freuen.«

Das war wirklich zu schön, um wahr zu sein. Ein Traum.

»Ich möchte, dass ihr euch bereit macht, an meiner Seite für eure paelsianischen Mitbürger zu kämpfen. Alle beide.«

Jonas und Brion schauten einander an.

»Selbstverständlich«, antwortete Jonas mit fester Stimme. »Dafür tun wir alles, Häuptling Basilius. Alles.«

Einen Augenblick sah der Stammesführer die beiden nachdenklich an. »In der Zwischenzeit möchte ich, dass ihr euch in den Dörfern umschaut. Haltet die Augen offen, ob euch irgendetwas Ungewöhnliches auffällt. Wenn König Corvin von unseren Plänen erfährt, schickt er möglicherweise Spione aus, um Informationen zu sammeln.«

Jonas nickte. »Ja, Häuptling.«

Basilius nickte und lächelte. »Aber jetzt amüsiert euch erst einmal. Feiert mit uns, esst, trinkt und lasst es euch gutgehen. Und versuche immer daran zu denken, Jonas, dass es etwas gibt, was wichtiger ist als alles andere ... wichtiger als Krieg, wichtiger als selbst der Tod.«

»Ja, Herr?«

Das Lächeln des Stammesführers verblasste nicht. »Sei vorsichtig mit meiner Tochter. Sie reagiert nicht gut auf Enttäuschungen.«

KAPITEL 14

LIMEROS

Über eine Woche war seit dem Gespräch mit dem König vergangen, und Magnus wusste immer noch nicht, was Lucia bekümmerte. Der Gedanke daran war eine dauernde Ablenkung für ihn.

Im Schwertkampfunterricht waren Ablenkungen nicht empfehlenswert, und er zuckte zusammen, als ein stumpfes hölzernes Übungsschwert ihm einen schmerzhaften Schlag auf den Brustkorb verpasste.

»Was ist los, Prinz Magnus?«, fragte sein Gegner mit nicht zu überhörendem Spott. »Wollt Ihr mich tatsächlich so leicht gewinnen lassen?«

Magnus warf ihm einen vernichtenden Blick zu. »Ich werde dich überhaupt nicht gewinnen lassen.«

Andreas Psellos war das genaue Gegenteil von Magnus, obwohl sie beide eine ähnlich zierliche Statur hatten. Doch Magnus war dunkel, während Andreas blonde Haare und blassblaue Augen hatte. Niemand hätte Magnus je als »Frohnatur« beschrieben, Andreas dagegen hatte eine lockere Art und immer ein Lächeln auf dem hübschen Gesicht, das nur ganz selten böse aussah …

Es sei denn, er sprach mit Magnus.

Inzwischen hatten sie sich vom Rest der Gruppe entfernt – vier Zweierpaarungen und ein zerstreuter Lehrer, der gelegentlich mitten in der Stunde davonschlenderte und seine Schüler auf eigene Faust weiterüben ließ.

»Ihr habt Euch kein bisschen verändert«, sagte Andreas. »Ich erinnere mich noch genau an die bunten Holzklötze, um die wir uns als Fünfjährige gestritten haben. Ich glaube, Ihr habt sie aus dem Fenster geworfen, nur damit ich nicht mit ihnen spielen konnte.«

»Ich habe meine Spielsachen nie gerne geteilt.«

»Außer mit Eurer Schwester.«

»Sie ist eine Ausnahme.«

»Allerdings. Eine sehr hübsche Ausnahme.« Andreas warf einen sehnsüchtigen Blick zu der hoch aufragenden schwarzen Granitburg. »Glaubt Ihr, Prinzessin Lucia wird nachher wieder herauskommen und uns beim Kämpfen zusehen wie letztes Mal?«

»Das halte ich für höchst unwahrscheinlich.«

Magnus' ohnehin schlechte Stimmung verfinsterte sich weiter. Nicht nur hatte Andreas Interesse an Lucia gezeigt, er war obendrein von Königin Althea schon mehrmals als potentieller Heiratskandidat erwähnt worden. Die Psellos-Familie war reich, Andreas' Vater war Mitglied des Königlichen Rats, und ihre geräumige Villa, die nur wenige Meilen vom Palast entfernt lag, war die schönste an der ganzen Westküste von Limeros.

Der Gedanke, dass Lucia sich mit diesem ständig lächelnden Goldjungen verloben könnte, sandte einen Schwall eisiges Gift durch Magnus' Adern.

Andreas schnaubte. »Na, dann kommt. Ich halte mich nicht zurück, wenn Ihr es auch nicht tut.«

»Umso besser.«

Krachend trafen ihre Holzschwerte aufeinander, und jetzt konzentrierte Magnus sich auf den Kampf und achtete darauf, nicht wieder abzuschweifen.

»Ich habe gehört, dass Ihr Michol Trichas verscheucht habt, weil er mit Eurer Schwester spazieren gehen wollte.«

»Ach ja?«, entgegnete Magnus desinteressiert. »Bist du jetzt seinetwegen traurig?«

»Im Gegenteil. Er ist nicht der Richtige für sie. Er ist langweilig, feige und versteckt sich sofort hinter den Röcken seiner Mutter, wenn er auf den geringsten Widerstand stößt. Nein, er ist es nicht würdig, Zeit mit Prinzessin Lucia zu verbringen.«

»Endlich sind wir mal einer Meinung. Wie schön.«

»Aber Ihr werdet auch feststellen, dass ich nicht so leicht abzuwimmeln bin wie er.« Sie hatten die Schwerter gekreuzt, und Andreas musterte seinen Gegner mit eiskaltem Blick. Magnus' Muskeln brannten vor Anstrengung, aber er war fest entschlossen, den Kampf für sich zu entscheiden. »Mich könnt Ihr nicht einschüchtern.«

»Das versuche ich auch gar nicht.«

»Ihr verjagt Lucias Verehrer, als wäre kein Mann in ganz Limeros gut genug für die Prinzessin.«

Magnus sah Andreas in die Augen. »So ist es auch.«

»Abgesehen von Euch natürlich.« Andreas' Augen wurden schmal. »Ich finde, dass Ihr Eurer Schwester so viel Aufmerksamkeit angedeihen lasst, während Ihr alle anderen Mädchen vernachlässigt, ist recht … ungewöhnlich.«

Magnus wurde kalt ums Herz. »Das ist reine Einbildung.«

»Vielleicht. Aber eins solltet Ihr Euch merken, Prinz Magnus: Wenn ich etwas will, dann bekomme ich es auch. Ganz gleich welche Hindernisse ich dafür überwinden muss.«

Magnus warf einen kurzen Blick zur Burg hinüber. »Sieht aus, als hätte ich mich geirrt. Lucia kommt doch zum Zuschauen.«

Einen Moment war Andreas abgelenkt, und Magnus nutzte es gnadenlos aus. Blitzschnell schlug er ihm das Holzschwert aus der Hand und warf ihn zu Boden, wo er benommen auf dem Rücken liegen blieb und zu Magnus aufblickte.

Der drückte die stumpfe Spitze seines Übungsschwerts hart gegen die Gurgel seines Widersachers. »In Wirklichkeit ist Lucia beim Handarbeitsunterricht, und du wirst dich leider nicht so bald wieder mit ihr unterhalten können. Vielleicht erst … na ja, jedenfalls wird es dauern. Aber ich grüße sie gern von dir.«

Dann war der Unterricht vorbei, er warf sein Schwert beiseite, ließ Andreas auf dem Boden liegen und ging zurück zur Burg.

Doch der Triumph war nicht ganz so süß, wie er hätte sein sollen.

Die Vorstellung, dass irgendjemand, und ausgerechnet auch noch ein Kerl wie Andreas, auf die Idee kam, Magnus könnte verbotene Gefühle für seine Schwester hegen, war mehr als beunruhigend. Er beschloss, sich in Zukunft zu zwingen, mehr Zeit mit anderen Mädchen zu verbringen, um solche Gerüchte im Keim zu ersticken.

Und zwar nicht mit Mädchen wie mit dem, das ihm auf dem Korridor mit einem strahlenden Lächeln und rosigen Wangen entgegenkam.

»Mein Prinz«, begrüßte Amia ihn.

Er blickte sich um, ob jemand in der Nähe war. Sein Vater sah es nicht gern, wenn man mit den Bediensteten sprach – vor allem wenn sie von so niederem Rang waren wie Amia. Sich König Gaius' entrüstete Reaktion darauf auszumalen, dass sein Sohn nicht nur mit ihr redete, war fast ebenso amüsant wie unheimlich.

»Was ist?«, fragte er knapp.

»Ihr wolltet doch, dass ich Eure Schwester im Auge behalte.«

Sofort packte er sie am Arm und zog sie um die Ecke in eine dunkle Nische. »Sprich.«

Amia wickelte eine nussbraune Haarsträhne um den Finger und runzelte die Stirn. »Es ist sehr sonderbar. Man hat mich mit einem Essenstablett zu ihr geschickt, ein spätes Mittagessen, weil sie gerade erst vom Unterricht zurückgekommen war. Ihre Tür stand einen Spaltbreit offen. Ich hätte klopfen sollen, aber da ich die Hände voll hatte, hab ich es nicht getan. Und ich schwöre, ich hab gesehen …«

»Was? Was hast du gesehen?«

»Eure Schwester hat drei Kerzen vor sich aufgestellt, und ich hab gesehen, wie sie angefangen haben zu brennen.«

Magnus starrte das Mädchen an. »Das ist alles? Du hast gesehen, wie meine Schwester ein paar Kerzen angezündet hat und das für wichtig genug befunden, es mir zu erzählen? Ich kann daran nichts Ungewöhnliches entdecken.«

»Nein, mein Prinz, daran nicht. Aber ich schwöre Euch, dass … dass …« Sie schüttelte den Kopf, und ihr Gesicht zeigte tiefe Verwirrung. »Ich schwöre, dass Prinzessin Lucia die Kerzen nicht angezündet hat. Sie sind von selbst angegangen, als die Prinzessin sie angesehen hat, eine nach der anderen. Ich bin erschrocken, aber dann hab ich mich geräuspert, um auf mich aufmerksam zu machen. Sie wirkte besorgt, dass ich sie beobachtet haben könnte, aber ich habe mir nichts anmerken lassen. Die Fähigkeit, Feuer herbeizurufen, könnte bedeuten, sie ist eine …« Als sie Magnus' warnenden Blick sah, unterbrach sie sich und biss sich auf die Lippe.

Magnus packte das Mädchen am Kinn und schaute ihm tief in die Augen. »Danke, Amia. Ich möchte, dass du mir auch weiter alles erzählst, so unbedeutend es erscheinen mag. Aber merke dir eines – meine Schwester ist keine Hexe. Das hat dir nur deine Fantasie vorgegaukelt.«

»Ja, mein Prinz«, flüsterte sie. Er ließ sie los, wandte sich um und machte sich ohne ein weiteres Wort auf den Weg zu Lucias Gemächern im zweiten Obergeschoss der Burg.

Kerzen anzuzünden war eine alltägliche Tätigkeit, aber

nicht, wenn die Dochte von selbst Feuer fingen. Vor Lucias Zimmer holte er tief Luft und drehte den Türknauf. Es war nicht abgeschlossen. Langsam öffnete er die Tür.

Lucia saß mit gekreuzten Beinen auf ihrem Sofa und hielt vor sich auf der ausgestreckten Handfläche den Kopf eines Gänseblümchens. Das alberne Blumengeschenk war tags zuvor von irgendeinem anderen limerianischen Jungen geschickt worden, der ein Auge auf die Prinzessin geworfen hatte. Ihre Konzentration auf die Blume war so vollkommen, dass sie das leise Quietschen der Tür nicht hörte.

Plötzlich löste sich die rosarote Blüte von ihrer Hand und erhob sich, wie von unsichtbaren Fäden gezogen, in die Luft.

Magnus gab einen Laut des Erstaunens von sich.

Sofort fiel die Blume zu Boden, und Lucia sah erschrocken zur offenen Tür.

»Magnus.« Sie stand auf und strich ihren Rock glatt. Ihr Gesicht war angespannt, während sie ihn zu sich winkte. »Komm doch bitte rein.«

Nach einem kurzen Moment des Zögerns folgte er ihrer Aufforderung.

»Mach die Tür zu«, sagte sie. Er tat es.

Sie holte tief Atem. »Hast du gesehen, was ich gerade getan habe?«

Er nickte stumm.

Lucia verschränkte die Hände und ging zum Fenster, und gerade als sie hinausblickte, flog ein Falke von der Brüstung ihres Balkons und auf goldenen Schwingen in den strahlend blauen Himmel empor. Magnus wartete, denn er hatte Angst davor, seine rasenden Gedanken in Worte zu fassen.

Das musste es sein, worüber sein Vater und Sabina in der Nacht ihres Geburtstagsbanketts gesprochen hatten – von Prophezeiungen und *Elementia* und Zeichen in den Sternen. Danach hatte er Ausschau halten sollen.

»Lucia ist jetzt sechzehn. Die Zeit ihres Erwachens rückt näher, das weiß ich.«

Das Erwachen ihrer Magie.

Das konnte doch nicht wahr sein.

Endlich wandte Lucia sich ihm zu, und ihr Blick war genauso grimmig wie neulich, als sie ihn wegen Michol zur Rede gestellt hatte. Noch immer hoffnungslos verwirrt öffnete Magnus den Mund, um Erklärungen von ihr zu verlangen, aber sie kam einfach zu ihm und umarmte ihn.

»Ich konnte dieses Geheimnis niemandem verraten, weil ich Angst hatte vor dem, was es bedeuten könnte, aber ich suche schon seit einer Ewigkeit nach einer Gelegenheit, dir davon zu erzählen.«

»Ich bin nicht sicher, was ich gesehen habe.« Er legte ihr die Hand auf den Rücken und drückte sie an sich, und sein Herz hämmerte in seiner Brust. Plötzlich überkam ihn der wilde Drang, sie zu beschützen, und das half ihm, seine Unsicherheit beiseitezuschieben. »Du kannst mir alles sagen, Lucia. Ich verspreche dir, ich werde es keiner Menschenseele verraten.«

Sie seufzte und trat ein Stück zurück, um ihm in die Augen sehen zu können. »Es hat kurz vor meinem Geburtstag angefangen. Da habe ich gemerkt, dass ich Dinge tun kann, seltsame Dinge.«

»Magie«, sagte er schlicht. Das Wort fühlte sich seltsam an auf seiner Zunge.

Einen Moment starrte sie ihn an, und ihr erhitztes, wachsames Gesicht wurde düster. Dann nickte sie.

»*Elementia*«, schob er klärend hinterher.

»Ja, ich glaube.« Lucia atmete stockend ein. »Ich weiß nicht, warum. Oder wie. Aber ich kann es. Und es fühlt sich an, als wäre es schon mein Leben lang in mir gewesen und hätte nur auf den richtigen Zeitpunkt gewartet, um sich zu zeigen. Ich kann die Blume schweben lassen, wie ich es gerade gemacht habe. Ich kann Dinge bewegen, ohne sie anzufassen. Ich kann Kerzen anzünden … ohne Zündholz.«

Magnus hörte ihr aufmerksam zu und versuchte alles in seinem Kopf zu ordnen. »Du bist eine Hexe.«

Kaum waren die Worte aus seinem Mund, bereute er sie auch schon. Sie sah zutiefst bestürzt aus. In Limeros wurden Hexen gnadenlos verfolgt – selbst wenn sie nur *verdächtigt* wurden, eine zu sein. Es war gefährlich, so etwas auch nur von jemandem zu vermuten. Hexerei wurde immer in Zusammenhang mit der Göttin Cleiona gebracht und als bösartige Handlung im Dienste einer bösartigen Gottheit angesehen.

»Magnus«, flüsterte Lucia. »Was soll ich tun?«

Der König würde es erfahren wollen. Er hatte Magnus nicht umsonst gebeten, ein Auge auf Lucia zu haben und ihm alles Ungewöhnliche zu berichten.

Und dies hier war zweifellos ungewöhnlich.

Er begann, im Zimmer auf und ab zu wandern und zu rekapitulieren, was er gesehen hatte. Wenn es nicht um Lucia gegangen wäre, hätte er keine Sekunde gezögert, seinem Vater davon Mitteilung zu machen. Was immer dann passierte, wäre nicht seine Sorge gewesen.

»Zeig es mir noch einmal«, sagte er schließlich leise.

Nach kurzem Zögern nahm Lucia die Blume und legte sie wieder auf ihre Hand. Dann sah sie Magnus an. Er nickte bekräftigend.

»Schon gut«, sagte er. »Hab keine Angst.«

»Ich habe keine Angst.« Sie sagte das mit solchem Nachdruck, dass er lächeln musste. Trotz ihrer hübschen Kleider und prinzessinnenhaften Manieren hatte seine Schwester ein Herz aus Stahl. Sein eigenes Stahlherz schlug schneller.

Lucia lenkte ihre Aufmerksamkeit auf die Blume, eine kleine Falte bildete sich zwischen ihren Augenbrauen, und sie konzentrierte sich. Dann beobachtete Magnus, wie die Blüte sich langsam aus ihrer Hand in die Luft erhob.

»Unglaublich«, hauchte er.

»Was bedeutet das?«, fragte sie besorgt, und zum ersten Mal bemerkte er den Glanz in ihren Augen. Vielleicht behauptete sie, keine Angst zu haben, aber sie hatte Angst. Und das aus gutem Grund.

»Ich weiß es nicht.« Er musterte sie und kämpfte gegen den Impuls, sie noch einmal in die Arme zu nehmen und an sich zu drücken. Sein Blick wanderte über ihr Gesicht – die kleine, gerade Nase, die hohen Wangenknochen, die vollen roten Lippen. Die Augen seiner Mutter waren blaugrau, die seines Vaters dunkelbraun wie seine eigenen, aber Lucias Augen leuchteten wie kostbare Saphire.

Sie war so unglaublich schön, dass es ihm den Atem verschlug.

»Was ist los?«, fragte sie. »Ist mein Gesicht schon von diesem Übel gezeichnet?«

Vor einigen Jahren hatte der König seinen Sohn mit nach Norden genommen, um der Hinrichtung einer Frau beizuwohnen, die der Hexerei angeklagt war. Sie hatte mehrere Tiere geschlachtet und mit deren Blut versucht, dunkle Magie zu wirken. Der König sprach kurz unter vier Augen mit ihr und fällte dann das endgültige Urteil. Magnus, der ja noch ein Junge war, musste sich die Exekution anschauen, um etwas daraus zu lernen, und er erinnerte sich daran, wie die Schmerzensschreie und das Angstgebrüll der Hexe die kalte Luft zerschnitten hatten, während die Flammen auf dem Scheiterhaufen nach ihr griffen.

Sein Vater hatte sich zu ihm gewandt und eine Hand auf seine Schulter gelegt. »Vergiss diesen Anblick niemals, Magnus. Eines Tages wirst auch du über das Schicksal derer entscheiden müssen, denen man vorwirft, sich mit der Finsternis verbündet zu haben.«

Ein Schauer von Angst und Abscheu durchzuckte ihn noch jetzt, wenn er daran dachte, und er ging mit raschen Schritten zur Tür, um nachzusehen, ob jemand draußen stand und lauschte. Dann schloss er die Tür wieder und legte den Riegel vor.

»Es ist *Elementia*«, sagte Lucia mit bebender Stimme. »Vor allem Luftmagie, glaube ich – die Fähigkeit, Dinge zu bewegen. Und Feuer. Cleiona war die Göttin von Feuer und Luft. Und sie war böse!«

Magnus schwieg eine volle Minute, die Augen zum Boden gesenkt. Dann hob er langsam den Blick und sah seine Schwester an. »Kannst du auch Dinge anheben, die schwerer sind als eine Blume?«

»Ich weiß es nicht. Bitte, Magnus, sag mir, was ich tun soll. Und sei mir nicht böse, dass ich es so lange vor dir geheim gehalten habe. Du darfst dich jetzt nicht von mir abwenden.«

Er verzog das Gesicht. »Glaubst du, das würde ich tun?«

»Wenn diese Magie böse ist …«

»Das ist sie nicht«, unterbrach er sie mit fester Stimme.

Sie sah ihn finster an. »Es sind schon Hexen für weniger gefoltert und hingerichtet worden.«

»Wenn eine Hexe wirklich tun könnte, was du kannst, würde sie sich nicht hinrichten lassen.« In diesem Moment war er sicher, dass es so war. »Wenn eine dieser Frauen, die verbrannt oder enthauptet worden sind, imstande gewesen wäre, echte Magie zu beschwören, hätte sie sich damit retten können.«

»Du glaubst also nicht, dass Hexen böse sind?« In Lucias blauen Augen war eine tiefe Unsicherheit zu erkennen – aber auch Hoffnung. So lange hatte dieses Geheimnis sie gequält, ohne dass jemand ihr geholfen hatte.

Magnus ging zu ihr und umfasste ihr Gesicht mit beiden Händen. »Ich weiß nur, dass du nicht böse bist. Du bist wunderbar in jeder Hinsicht. Und wenn du jemals etwas anderes von dir denkst, werde ich sehr zornig.«

Sie berührte seine Hand und neigte sich seiner Berührung entgegen. Eine Spur von Erleichterung erschien in ihren Augen. »Meinst du das ernst?«

»Von ganzem Herzen.« Dann zog er spöttisch eine Augenbraue in die Höhe. »Würde ich jemandem, den ich für böse halte, etwas so Schönes schenken wie diesen wunderbar flauschigen Hasen?«

Lucia lachte leise, und Magnus' Herz wurde leicht. »Ich habe es Hana getauft«, erklärte sie.

»Hübscher Name. Jedenfalls für ein flauschiges Häschen.«

»Was soll ich tun, Magnus?«

Er ließ sie los, ging zu ihrem Bücherstapel, nahm ein paar dicke Wälzer und legte sie neben die Blumenvase auf den Tisch.

»Heb diese Bücher hoch.«

Lucia machte große Augen und starrte auf den schweren Stapel. »Ich habe es nie mit etwas anderem probiert als mit einer Blume.«

»Du musst dein Talent entwickeln, du musst üben. Je stärker du bist, desto weniger Sorgen muss ich mir deinetwegen machen. Wenn du deine Fähigkeit vervollkommnest, bist du in Sicherheit, ganz gleich was passiert. Und ich werde dir dabei helfen.«

Mit angehaltenem Atem wartete er auf ihre Antwort. Wenn Lucia tatsächlich eine Hexe mit gerade erwachter *Elementia* war, gab es keine andere Möglichkeit. Sie musste üben. Sie musste an ihrem Talent arbeiten, denn wenn jemand es entdeckte – vor allem der König –, dann war ihr Leben in großer Gefahr.

Aber Magnus würde niemals zulassen, dass seine Schwester deswegen hingerichtet wurde. Lucia war nicht böse. Er fand es schwierig, an die Religion zu glauben, die allen Limerianern aufgezwungen wurde, aber an Lucia zu glauben fiel ihm leicht.

»Ich weiß nicht, ob ich es kann.« Sie runzelte die Stirn.

»Dann tu es nicht für dich. Tu es für mich.«

»Wenn ich es versuche, tust du dann auch etwas für mich?«, antwortete sie mit einer Gegenfrage.

»Was soll ich denn tun?«

»Sag mir, warum Vater sich mit Häuptling Basilius verbündet, um Auranos zu erobern. Wird es Krieg geben?«

Magnus hatte Lucia auf der Treppe gesehen, als der König die Botschaft des paelsianischen Stammesführers entgegengenommen hatte. Es war eine gefährliche Information für ein sechzehnjähriges Mädchen, aber über kurz oder lang würde Lucia es sowieso erfahren. Anscheinend war Amia nicht die Einzige in der Burg, die ein Talent zum Lauschen hatte.

»Ob es Krieg geben wird?«, wiederholte Magnus. »Vater will es jedenfalls. Wir müssen warten, wo das ganze Pläneschmieden mit Häuptling Basilius hinführt. Aber mach dir deswegen keine Sorgen.« Zärtlich strich er ihr die langen seidigen Haare aus dem Gesicht. »Lass uns jetzt deine Magie üben. Du musst sie meistern, damit ich dich in Sicherheit weiß.«

»Danke, Bruder«, sagte Lucia leise, stellte sich auf die Zehenspitzen und strich mit den Lippen über seine, ehe sie ihn noch einmal an sich drückte. »Was würde ich nur ohne dich tun?«

Magnus' Lippen brannten von ihrem Kuss, und auch sein Herz fühlte sich an, als hätte es Feuer gefangen – wie es der Hexe damals geschehen war. »Ich hoffe, das müssen wir nie erfahren.«

KAPITEL 15

AURANOS

Theon Ranus hatte schon oft Wut, Leid, Traurigkeit oder Verlangen gespürt. Aber niemals Furcht.

Bis heute.

»Die Prinzessin ist nicht in ihrem Zimmer. Wir können sie nirgends finden!« Der Aufschrei beschleunigte seine Schritte, denn die Stimme gehörte dem Dienstmädchen, das in der Zeit, wenn Theon schlief und selbst nicht Wache halten konnte, vor Prinzessin Cleos Zimmer saß und aufpasste.

Eiskalte Angst überflutete ihn.

Er wusste sofort, wohin sie gegangen war – sie hatte genau das getan, womit sie gedroht hatte. Die Prinzessin war aus dem Palast geflohen, um nach Paelsia zu reisen. Nachdem er sich geweigert hatte, sie zu begleiten, hatte sie ihm die Lüge aufgetischt, erst in zwei Tagen aufbrechen zu wollen.

Auf den Fersen der Angst folgte heißer Zorn darüber, dass sie so etwas getan und seine Warnungen einfach in den Wind geschlagen hatte.

Törichtes Mädchen. Eigensinniges, törichtes Mädchen.

Der König musste informiert werden. Und Theon wusste, dass es seine Aufgabe war, ihm die Nachricht von Cleos und Nics Verschwinden zu überbringen.

Nun erwachte eine andere Angst in ihm. Diesmal um sich selbst.

»Wie konntest du das geschehen lassen?«, brüllte der König ihn an, das Gesicht puterrot vor Zorn.

Darauf hatte Theon keine vernünftige Antwort. Er wusste, dass Cleo nach Paelsia wollte. Er wusste, dass sie stur und unbeirrbar war, wenn es um die Gesundheit ihrer Schwester ging. Er hätte ihre Flucht vorhersehen müssen.

»Ich werde selbst nach Paelsia reisen und sie suchen.«

»Darauf kannst du Gift nehmen.« Unter den Augen des Königs waren dunkle Schatten, als hätte er nicht gut geschlafen, und er sah heute viel älter aus als Mitte vierzig. »Ich muss mich um so viele Probleme kümmern, und jetzt auch das noch. Du solltest sie beschützen und hast mich bitter enttäuscht.«

Natürlich hätte Theon erklären können, dass es für ihn unmöglich war, die ganze Zeit an Cleos Seite zu bleiben – dafür hätte er ja unter anderem in ihrem Bett schlafen müssen –, doch er schwieg und hielt den Blick devot zu Boden gesenkt. König Corvin war kein grausamer Herrscher, aber wenn er es für nötig befand, verhängte er harte Strafen. Dass Theon seine Aufgabe, die Prinzessin zu beschützen, nicht erfüllt hatte, würde Folgen haben.

Aber warum tat Cleo denn etwas so Leichtsinniges?

Darüber brauchte er nicht lange nachzudenken. Sie tat es, weil sie überzeugt war, dass sie das Leben ihrer Schwester retten konnte, indem sie der Legende einer im Exil lebenden Wächterin nachjagte. Alle Regeln zu brechen, um Prinzessin Emilia zu retten, war idiotisch ... aber auch mutig. Es zeigte ein reines Herz und große Courage.

»Ich werde sofort aufbrechen«, sagte Theon, die Augen noch immer zu Boden gerichtet. »Mit Eurer Erlaubnis nehme ich ein paar Männer mit.«

»Aber nicht mehr als zwei. Wir wollen keinerlei Aufmerksamkeit auf diese peinliche Situation lenken.«

»Sehr wohl, Euer Majestät.«

Als der König schwieg, blickte Theon auf und sah, dass sein

Gesicht noch immer sehr blass war, aber jetzt eher gequält als wütend wirkte.

»Manchmal habe ich das Gefühl, verflucht zu sein«, sagte er leise. »Ein Fluch zieht sich durch mein Leben und nimmt mir Stück für Stück all das, was ich liebe.« Er hielt inne. »Vor langer Zeit … in meiner Jugend … habe ich eine Hexe getroffen. Sie war sehr schön.«

Theon war überrascht. Wie gehörte das zusammen? »Eine Hexe? Eine echte Hexe?«

Der König nickte ruckartig. »Bis ich ihr begegnet bin, habe ich nicht an Magie geglaubt. Sie wollte meine Königin werden, aber ich … nun ja, ich habe Elena kennengelernt, und damit war die Sache für mich erledigt. Die Hexe war nur eine vorübergehende Spielerei für einen jungen Mann, der die Aufmerksamkeiten hübscher Mädchen genoss, ehe er die Liebe seines Lebens heiratete.« Er atmete hörbar aus. »Als ich die Sache mit der Hexe beendete, wurde sie sehr wütend. Ich glaube, sie hat mich verflucht. Ich habe meine geliebte Elena verloren – nur wenige Augenblicke nachdem sie meiner jüngeren Tochter das Leben geschenkt hatte. Jetzt geht es Emilia schlecht. Ich fürchte, Cleo hat recht, ihre Schwester könnte sterben. Und Cleo selbst …« Seine Stimme brach. »Sie hat ihren eigenen Kopf, der sie gelegentlich in Schwierigkeiten bringt. Mehr, als ihr klar ist. Du *musst* sie finden.«

»Das werde ich, Majestät. Ich schwöre es Euch.«

»Dann tu es.« Der König hob seinen finsteren Blick, und Theon bekam eine Gänsehaut. »Wenn du mich noch einmal enttäuschst, wirst du dafür mit deinem Leben bezahlen, ich werde dich mit meinen eigenen Händen töten. Hast du mich verstanden?«

Theon nickte. Nichts anderes hatte er erwartet. Mit wild klopfendem Herzen verließ er eilig den Sitzungsraum.

Er hätte mit der Prinzessin gehen sollen. Er hatte gewusst,

dass sie störrisch genug war, um alleine loszuziehen – und zu ihrem Schutz lediglich Nicolo Cassian mitzunehmen. Nicolo war nur der Knappe des Königs, ohne Ausbildung, ohne Kraft, ohne sorgfältig geschulte Überlebensinstinkte. Theon hätte selbst an Prinzessin Cleos Seite bleiben müssen, komme, was wolle. Heute und für immer.

Der König würde ihn töten, wenn er versagte. Und wenn Cleo etwas zustieß ... dann würde er sterben *wollen*. Allein die Vorstellung, ihre strahlenden Augen könnten erloschen, ihr leichtherziges Lachen verklungen sein ... Auf einmal brach ihm der kalte Schweiß aus, und er musste die Stirn einen Moment an die Marmorwand des Korridors stützen.

Ich bin dabei, mich in sie zu verlieben.

Die Erkenntnis traf ihn wie ein Schwerthieb in die Brust.

Es gab keine Zukunft für sie beide. Er war nicht von königlichem Geblüt – nicht einmal ein Ritter. Außerdem war sie bereits mit einem anderen verlobt.

Aber ... er war sicher, etwas in ihren Augen gesehen zu haben – eine konzentrierte Munterkeit, wenn sie sich stritten. Ein Stocken des Atems. Eine Hitze in ihren Wangen. Inzwischen genoss er ihre Gesellschaft mehr, als er es je für möglich gehalten hatte oder bereit gewesen wäre zuzugeben, nicht einmal vor sich selbst. Er wollte bei ihr sein, und das nicht nur als ihr Leibwächter.

Er wollte *sie*.

Aber er durfte sich solchen Gefühlen nicht hingeben, es war schon gefährlich, sie sich selbst einzugestehen. Im Augenblick wusste Theon nur, dass er Cleo finden und wohlbehalten nach Auranos zurückbringen würde. Die Zukunft war ungewiss, aber so viel war klar. Er würde nicht versagen.

KAPITEL 16

LIMEROS

Der König hatte Magnus in den Thronsaal gerufen.

Dass sein Vater sich selbst aufmachte und seinen Sohn in dessen Gemächern besuchte, war undenkbar. Nein, Magnus musste ganz offiziell herbeizitiert werden, als wäre er ein Diener.

Bedeutungslos.

Er ließ sich Zeit. Natürlich gehorchte er der Aufforderung, er hatte ja keine andere Wahl, aber obwohl der König die Existenz seines Sohnes auf eine bisher nicht dagewesene Weise würdigte, hatte Magnus nicht vor, sich zu beeilen.

Er hatte zwei Tage mit Lucia verbracht und sie bei einer ganzen Reihe von Übungen unterstützt, die ihr helfen sollten, ihr Talent zu beherrschen und zu verfeinern. Sehr viel schien von Lucias Stimmungen abzuhängen. Wenn sie sich stritten – vor allem über das Thema, dass Magnus ihre Verehrer abwimmelte –, brachte das ihre Magie schneller in Gang. Sobald jedoch ihr Selbstbewusstsein ins Schwanken geriet, ließ sie nach.

Deshalb hatte Magnus dafür gesorgt, dass sie viel zu diskutieren hatten, und zum Glück war es leicht, Lucia in Rage zu bringen.

Es würde trotzdem eine Weile dauern, bis sie sich ihrer Magie ganz öffnete, denn sie hatte Angst davor – was sie auch freimütig zugab. Und was man fürchtete, nahm man eben nicht vorbehaltlos an.

Ganz ähnlich ging es Magnus mit seinem Vater.

»Ihr habt mich gerufen?«, begrüßte er ihn trocken, als er schließlich vor ihm im Thronsaal stand.

König Gaius hob den Blick von den Dokumenten, die er studierte, und richtete ihn auf Magnus wie ein Adler, der eine leidlich interessante Beute entdeckt. »Du hast lange gebraucht, um dich herzubequemen.«

»Ich bin gekommen, so schnell ich konnte.«

Die Lüge kam ihm mühelos über die Lippen.

»Womit beschäftigst du dich, Magnus? In den letzten Tagen hast du dich sehr zurückgezogen. Gerade heute Morgen ist dir eine Gelegenheit entgangen, wieder mit mir auf die Jagd zu gehen.«

»Ich habe gelesen.«

Der König lächelte, aber die Wärme des Lächelns gelangte nicht bis in seine Augen. »Es fällt mir schwer, das zu glauben.«

»Möchtet Ihr etwas über meine Hobbys erfahren, oder habt Ihr auch gewichtigere Dinge mit mir zu besprechen?«, entgegnete Magnus mit einem Achselzucken.

Der König lehnte sich auf seinem Thron aus Eisen und schwarzem Leder zurück und musterte seinen Sohn. »Du erinnerst mich sehr daran, wie ich selbst in deinem Alter war. Es ist regelrecht unheimlich.«

Magnus war nicht sicher, ob er das als Kompliment oder als Beleidigung auffassen sollte.

»Wie entwickeln sich Eure Pläne mit Häuptling Basilius?«, fragte er rasch, um den Fokus von sich selbst wegzulenken.

»Sie nehmen allmählich Form an. Keine Sorge, mein Sohn, ich werde dich über alle wichtigen Details auf dem Laufenden halte. Und ich werde demnächst deine Unterstützung brauchen.«

Durch den plötzlichen Tod von Tobias war der Posten des

königlichen Kammerdieners unbesetzt, und Magnus vermutete stark, dass der König einen neuen persönlichen Assistenten brauchte, der diese Lücke schließen konnte. Jetzt klang sein Vater, als wollte er ihm diese Stellung geben.

»Ganz wie Ihr wünscht, stets zu Diensten.« Es war nahezu unmöglich, das ohne Sarkasmus zu sagen. Alte Gewohnheiten waren schwer zu überwinden.

»Ich habe dich tatsächlich aus einem ganz speziellen Grund rufen lassen.« Einen Moment starrte der König ihn an. »Was ist mit Lucia? Ist dir irgendetwas Ungewöhnliches aufgefallen?«

Auf diese Frage war Magnus gefasst gewesen und hatte sich gründlich vorbereitet. Er warf einen kurzen Blick auf das Wappen der Damoras mit den vertrauten Worten *Kraft, Glaube, Weisheit.* »Ich habe sie sehr aufmerksam beobachtet, aber sie kommt mir vor wie immer. Wenn sie dir etwas zerstreut erscheint, könnte es ja daher kommen, dass sie sich in irgendeinen ihrer langweiligen Verehrer verliebt hat.«

»Nein, um so etwas Bedeutungsloses geht es nicht.«

»Nun, ich weiß nicht genau, wonach ich Ausschau halten soll. Ihr wollt mir ja keine Einzelheiten verraten.«

So viel dazu, dass er an allen wichtigen Zukunftsplänen, die der König für das Reich ausheckte, beteiligt werden sollte. Vielleicht waren es nur leere Worte gewesen. Der Gedanke war seltsam enttäuschend.

Der König beugte sich in seinem schlichten, aber einschüchternden Eisenthron nach vorn – das kunstvolle goldene, mit Juwelen besetzte Exemplar, auf dem Magnus' Großvater regiert hatte, war schon vor Jahren entfernt worden. Gaius presste die Fingerspitzen aneinander. »Ich denke, du bist bereit, die Wahrheit zu erfahren.«

Überrascht sah Magnus ihn an. »Dann sprecht.«

»Ich vergesse immer wieder, dass du kein Kind mehr bist,

sondern inzwischen fast ein Mann, und dass du als solcher in alles einbezogen werden solltest, was ich tue. Es ist …« – der König stand auf, ging langsam im Kreis um Magnus herum und taxierte ihn mit einer seltsamen Mischung aus Missbilligung und Anerkennung – »… es ist, als würde ich meine Vergangenheit vor mir sehen, ganz ehrlich. Sabina hat es neulich auch schon festgestellt.«

»Was hat Sabina festgestellt?«

»Wie ähnlich wir uns sind. Du weißt ja, als ich sie kennengelernt habe, war ich nicht viel älter als du jetzt.«

Magnus wurde flau im Magen. »Wie schön für Euch. War sie damals schon verheiratet, oder habt Ihr gewartet bis nach ihrer Hochzeitsnacht, um mit ihr ins Bett zu gehen?«

Der König lächelte dünn. »Du hast eine äußerst scharfe Zunge. Aber das ist in Ordnung. Ein zukünftiger König kann jede Waffe brauchen. Glaub mir, wenn du auf dem Thron sitzt, wirst du nur wenigen Menschen vertrauen können.«

»Und dennoch traut Ihr ausgerechnet Sabina?«

»Ja, das tue ich.«

Es gab nur eine einzige Möglichkeit, von diesem Mann klare Antworten zu bekommen, nämlich indem man ihm ganz direkte Fragen stellte – dabei aber den Eindruck erweckte, dass man sich nicht im Mindesten für die Antwort interessierte. Wenn Magnus jetzt zu eifrig erschien, würde sein Vater ihm die Wahrheit für immer vorenthalten, das wusste er.

»Worum geht es denn bei der Prophezeiung, die mit Lucia zu tun hat? Was soll mit ihr passieren, worauf wartest du?«

Der König schwieg eine Weile. Schließlich erklärte er: »Du weißt, was ich von Leuten halte, die meine Privatgespräche belauschen, Magnus.«

Magnus zuckte innerlich zusammen. Manchmal wusste er, wann er mit seinem Vater so unverblümt reden durfte, ohne zu riskieren, dass er zornig wurde. Aber es war schwer, das immer im Kopf zu behalten, und im Moment konnte er sich kaum kontrollieren. Für gewöhnlich war es besser, sich hinter seiner gleichgültigen Maske zu verstecken.

Doch seine Welt war aus dem Gleichgewicht geraten, als er erfahren hatte, dass Lucia eine Hexe war, und er musste feststellen, dass die Maske, auf die er sich immer verlassen hatte, anfing zu verrutschen. Und es war schwierig und außerordentlich anstrengend, sie wieder an den richtigen Platz zu rücken.

Daher war Magnus sicher, dass sein Vater ihm nicht antworten würde. Vielleicht würde er ihn einfach ohne weitere Informationen wegschicken. Was für Magnus völlig in Ordnung gewesen wäre, denn dann konnte er sofort zu Lucia zurückkehren und ihre Übungen fortsetzen.

Endlich sprach der König. »Das, was ich dir jetzt erzähle, Magnus, ist ein äußerst gefährliches Geheimnis.«

»Die Wahrheit ist nur dann gefährlich, wenn sie Schaden anrichten kann.« Er tat so, als würde er sich mehr für die Platte mit Äpfeln und Käse als für die Worte seines Vaters interessieren.

»Lügen können die harte Wahrheit weniger schmerzhaft machen. Aber ich glaube, dass Schmerzen für Wachstum und Entwicklung unabdingbar sind.« Der Blick des Königs war unnachgiebig. »Glaubst du, du bist einer solchen Ehrlichkeit gewachsen?«

Magnus blickte in die kalten Augen seines Vaters, die genau die gleiche Farbe hatten wie seine eigenen. Seit er denken konnte, hatte der König ihn immer an eine Schlange erinnert – wie die Kobra, die das Familienwappen zierte. Glatt, geschmeidig, giftig.

»Ich möchte über Lucia Bescheid wissen«, sagte Magnus fest. »Jetzt.«

Der König ging zum Fenster und schaute von dort über die jäh abfallende, frostbedeckte Klippe hinunter zum Ozean. »Vor vielen Jahren hielten Sabina und ihre Schwester in den Sternen Ausschau nach Zeichen für eine bestimmte Geburt, der Geburt eines Kindes, das in die Legende eingehen und Magie wirken würde.«

»Magie.« Allein das Wort war gefährlich.

Langsam nickte der König. »Sabina ist eine Hexe.«

Magnus fühlte, wie ihm das Blut aus dem Gesicht wich. Er hatte nie viel für Sabina übriggehabt, aber er hatte auch nie etwas bemerkt, was die Behauptung seines Vaters unterstützte. »Als ich zwölf war, habt Ihr mich zur Hinrichtung einer Hexe mitgenommen, ich sollte sie brennen sehen und lernen, was denen geschieht, die in Limeros versuchen, Magie auszuüben. Und nun sagt Ihr mir, dass Eure Mätresse eine Hexe ist? Ich wusste nicht einmal, dass Ihr an solche Dinge glaubt – abgesehen davon, dass Ihr sie benutzt, um an denen, die Sünde und Lügen verbreiten könnten, ein Exempel zu statuieren.«

Der König breitete die Hände aus. »Als König muss man manchmal schwierige Entscheidungen treffen. Lange Zeit habe ich an nichts dergleichen geglaubt. Aber es ist wahr, Magnus. Magie ist real.«

»Ihr verurteilt also eine Frau, die man der Hexerei angeklagt hat, zum Tode, während Ihr Sabina zu Eurer engsten Beraterin macht? Und sogar mit in Euer Bett nehmt?«

»Ich erwarte nicht, dass du das verstehst, aber du solltest akzeptieren, dass ich bei allem, was ich je getan habe, immer das Wohl des Königreiches im Auge hatte. Sabina ist eine seltene Ausnahme für mich.«

Magnus schwirrte der Kopf. »Und was hat das alles mit Lucia zu tun?«

»Es gab eine Prophezeiung, dass ein Kind geboren wird,

das eines Tages nicht nur über die magischen Kräfte einer Hexe, sondern die einer Magierin verfügen würde.«

»Und Ihr glaubt, es ist Eure eigene Tochter.«

Der König packte Magnus bei den Schultern und zog ihn zu sich. »Ich habe sehr lange gewartet, um zu erfahren, ob es stimmt. Aber es hat keine Anzeichen dafür gegeben, dass Lucia etwas so Außerordentliches ist. Sechzehn Jahre, Magnus. Allmählich bin ich am Ende meiner Geduld.«

»Ich weiß nicht, was ich sagen soll«, meinte Magnus, und sein Magen zog sich nervös zusammen.

»Und du hast nichts Seltsames bemerkt? Wirklich gar nichts?«

Magnus wählte seine Worte sehr sorgfältig. »Nein, nichts. Ich kann Euch nichts Auffälliges berichten. Meine Schwester ist ein ganz normales sechzehnjähriges Mädchen. Der Gedanke, sie könnte eine Magierin sein ...« Er stockte. »... ist grotesk.«

Lügen machten die harte Wahrheit tatsächlich weit weniger schmerzhaft.

»Ich weigere mich, das zu glauben«, sagte der König zähneknirschend. Auf seiner Stirn standen Schweißtropfen. »Sie ist der Schlüssel, Magnus. Sie ist lebenswichtig für unsere Pläne. Ich brauche jede Hilfe, die ich bekommen kann.«

»Was? Meint Ihr, für die Unternehmung gegen Auranos?«

»Natürlich. Sonst ist im Moment nichts wichtig.«

»Aber bestimmt wird unsere Armee, vereint mit der von Basilius ...«

»Die Armee von Basilius? Ha! Ungeübte, unterernährte Heranwachsende, die noch nie ein Schwert in der Hand hatten. Trotz seines bequemen Lebensstils hat Auranos ein beeindruckendes Militär. Nein, wir brauchen eine Sicherheit.«

Ein Schauder durchlief Magnus. »Was ist mit Sabina?

Wenn sie eine Hexe ist, wie Ihr behauptet, kann sie dann nicht ihre Magie einsetzen, um Euch zu helfen?«

»Was immer sie als junge Frau an Magie besessen haben mag, ist verblasst. In dieser Hinsicht ist sie nutzlos. Nein, wir brauchen Lucia. Die Prophezeiung besagt, dass sie endlose Magie besitzen wird – aus allen vier Elementen.«

Alle vier Elemente. Bisher hatte Magnus nur Belege für zwei gesehen – Luft und Feuer. Aber die beiden anderen, also Erde und Wasser, würden sich möglicherweise später manifestieren.

»Mit einer so starken Magie könnte ich König Corvin zermalmen und seine Welt niederbrennen«, rief der König und ballte die Fäuste. »Ich könnte ihn innerhalb eines einzigen Tages besiegen und mir Auranos nehmen.«

Magnus schluckte. »Vielleicht hat Sabina sich geirrt, was Lucia angeht.«

Der König warf ihm einen scharfen Blick zu, und sofort begann Magnus' Narbe zu brennen. »Ich weigere mich, das zu glauben.«

»Dann müsst Ihr wohl Geduld haben.«

Der Zorn wich aus dem Gesicht des Königs, und er sah seinen Sohn aufmerksam an. »Du liebst deine Schwester, nicht wahr?«

»Natürlich«, antwortete Magnus und verschränkte die Arme vor der Brust.

»Sie ist eine echte Schönheit. Eines Tages wird sie einem Mann eine großartige Ehefrau sein.«

»Ganz sicher«, antwortete Magnus, aber sein Inneres war vor Eifersucht heiß wie glühende Lava.

Der König verzog den Mund zu einem finsteren Grinsen. »Glaubst du, ich sehe nicht, wie du sie anschaust? Ich bin nicht blind, mein Sohn.«

»Ich weiß nicht, wovon Ihr sprecht.«

»Spiel ruhig den Ahnungslosen, wenn du dich dann besser fühlst, aber ich sehe es trotzdem. Ich bin ein kluger Mensch, Magnus. Um König zu sein, braucht man nicht nur Mut, sondern auch Intelligenz. Ich beobachte und nutze das, was ich sehe, zu meinem Vorteil.«

Magnus biss die Zähne zusammen. »Wie schön für Euch.«

»Und ich sehe einen Bruder, der sich viel – sehr viel – aus seiner Schwester macht.«

Magnus blickte zur Tür. »Würdet Ihr mich jetzt entschuldigen, Vater? Oder möchtet Ihr gern noch weiter Eure Spielchen mit mir spielen?«

»Das sind keine Spielchen, Magnus. Taktik behalte ich mir für das Schlachtfeld oder das Schachbrett vor. Glaubst du wirklich, ich weiß nicht, warum du an keinem anderen Mädchen Interesse zeigst?«

Inzwischen war Magnus speiübel. »Vater, bitte.«

»Ich weiß Bescheid, Magnus. Ich sehe es in deinen Augen, jedes Mal, wenn deine Schwester den Raum betritt. Ich sehe, wie du sie beobachtest.«

Magnus konnte den Drang wegzulaufen kaum noch unterdrücken. Der Wunsch, sein Gesicht vor der Welt zu verstecken, war überwältigend. Mit niemandem hatte er darüber gesprochen, er hatte dieses Gefühl tief in seinem Inneren vergraben, so tief, dass er es selbst kaum noch sehen konnte. Als er gemerkt hatte, dass Andreas womöglich einen Verdacht hegte, war er entsetzt gewesen.

Aber nun stellte der König die Gefühle seines Sohnes zur Schau, als wären sie ein besonders prächtiges Tier, das er erlegt hatte – blutig und grob. Als bedeuteten sie nichts.

»Ich muss gehen.« Magnus wandte sich zur Tür.

Aber sein Vater packte ihn erneut an der Schulter. »Keine Sorge, ich erzähle niemandem davon. Dein Geheimnis ist bei mir gut aufgehoben. Wenn du alles tust, was ich von dir verlange, kann ich dir eines versprechen: Kein Mann wird deine Schwester anrühren. Vielleicht ist das ein kleiner Trost für dich.«

Magnus schwieg, und als sein Vater ihn endlich losließ, rannte er sofort aus dem Zimmer, lief den Korridor hinunter zu seinen Gemächern, wo er zu Boden sank, den Rücken an die kalte graue Wand gepresst. Er brachte es nicht über sich, Lucia heute Abend noch einmal zu begegnen.

KAPITEL 17

PAELSIA

Als blinde Passagiere auf einem Frachtschiff von Auranos nach Paelsia zu fahren war zwar längst nicht so komfortabel wie eine Reise an Bord der Luxusjacht ihres Vaters, aber immerhin noch besser, als sich den unzähligen Gefahren des Wildlands auszusetzen, indem sie die Grenze zu Fuß zu überqueren versuchten. So schafften Cleo und Nic es wenigstens, unbeschadet nach Paelsia zu gelangen, was Cleo als gutes Omen deutete.

Sie hatte eine Tasche mit dem wichtigsten Reisebedarf dabei, darunter Kleidung zum Wechseln – ein ebenso schlichtes Kleid wie das, das sie jetzt trug; zwar würde niemand sie für eine Bäuerin halten, aber zumindest fiel sie auch nicht als Prinzessin auf – und ein Beutel voller Gold- und Silbermünzen. Um keine unnötige Aufmerksamkeit auf sich zu ziehen, hatte Cleo statt der auranischen Centimos, auf denen das Gesicht ihrer Göttin eingeprägt war, nur Münzen in der allgemein gültigen Währung mitgenommen. Ihre blonden Haare verbarg sie die meiste Zeit unter der Kapuze ihres Umhangs, aber mehr um die Kälte abzuhalten, als um unerkannt zu bleiben. In diesem göttinverlassenen Land gab es mit Sicherheit ohnehin nur wenige Menschen, die wussten, wer sie war.

Vom Handelshafen aus gingen sie zu Fuß.

Immer weiter. Und weiter.

Und noch weiter.

Die Suche nach Arons Wein bei ihrem letzten Besuch in

Paelsia war Cleo endlos vorgekommen war, doch gegen den jetzigen Marsch war sie nur ein kurzer Spaziergang gewesen. Von einem Dorf zum nächsten brauchten sie immer mindestens eine Tagesreise, es sei denn, sie begegneten unterwegs einem freundlichen Kaufmann, der sie ein Stück auf seinem Pferdekarren mitnahm – was nicht oft passierte. Alle Ortschaften sahen gleich aus: klein, ärmlich, mit einer Ansammlung strohgedeckter Hütten, einer Taverne, einem Gasthaus und einem Markt, auf dem sehr bescheidene Waren feilgeboten wurden – unter anderem kümmerliches Obst und Gemüse, das in der kalten Erde längst nicht so gut gedieh wie die Weinreben. Ein weiterer Beweis dafür, dass beim Weinanbau Erdmagie im Spiel sein musste. Dieser Gedanke half Cleo, auf der beschwerlichen Reise ihre Zuversicht zu bewahren.

Kurz nach ihrer Ankunft in Paelsia kamen sie durch die Weingärten und wanderten eine Weile durch die Reihen ordentlich angepflanzter grüner Reben, an denen trotz der Kälte pralle, saftige Trauben hingen.

Möglichst unauffällig sammelten Cleo und Nic so viele Früchte, wie sie tragen konnten, und machten sich dann schnell davon, bevor jemand den Diebstahl bemerkte. Es war keine Luxusmahlzeit, serviert von beflissenen Dienern an einem warmen Kaminfeuer, aber da Nic es leider nicht geschafft hatte, ein vorbeihuschendes Kaninchen fürs Abendessen zu erlegen, mussten die Trauben genügen. Einmal stießen sie auch auf eine langsam dahinkriechende Schildkröte, brachten es aber beide nicht übers Herz, sie zu töten. Zu diesem Zeitpunkt waren sie noch nicht hungrig genug für Schildkrötenfleisch, also aßen sie stattdessen den Rest ihrer getrockneten Früchte.

Von der Westküste Paelsias, wo der Handelshafen und die Weingärten lagen, reisten sie auf schmalen, ungepflasterten Straßen immer weiter nach Osten und machten in jedem

Dorf eine Weile halt, um zu fragen, ob jemand irgendwelche Märchen und Legenden kannte – und ob es vielleicht Gerüchte gab, dass eine Wächterin unter ihnen lebte.

Wann immer jemand sich nach ihrer Herkunft erkundigte, stellten Cleo und Nic sich als Geschwister aus Nordlimeros vor, die herumreisten und Märchen sammelten. Cleo fand diese Vorstellung sehr amüsant und musste jedes Mal ein Grinsen unterdrücken, wenn Nic seine Geschichte erzählte, auch weil er sie immer weiter ausschmückte. Schon bald waren sie die Kinder eines berühmten Poeten, der sie mit seinem letzten Atemzug gebeten hatte, sein Lebenswerk, ein Buch über die Wächter der Essenzen, zu vollenden.

Nic war unglaublich einfallsreich und nahm mit seiner freundlichen Art die meisten Leute auf Anhieb für sich ein. Besucher aus anderen Ländern waren in Paelsia normalerweise nicht gern gesehen, aber für Nic und seine Begleiterin machten die Dörfler eine Ausnahme, zumal er es fast immer schaffte, ein Lächeln auf ihre hageren Gesichter zu zaubern. Besonders die Kinder liebten Nic, scharten sich abends am Lagerfeuer oft um ihn und lauschten voller Spannung seinen Geschichten, die er einfach aus dem Ärmel schüttelte. Manchmal, wenn sie ein Dorf verließen, liefen die Kinder ihnen nach und flehten Nic an, doch noch ein bisschen länger zu bleiben und für Unterhaltung zu sorgen.

Cleo hatte gehofft, die Antworten auf ihre Fragen bald zu finden, aber seit ihrer Ankunft in Paelsia war schon beinahe eine Woche vergangen, und langsam wurde sie müde. Manche Tage waren besser als andere. Wenigstens hatten sie genug Gold, um sich jede Nacht ein Zimmer in einem Gasthaus zu mieten und auf den Strohmatratzen wenigstens halbwegs gut zu schlafen, und das Essen in den Tavernen war zwar um einiges schlichter als im auranischen Palast, aber durchaus genießbar.

Heute Abend jedoch, auf dem Weg von einer solchen Taverne zum nächsten Gasthaus, wurden sie von einer Gruppe großer, ruppiger Dorfjungen überfallen, die Cleos Geldbörse stahlen und sie mit nichts als den vereinzelten Münzen zurückließen, die Nic noch in seinen Taschen fand.

Da kamen Cleo zum ersten Mal, seit sie aufgebrochen waren, die Tränen. Für sie war der Überfall ein deutliches Zeichen, dass die Dinge nicht etwa besser wurden, sondern schlimmer. Ohne Geld musste sie bald nach Auranos zurückkehren, ihrem Vater ihr Scheitern eingestehen und die Strafe dafür, dass sie weggelaufen war, über sich ergehen lassen.

Weil sie ihre letzten Münzen nicht für eine Unterkunft ausgeben wollten, verbrachten sie die Nacht in einem ausgetrockneten Flussbett, mit Cleos weitem Umhang als einzigem Schutz gegen die Kälte. Dicht aneinandergekuschelt lagen sie unter der behelfsmäßigen Decke, und Nic hielt Cleo fest in den Armen, damit sie nicht so zitterte.

»Wein doch nicht«, flüsterte er ihr zu. »Morgen wird alles besser.«

»Das kannst du nicht wissen.«

»Nein, aber ich kann es hoffen.«

»Wir haben nichts gefunden. Niemand glaubt, dass es hier eine Wächterin gibt.«

Vielleicht gab es schlicht keine.

Cleo stieß einen tiefen Seufzer aus und legte ihren Kopf auf Nics Brust, um seinem Herzschlag zu lauschen. Über ihnen leuchteten helle Sterne am tiefschwarzen Firmament, und der Mond sah aus wie eine Sichel aus silbernem Licht. Cleo hatte den Himmel noch nie so ausgiebig beobachtet, ihm höchstens mal einen flüchtigen Blick gegönnt, ohne ihn richtig zu sehen. Jedenfalls nicht so wie jetzt. So klar und überwältigend schön, selbst in einem derart hoffnungslosen Moment.

»Warum sollte eine Wächterin überhaupt aus ihrer Heimat verbannt werden?«, fragte sie.

»Es heißt, manche von ihnen verlieben sich in Sterbliche und verlassen ihr Reich freiwillig. Wenn sie das tun, können sie nie mehr dorthin zurückkehren.«

»Für die Liebe so viel aufzugeben … das Paradies zu verlassen …« Cleo schluckte schwer. »Das scheint mir ein zu großes Opfer.«

»Kommt darauf an, in wen man verliebt ist«, erwiderte Nic.

Natürlich hatte er recht.

Während Cleo zu den Sternen aufschaute, dachte sie an Theon und fragte sich, ob er wohl in diesem Moment auch zum Himmel sah. Bestimmt war er wütend, dass sie ihn angelogen und sich ohne ihn auf diese gefährliche Reise begeben hatte. Als sie die Entscheidung getroffen hatte, war sie noch fest davon ausgegangen, dass sie die Wächterin im Handumdrehen finden und triumphierend nach Hause zurückkehren würde, so dass er gar nicht anders konnte, als ihr zu vergeben.

Es tut mir leid, Theon. Ich wünschte, du wärst hier bei mir.

So gerne sie Nic auch hatte, ließ die Vorstellung, in Theons statt in seinen Armen zu liegen, ihr Herz schneller schlagen. Sie hoffte, dass er verstand, weshalb sie hierherkommen musste. Und dass er ihr verzeihen konnte. Irgendwann.

»Wie sehen Wächter eigentlich aus?«, flüsterte sie. »Ich habe den Legenden nie viel Aufmerksamkeit geschenkt.«

»Kaum jemand glaubt noch daran.« Nach einer kurzen Pause fing Nic an zu erzählen: »Die Wächter sind alle jung und schön, und ihre Haut schimmert golden. Sie leben auf endlosen, üppig grünen Auen, umgeben von Pracht und Herrlichkeit.«

»Aber in diesem Paradies sind sie gefangen?«

»Der Legende nach ja. Seit die Essenzen verschwunden sind, haben sie nicht mehr genug Magie, um ihr Reich zu verlassen. Das ist ihre Strafe dafür, dass sie verloren haben, was sie behüten sollten.«

»Aber sie beobachten die Menschen immer noch durch die Augen von Falken.« Kaum waren die Worte über ihre Lippen, da erspähte Cleo hoch über ihnen die Silhouette eines Raubvogels vor dem hellen Mond. Obwohl der Anblick nichts Ungewöhnliches war, fröstelte Cleo unwillkürlich.

»Sicher nicht alle Menschen. Manche von uns sind den Wächtern bestimmt viel zu langweilig. Aron zum Beispiel. Er macht den ganzen Tag nichts anderes als saufen und sich im Spiegel bewundern, das wird auf Dauer doch öde.«

Cleo lachte, obwohl ihr eigentlich gar nicht danach zumute war. »Da hast du wahrscheinlich recht.«

»Mir ist gerade ein Gedanke gekommen«, verkündete Nic.

»Oho! Raus damit.« Erwartungsvoll blickte sie zu ihm auf.

»Was würde Aron wohl sagen, wenn er uns so sehen könnte? Meinst du, er wäre eifersüchtig?«

»Garantiert«, antwortete Cleo grinsend. »Vor allem darauf, dass wir hier draußen verhungern und erfrieren, ohne auch nur einen einzigen Tropfen Wein zum Trost.«

Nic schloss die Augen, aber seine Mundwinkel zuckten. »Das ist es mir wert, wenn ich dafür in Prinzessin Cleionas Armen sterben darf.«

Solche albernen Bemerkungen machte er ständig, und normalerweise dachte Cleo sich nichts weiter dabei, aber jetzt fragte sie sich plötzlich, ob ihre Schwester vielleicht doch recht hatte und Nic ein kleines bisschen in sie verliebt war.

Die Sorge löste sich jedoch in Luft auf, als sie einschlief und von Theon träumte.

»Ich habe einen Vorschlag«, verkündete Nic am nächsten Tag, als sie ihre Suche fortsetzten. »Wenn wir heute wieder nichts finden, machen wir uns auf den Rückweg zum Hafen und fahren morgen nach Hause. In Ordnung?«

Enttäuscht und erschöpft ließ Cleo die Schultern hängen. »In Ordnung.«

Ohne Geld oder auch nur den geringsten Hinweis, dem sie hätten folgen können, blieb ihnen nicht viel anderes übrig, als sich geschlagen zu geben und ihr kleines Abenteuer frühzeitig zu beenden.

Cleo kniff die Augen zusammen und sandte im Stillen ein seltenes Gebet an die Göttin, ihnen bei ihrer Suche zu helfen.

Wie als Antwort grummelte ihr Magen. Am Morgen hatten sie zwar ein paar verdorrte Früchte an verdorrten Obstbäumen gefunden, aber nicht ansatzweise genug, um davon satt zu werden.

»Ja, sehr gut«, sagte Nic, »lass uns einfach deinem inneren Gluckern folgen. Das führt uns bestimmt ans Ziel.«

Cleo knuffte ihn in den Arm und musste trotz ihrer trüben Stimmung ein Grinsen unterdrücken. »Mach dich nicht über mich lustig. Ich weiß genau, dass du auch am Verhungern bist.«

»Heute Abend müssen wir uns entscheiden, ob wir in einer Taverne essen oder in einem Gasthaus schlafen. Beides können wir uns nicht leisten.«

Es war so verdammt unfair. Gerade als Cleo begonnen hatte, die Paelsianer als freundliche, hart arbeitende Menschen zu sehen, waren sie überfallen worden, was ihre ursprüngliche Annahme bestärkte, dass sie ein Volk von verzweifelten Wilden waren.

Sie sind verzweifelt, weil sie nichts haben. Während ich alles habe.

Der Gedanke war beunruhigend. Vielleicht würde Cleo

auch zur Wilden werden, wenn sie länger als eine Woche in diesem sterbenden Land verbringen müsste.

In der nächsten Ortschaft fanden sie die gleichen staubigen Straßen und kleinen, strohgedeckten Steinhütten wie überall sonst. Auf dem Markt, dem mit Abstand geschäftigsten Teil des Dorfes, hielten sie ein paar Leute an und fragten sie nach der Wächterin.

Die Antwort war dieselbe wie immer.

»Wächter? Nein, von so was weiß ich nichts«, sagte eine Frau mit bräunlich verfärbten Zahnstümpfen. »Das sind doch alles nur alberne Ammenmärchen, Schätzchen. Wenn wirklich eine Wächterin mit Magie in ihren hübschen, goldenen Fingerspitzen unter uns leben würde, müssten wir ja wohl kaum in Hütten mit kaputten Dächern schlafen und uns von erfrorenem Gemüse ernähren.«

»Diese Wächterin ist im Exil, vielleicht kann sie deshalb nicht eingreifen«, erwiderte Cleo.

Die Frau machte eine abschätzige Geste. »Schlimm genug, dass wir uns mit Häuptling Basilius abfinden müssen, der uns horrende Steuern abknöpft und sich mit seiner sogenannten Magie in seinem Lager verschanzt, während wir hier draußen verhungern. Und jetzt will er auch noch unsere Männer für sein lächerliches Vorhaben einsetzen. Das ist doch das Letzte.«

»Sei still«, flüsterte ihr grauhaariger Freund aufgebracht und packte sie am Arm. »Sprich nicht schlecht über den Stammesführer. Er wird dich hören.«

»Ach was, der hört nichts anderes als sein eigenes zufriedenes Rülpsen«, entgegnete die Frau.

Bevor sie noch etwas hinzufügen konnte, zog ihr Freund sie schnell mit sich weg.

Als die beiden außer Sicht waren, blickte Nic sich genauer in ihrer Umgebung um. »Kaputte Dächer«, murmelte er.

»Die Frau hatte recht. Mindestens die Hälfte der Dächer hier hat Löcher. Wie kommen die Paelsianer in solchen Behausungen durch den Winter?«

»Manche schaffen es nicht.« Die Stimme kam aus der Richtung eines Marktstands ganz in ihrer Nähe, an dem Weidenkörbe verkauft wurden. Als Cleo sich umdrehte, sah sie eine kleine Frau mit grauen Haaren und runzligem Gesicht, die sie aus funkelnden schwarzen Augen aufmerksam musterte. Auf einmal musste Cleo an den Weinverkäufer Silas Agallon denken – so hatte auch er sie gemustert, als er sie zum ersten Mal gesehen hatte. Leider beschwor dieser Gedanke auch die Erinnerung an das herauf, was danach passiert war.

»Verzeihung, was habt Ihr gesagt?«, fragte sie nach einem Moment benommenen Schweigens.

»Die Winter hier sind hart, und viele halten nicht bis zum Frühling durch«, erklärte die Frau. »So ist es nun mal. Ihr seid nicht von hier, oder?«

»Nein, wir kommen aus Limeros«, antwortete Nic. »Wir forschen hier für ein Buch über die Wächter der Essenzen. Wisst Ihr vielleicht irgendetwas darüber?«

»Ich kenne ein paar Geschichten, die in meiner Familie schon seit Generationen erzählt werden. Manche von ihnen wären sonst sicher schon längst verloren gegangen.«

Cleos Herz schlug schneller. »Habt Ihr von einer Frau gehört, die irgendwo in Paelsia wohnt und früher Wächterin war?«

»Eine Wächterin hier in Paelsia?« Die Frau zog die Augenbrauen hoch. »Wie aufregend. Aber nein, davon weiß ich leider nichts. Tut mir wirklich leid.«

So schnell sie aufgeflackert war, schwand Cleos Hoffnung wieder. »Ja, mir auch«, seufzte sie.

Die Frau packte ihre Waren zusammen, rollte sie in ein

großes Stück Stoff und warf sich das Bündel über die Schulter. »Ihr solltet Euch besser irgendwo unterstellen. Ein Gewitter zieht auf.«

»Gewitter?«, fragte Nic im gleichen Moment, als ein greller Blitz über den dämmrigen Abendhimmel zuckte, dicht gefolgt von einem gewaltigen Donnerschlag.

Die Frau warf einen Blick nach oben. »Gewitter in Paelsia sind selten, aber ausnahmslos plötzlich und heftig. Unser Land steht immer noch unter dem Einfluss von Magie, auch wenn sie vor unseren Augen dahinschwindet.«

Cleo stockte der Atem. »Ihr glaubt an Magie?«

»Manchmal, ja. In letzter Zeit aber längst nicht oft genug.« Ein nachdenklicher Ausdruck erschien auf dem Gesicht der alten Frau. »Seid Ihr sicher, dass Ihr aus Limeros seid? Ihr sprecht beide mit einem Akzent, der mich an unsere südlichen Nachbarn erinnert.«

»Natürlich sind wir uns sicher«, erwiderte Nic ohne das geringste Zögern. »Cleo und ich sind schon eine ganze Weile in Mytica und auch in Übersee unterwegs, da haben wir so einiges mitgenommen. Akzente, Gewohnheiten, Freunde ... Hoffentlich können wir Euch zu Letzteren zählen. Mein Name ist übrigens Nicolo, aber nennt mich ruhig Nic.«

»Ich bin Eirene.« Die Fältchen um die Augen der alten Frau vertieften sich, als sie lächelte. »Es freut mich sehr, Euch kennenzulernen, junger Mann«, sagte sie zu Nic, dann wandte sie sich Cleo zu. »Und Euch natürlich auch. Euer Name ist sehr ungewöhnlich. Ist Cleo eine Kurzform von Cleiona?«

Erschrocken sah Cleo zu Nic hinüber. In seiner Hast zu antworten hatte er ihren richtigen Namen verraten.

»Ja, mein Vater hatte die glorreiche Idee, mich nach der auranischen Göttin zu benennen«, antwortete sie mit möglichst ruhiger Stimme. »Er hat sich schon immer sehr für Mythologie interessiert und ist anderen Religionen gegenüber toleranter als die meisten Limerianer. Seiner Ansicht nach waren sich die beiden Göttinnen ebenbürtig.«

»Kluger Mann«, sagte Eirene. »Jetzt solltet Ihr Euch aber schleunigst eine Unterkunft suchen.«

Cleo und Nic wechselten einen Blick, als sich plötzlich die Himmelsschleusen öffneten und ein kalter Regen herunterprasselte. Schnell setzte Cleo ihre Kapuze auf, trotzdem war sie innerhalb kürzester Zeit klitschnass.

»Wir müssen raus aus diesem Gewitter, aber ein Zimmer im Gasthaus können wir uns nicht leisten«, erklärte Nic. »Essen brauchen wir dringender, und für beides haben wir nicht genug Geld.«

Eirene musterte sie einen Moment schweigend und nickte dann. »Wieso kommt Ihr nicht einfach mit zu mir? Ich koche uns etwas, und dann könnt Ihr die Nacht über bleiben.«

Fassungslos starrte Cleo sie an. »Warum seid Ihr so freundlich zu wildfremden Menschen?«

»Weil ich hoffe, dass die wildfremden Menschen das Gleiche für mich tun würden. Jetzt kommt.«

Obwohl Eirenes Haus nur fünf Minuten vom Markt entfernt lag, waren sie nass bis auf die Haut, als sie es erreichten, und auch Cleos Gepäck war durchweicht. Während Nic Eirene half, ein Feuer im Kamin anzufachen, blickte Cleo sich um. Der Boden der Hütte war aus hartem Lehm, der Rest der Wohnstätte sauber, aber auch spärlich eingerichtet. Ein Holztisch, Holzstühle und weiter hinten Strohmatratzen. Aber auch wenn Eirenes Heim unendlich viel schlichter war als selbst die bescheidenste Villa in Auranos, ließ es sich bestimmt gut darin leben.

Eirene gab ihnen eine verschlissene Wolldecke, um sich zu wärmen, und frische Kleidung, die sie anziehen konnten, während ihre eigenen Sachen am Feuer trockneten. Nic bekam ein einfaches Hemd und Leinenhosen, Cleo ein grob gewebtes Kleid, neben dem sogar das schlichte Gewand, das sie unter ihrem Umhang getragen hatte, äußerst elegant wirkte.

Als sie es sich vor dem Kamin bequem gemacht hatten, beugte Cleo sich zu Nic. »Das Zeug juckt.«

»Meines auch.«

»Na ja, immerhin noch besser, als nackt hier herumzusitzen, bis unsere Sachen trocken sind.«

»Oh, natürlich.« Er warf ihr ein schelmisches Grinsen zu. »Das wäre wirklich grauenvoll.«

Während Eirene das Abendessen zubereitete, fragte sie ihre Gäste über ihre Reise nach Paelsia aus. Cleo lehnte sich entspannt zurück, als Nic seine besondere Magie zu wirken begann und wie ein Meister der Erzählkunst aus dem Stegreif eine faszinierende Geschichte über ihre Nachforschungen ersann.

»Dann sucht Ihr diese Wächterin also, um sie zu befragen?«, vermutete Eirene.

»Unter anderem.« Cleo tauschte einen Blick mit Nic, bevor sie fortfuhr: »Aber ich – *wir* – haben auch eine große Schwester, die sehr krank ist. Wir haben gehört, dass die Wächterin vielleicht über ein Heilmittel verfügt.«

Eirene nickte. »Traubenkerne, die Erdmagie enthalten. Richtig?«

Cleos Augen wurden groß. »Also habt Ihr von der Legende gehört.«

»Ja. Aber mehr weiß ich leider auch nicht. Das Ganze würde die reichen Weinernten erklären, aber die meisten Paelsianer glauben, dass Häuptling Basilius selbst die Reben mit Magie stärkt, damit wir den Wein für die Rituale zu seinen Ehren verwenden können.«

»Und was ist die Wahrheit?«, fragte Cleo.

Eirene zuckte die Achseln. »Das kann ich Euch leider nicht sagen.«

Stirnrunzelnd lehnte Cleo sich auf ihrem Stuhl zurück. »Aber Ihr habt gesagt, Ihr glaubt an Magie.«

»Ja, das tue ich, auch wenn ich das in Limeros nie zugeben würde. Ich bin keine Hexe, aber schon allein mein Glaube würde mich dort in Schwierigkeiten bringen.«

»Wissen Sie, ob es hier Hexen gibt?« Wenn die Wächterin nur eine Legende war, ließ sich vielleicht stattdessen eine Hexe finden, die Emilia heilen konnte. Jede Verbindung zur Magie war ein wichtiger Hinweis, dem sie folgen mussten.

»Nicht viele Limerianer würden so offen nach Hexen fragen – Eure Schwester muss Euch sehr wichtig sein. Deshalb seid Ihr hauptsächlich hier, nicht wahr? Um sie zu retten.«

Auf einmal schossen Cleo die Tränen in die Augen. »Meine Schwester ist der wichtigste Mensch in meinem ganzen Leben. Ohne sie wäre ich verloren. Ich muss ihr helfen.«

In diesem Moment öffnete sich die Haustür, und ein hübsches, dunkelhaariges, vom strömenden Regen völlig durchnässtes Mädchen kam herein. Sofort richteten sich seine Augen auf Cleo und Nic.

»Wer seid ihr?«, wollte es wissen.

»Sera, bitte«, mahnte Eirene mit strengem Gesicht. »Sei höflich. Die beiden sind meine Gäste, sie werden mit uns essen und hier übernachten.«

Diese Erklärung machte das Mädchen nicht freundlicher. »Warum?«

»Weil ich es sage. Punktum.« Eirene wandte sich an Cleo und Nic. »Das ist meine Enkelin, Sera. Sera, das sind Cleo und Nic. Sie kommen aus Limeros.«

»Cleo«, wiederholte Sera seltsam nachdrücklich.

Cleos Herz schlug schneller, denn sie befürchtete, das Mädchen könnte ihre wahre Identität erraten. Um ihre Nervosität zu überspielen, setzte sie ein Lächeln auf. »Freut mich sehr, dich kennenzulernen, Sera.«

Sera starrte sie einen langen Moment wortlos an, bevor sie ihre Großmutter fragte: »Soll ich den Tisch decken?«

»Ja bitte.«

Eirene tat ihnen auf, dann setzten sie sich zusammen an den kleinen, wackligen Holztisch. Hungrig, wie Cleo war, schmeckte ihr jeder Bissen des herzhaften Eintopfs wundervoll – im Palast hätte sie über solches Essen die Nase gerümpft. Und natürlich gab es auch Wein. Wenn es den Paelsianern in ihrem harten, mühsamen Leben an etwas nicht mangelte, dann war es Wein.

Als Eirene ihr ein Glas anbot, wollte Cleo zuerst dankend ablehnen, aber dann überlegte sie es sich doch anders. Zwar hatte sie in der Vergangenheit schon öfter schlechte Erfahrungen mit Wein gemacht, aber ein Glas konnte ja wohl nicht schaden. Sie nippte immer noch an ihrem ersten, als Nic schon sein drittes trank, und der Alkohol lockerte seine ohnehin flinke Zunge noch mehr.

»Ihr wisst anscheinend eine ganze Menge über Wächter und Hexen«, sagte er zu Eirene. »Wisst Ihr vielleicht etwas, das uns bei unserer Suche helfen könnte?«

Die alte Frau lehnte sich auf ihrem Stuhl zurück, dass die Lehne quietschte. »Ich kenne Geschichten. Aber Geschichten sind keine Tatsachen.«

»Ich mag Geschichten. Nein, ich liebe sie sogar. In den meisten Fällen sind sie besser als Tatsachen.«

»Wie steht es mit Geschichten über Göttinnen?«

Sera stöhnte. »Nicht schon wieder. Meine streitlustige Großmutter liebt es, diese umstrittene Geschichte zu erzählen. Aber niemand glaubt ernsthaft, dass die Göttinnen früher Wächterinnen waren.«

Vor lauter Überraschung hätte Cleo sich fast an ihrem Wein verschluckt. »Du meinst Cleiona und Valoria?«, fragte sie.

Eirene grinste verschmitzt. »Möchtet Ihr diese Geschichte wirklich hören? Oder würde das gegen Eure limerianische Religion verstoßen?«

Die Limerianer glaubten, dass die Göttinnen überirdische Wesen waren, die beide jeweils zwei Elemente verkörperten: Valoria Erde und Wasser, Cleiona Feuer und Luft. Ihre unerbittliche Rivalität hatte letztendlich dazu geführt, dass sie sich gegenseitig vernichteten, und in diesem Moment war fast alle Magie aus der Menschenwelt verschwunden. Nach Überzeugung der Limerianer hatte Cleiona diese letzte Konfrontation provoziert und war somit schuld am Tod ihrer geliebten Göttin.

Früher, als die Auranier insgesamt noch religiöser gewesen waren als heute, hatten sie genau das Gegenteil geglaubt.

»Ich bin immer offen für Neues«, antwortete Cleo in gespannter Erwartung, ob Eirene vielleicht wirklich etwas Hilfreiches über die Wächter wusste. »Bitte erzählt Eure Geschichte. Wir sind für alles dankbar, was uns weiterhelfen könnte.«

Sera räumte die leeren Teller vom Tisch. »Erzähl ihnen von Eva, Großmutter«, sagte sie.

»Das werde ich. Nur Geduld, meine Liebe.«

»Sie war die letzte Magierin«, erklärte Sera. »Sie konnte über alle vier Elemente gebieten. Nichts und niemand war so mächtig wie sie, bis auf die Essenzen selbst.«

Für ein Mädchen, das die Geschichten seiner Großmutter gründlich satthatte, wirkte sie jetzt seltsam erpicht darauf, sie selbst zu erzählen. Cleo unterdrückte ein Lächeln.

»Eine Magierin ist also eine besonders mächtige Hexe?«

»Mehr als das«, antwortete Eirene. »Eva gehörte zu den Wächtern, den magischen Wesen, die jenseits der Grenzen unserer Welt in einer geschützten Enklave, genannt das Heiligtum, leben. Die Wächter waren – wie Ihr vielleicht aus den alten Legenden wisst – die Hüter der Essenzen, der vier Kristalle, die die reinste Form von *Elementia* enthalten. Obsidian für Erde, Bernstein für Feuer, Aquamarin für Wasser und Mondstein für Luft. Aus der Nähe betrachtet konnte man die Magie in den Kristallen herumschwirren sehen.

Die Magierin trug einen Ring, der es ihr ermöglichte, die Kristalle zu berühren, ohne dass die Essenzen mit ihrer unendlichen Magie von ihr Besitz ergriffen. Denn so schön die Kristalle auch waren, stellten sie doch auch eine enorme Gefahr dar. Die Wächter behüteten sie, um die Essenzen zu schützen. Aber sie schützten auch die Menschenwelt vor den Essenzen.

Vor tausend Jahren war Mytica noch nicht in drei Länder geteilt, sondern zu einer einzigen Nation vereint, und alle Bewohner lebten in Wohlstand und Harmonie. Damals war die Existenz von Magie so anerkannt wie das Leben selbst. Harmonie im Heiligtum bedeutete Harmonie hier in Mytica.«

Cleo erinnerte sich, dass sie in ihrem Geschichtsbuch – als ihr Lehrer sie ausnahmsweise einmal zur Aufmerksamkeit hatte zwingen können – gelesen hatte, dass Limeros, Paelsia und Auranos früher ein einziges großes Land gewesen waren. Schon damals hatte sie es kaum glauben können. Die Bewohner der drei Königreiche waren so verschieden – wie sollte es da möglich sein, dass sie einst alle zum selben Volk gehört hatten?

»Was ist passiert?«, erkundigte sich Nic. »Den Legenden zufolge sind die Essenzen schon seit tausend Jahren verschwunden.«

»Verschwunden ist nicht ganz das richtige Wort«, erwiderte Eirene. »Sie wurden gestohlen. Denn obwohl die Wächter die Essenzen – denen sie ihre ewige Jugend, Schönheit und Magie zu verdanken hatten – hingebungsvoll zu schützen schienen, gab es unter ihnen einige, die mehr wollten.«

»Mehr als ewige Jugend, Schönheit und Magie?«, fragte Cleo. »Was gibt es denn sonst noch?«

»Macht. Sie ist für viele eine sehr starke Antriebskraft. Das Streben nach Macht – ultimativer Macht – ist der Hauptgrund für die meisten Übel, die diese Welt erleiden musste. Insbesondere zwei der Wächterinnen waren bestrebt, mehr Macht an sich reißen. Aber ich greife vor.«

»Erzähl ihnen von Eva und dem Jäger«, schaltete sich Sera ein. »Den Teil mag ich am liebsten.«

»Meine Enkelin ist sehr romantisch veranlagt.« Eirene lachte und stand vom Tisch auf, um ihnen allen Wein nachzuschenken. »Eva war zwar eine mächtige Magierin, die von den anderen Wächtern als Anführerin respektiert wurde, aber auch noch sehr jung. Manch einer hätte sie naiv genannt. So reiste sie oft durch den magischen Schleier, der das Heiligtum umgibt, in die Menschenwelt. Damals war ihr Reich nicht abgeschottet wie jetzt. Weil es im Heiligtum keine Tiere gab, gehörte es in Mytica zu Evas Lieblingsbeschäftigungen, Vögel zu beobachten. Eines Tages stieß sie auf ihren Streifzügen durch die Wälder auf einen Jäger, den ein Berglöwe schwer verwundet hatte. Er hatte sich zu tief in die Verbotenen Berge gewagt und sich verirrt. Als Eva ihn fand, lag er im Sterben.

Manche sagen, es wäre Liebe auf den ersten Blick gewesen. Aber wie dem auch sei, als sie ihn sah, tat Eva etwas, das ihr strengstens verboten war – sie heilte den Jäger mit Erdmagie und rettete ihm so das Leben. In den nächsten Wochen reiste sie noch öfter als sonst in die Menschenwelt, um sich mit ihm zu treffen, und ihre Liebe wurde von Tag zu Tag stärker. Der Jäger flehte die Magierin an, die Wächter zu verlassen und mit ihm in der Menschenwelt zu leben, aber sie wusste, dass sie ihre Pflichten nicht einfach hinter sich lassen konnte. Doch dann wurde sie schwanger und begann sich zu fragen, ob es möglich war, gleichzeitig zwei Leben zu führen, oder ob sie eines davon für immer aufgeben musste – entweder den sterblichen Mann, den sie liebte, oder die Unsterblichen, die ihre Magie teilten.

Eva hatte zwei ältere Schwestern, und als die beiden von ihrer Liebschaft erfuhren, hatten sie noch mehr Grund, neidisch auf sie zu sein. Zwar verfügten sie als Wächterinnen ebenfalls über Magie, aber ihre Kräfte waren nichts im Vergleich mit Evas Macht.

Kurz nachdem Eva ihre Tochter zur Welt gebracht hatte, erschienen ihre Schwestern aus dem Heiligtum und entführten das Mädchen. Sie drohten damit, das Kind zu töten, sollte Eva sich weigern, ihnen die Essenzen in die Menschenwelt zu bringen. Erinnert Euch – im Heiligtum hatte nur Eva die Fähigkeit, die Kristalle zu berühren.

Da traf die Magierin ihre Entscheidung. Sie ertrug den Gedanken nicht, ihr Kind zu verlieren, also stahl sie die Essenzen aus dem Heiligtum und brachte sie zu ihren Schwestern in die Menschenwelt. Jede nahm zwei der Kristalle an sich, und in dem Moment, als sie sie berührten, ergriff die Magie der Essenzen von ihnen Besitz. Die Wächterinnen waren für immer verändert.«

»Sie wurden zu Göttinnen«, stieß Cleo atemlos hervor. »Die Schwestern waren Valoria und Cleiona.«

Eirene nickte ernst. »Die Essenzen durchdrangen ihre Haut, und so wurde Cleiona zu Feuer und Luft, Valoria zu Erde und Wasser. Aber nun, da die Kristalle aus dem Heiligtum entfernt worden waren, konnten sie nicht mehr dorthin zurück. Sie waren in der Menschenwelt gefangen, wo sie zwar die Macht von Göttinnen, aber die Körper von Sterblichen besaßen.

Eva hatte gewusst, dass das passieren würde, und sie nicht gewarnt. Zusammen waren Cleiona und Valoria mächtig genug, um die Magierin zu vernichten. Das Kind verschwand spurlos. Manche sagen, es wäre gestorben, andere behaupten, die Göttinnen hätten es als letzte Gunst an ihre tote Schwester auf die Türschwelle einer Bauernhütte gelegt.

Der Jäger fand die Leiche seiner Geliebten im Wald, aber keine Spur von seiner Tochter. Er nahm den Ring von Evas Finger, um sich an sie zu erinnern ... und wartete auf den richtigen Moment.

Die Göttinnen gingen getrennte Wege bis zu jenem letzten Kampf, in dem sie beide die Macht an sich zu reißen versuchten – nach vielen Jahren war ihnen klar geworden, dass diejenige, die über alle vier Essenzen verfügte, selbst in der Menschenwelt unsterblich wäre. Doch in ihrer Auseinandersetzung zerstörten sie sich gegenseitig.«

Der Jäger hatte sie die ganze Zeit beobachtet. Als die Göttinnen vernichtet waren, nahmen die Essenzen wieder ihre ursprüngliche Form an, und mithilfe von Evas Ring konnte er die Kristalle berühren, ohne dass ihre Magie von ihm Besitz ergriff. Er versteckte die Essenzen an einem Ort, an dem niemand sie finden konnte. Und dann, als er diese letzte Aufgabe erfüllt hatte, starb der Jäger.«

»Großartig. Eine Geschichte mit glücklichem Ende«, sagte Nic völlig verblüfft.

»Kommt auf die Sichtweise an«, erwiderte Eirene mit einem Lächeln. »Noch Wein?«

»Gern.« Nic schob ihr sein Glas hin.

»Also wurden die Essenzen nie gefunden?«, fragte Cleo.

»Nein, bis heute nicht. Und viele glauben, dass alles ohnehin nur ein Mythos ist – dass es die Wächter und die Essenzen nie wirklich gegeben hat.«

»Ihr habt gesagt, Ihr glaubt an Magie? Aber glaubt Ihr auch an diese Geschichte?«, fragte Cleo weiter, während Eirene sich und Nic Wein nachgoss.

»Ja, von ganzem Herzen.«

Cleo schwirrte der Kopf von all dem, was sie erfahren hatte. »Die Wächter suchen also die Essenzen. Sagt man nicht, sie könnten durch die Augen von Falken sehen?«

Eirene nickte. »Ja, nur in dieser Form, auf solchen spirituellen Reisen, ist es ihnen möglich, in der Menschenwelt nach den Essenzen zu suchen. Wenn sie ihr Reich in ihrer wahren Gestalt verlassen, können sie nicht dorthin zurückkehren. Das Heiligtum ist vom Rest der Welt abgeschnitten, es existiert in einer anderen Dimension. Noch verfügen die Wächter über Magie, aber auch sie stirbt langsam. Wenn sie die Essenzen nicht bald finden, wird ihre Welt genauso dahinschwinden wie unsere.«

»Meint Ihr, das hängt zusammen?«, wollte Nic wissen.

Eirene machte ein grimmiges Gesicht. »Ganz sicher.«

»Ich mag nur die Liebesgeschichte«, warf Sera ein. »Den Rest finde ich ehrlich gesagt ziemlich unglaubwürdig. Großmutter, ich habe meinen Freunden versprochen, dass ich später in die Taverne komme. Hast du etwas dagegen, wenn ich jetzt gehe?«

»Nein, geh ruhig.«

Nachdem sie sich verabschiedet hatte, nahm Sera ihren Mantel und verließ die Hütte.

»Offen gestanden dachte ich, die Andeutung, dass Eure geliebte Göttin eine machtbesessene Wächterin war, würde Euch wütend machen«, gestand Eirene, als sie wieder zu dritt waren.

Cleo und Nic wechselten einen Blick.

»Wir waren schon immer sehr weltoffen«, antwortete Nic. »Obwohl wir nicht gedacht hätten, dass sie so böse sein könnte, wie Ihr sagt.«

»Ich habe nie behauptet, sie wäre böse. Oder gut. Selbst im boshaftesten, grausamsten Menschen steckt ein Körnchen Gutes. Und auch der strahlendste Held hat eine dunkle Seite. Die Frage ist nur, ob man der Dunkelheit folgt oder dem Licht. Sie stellt sich uns immer wieder aufs Neue, mit jeder Entscheidung, die wir treffen, jeden Tag unseres Lebens. Was der eine als gute Tat sieht, ist für den anderen vielleicht der Inbegriff des Bösen. Dieses Wissen gibt uns Macht, auch wenn wir über keine Magie verfügen.«

»Manche Wächter verlassen das Heiligtum.« Cleo strich mit der Fingerkuppe über den Rand ihres leeren Glases. »Sie können nie in ihre Heimat zurückkehren, aber trotzdem kommt es vor.«

»Das erzählt man sich jedenfalls.«

»Behalten sie ihre Magie? Meint Ihr, es könnte hier tatsächlich eine Wächterin mit magischen Heilkernen geben?«

»Das hofft Ihr so sehr – wie sollte ich da nein sagen?« Lächelnd ergriff Eirene Cleos Hand und drückte sie sanft. »Ihr müsst von ganzem Herzen daran glauben. Manchmal lässt ein starker Glaube scheinbar Unmögliches Wirklichkeit werden.«

»Ich glaube, ich würde mich gerne bald schlafen legen«, sagte Nic.

Eirenes Lächeln wurde noch breiter. »Was für eine hervorragende Idee, junger Mann.«

Auf dem Boden vor dem Kamin richtete sie ein Lager für ihre Gäste her, blies die Kerzen aus, zog den Vorhang vors Fenster, damit sie ungestört waren, und wünschte ihnen eine gute Nacht.

Cleo legte sich auf die dünne Strohmatratze und starrte zur dunklen Decke empor.

Doch obwohl ihr erster Gedanke wieder Theon und der Frage galt, was er wohl gerade machte, träumte sie in dieser Nacht von Magierinnen, Göttinnen und magischen Traubenkernen.

KAPITEL 18

PAELSIA

Ich musste die Flucht ergreifen«, sagte Sera später in der Taverne. Mit seinem Lehmboden und den fleckigen Gläsern wirkte das Wirtshaus ziemlich heruntergekommen und bot auch nicht mehr als ein paar Dutzend Leuten Platz, aber es erfüllte seinen Zweck. Es war ein Ort, an dem erschöpfte Arbeiter ein preiswertes Bier und gleichgesinnte Gesellschaft fanden.

»Ach ja? Warum das?«

Ein Lächeln umspielte Seras Lippen, mit denen die meisten Jungen im Dorf wohlvertraut waren. »Meine Großmutter hat zwei Herumtreiber mit nach Hause gebracht, da musste ich mal wieder ihre Geschichte über mich ergehen lassen. Als sie mir die beiden vorgestellt hat, habe ich gleich an dich gedacht. Das Mädchen heißt Cleo – genau wie diese Prinzessin, die du so sehr hasst. Sonst habe ich den Namen noch nie gehört.«

Entgeistert starrte Jonas das Mädchen an, das neben ihm an einem kleinen Tisch in der dunkelsten Ecke der Taverne saß. »Wie sah sie aus?«, wollte er wissen.

»Wie eine Prinzessin, wenn du mich fragst. Blaue Augen. Blonde Haare. Etwa mein Alter. Recht hübsch, würde ich sagen.« Sera zwirbelte eine dunkle Haarsträhne zwischen ihren Fingern.

»Und du sagst, ihr Name ist Cleo?«

»Ganz genau.«

Blonde Menschen waren eine Seltenheit in Paelsia. Sie waren überall eine Seltenheit, aber am häufigsten sah man sie im nördlichen Limeros. Nur zu genau erinnerte Jonas sich an Prinzessin Cleionas Haare, die so hell waren wie das Sonnenlicht und in sanften Wellen über ihren Körper fielen.

Er träumte davon, sie ihr einzeln auszureißen, während sie um Erbarmen flehte.

In düstere Gedanken versunken blickte Jonas zur anderen Seite der Taverne hinüber, wo Brion am warmen Kaminfeuer saß und vergeblich versuchte, die Augen offen zu halten. Kein Wunder, dass er erschöpft war, wo sie doch schon seit Tagen ununterbrochen auf Erkundung waren. Eigentlich hatten sie nur kurz hier haltmachen wollen, bevor sie die Nacht bei Felicia und ihrem Mann verbrachten, die etwas außerhalb des Dorfes wohnten. Die Soldaten von Stammesführer Basilius waren ihnen weit voraus, sie hatten bereits alle geeigneten Männer – und Jungen – an der Westküste in die paelsianische Armee eingezogen. Auf ihren Streifzügen hatten Jonas und Brion keinen einzigen Hinweis auf Unruhestifter oder Spione entdecken können. Aber jetzt hatte Sera, die Jonas flüchtig von seinen Besuchen bei Felicia und Paolo kannte, womöglich die Prinzessin selbst gefunden.

»Vielleicht erzähle ich dir später mehr.« Sera rückte näher an Jonas heran und ließ ihre Hand erst über seine Brust, dann über seinen Bauch und immer weiter abwärtsgleiten. Als Jonas ihr Handgelenk packte, zuckte sie zusammen.

»Sag es mir *jetzt*.«

»Du tust mir weh.«

»Nein, tue ich nicht. Mir kannst du nichts vormachen.«

Sie biss sich auf die Unterlippe und klimperte kokett mit den Wimpern. Ihre gespielte Angst war schon vergessen. »Lass uns irgendwo hingehen, wo wir ungestört sind – dann erzähle ich dir alles, was du wissen willst.«

»Nicht heute Nacht.« Jonas hatte nicht das geringste Interesse daran, ungestört mit ihr zu sein, weder heute noch sonst irgendwann. Nein, solche intimen Momente teilte er nur mit Laelia, obwohl sie ihm mit jeder Minute mehr auf die Nerven ging. Aber bis ihre Rebellion gegen Auranos – hoffentlich erfolgreich – abgeschlossen war, wollte Jonas lieber nicht mit der Schlangentänzerin Schluss machen. Die Tochter des Stammesführers zu kränken hätte sowohl für ihn selbst als auch für Brion üble Konsequenzen. Wobei der Verlust von Basilius' Vertrauen noch ihre geringste Sorge gewesen wäre.

»Diese Cleo ist also jetzt gerade bei deiner Großmutter?«, fragte Jonas sehr leise und sehr eindringlich.

»Ja, das habe ich dir doch gesagt«, erwiderte Sera in beleidigtem Ton. »Sie und ihr Freund übernachten bei ihr.«

»Unmöglich«, murmelte Jonas gedankenverloren. »Sie wäre nicht so dumm, sich noch mal hier blicken zu lassen.«

»Du glaubst doch wohl nicht ernsthaft, dass sie wirklich die Prinzessin ist, oder? Sie hat sich jedenfalls nicht wie eine benommen.«

Wenn das blonde Mädchen wirklich Cleiona sein sollte – und sein Instinkt sagte ihm, dass sie es war –, dann war sie aus einem ganz bestimmten Grund hier. Aber aus welchem? Hatte ihr Vater sie geschickt, um Paelsia auszuspionieren? An jenem schicksalsschweren Tag auf dem Markt hatte er die Intelligenz und Durchtriebenheit in ihren Augen gesehen, die abgrundtiefe Boshaftigkeit, die ihr schönes Äußeres Lügen strafte. Nie wieder würde er sie unterschätzen. »Wie heißt ihr Freund?«

»Nicolo. Ich glaube, er ist harmlos.«

Jonas entspannte sich ein bisschen. Wenn Sera gesagt hätte, dass Cleo mit Lord Aron hier war, hätte er seine Wut keine Sekunde länger im Zaum halten können.

Trotzdem blieb sein Kiefer so angespannt, dass er kaum

sprechen konnte. Abrupt schob er seinen Stuhl zurück und stand auf. »Danke für die Information, Sera.«

»Du willst gehen? Jetzt schon? Nur weil dieses Mädchen vielleicht Prinzessin Cleiona ist?«

Jonas zuckte zusammen, als wäre der Mord an seinem Bruder erst ein paar Minuten her, nicht über zwei Monate. Die Wunde, die Tomas' Tod hinterlassen hatte, war noch genauso schmerzhaft wie am ersten Tag.

Rache. Das war es, was er wollte. Aber jetzt, da er sich mit Häuptling Basilius verbündet hatte, wusste er nicht mehr sicher, ob Rache wirklich der beste Weg war. Er musste mit dem Stammesführer reden und herausfinden, was genau er plante. Wenn sie gleich losritten, könnten sie in zwei Stunden in seinem Lager sein.

Erneut blickte Jonas zu Brion hinüber. Der schlief tief und fest im sanften Schein des prasselnden Kaminfeuers, vor ihm sein hart verdienter, aber noch völlig unberührter Humpen Bier.

Jonas beschloss, ihm seine Ruhe zu lassen. Er würde den Stammesführer allein aufsuchen, und erst dann würde er über das Schicksal von Prinzessin Cleiona entscheiden.

KAPITEL 19

LIMEROS

Magnus stand auf seinem Balkon und starrte gedankenverloren in die Dunkelheit. Heute Abend war er zum Essen in seinem Zimmer geblieben, statt sich im Speisesaal seiner Familie auszusetzen. Er konnte dem König nach ihrem Gespräch vor ein paar Tagen immer noch nicht wieder in die Augen sehen.

Als es klopfte, verließ er den Balkon und ging zur Tür. Bestimmt war es Amia, die ihm wie so oft einen nächtlichen Besuch abstatten wollte. Magnus wusste nicht recht, ob er momentan in der richtigen Stimmung für die speziellen Talente des Küchenmädchens war, auch wenn sie sich immer so enthusiastisch um seine Gunst bemühte.

Doch die Besucherin war nicht Amia.

»Magnus.« Als er die Tür öffnete, sah er Sabina am Türrahmen lehnen. »Guten Abend.«

»Guten Abend«, erwiderte er in gleichgültigem Ton, obwohl ihr Besuch ihn wirklich überraschte. Noch nie in seinem ganzen Leben hatte Sabina Mallius an seine Tür geklopft. Nach allem, was sein Vater ihm über sie erzählt hatte, war er ihr gegenüber argwöhnischer als je zuvor, aber auch irgendwie neugierig.

Jeder hatte seine Geheimnisse.

»Alles in Ordnung?«, erkundigte sie sich. »Ich habe mir Sorgen gemacht, weil du nicht zum Abendessen gekommen bist.«

»Alles bestens. Danke der Nachfrage.«

»Ich würde gerne unter vier Augen mit dir reden.«

»Worüber?«

»Eine private Angelegenheit.«

Unwillkürlich spannte Magnus sich an. Sabina war die engste Vertraute des Königs, da bedeutete ihr plötzliches Interesse an privaten Angelegenheiten mit Sicherheit nichts Gutes. Allerdings konnte er sie auch nicht einfach wegschicken. Was immer sie von ihm wollte – er konnte sie bestimmt nicht davon abbringen, indem er sie einfach zu ignorieren versuchte.

»Natürlich.« Er öffnete die Tür ein Stück weiter. »Kommt herein.«

Als sie an ihm vorbeiging, konnte er nicht anders, als ihr mit den Augen zu folgen. Wie üblich trug sie ein figurbetontes rotes Kleid, und ihre Schönheit ließ sich nicht leugnen. Während man seiner Mutter, der Königin, ihr Alter deutlich ansah, hatte Sabina sich in all den Jahren kein bisschen verändert. Sie war so groß und gertenschlank wie eh und je, mit langen, dunklen Haaren und bernsteinfarbenen Augen.

»Mach die Tür zu.«

Nach kurzem Zögern tat Magnus, wie ihm geheißen.

Sabina schlenderte gemächlich zum Fenster und strich im Vorbeigehen mit den Fingerspitzen über die Möbel, einschließlich der hölzernen Bettpfosten, die wie Schlangen geformt waren. »Göttin, ist es kalt hier. Du solltest das Fenster schließen und ein Feuer im Kamin anzünden lassen.«

»Vielleicht später. Worüber möchtet Ihr mit mir reden?« Magnus wollte die ganze Sache so schnell wie möglich hinter sich bringen. Wenn Amia heute nicht vorbeikam, würde er den Rest des Abends lieber alleine verbringen.

Sabina wandte sich langsam zu ihm um. »Der König hat mir von eurem Gespräch erzählt.«

Magnus stockte der Atem, und für einen Moment verrutschte seine Maske gelassener Gleichgültigkeit. »Ach ja?«

»Ja.«

»Anscheinend ist er zurzeit in Plauderlaune.«

»In der Tat.« Sabina lächelte. »Dann weißt du es also.«

Magnus wog seine Worte sorgfältig ab, bevor er antwortete. »Etwas genauer müsstet Ihr schon werden, Sabina. Ich weiß eine ganze Menge.«

»Nicht halb so viel, wie du denkst.« Mit einem Mal war alle falsche Freundlichkeit aus Sabinas Stimme gewichen. »Nur gerade genug, um Probleme zu machen. Aber du wirst unser kleines Geheimnis bestimmt nicht verraten, oder?«

»Was für ein Geheimnis?«

»Spiel nicht den Ahnungslosen, Magnus. Du weißt ganz genau, wovon ich rede. Von der Prophezeiung, nach der Lucia sich zur mächtigsten Magierin unserer Zeit entwickeln wird. Von der Magie, die sie ihrem geliebten Bruder mit Sicherheit schon vorgeführt hat.«

»Da irrt Ihr Euch«, widersprach er heftig. »Gar nichts hat sie mir vorgeführt.«

Sabina lachte. »Oh Magnus, du amüsierst mich. Manchmal kann ich kaum glauben, dass du Gaius' Sohn bist. Gewisse Ähnlichkeiten lassen sich natürlich nicht leugnen, aber du hast ein viel weicheres Herz. Vor allem wenn es um deine Schwester geht.«

Er wusste, dass sie das nicht als Vorzug ansah, sondern als Schwäche. »Mein Herz ist nicht so weich, wie Ihr glaubt.«

»Ach nein? Aber ein Herz braucht Zeit und Erfahrung, um sich zu verhärten. Um nicht mehr jedes Mal schneller zu schlagen, wenn du schockierende Neuigkeiten hörst. Ich hoffe sehr, dass ich hier sein werde, wenn es für dich so weit ist. Du hast das Potential, ein mächtiger Mann zu werden, Magnus, auch wenn du selbst nicht daran glaubst.«

Noch nie war Magnus so bewusst gewesen, wie sehr er diese Frau verabscheute.

»Danke für Eure Meinung, Sabina. Könntet Ihr mir jetzt sagen, warum Ihr hier seid? Oder wolltet Ihr nur nach meinem Gespräch mit Vater fragen, das Euch im Grunde überhaupt nichts angeht?«

»Ich dachte, ich komme dich einfach mal besuchen. Wir haben viel zu selten die Gelegenheit, Zeit miteinander zu verbringen.«

»Ah«, sagte er ausdruckslos. »Dabei genieße ich Eure Gesellschaft doch immer so sehr.«

Sabina musterte ihn mit dem raubtierhaften Blick, der ihm schon des Öfteren an ihr aufgefallen war, wenn sie heimlich andere Menschen beobachtete. Sie war ohne jeden Zweifel die einschüchterndste Frau, die Magnus kannte. Seltsamerweise war sie mit einem ausgesprochen freundlichen Mann verheiratet gewesen, der inzwischen gestorben war. Zu Lebzeiten hatte er immer ausgesehen, als befürchtete er, jeden Moment geschlagen zu werden. Vielleicht von seiner Frau.

Magnus hoffte sehr, dass es bei ihm nicht so war. Wer wie ein Opfer wirkte, wurde meist auch so behandelt.

»Ohne deine Narbe wärst du wirklich ein makellos schöner Mann.« Sabina betrachtete ihn von oben bis unten. »Und selbst mit Narbe bist du noch ausgesprochen attraktiv.«

»Freut mich zu hören«, log er und fuhr geistesabwesend mit den Fingerspitzen über die Narbe auf seinem Wangenknochen.

»Willst du mir nicht auch ein Kompliment machen?«

»Ich habe Eure Spielchen satt, Sabina. Kommt endlich zum Punkt oder verschwindet.« Er sah sie durchdringend an. »Es sei denn, Ihr möchtet mir Eure Magie demonstrieren. Ihr seid die einzige echte Hexe, die ich kenne, da könnt Ihr meine Neugierde bestimmt verstehen.«

»Eine echte Hexe würde ihre Kräfte nie öffentlich einsetzen, so dass jeder sie sehen kann. Sonst würde sie ihre Identität vielleicht auch denjenigen preisgeben, die ihr schaden wollen.«

»Da habt Ihr wahrscheinlich recht.«

»Das solltest du deiner geliebten Schwester besser auch klarmachen.«

Sein Herz zog sich schmerzhaft zusammen. »Mein Vater glaubt, sie wäre eine Magierin, aber ich habe nie etwas Ungewöhnliches an ihr bemerkt.«

»Bist du dir sicher?« Sabinas Augen glitzerten amüsiert. »Ich glaube, du lügst.«

»Ich lüge nicht, nein. Und ich bin mir auch sicher, dass ich jetzt lieber allein wäre.« Irgendwie schaffte er es zu lächeln. »Wenn Ihr mich also entschuldigen würdet.«

»Mache ich dich nervös?«

»Keineswegs. Aber ich bin müde und würde mich gerne schlafen legen.«

Das irritierend belustigte Lächeln auf ihren Lippen blieb unverändert. Anscheinend hatte nichts, was er sagte, auch nur die geringste Wirkung auf sie. »Ich mag dich, Magnus.«

»Ich fühle mich geehrt«, erwiderte er trocken.

Sie trat näher an ihn heran und ließ ihren Blick erneut gemächlich über seinen Körper gleiten. »Dein Vater ist regelrecht besessen von der Vorstellung, Auranos zu erobern. In letzter Zeit kommt er mich kaum noch besuchen, außer um mich in politischen Angelegenheiten um Rat zu fragen. Heute zum Beispiel hat er den ganzen Tag damit verbracht, eine Lagebesprechung mit Häuptling Basilius und König Corvin zu organisieren.«

»Er ist eben ein vielbeschäftigter Mann.«

»Ich fühle mich einsam.« Wie eine Raubkatze, die ihre Beute umkreist, begann sie langsam um ihn herumzugehen.

Unter ihrem durchdringenden Blick fühlte Magnus sich nackt und schutzlos. »Und ich weiß, dass es dir genauso geht. Du hast immer noch keine Frau gewählt, obwohl du in wenigen Wochen achtzehn wirst. Und du bist so oft allein. Wie verbringst du deine Nächte, Magnus?«

»Das geht Euch nichts an.«

»Ab und an vergnügst du dich mit einer hübschen Dienstbotin, nicht wahr? Aber sie ist, soweit ich weiß, die Einzige. Und ich glaube keine Sekunde, dass so ein Mädchen mehr für dich ist als eine kurze, bedeutungslose Ablenkung.«

Dass sie so viel über ihn wusste, gefiel ihm überhaupt nicht. »Unsere Treffen sind vielleicht bedeutungslos, aber keineswegs immer kurz.«

Magnus erstarrte, als er Sabinas Hand auf seinem Rücken spürte. Mit zarten Fingern strich sie über seinen Oberkörper, während sie ihn weiter umkreiste. »Du bist schon fast ein Mann. Und noch dazu ein sehr stattlicher. Zwar noch ein bisschen zu weichherzig, aber das lässt sich bestimmt ändern, wenn man dich richtig behandelt. Du könntest in vielerlei Hinsicht eine gute Waffe sein, Magnus.«

Verständnislos starrte er sie an. »Was wollt Ihr damit sagen?«

»Das Gleiche, was ich auch zu deinem Vater gesagt habe, als er nicht viel älter war als du. Ich möchte, dass du mich zu deiner Geliebten nimmst.«

»Ach ja?«, fragte er leise, bedächtig.

»Ja.«

»Ihr seid alt genug, um meine Mutter zu sein.«

Endlich geriet ihr überhebliches Lächeln ins Wanken. »Das Alter kann ein Vorzug sein, Magnus, denn mit dem Alter kommt die Weisheit. Du bist jung, und bis auf deine kleine Dienstbotin und vielleicht noch ein paar andere bedeutungslose Eroberungen hast du keine Erfahrung.«

»Ihr habt keine Ahnung, wie viel Erfahrung ich habe.«

»Nicht ansatzweise genug, so viel steht fest. Das sieht man an jeder deiner Bewegungen. Du willst spüren, dass man dich braucht. Dass man dich will. Dass man dich begehrt.« Ihre Fingerspitzen glitten über seine Brust. »Ich kann dir all das geben.«

Magnus konnte nicht fassen, dass Sabina Mallius ihn tatsächlich zu verführen versuchte.

»Und was sagt mein Vater zu Eurem Angebot?«

»Gaius weiß nichts davon. Und das muss er auch gar nicht.«

»Mit seiner Mätresse zu schlafen ist wohl nicht die beste Art, unsere Vater-Sohn-Beziehung zu stärken.«

»Als hättest du dich darum je gekümmert.«

Er zuckte die Achseln. »Vielleicht tue ich es jetzt.«

»Wie dem auch sei, jetzt weißt du den Grund für mein Kommen. Ich wollte dir dieses Angebot machen. Wenn du möchtest, verbringe ich die Nacht mit dir. Gaius wird nie davon erfahren. Und ich verspreche, dass ich dich all deine Probleme vergessen lassen kann.« Mit diesen Worten stellte sie sich auf die Zehenspitzen und drückte ihren Mund auf seinen.

Sie küsste ihn, bis sie merkte, dass er den Kuss nicht erwiderte. Irritiert trat sie einen Schritt zurück und blickte zu ihm auf. »Gibt es ein Problem?«, wollte sie wissen.

Der Geschmack ihrer Lippen hatte nicht etwa Lust in Magnus geweckt, sondern Abscheu. Beim Gedanken daran, dass sie seinen Vater genauso geküsst hatte wie ihn, wurde ihm übel. »Ich glaube, Ihr solltet gehen.«

Ihre bernsteinfarbenen Augen weiteten sich. »Du weist mich zurück?«

»Gut geraten. Entschuldigt, Sabina, aber Euer Angebot reizt mich nicht. Sicher gibt es im Palast mehrere Männer, die nur zu gerne bereit sind, Euer Bett zu wärmen, während Vater anderweitig beschäftigt ist. Aber ich bin keiner von ihnen.«

Etwas Ungutes, Bedrohliches blitzte in ihrem schönen Gesicht auf. »Denke gut nach, bevor du eine überhastete Entscheidung triffst, die du vielleicht später bereust.«

»Also gut.« Magnus legte den Kopf schräg. »Jetzt habe ich darüber nachgedacht, aber ich bin immer noch nicht interessiert.«

Ihr Gesicht verfinsterte sich. »Was hätte ich auch anderes erwarten sollen von einem Mann, der sich nach seiner eigenen Schwester verzehrt?«

Magnus zuckte zusammen, als hätte sie ihn ins Gesicht geschlagen. Anscheinend verriet der König seiner engsten Vertrauten wirklich jedes Geheimnis. Oder hatte sie es selbst herausgefunden?

Auf Sabinas Lippen erschien wieder ihr kaltes Lächeln. »Wie lange empfindest du dieses widernatürliche, beschämende Verlangen nach Lucia schon? Ein Jahr? Noch länger? Wolltest du sie schon, als sie noch ein Kind war?«

»Haltet den Mund«, stieß er zwischen zusammengebissenen Zähnen hervor. Seine Hände ballten sich zu Fäusten.

»Ein so köstlicher Schmerz steht dir ins Gesicht geschrieben.« Sie packte sein Kinn. »Quält dich deine Sehnsucht, Magnus? Normalerweise wirkst du so mürrisch, so kalt und gleichgültig wie eine Wand aus Eis. Aber ich glaube, ich habe deinen Schwachpunkt gefunden.«

»Ihr habt überhaupt nichts gefunden.«

Das brachte sie zum Lachen. »Ach ja? Oh Magnus, ich weiß so viel mehr als du. Soll ich dir etwas über deine geliebte Schwester erzählen, was dein Vater bewusst vor dir geheim hält?«

Eine Flut von Gefühlen durchströmte Magnus. Am

liebsten hätte er Sabina aus seinem Zimmer geworfen und ihr die Tür vor der Nase zugeschlagen, aber das konnte er nicht. Wenn es noch etwas gab, was er über Lucia wissen musste …

»Sagt es mir«, knurrte er.

»Du musst mich schon richtig bitten.«

Nur mit einer gewaltigen Willensanstrengung konnte er seinen Impuls unterdrücken, sie mit bloßen Händen zu erwürgen. »Bitte sagt es mir.«

»So ausnehmend höflich … In der Hinsicht bist du deinem Vater überhaupt nicht ähnlich. Er sagt immer nur das Nötigste. Mit Sicherheit hat er einen Grund dafür, dass er dir die Wahrheit verschweigt, wo er doch weiß, wie sehr du leidest.«

»Und genau deshalb wollt Ihr mir sein Geheimnis verraten. Um Euch dafür zu rächen, dass er Euch nicht genug Aufmerksamkeit schenkt. Er hat nichts Besseres verdient. Zahlt es ihm heim.«

Sabina schwieg einen langen Moment. Als Magnus schon dachte, sie hätte es sich anders überlegt, begann sie zu erzählen: »Meine jüngere Schwester Jana hatte das zweite Gesicht, sie konnte die Zukunft in den Sternen lesen – eine seltene Gabe für eine einfache Hexe. Unter uns Hexen gibt es eine Prophezeiung, die von Generation zu Generation weitergegeben wird: Eines Tages wird ein Mädchen geboren werden, in dem die *Elementia* so stark ist wie einst in Eva, der Urmagierin, die wir seit jeher verehren, wie ihr eure Götter verehrt.« Ein Schatten legte sich über Sabinas Gesicht, als sie sich der Erinnerung an vergangene Tage hingab. »Vor sechzehn Jahren haben die Sterne meiner Schwester die Geburt des Mädchens verkündet. Jana und ich wussten, dass es unsere Hilfe brauchen würde, wenn seine Magie endlich erwacht, also vereinigten wir unsere Kräfte, um es zu finden. Die Suche nach der Auserwählten hat meine Schwester das

Leben gekostet, aber ich konnte das Kind hierher nach Limeros bringen, wo der König sie als Prinzessin aufzog … und als deine Schwester.«

Fassungslos starrte Magnus sie an. Er konnte kaum atmen. »Das ist doch Unsinn.«

Sabinas Augen glitzerten, offenbar freute sie sich an seiner Verwirrung. »Natürlich haben wir dir nichts davon erzählt. Niemand hat die Wahrheit erfahren, denn so wollte es der König. Und da sie nach dir keine Kinder mehr bekommen konnte, hat auch Althea bereitwillig zugestimmt. Sie hätte alles getan, um dieses wunderschöne Mädchen als ihre Tochter aufzuziehen – obwohl es ihr von einer Frau gebracht worden war, die sie schon immer abgrundtief hasste.«

»Das kann nicht sein.«

»Oh doch.« Sabina fasste ihn im Nacken und brachte ihr Gesicht ganz nah an seines, um ihm zuzuflüstern. »Lucia ist nicht wirklich deine Schwester, Magnus. Schürt dieses Wissen dein Verlangen nach ihr? Oder nimmt der Gedanke, dass die Erfüllung deiner Fantasie nicht verboten wäre, der ganzen Sache den Reiz?«

»Ihr lügt!«, stieß er heiser hervor und packte sie vorne am Kleid. »Ihr versucht doch nur, mich zu verunsichern!«

»Ich lüge nicht. Lucia ist nicht deine Schwester.« Ihre Augen wurden schmal. »Aber sie wurde als deine Schwester aufgezogen und kennt dich nur als Bruder. Sie empfindet nicht dasselbe für dich wie du für sie. Wirklich tragisch.«

Er ließ sie los und starrte sie entsetzt an. Seine Welt war dabei, aus den Fugen zu geraten.

»Vielleicht sollte ich bald einmal mit Lucia reden.« Sabina strich die Falte glatt, die er in ihrem Kleid hinterlassen hatte, und ihre Lippen verzogen sich zu einem höhnischen Grinsen. »Möchtest du sehen, wie sie auf dein kleines Geheimnis reagiert? Ich bin gerne bereit, ihr davon zu erzählen.«

»Geheimnis?«, fragte eine vertraute Stimme. Magnus blieb fast das Herz stehen, als seine Zimmertür sich öffnete und Lucia hereinkam. »Was für ein Geheimnis?«

Seit Magnus wieder nicht zum Essen erschienen war, machte Lucia sich Sorgen. Sie hatte fast den ganzen Abend mit Lernen verbracht und war begierig darauf, noch ein bisschen an ihren neu entdeckten Fähigkeiten zu feilen. Heute wollte sie zusammen mit Magnus, der sich als ausgezeichneter Tutor herausgestellt hatte, an ihrer Feuermagie arbeiten.

Mit diesem Plan verließ sie ihr Gemach und ging durch die schwach beleuchteten Gänge zum Zimmer ihres Bruders. Die Tür war geschlossen, doch von drinnen hörte sie wütende Stimmen.

Und ihren Namen und irgendetwas über ein Geheimnis.

Kurzentschlossen öffnete sie die Tür und sah zu ihrer Überraschung Sabina Mallius vor ihrem Bruder stehen, so nahe, dass sie sich fast berührten. Ihre Gesichter waren gerötet, und als Lucia das Zimmer betrat, funkelten beide sie zornig an.

Vielleicht hätte sie doch anklopfen sollen. »Was ist los?«, fragte sie verwundert.

»So ein süßes Mädchen«, säuselte Sabina. »Nicht wahr, Magnus? Ist deine Schwester nicht so süß wie Honig, der dir langsam auf der Zunge zergeht?«

»Lasst sie in Ruhe«, gab er wütend zurück. Ein ungutes Gefühl beschlich Lucia, als sie das leichte Beben in seiner Stimme hörte.

»Ich habe sie sechzehn Jahre in Ruhe gelassen«, entgegnete Sabina. »Nun bin ich am Ende meiner Geduld.«

»Sie ist unschuldig, sie hat nichts mit all dem zu tun.«

»Womöglich verbirgt sich unter ihrer weichen Schale ein harter Kern, genau wie bei dir.« Sabinas Lächeln war so kalt, dass Lucia eine Gänsehaut bekam. »Wenn du meine Hilfe nicht willst, Magnus, dann sollte ich mich vielleicht stattdessen um deine Schwester kümmern. Natürlich macht das nicht halb so viel Spaß wie der Unterricht, den ich für dich vorgesehen hatte, aber was sein muss, muss sein.«

»Magnus?« Lucia warf ihrem Bruder einen beunruhigten Blick zu. So angespannt hatte sie ihn noch nie gesehen.

»Du solltest lieber gehen«, sagte er.

»Warum?«, fragte Sabina. »Könnten wir diese wunderbare Gelegenheit nicht nutzen, um uns besser kennenzulernen? Lucia, Schätzchen, wie geht es dir?«

Lucia presste die Lippen aufeinander. Sie traute dieser Frau nicht über den Weg. »Gut, danke.«

»Wirklich? Du fühlst dich nicht irgendwie seltsam in letzter Zeit?«

Lucias Augen wurden schmal. »Ich weiß nicht, was Ihr meint.«

»Magnus hat mir gesagt, wie mächtig deine Magie ist.«

Die Worte waren wie ein Schlag in den Magen. »Wie bitte?«

»Ich habe nichts dergleichen gesagt«, stieß Magnus wütend hervor.

»Vielleicht nicht.« Auf Sabinas Lippen erschien ein dünnes Lächeln. »Aber jetzt weiß ich alles, was ich wissen wollte. Deine Kräfte sind tatsächlich erwacht.«

Kalte Angst schnürte Lucia die Kehle zu. Darüber hatten die beiden also vorhin geredet – über *ihr* Geheimnis. Sabina wusste von ihrer Magie.

»Keine Sorge, Schwester«, sagte Magnus erstaunlich ruhig. Die Wut war aus seiner Stimme und aus seinem Gesicht verschwunden, aber in seinen Augen funkelte sie noch immer. »Sabina wird dein Geheimnis nicht verraten. Ich weiß nämlich auch ihres – sie ist eine Hexe.«

Vor Verblüffung blieb Lucia fast der Mund offen stehen.

»Möchtest du mir jetzt, wo alle Karten auf dem Tisch liegen, vielleicht sagen, was du mit deiner Magie tun kannst?« Sabina musterte sie forschend.

Es dauerte einen Moment, bis Lucia ihre Stimme wiederfand, dann reckte sie jedoch entschlossen das Kinn und sah der älteren Frau direkt in die Augen. »Nicht viel, fürchte ich.«

Ein frustrierter Ausdruck erschien auf Sabinas Gesicht. »Könntest du das vielleicht etwas genauer beschreiben?«

»Nein, kann sie nicht«, antwortete Magnus, trat an Lucias Seite und legte einen Arm um ihre Schultern. Seine Nähe beruhigte sie sofort. »Es ist spät. Also sollten wir dieses Gespräch ein anderes Mal führen.«

»Seid Ihr deswegen hier?«, wollte Lucia wissen. »Um Magnus über mich auszufragen?«

»Das war einer der Gründe«, erwiderte Sabina mit einem falschen Lächeln. »Möchtest du die anderen auch wissen?«

Magnus warf ihr einen bösen Blick zu, und Lucia fragte sich, welche Geheimnisse er Sabina verraten, ihr jedoch vorenthalten hatte.

»Weißt du, wie mächtig du bist, Lucia?«, fragte Sabina.

»Nein.« Sie schüttelte den Kopf. »Ich verstehe nicht, was mit mir passiert.«

»Dein Vater würde nicht wollen, dass ich dir in seiner Abwesenheit alles erzähle. Glaub mir, ich habe schon genug verraten, um ihn wütend zu machen. Aber eines solltest du wissen: Es wurde alles prophezeit. Deine Geburt wurde prophezeit. Deine Fähigkeit, über die *Elementia* zu verfügen, wie es seit tausend Jahren niemand konnte, wurde prophezeit. Du bist keine Hexe, Lucia, Schätzchen. Du bist eine Magierin.«

Lucias Angst wurde immer größer. »Du irrst dich. Ich

kann vielleicht ein bisschen Magie wirken, aber so mächtig bin ich ganz sicher nicht.«

»Möglicherweise hast du bisher nur ein bisschen herumgespielt, aber wenn die Magie dabei ist zu erwachen, bedeutet das, sie ist tatsächlich in dir – du besitzt einen unendlichen Quell von Magie, der nur darauf wartet, dass du dich ganz hineinstürzt. Du hast die Macht, dir alle vier Elemente zu unterwerfen.«

»Was, wenn Ihr falschliegt?«, wollte Magnus wissen.

»Ich liege nicht falsch!«, entgegnete Sabina so laut, als hätte sie schon die ganze Zeit um Fassung gerungen, nur um jetzt endgültig die Beherrschung zu verlieren. »Ich hatte recht, von Anfang an. Wenn ich auch nur den geringsten Zweifel gehabt hätte, was aus dir werden würde, hätte ich niemals alles geopfert. Wenn du tief genug in dein Inneres greifst, Lucia, kannst du deine Magie freisetzen, da bin ich mir ganz sicher.«

Auf einmal spürte Lucia den heftigen Drang, aus dem Zimmer zu laufen und vor dieser Frau – dieser *Hexe* –, die sie schon immer eingeschüchtert und verängstigt hatte, die Flucht zu ergreifen. Hilfesuchend sah sie zu Magnus hinüber, aber er starrte nur stumm ins Leere.

»Magnus, ist alles in Ordnung?«, fragte sie. Sein Gesichtsausdruck war nicht gleichmütig wie gewöhnlich, sondern wirkte gequält.

»Ich wollte das nicht«, stieß er hervor. »Nichts davon. Ich wollte dich beschützen.«

»Oh Magnus«, höhnte Sabina. »Hör auf, dich vor deiner kleinen Schwester als Heiliger aufzuspielen. Damit machst du niemandem etwas vor. Du bist genau wie dein Vater, ganz gleich wie vehement du das bestreitest.«

Sein Blick durchbohrte sie. »Ich bin nicht wie mein Vater! Ich hasse ihn und alles, wofür er steht!«

»Hass ist ein starkes Gefühl. Viel stärker als Gleichgültigkeit. Aber wer so vor Hass brennt, ist sicher auch zu flammender Liebe fähig. Nicht wahr?« Sie lächelte ihm zu, als hätte sie einen Scherz gemacht, den nur er verstehen konnte. »Wenn du jemanden hasst – oder liebst – dann tust du es mit Leib und Seele. So innig, dass es sich manchmal anfühlt, als müsstest du daran zugrunde gehen.«

»Haltet den Mund«, stieß er hervor.

»Ich habe dir eine Chance gegeben, aber du hast sie nicht genutzt. Ich hätte dir auf so viele Arten helfen können.«

»Ihr helft niemandem außer Euch selbst. So war es schon immer. Ich hätte wissen müssen, dass Ihr nichts anderes seid als eine machtgierige Hexe, die mein Vater genauso auf dem Scheiterhaufen verbrennen sollte wie all die anderen.«

Sabina holte aus und schlug ihn ins Gesicht, direkt auf seine Narbe. »Pass auf, was du sagst, Junge.«

»Wollt Ihr mir drohen?« Er berührte seinen Mundwinkel, und als er die Hand zurückzog, waren seine Fingerspitzen blutig.

»Wagt es nicht, ihn noch einmal anzurühren!«, fauchte Lucia. Als Sabina ihren Bruder geschlagen hatte, war eine Wut in ihr aufgelodert, die sie nie zuvor gespürt hatte.

Nein, das stimmte nicht ganz. Einmal schon war sie so zornig gewesen, ein einziges Mal, vor drei Jahren, als sie – hinter einer Ecke versteckt – zugesehen hatte, wie ihr Vater Magnus dafür bestrafte, dass er ihm öffentlich widersprochen hatte. Magnus hatte sich zu wehren versucht, aber der König hatte ihn einfach zu Boden geschlagen. Schließlich war Magnus weggerannt und auf sein Zimmer geflohen. Als Lucia ihm dorthin gefolgt war, fand sie ihn zusammengekauert in einer Ecke, das blutverschmierte Gesicht zu einer Maske des Schmerzes erstarrt, der weit über das Körperliche hinausging. Sie hatte sich neben ihn gesetzt und ihren Kopf an seine Schulter gelegt. Worte waren nicht nötig, sie blieb einfach bei ihm und lauschte seinem leisen Schluchzen, bis seine Tränen endlich versiegten.

Damals hatte Lucia sich gewünscht, Magnus würde ihren Vater dafür umbringen, dass er ihm solche Schmerzen zugefügt hatte.

Nein, auch das stimmte nicht ganz. Sie hatte ihn selbst umbringen wollen.

»Oh doch, das wage ich«, erwiderte Sabina jetzt. »Mit der ausdrücklichen Erlaubnis seines Vaters, des Königs. Ich kann deinen Bruder schlagen, wann immer es mir beliebt. Ich kann tun und lassen, was ich will. Sieh her, meine Kleine.«

Sie holte aus und ohrfeigte Magnus erneut. Er gab ein Knurren von sich, und seine Faust war so fest geballt, dass Lucia sicher war, er würde zurückschlagen. Was er auch mit Sicherheit getan hätte, wenn Sabina keine Frau gewesen wäre.

Lucia hatte diese Skrupel nicht. Blitzartig ließ sie die Hand durch die Luft schnellen, und obwohl Sabina gut zwei Meter von ihr entfernt stand, bewegte ihr Kopf sich zur Seite, als hätte sie einen Schlag ins Gesicht bekommen. Überrascht presste die Hexe die Hand auf ihre gerötete Wange, aber ihre Augen funkelten vor Erregung.

»Gut gemacht, mein Schatz«, rief sie aus. »Ja, lass deinen Gefühlen freien Lauf. Der Zorn hilft dir, auf deine Magie zuzugreifen, nicht wahr? Vielleicht kannst du sie so ganz erwecken.«

»Hört auf«, knurrte Magnus. »Ich will das nicht.«

»Dich hat niemand gefragt.« Sabina grinste hämisch, trotz ihres blutigen Mundwinkels. Dann geschah alles so schnell, dass Lucia kaum folgen konnte. Mit einer blitzschnellen Bewegung zog sie einen Dolch unter ihren Röcken hervor, stürzte sich auf Magnus und drückte ihm die Klinge von hinten an die Gurgel.

»Magnus!«, schrie Lucia entsetzt.

»Ich ... kann ... mich nicht ... bewegen ...«, stieß ihr Bruder mühsam hervor.

»Eine einfache Hexe wie mich kostet es viel Kraft, die *Elementia* zu beschwören«, sagte Sabina in ruhigem Ton, während ihr Blut aus der Nase lief. »Aber wenn nötig, bin ich durchaus dazu in der Lage. Luft kann binden. Und ersticken.«

»Lasst ihn in Ruhe!« Lucias Magen krampfte sich zusammen, Wut und Angst kämpften in ihrem Inneren um die Oberhand.

»Heute Nacht werde ich deine Erdmagie testen«, zischte Sabina. »Wenn ich Magnus die Kehle aufschlitze, wirst du gerade noch genug Zeit haben, um einen Heilzauber zu wirken und sein Leben zu retten. Solltest du das schaffen, wird der Rest deiner Magie erwachen, und du kannst endlich dein volles Potential ausschöpfen. Gaius wird verstehen, dass ich drastische Maßnahmen ergreifen musste – immerhin erspare ich ihm auf diese Weise viel Zeit und Mühe.«

Erdmagie? Heilzauber? So etwas hatte Lucia noch nicht einmal versucht.

Aber Sabina meinte es ernst. Die Hexe würde Magnus ohne Zögern die Kehle durchschneiden. Immer mehr Blut quoll unter ihrer Dolchspitze hervor, und Lucia musste verzweifelt zusehen, wie die Klinge sich tiefer und tiefer in die Haut ihres Bruders bohrte. Sein Gesicht verzerrte sich vor Schmerz.

Und plötzlich flammte ein unbändiger Zorn in ihr auf.

Lucia dachte nicht nach. Sie handelte, blind vor Wut und Angst.

Mit einem gellenden Schrei streckte sie beide Hände aus, zwang die Magie, die tief in ihrem Inneren schlummerte, an die Oberfläche und richtete sie auf Magnus' Peinigerin.

Sabina taumelte zurück und wurde mit voller Wucht gegen die Wand geschleudert. Mit einem abscheulichen Knacken schlug ihr Schädel gegen den harten Stein. Lucia ließ ihre Hände ausgestreckt – mehr musste sie nicht tun, um die Hexe dort festzuhalten, wo sie ein Stück über dem Boden an der Mauer hing.

Das Blut quoll nun auch aus ihrem Mund.

»Gut«, stieß sie gurgelnd hervor. »Deine … Luftmagie … ist sogar noch stärker, als ich dachte. Aber du kannst … sie nicht … kontrollieren. Heile mich. Du … du brauchst mich.«

»Ich brauche dich nicht! Ich hasse dich!« Lucias Wut loderte immer heißer, und wie als Reaktion auf ihre rasenden Gefühle schlugen plötzlich Flammen aus Sabinas Brust. Die Hexe sah an sich hinunter, und nun zeigte sich doch Angst in ihrem wilden, schmerzerfüllten Blick.

»Genug!«, keuchte sie. »Nein … Lucia, es reicht! Du hast deine Macht eindrücklich …«

Doch bevor Sabina zu Ende sprechen konnte, erhellte plötzlich eine Feuersbrunst den dunklen Raum, und innerhalb weniger Sekunden hatten die Flammen die Hexe vollständig verschlungen. Die Druckwelle ergriff Lucias lange, wilde Haare und peitschte sie ihr aus dem Gesicht, aber sie wich nicht zurück. Abrupt verstummte Sabinas gellender Schmerzensschrei, ihr verbrannter Körper stürzte zu Boden, und die Flammen verschwanden genauso schnell, wie sie aufgelodert waren.

Im nächsten Moment packte Lucia das Entsetzen, und sie zitterte am ganzen Leib. Was hatte sie getan? Sie hatte Sabina so sehr gehasst, dass sie gewünscht hatte, sie würde verbrennen.

Und genauso war es geschehen.

Blitzschnell war Magnus an ihrer Seite, sank neben ihr auf die Knie und nahm sie in die Arme.

»Alles wird gut«, flüsterte er beruhigend.
»Sie wollte dich umbringen«, schluchzte sie.
»Und du hast mir das Leben gerettet. Ich danke dir dafür.« Magnus wischte ihr die Tränen ab.
»Du hasst mich nicht?«
»Ich könnte dich nie hassen. Niemals. Hörst du?«
Lucia vergrub ihr Gesicht an seiner Schulter und fand Trost in der Kraft ihres Bruders. »Was wird Vater tun, wenn er erfährt, was hier passiert ist?«
Magnus spannte sich an, und sie löste sich ein Stück von ihm, um ihm ins Gesicht sehen zu können, aber er erwiderte ihren Blick nicht. Seine Augen waren auf die offene Tür gerichtet – und dort stand ihr Vater.
Er starrte auf die verbrannten Überreste von Sabina Mallius. Dann richtete sich sein Blick langsam auf seine Kinder.
»Das ist dein Werk, nicht wahr, meine Tochter?« Seine Stimme war leise, aber sie hatte noch niemals so bedrohlich geklungen.
»Nein, das war ich«, antwortete Magnus an ihrer Stelle und reckte das Kinn. »Ich habe die Hexe getötet.«
»Lügner. Das war Lucia.« Mit wenigen Schritten hatte der König den Raum durchquert, packte Lucia am Arm und riss sie hoch. »Du hast Sabina verbrannt, nicht wahr? Antworte mir!«
Sie öffnete den Mund, aber es kam kein Ton heraus. Ihre Kehle war so trocken, dass sie kaum sprechen konnte. »Es tut mir leid«, flüsterte sie heiser.
Sofort sprang Magnus auf die Füße. »Sabina wollte mich töten.«
»Und du hast ihn mit deiner Magie gerettet.« Der König schüttelte Lucia. »Nicht wahr?«
Sie konnte nur hilflos nicken, dann schlug sie die Augen nieder, und die Tränen strömten ihr übers Gesicht.

Der König packte sie am Kinn und zwang sie, ihn anzusehen. Sein Gesicht war hart, doch da war noch etwas anderes.

Triumph.

Ein goldener Falke erhob sich vom Balkongeländer in die Lüfte, als der König sagte: »In meinem ganzen Leben war ich noch nie so stolz auf dich.«

KAPITEL 20

IM HEILIGTUM

Zurück im Heiligtum nahm Alexius wieder Menschengestalt an, schlug die Augen auf und starrte hinauf in den vertrauten blauen Himmel, der niemals dunkel wurde.

»Ich hatte recht«, flüsterte er.

Jahrelang hatte er über die schwarzhaarige Prinzessin gewacht und geduldig auf ein Zeichen gewartet, doch in den letzten Monaten waren ihm Zweifel gekommen, ob er nicht doch falschlag und seine wertvolle Zeit an ein Mädchen verschwendete, das über keinerlei Magie verfügte.

Aber seine Befürchtung war unbegründet gewesen.

Endlich hatte sich die Magierin gezeigt, die sie zurück zu ihrem früheren Ruhm führen würde. Die Magie, die heute Abend vor seinen Augen mit Macht aus dem Mädchen hervorgeströmt war, suchte ihresgleichen in der sterblichen Welt – und auch in der unsterblichen.

»Womit hattest du recht?«, fragte jemand.

Alexius setzte sich ruckartig auf, nur um festzustellen, dass selbst Wächter überwacht wurden. Ganz in seiner Nähe stand Danaus, einer der Ältesten. Wie alle Wächter war er mit ewiger Jugend und Schönheit gesegnet, aber Alexius hatte schon immer das Gefühl gehabt, dass unter seinem makellosen Äußeren etwas Dunkles, Unheilvolles lauerte.

Danaus hatte nie gegen die unausgesprochenen Regeln des Heiligtums verstoßen, und dennoch fühlte sich Alexius in seiner Gegenwart ... unruhig. Bedroht.

»Damit, dass es in der Menschenwelt bald Frühling werden wird«, antwortete er. »Selbst im frostigen Limeros konnte ich es spüren.«

»In der Menschenwelt kommt der Frühling jedes Jahr.«

»Und trotzdem ist es immer ein Wunder.«

Danaus' Lippen wurden schmal. »Ein wahres Wunder wäre es, wenn wir endlich finden, wonach wir seit Jahrhunderten suchen.«

»Nur Geduld, Danaus.«

»Wenn ich noch in die Menschenwelt fliegen könnte, wüssten wir sicher schon längst, wo die Essenzen sind.«

»Dann ist es wirklich bedauerlich, dass deine Zeit als Formwandler vorbei ist.« Nur die jüngeren Wächter konnten sich in Falken verwandeln oder – viel seltener – in die Träume von Sterblichen eindringen. Sobald sie ein bestimmtes Alter erreicht hatten, verloren sie diese Fähigkeiten für immer. »Natürlich könntest du das Heiligtum auch in Menschengestalt verlassen.«

»Und nie mehr zurückkehren?« Danaus bedachte ihn mit einem kalten Lächeln. »Würde dir das gefallen, Alexius?«

»Selbstverständlich nicht. Ich meine nur, es wäre eine Möglichkeit, wenn du nicht länger darauf warten willst, dass wir anderen die Antworten finden.«

Wortlos hob Danaus ein Blatt vom Boden auf, das von einer Eiche gefallen war. Es war nicht üppig grün, wie es hätte sein sollen, sondern braun, verwelkt – ein unauffälliges, aber verstörendes Zeichen, dass das Heiligtum dahinzuschwinden begann. Hier gab es keinen Herbst, in dem die Blätter von Natur aus starben. Nur ewigen Sommer. Ewiges Tageslicht.

Zumindest bevor die Essenzen verloren gegangen waren. Es hatte lange gedauert, bis der Niedergang seinen Weg ins Heiligtum gefunden hatte, aber jetzt war er deutlich am Werk.

»Du würdest es mir doch sicher sagen, wenn du etwas Wichtiges gefunden hättest«, sagte Danaus. »Etwas, das uns helfen könnte, die Essenzen an ihren angestammten Platz zurückzubringen.«

Früher hätte Alexius es nie für möglich gehalten, dass ein Ältester dem Heiligtum schaden wollte, aber so naiv war er schon lange nicht mehr. Zu genau erinnerte er sich, wie zwei Wächterinnen ihrer Welt den Rücken gekehrt hatten, wie sie die letzte Magierin getötet und ihren wertvollsten Besitz, den Grundstein ihres gesamten Daseins, gestohlen hatten. Und alles nur aus Machtgier. Letztendlich waren sie daran zugrunde gegangen. Und jetzt, nach all den Jahren, würden ihre Taten möglicherweise alles vernichten.

Wer konnte wissen, ob sie die einzigen Wächter waren, die Übles im Schilde führten?

»Natürlich, Danaus.« Alexius nickte. »Ich werde dir alles berichten, was ich herausfinde, ganz gleich wie unbedeutend es scheint.«

Es lag nicht in der Natur der Wächter zu lügen, aber in diesem Fall hatte er keine andere Wahl.

Das Geheimnis, das er gelüftet hatte, musste gehütet werden. Um jeden Preis.

KAPITEL 21

PAELSIA

Es war eine lange, nervenaufreibende Nacht gewesen, und Jonas wusste, dass er keinen Schlaf finden würde.

Als Erstes hatte er das Haus von Seras Großmutter aufgesucht und durch einen kleinen Spalt zwischen den verschlissenen Vorhängen gespäht, um sich zu vergewissern, dass es sich bei der mysteriösen Besucherin unmöglich um Prinzessin Cleiona handeln konnte. Doch seit er die Taverne verlassen hatte, zweifelte er an seinem Instinkt.

Das blonde Mädchen lag mit geschlossenen Augen auf einer Strohmatratze am Kamin, und sein Gesicht wirkte im Schlaf ganz friedlich.

Es war tatsächlich die Prinzessin.

Heiße Wut flammte in ihm auf. Alles in ihm schrie danach, in die Hütte zu stürmen, die Hände um ihre königliche Kehle zu legen und so lange zuzudrücken, bis das Lebenslicht in ihren Augen langsam erlosch. Vielleicht könnte er dann endlich Frieden finden. Vielleicht hätte er dann das Gefühl, dass der Mord an seinem Bruder zumindest ansatzweise gesühnt war.

Ein solcher Moment purer Vergeltung würde sich wundervoll anfühlen. Aber er wäre auch viel zu schnell vorbei. Also ritt Jonas stattdessen in vollem Galopp zum Lager des Stammesführers und berichtete ihm von Prinzessin Cleionas plötzlichem Auftauchen.

Häuptling Basilius kümmerte die Neuigkeit jedoch wenig.

»Was macht es für einen Unterschied, dass sich eine reiche, verwöhnte Göre in meinem Land herumtreibt?«

»Sie ist die Prinzessin von Auranos«, erwiderte Jonas. »Was, wenn sie uns für ihren Vater ausspioniert?«

»Eine sechzehnjährige Spionin? Und noch dazu eine Prinzessin? Das ist doch lächerlich. Sie ist harmlos.«

»Da muss ich widersprechen.«

Der Stammesführer sah ihn durchdringend an. »Und was schlägst du vor?«

Eine ausgezeichnete Frage. Genau darüber hatte Jonas sich Gedanken gemacht, seit er wusste, dass Cleo tatsächlich in Paelsia war. Wie dreist und respektlos sie doch war – diese Prinzessin, die ohne Skrupel an den Ort zurückkehrte, an dem sie so viel Kummer und Leid verursacht hatte.

Jonas atmete tief durch, bevor er antwortete. »Ich schlage vor, dass wir die Prinzessin als Geisel nehmen. Bestimmt wäre König Corvin zu allem bereit, um seine geliebte Tochter unbeschadet wiederzusehen. Wir könnten ihm eine Botschaft schicken.«

»In vier Tagen werden König Gaius und ich zu einem Treffen mit König Corvin reisen. Wir hoffen, wir können ihn zur Kapitulation bewegen. Du und dein Freund Brion werdet mich begleiten. Wenn wir uns für solch eine Botschaft entscheiden sollten, werden wir sie selbst überbringen.«

Allein die Vorstellung, das Entsetzen auf König Corvins Gesicht zu sehen, wenn er von der Gefangennahme seiner Tochter erfuhr, ließ Jonas' Herz schneller schlagen.

Im Namen aller Paelsianer Rache zu nehmen an diesem egoistischen, selbstgefälligen König, der sich um nichts anderes kümmerte als um seinen glitzernden Palast … Diese Gelegenheit würde er sich nicht entgehen lassen.

»Gibt es eine bessere Absicherung für den Fall, dass die Verhandlungen scheitern, als König Corvins Tochter?«

In jeder Schlacht, ganz gleich wie gut sie auch organisiert sein mochte, würden Paelsianer ihr Leben lassen – ganz besonders die einfachen Bürger, die überall im Land in die Armee eingezogen wurden, um Seite an Seite mit den limerianischen Rittern und Soldaten zu kämpfen. Eine friedliche Kapitulation von König Corvin wäre zweifellos die beste Lösung.

Häuptling Basilius spitzte nachdenklich die Lippen und stocherte mit der Gabel in dem Essen herum, das sich selbst zu so später Stunde noch auf seinem Teller auftürmte. Jonas bemühte sich, die leicht bekleideten Mädchen zu ignorieren, die hinter ihm zur Unterhaltung des Stammesführers ums Lagerfeuer tanzten.

Dass hier, im Lager ihres Anführers, eine ähnliche Maßlosigkeit und Dekadenz herrschte, wie er sie in Auranos bekämpfen wollte, machte Jonas immer noch zu schaffen. Unter den Dorfbewohnern kursierten viele Gerüchte über den Luxus, den Häuptling Basilius sich mit ihren Steuergeldern erkaufte, aber kaum jemand störte sich daran. Für ihn galten andere Maßstäbe als für das gemeine Volk, er repräsentierte ihre Hoffnung auf eine bessere Zukunft, und viele seiner Untertanen glaubten, dass er über eine mächtige Magie verfügte, mit der er sie eines Tages retten würde. Vielleicht konnte solche Magie nur durch tanzende Mädchen und dicke Scheiben Ziegenbraten hervorgelockt werden.

Schließlich nickte Basilius. »Der Plan gefällt mir. Hiermit befehle ich dir, die auranische Prinzessin in Gewahrsam zu nehmen. König Gaius wird morgen seine Reise hierher antreten, dann brechen wir mit ihm gemeinsam nach Auranos auf. Ich werde ihm die Neuigkeiten über König Corvins Tochter berichten, wenn er hier ist.«

Jonas musste sich einen abfälligen Kommentar verbeißen. Dass der limerianische König – der Anführer eines Landes, das Paelsia all die Jahre kaum besser behandelt hatte als Auranos – so ein enger Verbündeter des Stammesführers war, gefiel ihm überhaupt nicht. Am liebsten hätte er entgegnet, dass Gaius besser nichts von ihrem Vorhaben erfahren sollte, aber er wusste, dass Häuptling Basilius eine solche Bemerkung bestenfalls ignorieren und ihn schlimmstenfalls für immer aus seinem Lager verbannen würde.

Also schwieg er.

»Mach dich unverzüglich auf den Weg«, befahl der Stammesführer. »Finde die Prinzessin und sperr sie an einem hübschen, sicheren Ort ein.« Mit einem verkniffenen Lächeln fügte er hinzu: »Und versuche bitte, sie mit Respekt zu behandeln – immerhin ist sie von königlichem Geblüt.« Natürlich wusste Häuptling Basilius von Jonas' persönlichen Problemen mit der auranischen Prinzessin – genau wie alle anderen Paelsianer im Umkreis von zwanzig Meilen von seinem Dorf.

»Selbstverständlich.« Jonas verbeugte sich und wandte sich zum Gehen.

»Sobald wir König Corvins Kapitulation sichergestellt haben, kannst du mit ihr machen, was du willst.« Mit diesen Worten richtete der Stammesführer seine Aufmerksamkeit wieder seiner üppigen Mahlzeit und den tanzenden Mädchen zu.

Jonas konnte nicht garantieren, dass er Prinzessin Cleiona mit Respekt behandeln würde. Mit jedem Tag, jeder Stunde, die verstrich, hasste er sie mehr. Sein Blut kochte förmlich. Ein Teil von ihm bereute seine Entscheidung, herzukommen und Häuptling Basilius von ihr zu berichten. In der Hütte wäre Cleo ihm schutzlos ausgeliefert gewesen, er hätte sie töten können, ohne dass jemals irgendjemand davon erfuhr. Mit seiner Rache zu warten, bis sie sich mit König Corvin getroffen hatten, würde ihn auf eine harte Probe stellen.

Aber selbst er wusste, dass die Chance auf eine bessere Zukunft für sein Volk wichtiger war als seine Rache. Die Prinzessin war lebend mehr wert als tot.

Jedenfalls für den Moment.

KAPITEl 22

PAELSIA

Cleos Optimismus war zurück, als Nic und sie sich am nächsten Morgen noch vor Sonnenaufgang zum Gehen bereit machten. Lächelnd ergriff sie Eirenes Hände und sah in ihre weisen alten Augen. »Vielen Dank für Eure Gastfreundschaft. Ihr habt uns wirklich sehr geholfen.«

»Ihr habt ein gutes Herz, Cleo.« Auch Eirene lächelte. »Und ich kann sehen, dass Ihr Eure große Schwester über alles liebt. Ich hoffe, Ihr findet, was Ihr braucht, um sie zu heilen.«

Das war auch Cleos größter Wunsch. »Sagt mir, wie ich Euch am besten erreiche. Gibt es hier im Dorf einen zentralen Ort, wo ich etwas hinschicken kann – vielleicht im Gasthaus? Ich würde Euch gern etwas zukommen lassen, wenn ich wieder zu Hause bin, als Dank für Eure Hilfe.« Sie würde dafür sorgen, dass die alte Frau für alles, was sie letzte Nacht für sie getan hatte, reich entlohnt wurde. Noch jahrelang würden Eirene und Sera sich um Geld keine Sorgen machen müssen.

»Das ist wirklich nicht nötig.«

»Ich bestehe darauf!«

Ein nachdenklicher Ausdruck erschien auf Eirenes Gesicht, dann nickte sie. »Also gut. Der Besitzer der Taverne ist ein guter Freund von mir. Ich denke, er würde etwas für mich annehmen. Moment, ich schreibe Euch seinen Namen auf.«

Sie verschwand in ihrer Hütte und kam kurz darauf mit

einem kleinen, zerknitterten Umschlag zurück, den sie Cleo in die Hand drückte.

»Danke sehr«, sagte Cleo und steckte ihn in ihre Rocktasche.

»Die Magie wird diejenigen finden, die reinen Herzens sind, selbst wenn alles verloren scheint. Und Liebe ist die stärkste Magie von allen. Das weiß ich ohne jeden Zweifel.« Eirene umarmte zuerst Cleo, dann Nic und drückte beiden einen Kuss auf die Wange, bevor sie sich noch vor Sonnenaufgang auf den Weg machten.

Eirenes Geschichte über Göttinnen und Wächter schreckte Cleo keineswegs von ihrer Suche ab, sondern bestärkte im Gegenteil ihre Überzeugung, dass die Magie, die ihre Schwester heilen konnte, tatsächlich existierte. Mit ihrer Hilfe würden sie Emilias Leben retten. Das war ihr Ziel, und sie würde alles daransetzen, es zu erreichen. Koste es, was es wolle.

Leider schien Nic anderer Meinung zu sein.

»Du musst zurück nach Hause«, verkündete er, kaum dass sie sich ein Stück weit von Eirenes Hütte entfernt hatten.

»Wie bitte?« Cleo blieb abrupt stehen

»Du hast mich genau verstanden. Du musst zurück nach Hause. So bald wie möglich.«

»Das kann ich nicht! Noch nicht.«

»Ich dachte, das hätten wir schon geklärt«, seufzte er und fuhr sich mit der Hand durch seine zerzausten roten Haare. »Wir sind schon seit einer Woche unterwegs und haben immer noch nichts anderes gefunden als Geschichten. Du bist hier nicht sicher, Cleo, und ich kann dich nicht beschützen. Vielleicht hätte ich dir gar nicht erst erlauben sollen herzukommen.«

»Ach, du hast es mir *erlaubt*?«, fuhr sie ihn an. »Ich tue, was ich will – das kann mir niemand verbieten.«

»Und möglicherweise ist genau das ein Teil des Problems.

Du bist so daran gewöhnt, deinen Willen zu bekommen, dass du dich viel zu oft kopfüber in gefährliche Situationen stürzt.«

Ihre einzige Antwort war ein wütender Blick.

»Kein Widerspruch?«, fragte er und nickte dann. »Sehr gut. Dann stimmst du mir also zu, dass du nach Auranos zurückkehren solltest.«

»Ich kann noch nicht zurück, Nic. Es gibt noch viele Dörfer, in denen wir nicht waren.«

»Ich bleibe noch eine Weile und versuche, mehr über diese Wächterin herauszufinden, das verspreche ich dir. Aber zuerst bringe ich dich auf ein Schiff nach Auranos, damit ich dich in Sicherheit weiß – und vor allem, damit der König weiß, dass du in Sicherheit bist. Wir waren lange genug weg.«

Cleo schwieg einen Moment, tief in Gedanken versunken. Einerseits sträubte sich alles in ihr dagegen, ihre Suche aufzugeben, andererseits konnte sie nicht bestreiten, dass Nics Vorschlag durchaus Sinn ergab. Vor allem war dieser Vorschlag so selbstlos, so typisch Nic, dass ihr vor Dankbarkeit warm ums Herz wurde. »Du würdest für mich hierbleiben?«

»Natürlich.«

Mit einem strahlenden Lächeln schlang sie die Arme um seine Schultern und drückte ihn, so fest sie konnte. »Ich könnte mir keinen besseren Freund wünschen als dich, Nicolo Cassian.«

»Freut mich zu hören. Und ehrlich gesagt habe ich es auch nicht eilig, mich dem Zorn deines Vaters zu stellen. Er ist bestimmt völlig außer sich.«

Damit hatte er zweifellos Recht, aber Cleo wünschte, er hätte sie nicht daran erinnert, wie wütend sowohl ihr Vater als auch Theon aller Wahrscheinlichkeit nach waren. Vielleicht hätten die beiden ihr verziehen, wenn sie mit einem

Heilmittel für Emilia zurückgekehrt wäre, aber jetzt würde sie ihnen mit leeren Händen gegenübertreten müssen.

Nun, das ließ sich wohl nicht ändern. Sollten sie doch wütend sein – es wäre nicht das erste und bestimmt auch nicht das letzte Mal. Sie würde sich mit den Konsequenzen auseinandersetzen, wenn es so weit war.

»Ich würde gerne bleiben und dir helfen«, sagte sie leise.

»So leid es mir tut, Cleo: Du kannst nicht alles haben.«

Sie schnaubte. »Na schön. Mach doch, was du willst. Diesmal darfst du der Held sein.«

»Oh, danke. Davon träume ich schon mein ganzes Leben.«

»Na dann los, lass uns zum Hafen zurückgehen.«

»Zum Hafen«, wiederholte er nickend und bot ihr seinen Arm. Sie hakte sich bei ihm unter.

Als sie weitergingen, hatte Cleo plötzlich das überwältigende Gefühl, dass jemand sie beobachtete. Leicht beunruhigt blickte sie sich um, konnte aber weit und breit niemanden entdecken. Eine Meile westlich vom Dorf bogen sie auf eine staubige Landstraße ein, und da spürte sie es erneut. Wie kalte Finger, die über ihre Wirbelsäule strichen.

»Autsch. Du kannst ganz schön fest zupacken, Cleo.« Nic sah auf seinen Arm hinunter, den sie unwillkürlich fester umklammert hatte.

»Pst«, flüsterte sie. »Wir werden beobachtet.«

Er zog die Stirn kraus. »Ach ja?«

In diesem Moment hörten sie hinter sich Schritte, und als sie sich umdrehten, sahen sie einen schwarzhaarigen Jungen auf sich zukommen. Cleos Herz setzte einen Schlag aus, als ihr klar wurde, dass sie ihn kannte – und dass es der junge Mann war, der sie seit Wochen in ihren Träumen verfolgte.

Jonas Agallon.

»Was hast du …?«, setzte sie an, verstummte aber, als seine Lippen sich zu einem höhnischen Grinsen verzogen.

»Guten Morgen, Prinzessin«, sagte er. »Wie schön, Euch wiederzusehen.«

Und dann rammte er ohne ein weiteres Wort Nic die Faust ins Gesicht und warf ihn zu Boden. Fast sofort rappelte Nic sich wieder auf, aber seine Nase blutete heftig.

Cleo schrie erschrocken auf. »Was machst du da?«

»Ich befreie Euch von Eurem Beschützer«, erwiderte Jonas mit zornig funkelnden Augen. Ehe Nic wusste, wie ihm geschah, hatte der schwarzhaarige Junge ihn zu Cleo herumgewirbelt und hielt ihm von hinten einen Dolch – denselben juwelenbesetzten Dolch, mit dem Aron seinen Bruder getötet hatte – an die Gurgel.

»Nein!«, kreischte Cleo, wie gelähmt vor Entsetzen. »Bitte nicht! Tu ihm nicht weh!«

Ihr Herz raste, ihre Gedanken überschlugen sich. Es passierte alles viel zu schnell. Wie konnte Jonas überhaupt wissen, dass sie hier war?

»Ich soll ihm nicht wehtun?«, entgegnete er in verächtlichem Ton. Nic versuchte sich aus seinem Griff zu befreien, aber Jonas war viel größer und stärker als er und hielt ihn mühelos fest. »Heißt das, er ist Euch wichtig? Würde sein Tod Euch Kummer bereiten?«

»Lass ihn los!«

»Warum sollte ich?« Er starrte ihr direkt in die Augen, und sein Blick war so kalt, so hasserfüllt, dass sie unwillkürlich fröstelte.

»Lauf weg, Cleo!«, schrie Nic.

Aber sie lief nicht weg. Niemals würde sie ihren besten Freund so im Stich lassen.

»Was willst du von mir?«, stieß sie heiser hervor.

»Das ist eine gefährliche Frage. Ich will so vieles, und nichts davon würde Euch beruhigen. Im Moment will ich Euren Freund umbringen und zusehen, wie Ihr um ihn trauert.«

»Nein, bitte nicht!« Cleo stolperte vorwärts, denn alles in ihr schrie danach, Jonas' Arm zu packen und den tödlichen Dolch von Nics Kehle wegzureißen. Aber gleichzeitig wusste sie, dass sie das nie schaffen würde. Jonas war stark, und er hasste sie für das, was seinem Bruder geschehen war. Er hatte in aller Öffentlichkeit damit gedroht, sie umzubringen, und er würde Nic töten, ohne mit der Wimper zu zucken. Sie musste nachdenken. Sie musste einen Weg finden, Jonas zu beschwichtigen.

»Ich kann dir Geld geben – eine Menge Geld –, wenn du ihn leben lässt.«

Doch damit hatte sie anscheinend genau das Falsche gesagt. »Du willst mir Geld geben? Wie wäre es mit vierzehn auranischen Centimos pro Kiste Wein? Ein fairer Preis, oder nicht?«

Cleo schluckte und versuchte nicht zu klingen, als würde sie betteln. »Bitte töte ihn nicht. Ich weiß, du hasst mich dafür, was Aron dir angetan hat, aber …«

Seine Augen blitzten. »Hass ist ein schwaches Wort für das, was ich für Euch empfinde.«

»Dann geht es dir also um mich. Nicht um Nic. Lass ihn frei!«

»Entschuldigt, Prinzessin, aber ich befolge keine Befehle.«

»Du willst mich töten, um den Mord an deinem Bruder zu rächen.« Kalte Angst schnürte ihr die Kehle zu.

Jonas' Gesicht verfinsterte sich noch mehr. »Nein, auf dieses Vergnügen muss ich leider noch warten. Aber Euer Freund hier wird den morgigen Tag wohl nicht mehr erleben.«

»Cleo, bist du taub?«, fuhr Nic sie an. »Ich hab dir gesagt, du sollst weglaufen!«

»Ich lasse dich nicht im Stich!« Tränen schossen ihr in die Augen, und ihre Stimme brach.

Jonas bedachte sie mit einem stechenden Blick. »Ist das

nicht süß? Aber Ihr solltet lieber auf Euren Freund hören und versuchen wegzulaufen. Ihr werdet nicht weit kommen, aber Ihr könnt es versuchen. Das wäre ein verdammt mutiges Manöver für so eine feige Göre wie Euch.«

»Wenn du denkst, ich wäre feige, dann weißt du nichts über mich!«

»Ich weiß genug.«

»Nein, tust du nicht! Was mit deinem Bruder passiert ist, war eine Tragödie. Ich nehme Aron nicht in Schutz, er war die ganze Zeit im Unrecht. Und ich wünschte, ich hätte eingegriffen, als ich die Chance dazu hatte. Aber ich hatte Angst! Also hasse mich ruhig, so viel zu willst, aber bei der Göttin, wenn du Nic auch nur ein Haar krümmst, bringe ich *dich* um!«

In diesem Moment meinte sie jedes Wort todernst. Jedes schwächliche, bedeutungslose, lachhafte Wort. Und obwohl klar war, dass sie ihre Drohung niemals wahrmachen könnte, flackerte so etwas wie Erstaunen in Jonas' Augen auf.

»Kaum zu glauben«, sagte er. »Vielleicht habt Ihr doch mehr zu bieten als ein hübsches Gesicht und eine selbstsüchtige, oberflächliche Persönlichkeit.«

»Wag es nicht, sie zu beleidigen!«, schrie Nic ihn an.

Jonas verdrehte die Augen. »Sieht so aus, als würde wenigstens einer von uns Euch bewundern. Der Junge hier würde für Euch sterben, glaube ich. Nicht wahr, Nic? Würdest du für die Prinzessin sterben?«

Nic schluckte schwer, wandte aber keine Sekunde den Blick von Cleo ab, als er antwortete: »Ja, das würde ich.«

Oh Göttin, nein, das war zu viel. Sie konnte nicht einfach tatenlos zusehen, wie dieser Dreckskerl Nic umbrachte. »Und ich würde auch für ihn sterben«, verkündete sie in festem Ton und trat einen Schritt vor. »Also, warum richtest du deinen lächerlichen Dolch nicht auf mich?«

Jonas starrte sie einen langen Moment wortlos an, bevor er schließlich sagte: »Wenn Ihr Euren entzückend treuherzigen Freund unbedingt retten wollt, dann mache ich Euch ein Angebot. Seid Ihr bereit, mit mir zu verhandeln?«

Cleo zögerte keine Sekunde. Nur eine Antwort würde Nic die Chance geben zu entkommen. »Ja.«

»Gut, dann hört zu. Ihr werdet aus freien Stücken mit mir mitkommen, Prinzessin. Ihr werdet nicht versuchen zu fliehen. Ihr werdet mir keine Probleme machen«, zählte er seine Bedingungen auf. »Wenn Ihr Euch daran haltet, werde ich Euren dürren Freund hier laufen lassen, anstatt ihn einen Kopf kürzer zu machen.«

»Nein, Cleo«, grollte Nic. »Lass dich nicht darauf ein!«

Sie reckte das Kinn und begegnete Jonas' bohrendem Blick, ohne mit der Wimper zu zucken. »Ich soll also darauf vertrauen, dass du mich nicht töten wirst? Ich soll mit dir gehen, ohne zu wissen, wo du mich hinbringst? Ich habe gehört, was mit Mädchen passiert, die von Wilden entführt werden.«

Er lachte. »Dafür haltet Ihr mich also? Für einen Wilden? Wie unglaublich auranisch von Euch. Ich könnte ihm einfach die Kehle durchschneiden, das ist Euch doch klar, oder nicht? Aber stattdessen verhandle ich mit Euch, weil ich eben *kein* Wilder bin.«

Wenn sie mit Jonas ging, legte sie ihr Leben in die Hände eines Jungen, der sie hasste und für den Tod seines Bruders verantwortlich machte. Aber wenn sie sein Angebot ausschlug oder wegzulaufen versuchte, würde dieser verdammte Heide ihren besten Freund umbringen. Und das könnte sie sich nie verzeihen.

»Also gut. Ich komme mit«, entschied sie. »Jetzt lass ihn los, oder ich werde dafür sorgen, dass du es bereust, du Dreck fressender Mistkerl!«

Noch so eine bedeutungslose Drohung. Aber wenn sie es irgendwie schaffen konnte, seinen Dolch in die Finger zu bekommen, würde sie ihn ohne Zögern in Jonas' Hals rammen.

»Alles klar, Prinzessin.« Langsam löste er die Klinge von Nics Kehle.

»Cleo, nein!«, schrie Nic panisch. »Du darfst dich nicht darauf einlassen.«

Was Cleo zur Verzweiflung brachte, war nicht die Tatsache, dass sie in die Fänge eines Wilden geraten war, der sie ohne die geringsten Skrupel töten würde. Nein, es war der Gedanke, dass ihre Schwester sterben würde, weil sie es nicht geschafft hatte, ein Heilmittel zu finden.

»Such weiter nach der Wächterin«, flehte sie. »Mach dir um mich keine Sorgen.«

»Ich soll mir keine Sorgen machen? Wenn du mit ihm gehst, werde ich nie aufhören, mir Sorgen um dich zu machen!«

»Jonas hat versprochen, mich nicht zu töten.«

»Und du glaubst ihm?« Nic sah sie gequält an. Normalerweise hatte er immer einen Scherz auf Lager, aber jetzt war ihm das Lachen vergangen.

Sie musste Jonas glauben. Sie hatte keine Wahl. »Geh, Nic. Und versuch bitte nicht, uns zu folgen.«

Bevor ihr Freund etwas erwidern konnte, packte Jonas sie am Oberarm und zog sie mit sich die immer noch regennasse Landstraße entlang, zurück in die Richtung, aus der Nic und sie gekommen waren. Im Gehen warf er einen finsteren Blick über die Schulter. »Wenn du uns folgst, platzt unser Handel. Dann bringe ich dich um und lasse die Prinzessin leiden. Jetzt verzieh dich nach Hause, wo du sicher bist.«

Zitternd vor hilfloser Wut stand Nic da und sah zu, wie Jonas Cleo davonzerrte. Sein Gesicht war puterrot, seine Knöchel traten weiß hervor, so fest ballte er die Fäuste. Cleo schaute so lange sie konnte zu ihm zurück, bis er schließlich nur noch ein kleiner Fleck am Horizont war.

Dann wandte sie sich mit zornig funkelnden Augen Jonas zu. »Wo bringst du mich hin?«

»Haltet den Mund.«

»Warum sollte ich? Nic ist in Sicherheit.«

»Und deswegen wollt Ihr jetzt Ärger machen? Das würde ich Euch nicht raten, Prinzessin. Die Konsequenzen würden Euch nicht gefallen.«

»Es überrascht mich, dass du meinen Titel benutzt, wo du doch offensichtlich keinen Respekt vor ihm hast.«

»Wie sollte ich Euch denn sonst nennen? Cleo?«

»So nennen mich nur meine Freunde!«, stieß sie voller Abscheu hervor.

Er warf ihr einen verächtlichen Blick zu. »Dann werde ich Euch bestimmt nie so nennen. Nein, mir gefällt *Prinzessin*. Oder vielleicht *Hoheit*. Das erinnert mich daran, wie überlegen Ihr Euch einem armen Wilden wie mir gegenüber fühlt.«

»Das Wort hat dich anscheinend geärgert. Warum? Hast du Angst, es könnte auf dich zutreffen? Oder hältst du dich gar für kultivierter?«

»Wie wär's, wenn Ihr jetzt endlich mal die Klappe halten würdet, wie ich es Euch gesagt habe. Wenn Ihr wollt, kann ich Euch auch knebeln.«

Sie schwieg einen Augenblick. »Wo bringst du mich hin?«, fragte sie dann.

Er stöhnte. »Da geht es schon wieder los. Anscheinend kann die Prinzessin ihre Zunge nicht im Zaum halten.«

Plötzlich kam ihr ein Gedanke. »Du willst Lösegeld von meinem Vater erpressen, richtig?«

»Nicht wirklich. Ein Krieg braut sich zusammen, Prinzessin. Wusstet Ihr das?«

»Was?«, keuchte sie erschrocken.

»Ein Krieg zwischen Limeros und Paelsia auf der einen Seite und Eurem geliebten Auranos auf der anderen. Zwei gegen einen. Mit Euch als Druckmittel kann der Konflikt vielleicht ohne Blutvergießen beigelegt werden.«

Cleo war fassungslos. Natürlich hatte sie gewusst, dass in Paelsia Unruhe herrschte – aber Krieg? »Als würde dich das kümmern. Ich glaube, einer wie du nutzt jede Gelegenheit, um Blut zu vergießen.«

»Was Ihr glaubt, ist mir völlig egal.«

»Dann willst du mich also benutzen, um meinen Vater zur Kapitulation zu zwingen? Mich als Geisel nehmen? Wie armselig.«

Seine Finger krallten sich schmerzhaft in ihren Arm. »Im Moment ist mir jeder Preis recht, um Euch zum Schweigen zu bringen. Haltet den Mund, oder ich schneide Euch die Zunge raus, Hoheit.«

Dieses Mal hörte Cleo auf ihn. Obwohl es ihr schwerfiel, blieb sie mucksmäuschenstill und ließ sich widerstandslos von ihm weiterführen wie ein gehorsames Mädchen. Hinter dem Dorf ging die Landstraße in einen schmalen, matschigen Trampelpfad über. Ein Kaninchen huschte direkt vor ihnen über den Weg und verschwand im hohen Gras, das im Gegensatz zum Rest der kargen Landschaft erstaunlich grün war. Cleo verbiss sich ihre Fragen. Sie würde ohnehin keine Antwort bekommen. Außerdem wollte sie lieber nicht riskieren, ihre Zunge zu verlieren.

Endlich ließ Jonas für einen kurzen Moment ihren Arm los, um sich mit dem Handrücken über die Stirn zu wischen – offenbar hatte ihr scheinbarer Gehorsam ihn tatsächlich getäuscht.

Ohne auch nur eine Sekunde zu zögern, stürzte sie los, verließ den Pfad und rannte, so schnell sie ihre Beine trugen, aufs freie Feld hinaus. Wenn sie es in den Wald auf der anderen Seite schaffte, konnte sie sich vielleicht bis Anbruch der Nacht dort verstecken. Dann würde sie im Schutz der Dunkelheit zum Hafen zurückkehren. Und entkommen.

Aber bevor sie die rettenden Bäume erreicht hatte, holte Jonas sie ein, packte sie hinten am Kleid und riss sie so heftig zurück, dass sie ins Taumeln geriet, fiel und mit dem Kopf auf einem Stein aufschlug.

Die Welt wurde schwarz.

Nach Jonas' Meinung sollten Prinzessinnen höflich, bescheiden und folgsam sein. Bisher hatte Prinzessin Cleiona Bellos keinen dieser Ansprüche erfüllt. Selbst Häuptling Basilius' Tochter Laelia, die ihre meiste Zeit mit erotischen Tänzen oder ihren Schlangen verbrachte, hatte ein viel sanfteres, freundlicheres Gemüt.

Dieses Mädchen *war* eine Schlange. Und er würde es nicht noch einmal unterschätzen.

Als er ihr auf dem unebenen Boden nachgerannt war, hatte er sich den Knöchel verstaucht, und jetzt war er nicht nur wütend, sondern hatte obendrein auch noch Schmerzen. Wenn sie sich bei ihrem Sturz den Schädel an der verwitterten Skulptur zertrümmert hätte, die er jetzt als großes Steinrad erkannte, hätte er sich gefreut. Aber so wartete er, dass sie wieder zu sich kam, und testete vorsichtig aus, wie schlimm sein Knöchel angeschlagen war. Wenigstens schien er nicht gebrochen zu sein.

Nervös starrte er auf die ohnmächtige Prinzessin hinab. »Wacht endlich auf«, befahl er ihr ungeduldig.

Sie regte sich nicht.

Also nutzte er die Gelegenheit, um ihr Gesicht zu betrachten. Er konnte nicht leugnen, dass sie hübsch war … vielleicht sogar das schönste Mädchen, das er je gesehen hatte. Aber auch das schönste Mädchen konnte ein Miststück sein.

»Wacht auf«, forderte er erneut. »Los!«

Er stieß sie mit der Stiefelspitze an, aber auch das nutzte nichts.

Laut fluchend ging er neben ihr in die Hocke und rammte seinen Dolch in die feuchte Erde, um beide Hände frei zu haben. Dann fühlte er ihren Puls.

Ihr Herz schlug kräftig und regelmäßig.

»Schade«, murmelte er, obwohl ein Teil von ihm tiefe Erleichterung verspürte. Einem inneren Impuls folgend strich er ihr die Haare aus dem Gesicht und musterte sie genauer. Sie war sehr zierlich, einen Kopf kleiner als er und mindestens dreißig Kilo leichter. Ihr Kleid war zwar aus Seide, aber deutlich schlichter als das, das sie damals auf dem Markt getragen hatte, und bis auf die winzigen blauen Saphirstecker in ihren Ohren trug sie diesmal keinen Schmuck. Eine kluge Entscheidung, denn aller auffälliger Prunk hätte zweifellos Diebe angelockt. Ihr Gesicht war nicht geschminkt wie Laelias, aber auch so überzog eine zarte Röte ihre Wangen, und ihre Lippen hatten die Farbe von Rosen. In ihrer Bewusstlosigkeit wirkte sie so süß und friedlich, dass er fast vergessen konnte, was für ein gefühlskaltes, verlogenes Biest sie eigentlich war.

Endlich öffneten sich ihre Lider.

»Wurde aber auch Zeit, Hoheit. Hattet Ihr ein schönes Nickerchen?«

Im nächsten Moment zuckte Jonas erschrocken zurück, denn die scharfe Spitze seines Dolchs drückte sich unter sein Kinn.

»Hände weg von mir«, fuhr die Prinzessin ihn an.

Das musste sie ihm nicht zweimal sagen. Schnell wich er ein paar Schritte zurück, völlig verblüfft, dass sie es tatsächlich geschafft hatte, unbemerkt seinen Dolch aus dem Boden zu ziehen. Gerade als er gedacht hatte, sie wäre harmlos und verletzlich, hatte die schöne Schlange zugebissen. Ohne den Dolch auch nur eine Sekunde von ihm abzuwenden, kam sie leicht schwankend auf die Beine und zog sich auf die andere Seite des Steinrads zurück.

Jonas beäugte sie argwöhnisch. »Jetzt habt Ihr also meinen Dolch.«

»Ich habe Arons Dolch.«

»Er hat ihn in Tomas' Kehle stecken lassen, also gehört er jetzt mir.«

Ihr stechender Blick wurde sanfter, und plötzlich glitzerten Tränen in ihren Augen.

Er schnaubte. »Denkt Ihr ernsthaft, ich würde Euch abkaufen, dass Euch das leidtut?«

»Natürlich tut es mir leid!«, stieß sie mit brüchiger Stimme hervor.

»Lord Aron hat meinen Bruder umgebracht, ohne mit der Wimper zu zucken. Und trotzdem habt Ihr zugestimmt, ihn zu heiraten, oder nicht?«

Sie lachte, aber ohne jede Heiterkeit. »Ich *verabscheue* Aron. Unsere Verlobung war nicht meine Entscheidung.«

»Interessant.«

Das zornige Funkeln kehrte in ihre Augen zurück. »Ach ja?«

»Ihr müsst einen Mann heiraten, den Ihr verabscheut. Das freut mich.«

»Wie schön, dass mein Unglück dir den Tag versüßen konnte.« Sie bedachte ihn mit einem bitterbösen Blick. »Aber wie auch immer – ich habe jetzt das Messer. Wenn du mir zu nahe kommst, steckt es bald in deinem Herzen.«

»Ja, Ihr habt meinen Dolch«, bestätigte er mit einem feierlichen Nicken. »Seid Ihr jetzt gefährlich, Hoheit? Vielleicht sollte ich Angst vor Euch haben.«

Obwohl er zwei Meter von ihr entfernt hockte und keine

Anstalten machte, über sie herzufallen, schlossen sich ihre Finger fester um den Dolchgriff. »Erzähl mir mehr über diesen Krieg gegen Auranos. Was hast du vor?«

»Euer hübsches Land zu erobern und gerecht zwischen Paelsia und Limeros aufzuteilen. Ihr habt zu viel, und wir haben zu wenig, und alles nur wegen dieses verdammten Handelsabkommens, das ihr uns vor hundert Jahren aufgezwungen habt. Jetzt werden wir uns endlich nehmen, was uns von Rechts wegen zusteht.«

»Das wird mein Vater niemals zulassen.«

»Und genau deswegen bin ich so froh, ein glänzendes Juwel wie Euch als Druckmittel zu haben. Ich werde Häuptling Basilius zu dem Treffen mit Eurem Vater begleiten, dann werden wir ja sehen, was er zu unserem Vorschlag sagt. Wer weiß, vielleicht macht es ihm gar nichts aus, seine jüngere Tochter zu verlieren, wo sie ihm doch sowieso nicht auf den Thron folgen wird. Prinzessin Emilia wäre eine bessere Geisel gewesen – aber sie ist leider nicht in Paelsia. Ich bin immer noch neugierig, Hoheit. Warum seid Ihr hier?«

»Das geht dich nichts an«, fauchte sie.

Er machte ein nachdenkliches Gesicht. »Wenn ich mich richtig erinnere, habt Ihr Euren Freund gebeten, weiter nach einer Wächterin zu suchen. Was ist das für ein Unsinn?«

Etwas Dunkles, Unheilvolles blitzte in ihren schönen Augen auf. »Das geht dich nichts an«, wiederholte sie, dann fügte sie in eisigem Ton hinzu: »Du verdammter Wilder.«

Er schluckte seinen Ärger über die Beleidigung hinunter und streckte die Hand aus. »Kommt, gebt mir den Dolch zurück, bevor Ihr Euch noch wehtut.«

Sie stieß den Dolch in seine Richtung. »Ich habe nicht vor, mir wehzutun. Aber wenn du näher kommst, tue ich dir weh.«

Ihre Zunge war tausendmal gefährlicher als der Dolch in

ihrer Hand, daran hatte Jonas nicht den geringsten Zweifel. Aller Wahrscheinlichkeit nach hatte sie noch nie in ihrem Leben eine Waffe benutzt. Trotzdem behielt er sie aufmerksam im Auge. Sosehr er sie hasste, musste er sich doch eingestehen, dass ihm der Anblick gefiel.

»Es reicht«, sagte er laut.

In Sekundenschnelle hatte er die Distanz zwischen ihnen überbrückt, schlug ihr den Dolch mühelos aus der Hand und warf sie zu Boden. Dann war er auch schon über ihr, sein Körper presste sie gegen das Steinrad, und seine Hände nagelten ihre Arme über ihrem Kopf fest. Mit einer Mischung aus Schreck und Wut starrte sie zu ihm empor.

»Lass mich los, du Ungeheuer! Du tust mir weh!«

»Wenn Ihr versucht, mein Mitgefühl zu erregen, dann muss ich Euch leider sagen, dass ich für Euch keines empfinde«, raunte er ihr hämisch zu und zog ihre Arme noch höher, so dass er sie mit einer Hand festhalten konnte. Mit der anderen packte er ihren Hals, und als er in ihre Augen sah, stellte er befriedigt fest, dass sie endlich Angst bekam. Angst davor, dass er sein Wort brach und sie tötete.

Jonas drückte noch ein bisschen fester zu und starrte in das Gesicht des Mädchens, das tatenlos zugesehen hatte, wie sein Bruder ermordet wurde.

»Warum seid Ihr in Paelsia?«, wollte er wissen. »Hat Euer Vater Euch geschickt, um uns auszuspionieren?«

Die Frage überraschte sie offensichtlich. So sehr, dass sie ihre Furcht für einen Moment vergaß. »Ich, eine Spionin? Bist du verrückt?«

»Das ist keine Antwort.«

»Nein, ich bin nicht hier, um zu spionieren, du Idiot. Das ist doch albern.«

»Warum dann? Was meintet Ihr, als Ihr Eurem Freund gesagt habt, er soll weiter nach der Wächterin suchen? Antwortet mir!«, fuhr er sie an und brachte sein Gesicht ganz nahe an ihres, so dass er ihren raschen, warmen Atem auf seiner Haut fühlte. »Oder Ihr werdet es bereuen.«

»Ich bin wegen meiner Schwester hier«, antwortete sie schließlich, ohne den Blick von ihm abzuwenden. Er konnte nicht genau erkennen, ob sie die Wahrheit sagte.

»Eure Schwester«, wiederholte er.

»Es gibt eine Legende, dass hier in Paelsia eine Wächterin lebt und dass sie magische Traubenkerne besitzt, mit denen sie Menschen heilen kann.«

Jonas verdrehte die Augen. »Magische Traubenkerne? Ernsthaft? Jagt Ihr auch dem Regenbogen nach, Prinzessin?«

Sie quittierte seinen Spott mit einem vernichtenden Blick. »Wenn es nicht anders geht, ja. Emilia ist krank, sterbenskrank, und niemand kann ihr helfen. Deswegen bin ich gegen den Willen meines Vaters hierhergereist – um diese Wächterin ausfindig zu machen und sie um Hilfe zu bitten.«

Diese verrückte Geschichte musste Jonas erst einmal verarbeiten, aber ein Detail ließ ihn sofort hellhörig werden. »Die Thronerbin liegt im Sterben?«

»Das freut dich bestimmt.«

»Meint Ihr?«

»Mein Schmerz ist dein Triumph. Du machst mich für den Tod deines Bruders verantwortlich, und jetzt weißt du, dass meine Schwester stirbt und ich sie nicht retten kann.« Auf einmal liefen ihr Tränen übers Gesicht.

Jonas musterte sie misstrauisch und suchte in ihrem Gesicht nach einem Hinweis, ob sie ihn schon wieder zu täuschen versuchte.

»Du glaubst mir nicht.« Ihre Stimme klang verzweifelt. »Du hältst mich für das Böse in Person, aber das bin ich nicht! Ich bin nicht bösartig!«

Auf den ersten Blick wirkte die Prinzessin so zart und zerbrechlich – aber sie hatte ein Feuer in sich, an dem jeder, der ihr zu nahe kam, sich verbrennen konnte. Selbst Jonas spürte seine Hitze. Das überraschte ihn. *Sie* überraschte ihn.

»Willst du mir etwas sagen oder mich ewig anstarren?«, fragte sie und schaute ihn mit ihren umwerfend blaugrünen Augen direkt an.

Jonas sprang so hastig auf, dass er sich fast erneut den Knöchel verdreht hätte, und zog die Prinzessin unsanft mit sich hoch. Einen Moment schwankte sie bedrohlich, als könnte sie das Gleichgewicht nicht wiederfinden. Kein Wunder, sie konnte froh sein, dass ihr nur ein bisschen schwindlig war, nachdem sie sich gerade selbst bewusstlos geschlagen hatte. Ihr Sturz hätte viel schlimmer enden können.

Ohne ein Wort hob er den Dolch auf und steckte ihn wieder an seinen Gürtel, dann zerrte er Cleo zum Weg zurück.

»Wo bringst du mich hin?«, wollte sie wissen, und damit war ihr Gespräch wieder an seinem Anfangspunkt angelangt.

»An einen abgelegenen Ort, wo Ihr keinen Ärger machen könnt. Ihr hättet den Dolch wirklich benutzen sollen, als Ihr die Chance dazu hattet, Hoheit. Noch mal werdet Ihr mir nicht entwischen.«

Sie funkelte ihn zornig an. »Nächstes Mal werde ich nicht zögern, dich umzubringen.«

»Das werden wir ja sehen«, erwiderte Jonas mit einem kalten Lächeln.

Sobald sie in der Sturmhütte am Rand von Felicias und Paolos Grundstück ankamen, fesselte er Cleos Hände und befestigte eine Kette – eine lange Kette, damit sie wenigstens ein bisschen Bewegungsfreiheit hatte – um ihren Fußknöchel. Sie beschimpfte ihn lautstark und wehrte sich mit aller Kraft, aber davon ließ er sich nicht aufhalten.

»Ich weiß, du hasst mich«, stieß sie plötzlich hervor, und erneut traten ihr Tränen in die Augen. Ihre Wut ließ nie ganz nach, doch hin und wieder gewannen Angst und Verzweiflung die Oberhand.

»Und?«, fuhr er sie unwirsch an. »Dazu habe ich ja wohl jedes Recht, meint Ihr nicht?«

»Ich hasse mich selbst dafür, dass ich nicht eingegriffen habe. Was Aron dir angetan hat, tut mir wirklich leid. Er hätte deinen Bruder nicht umbringen dürfen.«

»Das sagt Ihr doch nur, um Eure eigene Haut zu retten.«

»Nicht nur«, gab sie zu.

Ihre Ehrlichkeit brachte ihn zum Lachen. »Ihr denkt, ich werde Euch wehtun.«

»Das hast du schon.«

»Im Vergleich mit Eurem bisherigen Lebensstil kommt Euch vermutlich alles ungemütlich vor, Hoheit, aber hier seid Ihr zumindest in Sicherheit.«

»Für wie lange?«

»Ein paar Tage. Höchstens eine Woche.«

Entsetzt blickte sie sich in der Hütte um. »Du willst mich eine Woche hierbehalten?«

»Meine Schwester und ihr Mann haben sich bereit erklärt, auf Euch aufzupassen. Seine Freunde werden die Tür bewachen, für den Fall, dass Ihr zu fliehen versucht. Ihr bekommt jeden Tag etwas zu essen und zu trinken.« Er machte eine Kopfbewegung in Richtung der Wand zu ihrer Linken. »Da drüben ist ein frisch ausgegrabenes Loch, das könnt Ihr benutzen, wenn Ihr mal müsst, Hoheit. Es ist kein goldener, juwelenbesetzter Nachttopf, aber es sollte genügen. Für einen Paelsianer wären das hier luxuriöse Wohnverhältnisse.«

»Wie kannst du es wagen, mich hier einzusperren, du erbärmlicher Heide? Wenn mein Vater davon erfährt, wird er dir den Kopf abschlagen lassen.«

Kaum waren die Worte über ihre Lippen, da hatte er sie erneut am Hals gepackt und drängte sie gegen die Wand.

»Ich bin kein Heide«, grollte er. »Und ich bin auch kein Wilder.«

»Und ich bin kein bösartiges Miststück, das sich am Tod Unschuldiger labt.«

»Ein paar Tage in ärmlichen Verhältnissen werden Euch schon nicht umbringen. Vielleicht tun sie Euch sogar gut.«

Ihre aquamarinblauen Augen blitzten. »Ich hoffe, auf deiner Reise nach Auranos wirst du von Wölfen zerfleischt.«

Eine derartige Reaktion hatte Jonas erwartet. Alles andere wäre eine Enttäuschung gewesen.

Bevor er die Hütte verließ, blickte er noch einmal zu Cleo zurück. »Wir sehen uns bald wieder, Hoheit. Versucht mich nicht allzu sehr zu vermissen.«

KAPITEL 23
LIMEROS

Magnus brauchte Antworten. Und zwar auf der Stelle.

Er hatte fest damit gerechnet, sein Vater würde in wilden Zorn über den Tod der Hexe ausbrechen, stattdessen war alles ruhig. Gespenstisch ruhig. Sabinas Leiche war heimlich, still und leise weggeschafft worden. Es würde auch keine Bestattung geben. Und wie es aussah, tuschelte niemand, nicht einmal unter der Dienerschaft, darüber, was passiert war.

Es war, als hätte die Geliebte des Königs überhaupt nie existiert.

Aber Sabina Mallius kümmerte Magnus nicht, weder tot noch lebendig. Nein, ihm ging es einzig und allein um das, was die Hexe ihm über Lucias Herkunft erzählt hatte. Er musste wissen, ob es stimmte.

Am nächsten Morgen suchte er seinen Vater auf, um ihn zur Rede zu stellen, musste aber feststellen, dass er bereits mit Häuptling Basilius nach Auranos aufgebrochen war und erst in zwei Wochen zurückerwartet wurde.

Sabinas Worte hallten in Magnus' Erinnerung nach, aber er wusste nicht, was er glauben sollte. Die Hexe war eine verlogene, heimtückische Frau gewesen – wie sie spätestens in der Nacht ihres Todes endgültig bewiesen hatte. Als sie vor seinen Augen verbrannt war, hatte Magnus nicht das geringste Mitleid empfunden. Sie hatte ihren verdienten Lohn bekommen.

Aber wie würde er jetzt Antworten auf seine unzähligen Fragen finden?

Sein Vater hatte bereits eine Privatlehrerin für Lucia eingestellt, die ihr helfen sollte, ihre *Elementia* zu kontrollieren, sobald sie vollständig erwachte. Die alte, verhutzelte Frau wusste viel über die Legenden und über die Prophezeiung, und so verbrachte seine Schwester auf Befehl des Königs fast jede wache Minute mit ihr.

Seine Schwester.

Mehr als alles andere beschäftigte Magnus jedoch die Frage, ob Lucia wirklich in einer anderen Familie geboren und danach in den Palast geschmuggelt worden war. Als die Königin angeblich seine Schwester zur Welt gebracht hatte, war er selbst noch keine zwei Jahre alt gewesen, kein Wunder, dass er sich nicht daran erinnern konnte.

Am zweiten Tag nach Sabinas Tod konnte Magnus nicht länger an sich halten. Er musste endlich Bescheid wissen. Nachdem er Lucia beim Abendessen gegenübergesessen hatte, ohne mit ihr über Sabinas Behauptung reden zu können, war sein Geduldsfaden gerissen. Jetzt, da sein Vater auf Reisen war, gab es nur eine Person, die ihm die Wahrheit sagen konnte.

»Magnus«, begrüßte Königin Althea ihn, als er ihr nach seinen Bogenschießübungen begegnete. Da sie aller Wahrscheinlichkeit nach bald gegen Auranos in den Krieg ziehen würden, hatte der König dafür gesorgt, dass seine Trainingsstunden häufiger und anspruchsvoller wurden, und, wie sich gezeigt hatte, war Magnus dem gewachsen. Er war bereit für einen Kampf – und wenn es sich um einen Kampf handelte, bei dem er Blut vergießen würde, dann sollte es eben so sein.

Seine Mutter machte gerne lange Nachmittagsspaziergänge durch die Palastanlage und die frostigen Gärten, die sich direkt an den Klippen entlangzogen. Als Magnus noch ein

Junge war, hatten sie oft zusammen auf die scheinbar endlose Silberne See hinausgeblickt, und Althea hatte ihm Geschichten über den Kontinent auf der anderen Seite erzählt – über exotische Länder voller seltsamer Menschen und fantastischer Kreaturen.

Doch schon seit Jahren erzählte sie keine solch unterhaltsamen Geschichten mehr. Genau wie das Klima in Limeros war auch Altheas Persönlichkeit mit der Zeit immer kälter geworden. Inzwischen gab es kaum noch Momente der Wärme.

»Mutter«, sagte er jetzt mit einem flüchtigen Blick auf die weiß gekrönten Wellen, die unter ihnen unaufhörlich an die Felsen donnerten.

»Ich wollte gerade nach dir suchen gehen«, erwiderte sie. »Dein Vater hat einen Falken mit einer Nachricht für dich geschickt.« Der eiskalte Wind, der ihnen vom Meer entgegenpeitschte, zerrte an Altheas Umhang, wehte ihr die langen, grauen Haare aus dem Gesicht und rötete ihre sonst so blassen Wangen.

Magnus ging nicht darauf ein. »Hat Sabina Mallius Lucia ihrer Familie in Paelsia gestohlen, damit Ihr sie hier im Palast als Eure Tochter aufzieht?«, fragte er stattdessen ohne Umschweife.

Sofort richteten sich Altheas stechende Augen direkt auf ihn. »Wie bitte?«

»Ihr habt mich genau verstanden.«

Ihr Mund öffnete sich, aber die Worte ließen auf sich warten. »Wie kommst du auf die Idee?«

»Sabina hat es mir selbst erzählt, bevor Lucia sie verbrannt hat.« Seine nächste Frage formulierte er ganz deutlich, damit es ja keine Missverständnisse gab. »Lucia und ich sind nicht blutsverwandt, oder?«

»Magnus, Schätzchen …«

»Versucht nicht, mich mit Kosenamen zu besänftigen, Mutter. Heute will ich nichts als die Wahrheit von Euch hören. Wenn Ihr überhaupt noch dazu fähig seid ... Meine Frage lässt sich leicht beantworten: Ja oder nein? Ist Lucia wirklich meine Schwester?«

Die Königin sah ihn beklommen an. »Sie ist in jeder Hinsicht deine Schwester, mit Ausnahme der Blutsverwandtschaft. Und sie ist meine Tochter.«

Endlich hatte er seine Antwort. Und sie brachte seine Welt ins Wanken.

»Aber Ihr habt sie nicht geboren.«

Althea schwieg.

Magnus' Herz hämmerte. »Warum habt Ihr mir nichts davon gesagt?«

»Weil es keine Rolle spielt«, antwortete Althea. »Und weil dein Vater dagegen war. Vielleicht wollte er dir irgendwann die Wahrheit sagen, aber ich hatte dazu kein Recht.«

Sein Lachen war so hart und scharf wie eine frisch geschliffene Schwertklinge. »Nein, natürlich nicht. Wenn er Euch befiehlt, ein geraubtes Mädchen als Eure Tochter großzuziehen, dann müsst Ihr das selbstverständlich tun. Manchmal frage ich mich, ob auch Ihr den Zorn des Königs fürchtet, Mutter, oder ob Ihr zu den wenigen Menschen zählt, die sich ihm entziehen konnten.«

»Dein Vater tut nur, was er als König tun muss.«

Früher hatte Magnus seine Mutter über alles geliebt, aber dass sie tatenlos zugesehen hatte, wie der König ihn misshandelte – sowohl körperlich als auch mit Worten – hatte dieser Liebe großen Abbruch getan.

»Du darfst es ihr nicht sagen, Magnus. Noch nicht«, flehte sie jetzt. »Lucia ist ein empfindsames Mädchen. Sie würde es nicht verstehen.«

»Wenn Ihr das denkt, dann kennt Ihr sie wirklich schlecht.

Nein, das Mädchen, das Ihr als meine Schwester großgezogen habt, mag zwar nicht dasselbe Blut haben wie ich, aber sie ist ohne jeden Zweifel eine Damora. In dieser Familie muss man jede Empfindsamkeit so schnell wie möglich auslöschen, sonst geht man früher oder später daran zugrunde. Und jetzt hat Lucia die Fähigkeit, alles auszulöschen, was ihr schaden könnte.«

»Ich habe nur meine Pflicht getan.«

»Natürlich. So wie wir alle nur unsere Pflicht tun.« Damit wandte Magnus sich ab, machte sich auf den Weg zurück zum Palast und ließ seine Mutter alleine am Rand der Klippen zurück. Er hatte seine Antwort, also gab es keinen Grund, das Gespräch in die Länge zu ziehen.

Als er in seinem Zimmer ankam, lag die Nachricht von seinem Vater bereits auf seinem Nachttisch. Der König hatte sie selbst geschrieben, was bedeutete, dass sie streng vertraulich und nur für seine Augen bestimmt war. Magnus las sie zweimal durch.

Die auranische Prinzessin Cleiona Bellos war auf einer Reise durch Paelsia gefasst worden und wurde jetzt dort festgehalten. In seiner Botschaft trug der König Magnus auf, umgehend mit zwei seiner Männer nach Paelsia aufzubrechen und die Prinzessin nach Limeros zu bringen. Er betonte, dass diese äußerst wichtige Aufgabe vielleicht die Verhandlungen mit König Corvin zu ihren Gunsten entscheiden würde und er sie deshalb niemand anderem als seinem Sohn anvertrauen konnte.

Auch wenn es nicht ausdrücklich in der Botschaft stand, war Magnus sicher, dass sein Vater König Corvin mit dem gewaltsamen Tod der Prinzessin drohen wollte, falls der sich nicht auf seine Forderungen einließ. Was sollte man auch anderes erwarten von Gaius, dem Blutkönig? Die Vorstellung störte Magnus nicht weiter. Eigentlich überraschte es ihn sogar, dass Gaius nicht schon vor Wochen Männer nach Auranos geschickt hatte, um die Prinzessin aus ihrem Bett zu entführen. Schließlich wäre das der einfachste Weg gewesen, König Corvins Land und noch mehr Macht an sich zu reißen.

Trotzdem war sein erster Impuls, den Auftrag abzulehnen und zu warten, bis sein Vater zurückkam, damit er ihn endlich für seine Lügen zur Rede stellen konnte.

Aber dieser Auftrag war eine Prüfung, die er nicht übergehen durfte.

Um keinen Preis würde er riskieren, dass der König einen anderen seiner Bastarde zu seinem rechtmäßigen Sohn erklärte und Magnus dadurch doch noch sein Recht auf den Thron verlor. König Gaius hatte zwar nie laut gesagt, dass genau das seine Pläne für Tobias gewesen waren, aber auch die unausgesprochene Drohung hatte jahrelang die Luft zwischen ihnen vergiftet.

Die Reise nach Paelsia und zurück würde vier Tage dauern. Vier Tage, um sich in den Augen seines verlogenen, heimtückischen Vaters zu beweisen.

Aber er hatte keine andere Wahl.

KAPITEL 24

AURANOS

König Corvin war ganz anders, als Jonas ihn sich vorgestellt hatte.

Die meisten Paelsianer hielten ihn für einen selbstsüchtigen, durchtriebenen Mann, der ihr Elend ignorierte, während die Menschen in seinem eigenen Land in maßlosem Luxus lebten und sich nicht im Geringsten darum scherten, wie viel Geld sie sinnlos verprassten. Jonas hatte den König gehasst, bevor er ihn je zu Gesicht bekommen hatte.

Aber er war ein Respekt einflößender Mann, groß und muskulös, wie ein Ritter, der zwar das beste Alter überschritten hatte, aber noch gut in Form war. Seine hellbraunen, von grauen Strähnen durchzogenen Haare reichten ihm bis auf die Schultern, sein Bart war kurz und gepflegt. Er hatte klare, intelligente Augen, die – wie Jonas nicht umhin konnte zu bemerken – genau dieselbe blaugrüne Farbe hatten wie die seiner Tochter. Auf den ersten Blick wirkte König Corvin trotz seines glitzernden, mit echtem Gold eingefassten Palasts nicht wie ein Mann, der Genusssucht und Maßlosigkeit guthieß.

Aber der erste Eindruck war oft trügerisch, das wusste Jonas.

Wie geplant hatten sie sich in Häuptling Basilius' Lager mit König Gaius und seinen Männern zusammengetan und waren gemeinsam nach Auranos weitergereist, um ihr Bündnis zu demonstrieren.

Auch König Gaius war ein beeindruckender Mann. Kurze, schwarze Haare, dunkle Augen, schmale Lippen. Ein kantiges Gesicht. Er sah aus wie ein starker, strenger Herrscher. Aber in seinen Augen lag eine Bösartigkeit, eine Verschlagenheit, die sein diplomatisches Auftreten Lügen strafte. Jonas wusste nicht recht, ob ihm diese Seite des Königs gefiel oder ob sie ihn noch misstrauischer machte.

Er hatte viele Geschichten darüber gehört, wie König Gaius seinen Untertanen Gehorsam einbläute – wie er seine Armee auf sein eigenes Volk losließ, um seine Gesetze durchzupeitschen und Unruhen im Keim zu ersticken. Seine Herrschaft gründete auf Blutvergießen. Einen Mann wie ihn würde Jonas niemals unterschätzen, auch wenn er nicht genau wusste, wie viel Wahrheit in den Gerüchten steckte.

König Corvin hatte sie nicht abgewiesen, wie man es hätte erwarten können, sondern sich bereitwillig im Großen Saal seines Palasts mit ihnen getroffen. Dort saßen Jonas und Brion jetzt, zu beiden Seiten von Stammesführer Basilius. König Gaius und seine Männer hatten ihnen gegenüber Platz genommen, und König Corvin thronte flankiert von zwei Wachen auf dem Podium am Kopfende des großen Tisches.

Aus allen drei Ländern waren gleich viele Vertreter anwesend, aber heute würde es keine Gewalt geben. Der heutige Tag stand ganz im Zeichen friedlicher Verhandlungen, bei denen, wie Basilius ihnen gesagt hatte, König Gaius die Anliegen von Paelsia vertreten würde. Dass der Stammesführer sich darauf eingelassen hatte, erschütterte und entsetzte Jonas zutiefst.

»Wer sind diese Jungen?«, erkundigte sich König Corvin mit Blick auf Jonas und Brion. Nach König Gaius' Männern musste er nicht fragen, denn sie trugen die dunkelrote Uniform der limerianischen Palastwache, die sie als seine Leibwächter zu erkennen gab.

»Jonas Agallon und Brion Radenos«, stellte Häuptling Basilius sie vor.

»Sind die beiden Eure Wachen?«

»Mehr als das. Jonas wird schon bald mein Schwiegersohn sein.«

Jonas spürte, wie Brion ihn überrascht ansah.

Schwiegersohn? Der Gedanke gefiel ihm überhaupt nicht. Vielleicht sollte er seine Beziehung mit Laelia früher beenden, als er geplant hatte. Sie hatte offenbar eine ganz falsche Vorstellung von ihrer gemeinsamen Zukunft. Aus Brions Richtung kam ein Geräusch, das verdächtig nach einem unterdrückten Lachen klang, obwohl die Sache überhaupt nicht lustig war. Jonas ignorierte seinen Freund und hielt seinen Blick unbeirrt auf König Corvin gerichtet.

»Müssen wir so tun, als wäre das hier ein Höflichkeitsbesuch?«, fragte der König von Auranos mit finsterem Gesicht. »Warum sagt Ihr mir nicht einfach, warum Ihr hier seid?«

»Ich erachte Euch als geschätzten Freund, Corvin«, erwiderte König Gaius mit einem freundlichen Lächeln. »Ich weiß, ich hätte mehr tun sollen, um unser Bündnis stark zu halten.«

»War es jemals stark?«

»Wir haben so viel gemeinsam. Zwei florierende Königreiche, zu beiden Seiten von Paelsia. Stellt Euch nur vor, wie mächtig unsere drei Länder gemeinsam wären. Eine feste Freundschaft würde unser Bündnis noch viel stärker machen.«

»Dann bietet Ihr mir also Eure Freundschaft an?« König Corvin machte keinen Hehl aus seinem Misstrauen.

»In allererster Linie geht es uns um Freundschaft, ja. Um Familie. Genau wie du habe ich Kinder, für die ich mir eine bessere Zukunft wünsche. Die Paelsianer machen jedoch eine viel schwerere Zeit durch als wir.«

»Und Ihr wollt ihnen helfen?«

»Von ganzem Herzen.«

König Corvin wandte sich Häuptling Basilius zu. »Ich weiß, dass Paelsia viel Wert auf seine Unabhängigkeit legt. Ihr habt nicht um Hilfe gebeten, und wir haben Euch keine angeboten. Aber mir war wirklich nicht bewusst, dass die Dinge in Eurem Land so schlecht stehen.«

Jonas fand das schwer zu glauben, aber er verbiss sich den giftigen Kommentar, der ihm auf der Zunge lag.

»Wir sind ein stolzes Volk«, antwortete der Stammesführer. »Wir haben versucht, unsere Probleme selbst zu lösen.«

Gaius nickte. »Es ist wirklich erstaunlich, wie tapfer die Paelsianer sich angesichts der schrecklichen Missstände in ihrem Land gezeigt haben. Ich fühle mit ihnen. Aber jetzt können wir das alles endlich ändern.«

»Was schlagt Ihr vor?«, fragte Corvin, und sein Widerwillen gegen die Unterhaltung mit dem limerianischen König war ihm deutlich anzuhören. »Sollen wir für sie Almosen sammeln? Ihnen Geld spenden? Oder Kleidung? Essen? Sollen wir Reisenden den Grenzübergang erleichtern? In den letzten Jahren haben sich viele Paelsianer der Wilderei schuldig gemacht. Wollt Ihr vielleicht, dass wir von jetzt an darüber hinwegsehen?«

»Wenn unsere Grenzen offen wären, würde es keine Wilderei mehr geben. Dann dürften die Paelsianer in den auranischen Wäldern jagen«, erwiderte Gaius.

Ohne auch nur für eine Sekunde den Blick von seinem Gegenüber abzuwenden, verkündete König Corvin: »Ich bin in allen Belangen zu Verhandlungen bereit.«

»Nun ja, Verhandlungen sind schön und gut …« König Gaius machte eine Kunstpause. »… wenn dieses Treffen vor zwanzig Jahren stattgefunden hätte, als mein Vater noch auf dem Thron saß. Aber die Zeiten haben sich geändert.«

»Was wollt Ihr dann?«, fragte König Corvin mit inzwischen unverhohlener Abneigung.

»Veränderungen«, antwortete Gaius. »Grundlegende Veränderungen.«

»Und worin sollen diese bestehen?«

König Gaius lehnte sich zurück. »Häuptling Basilius und ich wollen die Herrschaft über Auranos, wir wollen das Land gleichmäßig unter uns aufteilen.«

König Corvin schaute den limerianischen König einen langen Moment schweigend an. Dann lachte er laut auf. »Oh Gaius. Ich hatte ganz vergessen, wie gern Ihr Scherze macht.«

»Ich mache keine Scherze«, erwiderte König Gaius ohne auch nur den Hauch eines Lächelns.

Sofort verfinsterte sich Corvins Gesicht. »Denkt Ihr ernsthaft, ich würde glauben, dass Ihr Euch mit diesem Häuptling verbündet habt, um mit ihm zusammen die Herrschaft über mein Land zu übernehmen? Dann müsst Ihr mich für sehr dumm halten. Ihr habt noch einen anderen Grund. Worum geht es Euch wirklich? Und warum jetzt, Gaius? Nach all den Jahren?«

Gaius zuckte die Achseln. »Wann sonst?«

»Ihr vertraut ihm in einer so wichtigen Angelegenheit?«, wandte König Corvin sich nun an Basilius.

»Ganz und gar. Er hat etwas für mein Land getan, wozu nur wenige den Mut hätten. Er hat viel geopfert, um mir Ehre zu erweisen. Solche Hingabe ist mir mehr wert als alles Gold der Welt.«

»Dann seid Ihr ein verdammter Narr.« König Corvin schob seinen Stuhl zurück und erhob sich abrupt. »Diese Versammlung ist beendet. Ich habe Wichtigeres zu tun, als mir Euren Unsinn anzuhören.«

»Wir geben Euch diese eine Chance, unseren Bedingungen zuzustimmen«, erklärte König Gaius unbeirrt. »Ihr solltet Euch darauf einlassen, Corvin. Wir würden Eure Familie gut behandeln, Ihr würdet ein neues Zuhause und finanzielle Unterstützung bekommen. Noch lässt sich dieser Konflikt ganz ohne Blutvergießen beilegen.«

»Alles, was Ihr anfasst, endet in einem Blutbad, Gaius. Genau deshalb seid Ihr schon seit zehn Jahren nicht mehr willkommen in meinem Königreich.« Als König Corvin sich zum Gehen wandte, öffnete ein Wachmann die Tür für ihn.

»Wir haben Eure Tochter«, sagte Gaius.

König Corvins Schultern spannten sich sichtlich an, dann drehte er sich langsam um. Sein verärgerter Gesichtsausdruck war etwas sehr viel Bedrohlicherem gewichen. »Ich habe mich wohl verhört.«

»Eure Tochter, Cleiona.« König Gaius betonte jedes Wort. Ein Missverständnis war ausgeschlossen. »Anscheinend war sie ohne jeden Schutz in Paelsia unterwegs. Ziemlich gefährlich für eine Prinzessin, meint Ihr nicht?«

Jonas gab sich alle Mühe, sein Gesicht ausdruckslos zu halten. Auf diesen Moment hatte er die ganze Zeit gewartet, allein aus diesem Grund hatte er Cleo nicht selbst getötet. Wenn der König von Auranos seine Tochter lebend wiedersehen wollte, konnte man ihn zu Zugeständnissen zwingen, die Paelsia und seiner Familie eine bessere Zukunft gewährleisteten.

»Ihr solltet Eurer Jüngsten wirklich beibringen, nicht ohne angemessene Begleitung in fremde Länder zu reisen«, fuhr Gaius fort. »Aber keine Sorge, ich bürge persönlich für ihre Sicherheit.«

»Ihr wagt es, mir zu drohen?«, stieß König Corvin zwischen zusammengebissenen Zähnen hervor.

König Gaius breitete die Hände aus. »Die Sache ist ganz einfach. Tretet Euer Königreich an uns ab, dann ziehen wir uns mit unseren vereinten Armeen zurück, und niemand wird leiden müssen.«

König Corvin umklammerte den Türrahmen so fest, dass Jonas sicher war, seine Finger würden das Holz durchbohren. »Wenn Ihr meiner Tochter auch nur ein Haar krümmt, werde ich Euch persönlich in Stücke reißen.«

Davon ließ Gaius sich nicht einschüchtern. »Wie könnte ich Eurer Tochter Böses wollen, Corvin, wo ich doch weiß, wie sehr ein Vater seine Kinder liebt? Mein Ältester, Magnus, ist in ebendiesem Moment auf einer sehr wichtigen Mission. Ich bin sehr stolz auf ihn. Genau wie Ihr sicher auch stolz auf Eure Kinder seid. Ihr habt zwei Töchter, nicht wahr?« Der limerianische König setzte ein besorgtes Gesicht auf. »Ich habe gehört, die ältere ist krank. Wird sie wieder gesund?«

»Meiner Emilia geht es gut.«

Das war gelogen. Jonas sah es in seinen Augen.

Cleo hatte behauptet, sie wäre nach Paelsia gekommen, um ein Heilmittel für ihre sterbende Schwester zu suchen, und offenbar hatte sie ihm tatsächlich die Wahrheit gesagt. Die Wahrheit, wo er doch nichts als Lügen von ihr erwartet hatte.

»Denkt über unser Angebot nach, Corvin. Denkt gut darüber nach.« König Gaius erhob sich von seinem Stuhl. Die anderen, einschließlich Jonas, taten es ihm gleich. »Wenn ich zurückkomme, solltet Ihr mich vor den Palasttoren willkommen heißen und Eure sofortige und vollständige Kapitulation verkünden.«

Corvin schwieg einen Moment. »Und wenn ich es nicht tue?«

Gaius ließ seinen Blick über alle Anwesenden schweifen, bevor er antwortete. »Dann nehmen wir uns Auranos mit Gewalt. Und ich lasse Eure Tochter foltern, bevor ich ihr erlaube zu sterben.«

»Dann werde ich Eurer Lucia genau dasselbe antun, das schwöre ich Euch«, stieß König Corvin in hasserfülltem Ton hervor.

»Versucht es ruhig«, lachte Gaius.

Einer nach dem anderen verließen sie den Raum. Als Jonas zur Tür ging, fühlte er Corvins Blick auf sich.

»Der ermordete Weinhändlersohn war dein Bruder«, sagte der auranische König, als er an ihm vorbeikam. »Ich habe den Namen wiedererkannt.«

Jonas nickte, sah Cleos Vater aber nicht in die Augen.

»Deine Trauer und dein Rachedurst haben dich dazu verleitet, dich mit Skorpionen zu verbünden«, warnte Corvin. »Pass gut auf, dass sie dich nicht stechen.«

Jonas wandte sich rasch ab und versuchte mit aller Macht, sich seine Beunruhigung nicht anmerken zu lassen, während er den anderen aus dem Saal folgte.

KAPITEL 25

PAELSIA

Die Prinzessin war schwerer zu finden, als Theon gehofft hatte. Gleich nachdem er mit zwei ihm vertrauten Wachmännern in Paelsia angekommen war, hatten sie systematisch begonnen, überall, in jedem noch so kleinen Dorf, nach Hinweisen zu suchen.

Eines wurde bald klar – Cleo und Nic waren tatsächlich dagewesen. Den Erzählungen der Dorfbewohner nach hatten sie immer lange genug haltgemacht, um einen bleibenden Eindruck zu hinterlassen und sich viel Sympathie zu erwerben, bevor sie zur nächsten Ortschaft weitergezogen waren. Theon staunte, als er erfuhr, dass die beiden sich als Geschwister ausgegeben hatten ... und als *Limerianer*. Wie klug von ihnen.

Doch dann endete die Spur plötzlich. Nichts Neues mehr. Kein einziger Anhaltspunkt, wo sie jetzt sein könnten. Und mit jedem Tag, der ins Land zog, wuchs Theons Angst, dass Cleo etwas Schreckliches zugestoßen sein könnte. Schließlich schickte er seine Begleiter in unterschiedliche Richtungen aus, um schneller ein größeres Gebiet erkunden zu können. Er trug ihnen auf, noch sieben Tage weiterzusuchen und dann, falls sie immer noch nichts gefunden haben sollten, ohne ihn nach Auranos zurückzukehren.

Als Cleos Leibwächter war es seine Pflicht – seine *einzige* Pflicht –, sie zu beschützen. An die Drohung des Königs, ihn zu töten, falls er seine Tochter nicht lebend zurückbrachte, verschwendete Theon nicht einen Gedanken. Nein, seine einzige Sorge galt der Prinzessin und ihrer Sicherheit.

Erst zehn Tage nachdem er Auranos verlassen hatte, fand er wieder eine Spur. In einem Dorf fünf Meilen südöstlich des Handelshafens, im Nachbarort des berühmt-berüchtigten Dorfes, in dem Aron Tomas Agallon getötet hatte, erzählte ihm eine Frau, dass sie vor einer Woche ein hübsches blondes Mädchen und einen rothaarigen Jungen getroffen hatte – und dass der Junge am vergangenen Abend allein zurückgekehrt war. Aufgewühlt verbrachte Theon den Morgen damit, die kleine Ortschaft und ihre Umgebung abzusuchen.

Die Frau hatte den Jungen wiedergesehen, aber nicht das Mädchen. Was hatte das zu bedeuten?

Und dann, nach einem weiteren Gewitter, das wie die vorherigen seltsam plötzlich hereingebrochen war, erspähte Theon auf einer schmalen, regennassen Landstraße Nicolo Cassian. Der Junge kam direkt auf ihn zu.

Für einen kurzen Augenblick dachte Theon, er hätte Halluzinationen, aber es stimmte, es war tatsächlich Cleos Freund. Von Cleo jedoch keine Spur. So schnell er konnte, rannte er zu Nic und packte ihn an seiner Tunika.

»Wo ist die Prinzessin?«, fuhr er ihn an. »Antwortet mir!«

Nic wirkte genauso erschöpft und besorgt, wie Theon sich fühlte. »Ich wusste, dass du hier irgendwo bist und nach uns suchst. Du hast ja keine Ahnung, wie sehr ich mich freue, dich zu sehen.«

»Wenn ich Euch nach Auranos zurückbringe, werdet Ihr Euch garantiert nicht mehr freuen. Der König wird Euch hart dafür bestrafen, dass Ihr seine Tochter entführt habt.«

Trotz Theons barscher Worte begegnete Nic seinem Blick, ohne mit der Wimper zu zucken. »Denkst du ernsthaft, ich hätte sie gegen ihren Willen hierher gebracht? Cleo hat ihren eigenen Kopf, das weißt du doch selbst.«

»Wo ist sie?«, wollte Theon wissen.

»Sie wurde vor drei Tagen von einem Paelsianer verschleppt. Er hat mir ein Messer an den Hals gehalten und gedroht, mir die Kehle durchzuschneiden. Cleo ist mit ihm gegangen, um mir das Leben zu retten.« Diese Tatsache machte Nic offensichtlich schwer zu schaffen. »Das hätte sie nicht tun dürfen. Sie hätte weglaufen und zulassen sollen, dass er mich umbringt.«

Theons Magen krampfte sich zusammen. »Wisst Ihr, wie der Paelsianer hieß?«

Nicolo nickte mit finsterem Gesicht. »Jonas Agallon.«

Theon ließ Nics Tunika los, und seine zitternden Hände ballten sich zu Fäusten. Der Name war ihm so vertraut wie sein eigener. Jonas. Der Junge, der Cleos Leben bedroht hatte, der sie in ihren Albträumen verfolgte. Er hatte sie gefunden. Und Theon war nicht bei ihr gewesen, um sie zu beschützen.

»Sie wird sterben – vielleicht ist sie schon längst tot«, stieß er in ohnmächtiger Verzweiflung hervor. »Und das ist allein meine Schuld.«

»Ich weiß, wo sie ist.«

Nics Worte rissen Theon aus seiner Schockstarre. »Wirklich?«

»Nachdem Jonas sie entführt hat, habe ich angefangen, nach ihm und seiner Familie herumzufragen. Daher weiß ich, dass seine Schwester ungefähr zwei Stunden östlich von hier wohnt. Sie hat eine Sturmhütte auf ihrem Grundstück, und ich denke, dort wird Cleo festgehalten.«

Theons Herz schlug schneller. »Denkt Ihr es? Oder *wisst* Ihr es?«

»Bisher weiß ich es nicht genau, weil ich Cleo nicht sehen konnte, aber die Hütte wird bewacht. Ich war gestern dort, um die Lage zu peilen, und da habe ich beobachtet, wie eine

Frau ein Tablett mit Essen und Trinken in die Hütte gebracht hat und kurze Zeit später mit einem leeren Tablett wieder herausgekommen ist. Ich bin nur dort weg, weil ich eine Nachricht schreiben wollte – eine Nachricht an dich. Und jetzt bist du tatsächlich hier und jagst mir nach wie einem streunenden Hund. Der Göttin sei Dank.« Nic holte tief Luft. »Wir müssen sie retten, Theon. Es ist noch nicht zu spät.«

Ein winziger Hoffnungsschimmer flammte in Theon auf. »Na, dann los, gehen wir.«

Wenn Cleo in den drei Tagen ihrer Gefangenschaft etwas gelernt hatte, dann, dass Felicia Agallon sie mindestens genauso sehr hasste wie ihr Bruder. Trotzdem brachte das Mädchen ihr auf Jonas' Befehl jeden Tag Essen und Trinken – wenn auch nur Brunnenwasser und vertrocknetes Roggenbrot, das sich nur zusammen mit Honig hinunterzwingen ließ.

Als Felicia zum ersten Mal gekommen war, das Tablett wortlos vor ihr abgestellt und sie dann aus dem Schatten der kalten, fensterlosen Hütte wütend angefunkelt hatte, hatte Cleo das Wasser misstrauisch beäugt.

»Ist da Gift drin?«

»Würdet Ihr mir das übelnehmen?«

Cleo war drauf und dran, etwas Bissiges zu erwidern, besann sich dann aber eines Besseren. »Nicht wirklich.«

Felicia schwieg einen langen Moment, und eine unangenehme Stille machte sich breit. »Das Wasser ist nicht vergiftet«, erklärte sie schließlich. »Jonas will Euch am Leben halten – warum auch immer.«

Trotz dieser schwachen Beruhigung wartete Cleo jedes Mal so lange wie möglich, bevor sie etwas zu sich nahm. Ihre meiste Zeit verbrachte sie mit dem Versuch, auf ihrem unbequemen Strohlager zu schlafen, dazwischen nippte sie immer mal wieder an dem Wasser oder schob sich ein kleines

Stück vertrocknetes Brot in den Mund. Nie im Leben hätte sie gedacht, dass sie eines Tages in solchen Verhältnissen leben würde.

Das Seil durchbeißen zu wollen, mit dem ihre Hände gefesselt waren, hatte sie inzwischen aufgegeben. Selbst wenn sie es geschafft hätte, wäre das Problem noch lange nicht gelöst, denn sie trug eine Eisenkette um ihren Fußknöchel, außerdem war die Tür verriegelt und bewacht. Sie gab sich Mühe, nicht an ihre Schwester, ihren Vater oder an Nic zu denken. Oder an Theon. Sie war eine Maus, die hilflos in der Falle saß, ohne die geringste Aussicht auf Flucht, und sie konnte nichts anderes tun, als auf die Rückkehr der Katze zu warten.

Warten.

Und warten.

Vor ein paar Stunden hatte Felicia ihr das Tablett mit der spärlichen Verpflegung in die Hand gedrückt und ihr dabei einen schadenfrohen Blick zugeworfen.

»Bald ist es so weit«, hatte sie gesagt. »Ich habe eine Nachricht bekommen, dass er bald eintreffen wird. Dann bringt er Euch von hier weg.«

»Jonas?«, fragte Cleo leise. »Er ist schon so bald zurück?«

»Nein, nicht Jonas.« Felicia stieß ein schnaubendes Lachen aus. »Bald seid Ihr nicht mehr sein Problem.«

Mit diesen Worten ging sie, schloss die Tür hinter sich und sperrte Cleo wieder in der dunklen Hütte ein, allein mit ihren rasenden Gedanken und den immer schneller wachsenden Sorgen.

Nach einer Zeit, die ihr vorkam wie eine Ewigkeit, hörte sie plötzlich etwas. Schreie. Ächzen. Poltern.

Und dann klopfte es an die Tür.

Wie gelähmt vor Angst blieb sie sitzen und gab keinen Laut von sich. Wieder ein Klopfen, diesmal lauter. Und dann gedämpfte Stimmen. Cleo hielt die Luft an und versuchte, ihrem Schicksal mutig entgegenzusehen. Was für eine Höllenkreatur würde gleich über sie herfallen?

Wer immer dort draußen sein mochte, wollte nicht anklopfen, sondern die Tür einschlagen. Im selben Moment, in dem ihr dieser Gedanke kam, schwang die Tür auch schon nach innen auf, und Cleo musste sich die Hand über die Augen legen, um sich vor dem schmerzhaft grellen Sonnenlicht zu schützen, das plötzlich in die finstere Hütte flutete.

Als sie Theon erkannte, blieb ihr vor Staunen der Mund offen stehen, und ihr Herz machte einen Satz.

»Siehst du?«, rief Nic triumphierend. »Ich wusste doch, dass sie hier drin ist.«

»Ist sonst noch jemand hier?«, wollte Theon wissen. Es dauerte einen Moment, bis Cleo klar wurde, dass er mit ihr redete.

Und dann dauerte es noch einen Moment länger, bis sie ihre Stimme wiederfand. »Ich … was?«, stammelte sie. »Hier? Nein, niemand ist hier. Nur ich. Aber draußen sind Wachen.«

»Um die habe ich mich schon gekümmert.«

Nic kam zu ihr gerannt und ergriff ihren Arm. »Cleo, bist du in Ordnung? Hat dieser Wilde dich angefasst?«

Die Besorgnis in seinem Gesicht trieb ihr Tränen in die Augen. »Es geht mir gut. Er hat mir nichts getan.«

Nic stieß einen hörbaren Seufzer der Erleichterung aus und umarmte sie fest. »Ich hab mir solche Sorgen gemacht.«

Theon sagte nichts, aber als Nic sich von ihr löste, trat er auf sie zu. Um ein Haar wäre Cleo vor ihm zurückgewichen, so wütend sah er aus.

»Theon …«

Er hob die Hand. »Ich will im Moment nur hören, ob es Euch gutgeht.«

»Aber …«

»Prinzessin, bitte.«

»Du hast jedes Recht, wütend auf mich zu sein.«

»Wie ich mich fühle, spielt keine Rolle. Ich muss Euch nach Hause zurückbringen. Jetzt haltet still, damit ich Euch befreien kann, bevor die Wachen zu sich kommen.«

Cleo verstummte, als er ihre Fesseln zu lösen begann. Obwohl er dabei eher fachmännisch als behutsam vorging und ihre Handgelenke, als er fertig war, noch mehr Schrammen hatten als vorher, beschwerte sie sich kein einziges Mal. Dann zog Theon sein Schwert und durchschlug die Eisenkette. »Der Rest muss warten, bis wir einen Schmied finden«, erklärte er mit Blick auf ihre Fußfessel.

Er ergriff ihr Handgelenk und führte sie aus der Hütte. Noch nie in Cleos Leben hatte sich etwas so gut angefühlt wie das helle, warme Sonnenlicht auf ihrem Gesicht. Nic, der ihre Tasche gefunden hatte, die bei der Entführung zu Boden gefallen war, kramte ihren Umhang hervor und legte ihn ihr um die Schultern. Sie lächelte ihm dankbar zu.

Dann fiel ihr Blick auf die drei bewusstlosen Männer, die auf dem Boden vor der Hütte lagen. Obwohl Cleo noch nie ihre Gesichter gesehen hatte, wusste sie sofort, dass diese drei die Tür ihres Gefängnisses bewacht hatten.

»Theon!«, rief Nic in diesem Moment. »Pass auf!«

Blitzschnell wirbelte Theon herum und packte Felicias Arm. Das Mädchen hatte sich mit gezücktem Messer an ihn herangeschlichen, um ihn von hinten zu erstechen. Aber er entwaffnete es mühelos.

»Du hast meinen Mann getötet!«, schrie es.

»Ich habe niemanden getötet. Die Wachen hier – auch dein Mann – sind nur bewusstlos. Aber du …« Seine Augen blitzten zornig. »Du hast Prinzessin Cleiona von Auranos gefangen gehalten.«

Felicia zuckte zusammen. »Ich habe nur getan, was mir befohlen wurde. Ich sollte die Prinzessin hier festhalten, bis er sie holen kommt.« Sie machte ein entschlossenes Gesicht und schob trotzig das Kinn vor. »Er ist gleich da. Ich glaube, ich kann die Pferde schon hören. Gegen ihn hast du keine Chance.«

»Wer ist gleich da?«

Ein böses Lächeln erschien auf ihren Lippen. »Bleibt, dann werdet ihr es schon herausfinden.«

»Du bluffst doch nur.«

»Meinst du?«

Theon ließ sie so abrupt los, dass sie ins Taumeln geriet und fast neben ihren Mann fiel.

»Lasst uns gehen, Prinzessin«, sagte er zu Cleo, ohne den Blick von Jonas' unberechenbarer Schwester abzuwenden. »Ignoriert sie einfach. Bei mir seid Ihr sicher. Ich werde Euch beschützen.«

Sie machten sich unverzüglich auf den Weg, ließen Cleos Gefängnis hinter sich und gingen zur Straße zurück. Cleo sagte kein Wort zu dem Mädchen, das sie auf Jonas' Befehl drei Tage in einer finsteren Hütte eingesperrt hatte. Sie wollte Felicia hassen, aber der Hass wollte einfach nicht bleiben; er glitt ihr förmlich durch die Finger, bis er schließlich ganz verschwand.

Sie wusste, dass ganz in der Nähe ein Dorf lag – das Dorf, in dem sie vor ein paar Tagen Eirene getroffen hatten.

»Morgen bei Sonnenaufgang legt ein Schiff ab«, sagte Nic. »Dann können wir nach Auranos zurückfahren. Du wirst schon bald wieder zu Hause sein, Cleo, und dann wird alles wieder gut.«

»Nein, nichts wird gut«, entgegnete Cleo niedergeschlagen. »Wir haben die Wächterin nicht gefunden.«

»Ich würde gerne unter vier Augen mit der Prinzessin reden«, wandte Theon sich an Nic. »Lasst Ihr uns bitte eine Weile allein?«

»Wenn Cleo nichts dagegen hat.« Nic sah sie fragend an.

»Ist schon in Ordnung«, nickte sie. »Theon kann mir seine Moralpredigt ruhig jetzt schon halten, dann muss ich mir zu Hause nur noch die meines Vaters anhören.«

Moralpredigt war wahrscheinlich ein zu schwacher Ausdruck für das, was ihr bevorstand, doch daran wollte sie jetzt lieber nicht denken. Sie wusste, dass sie eine Strafe verdient hatte, aber sie war fest entschlossen, ihr Schicksal mit Würde zu tragen.

»Dann gehe ich schon mal ins Dorf und besorge uns etwas zu essen«, sagte Nic leicht widerwillig.

»Wir treffen Euch dort«, antwortete Theon mit fester Stimme. »Viel Zeit haben wir nicht, besonders nach der Behauptung des Mädchens, dass schon jemand zur Prinzessin unterwegs ist.«

Nic sah Cleo noch einmal fragend an, um sich zu vergewissern, dass sie wirklich nichts dagegen hatte, mit Theon allein zu sein, dann drehte er sich um und eilte davon. Cleo schaute ihm so lange wie möglich nach, denn sie hatte Angst, dem Blick ihres zornigen Leibwächters zu begegnen.

»Trotz allem bereue ich es nicht, dass ich hergekommen bin«, sagte sie schließlich, als die Stille zu unangenehm wurde. »Ich bin hier, weil ich meine Schwester retten wollte, und es bricht mir das Herz, dass ich versagt habe. Ich weiß, dass du wütend auf mich bist und dass mein Vater sicher sehr ärgerlich war, als er von meinem Verschwinden erfahren hat.« Sie atmete tief durch. »Aber ich musste es versuchen.«

Als sie sich ihm zuwandte, hatte sich Theons Gesichtsausdruck verändert. Wut und Erbitterung waren verschwunden.

»Es tut mir wirklich leid, dass ich dir so viel Ärger und Mühe gemacht habe«, flüsterte sie.

Er nahm ihre Hände und drückte sie zärtlich. »Ich habe mir solche Sorgen um Euch gemacht.«

Seine Nähe und die Eindringlichkeit in seiner Stimme überraschten Cleo. »Ich weiß.«

»Ihr hättet getötet werden können.«

»Theon, ich konnte nicht klar denken.«

»Ich auch nicht. Auch jetzt nicht …«

Sie schaute im gleichen Moment zu ihm auf, als er seine Lippen auf ihre drückte und sie küsste.

Das war kein keuscher Freundschaftskuss. Es war ein Kuss voller Leidenschaft, wie sie ihn bisher nur in ihren Träumen erlebt hatte. Cleos Herz machte einen Sprung, sie schlang die Arme um seinen Nacken und zog ihn an sich. Viel zu bald ließ er sie los und trat, den Blick zu Boden gerichtet, einen Schritt zurück.

»Bitte entschuldigt, Prinzessin, das hätte ich nicht tun dürfen.«

Für einen Moment fasste sie sich überrascht an die Lippen. »Bitte entschuldige dich nicht.«

»Ich sollte mir keine falschen Hoffnungen machen. Ich sollte mir nicht einreden, dass Ihr vielleicht …« Er schluckte schwer. »Wenn wir zurück in Auranos sind, werde ich Euren Vater bitten, einen anderen Leibwächter für Euch einzustellen. Ich habe als Euer Beschützer versagt, und jetzt habe ich auch nicht mehr den nötigen inneren Abstand. Ihr seid mehr für mich als die Tochter des Königs, Cleo. Wir kennen uns erst so kurz, aber Ihr … Ihr bedeutet mir alles.«

Cleo stockte der Atem. »Alles?«

Endlich begegnete Theon ihrem Blick. »Ja, alles.«

Tränen schossen ihr in die Augen. »Das macht es mir um einiges leichter, weißt du.«

Er sah sie verwirrt an. »Das verstehe ich nicht.«

»Jetzt bin ich endgültig sicher, dass ich Aron nicht heiraten kann. Ich werde mich weigern, ihn zum Mann zu nehmen, ganz egal was mein Vater sagt.« Ihr Herz quoll über vor

Glück, vor Erleichterung und Freude, dass sie endlich wusste, was sie wollte. »Ich … ich bin für dich bestimmt.«

Theons Atem beschleunigte sich, doch gleichzeitig wurde sein Gesicht noch finsterer. »Aber ich bin nur ein Gardist.«

»Das ist mir egal!«

»Aber Eurem Vater ist es bestimmt nicht egal. Im Gegenteil.«

»Mein Vater wird sich damit abfinden müssen. Sonst laufe ich eben wieder weg.« Ein Lächeln erschien auf ihrem Gesicht. »Mit dir.«

Theon lachte. »Wunderbar. Erklärt Eurem Vater einfach, dass der Wachmann, der auf seine Tochter aufpassen sollte, sie dazu verführt hat, ihre Verlobung aufzulösen – dann ist er uns bestimmt nicht mehr böse. Mit Sicherheit akzeptiert er Eure Entscheidung einfach und wirft mich nicht in den Kerker.«

»Vielleicht akzeptiert er es nicht. Jedenfalls nicht sofort. Aber ich werde ihm klarmachen, dass ich mich auf nichts anderes einlasse.«

Theon schwieg einen Moment und musterte sie eindringlich. »Dann empfindet Ihr wirklich etwas für mich?«

»Du hast mich gerettet. Und schon vorher … wusste ich es irgendwie, ohne es richtig zu begreifen.« Mit jedem Wort fühlte sich ihr Herz leichter an.

Er schüttelte den Kopf. »Ich habe Euch nicht gerettet. Nic hat herausgefunden, wo Ihr seid. Ich habe nur die Wachen überwältigt und die Tür aufgebrochen.«

»Tja, ich bin aber nicht in Nic verliebt, also müssen wir uns wohl irgendwie damit arrangieren.« Cleo lächelte.

Er zog sie erneut an sich, diesmal jedoch zaghafter. »Ich bin immer noch wütend, dass Ihr abgehauen und durch Eure Leichtsinnigkeit fast ums Leben gekommen seid. Wir müssen schleunigst weg von hier.«

»Aber nur hier kann ich das finden, was ich suche.«

»Die Suche wird warten müssen.«

»Aber so viel Zeit haben wir nicht.« Ihr wurde wieder eng ums Herz.

Theon schaute zu Boden, dann hob er den Blick und sah ihr direkt in die Augen. »Wir können nicht hierbleiben. Das ist Euch klar, oder?«

Cleos Herz schlug so schnell, dass sie das Gefühl hatte, es müsste ihr jeden Moment aus der Brust springen. Sie konnte nicht vergessen, weshalb sie hergekommen war, aber sie konnte auch nicht leugnen, dass er recht hatte. Wenn sich wirklich ein Krieg gegen Auranos zusammenbraute, war die auranische Prinzessin in Paelsia nicht sicher. Sie schluckte. »Ich wünschte, es gäbe einen anderen Weg.«

»Lasst uns eine Woche abwarten«, schlug Theon vor. »Dann kehre ich selbst hierher zurück. Ich werde herausfinden, ob diese Legende, an die Ihr so fest glaubt, wahr ist. Lasst Ihr mich das für Euch tun?«

Cleo lächelte ihn dankbar an. »Ja, in Ordnung.«

»Und dann werde ich auch Jonas Agallon ausfindig machen.« Theons Gesicht verdüsterte sich wieder. »Er muss mit seinem Blut dafür bezahlen, was er Euch angetan hat.«

Cleo bekam eine Gänsehaut. »Er gibt mir die Schuld am Tod seines Bruders. Mir und Aron. Deswegen trägt er auch immer noch Arons Dolch bei sich.«

Theon sah sie an. »Hat er Euch mit diesem Dolch bedroht?«

Cleo nickte, dann drehte sie sich schnell weg, um das wütende Blitzen in seinen Augen nicht zu sehen.

»Wenn ich ihn finde«, grollte Theon, »wird er sich keine Sorgen mehr darum machen müssen, seinen Bruder zu rächen. Dann wird er ihm bald im Jenseits begegnen.«

»Er trauert um Tomas. Ich weiß, das ist keine Entschuldigung, aber es ist ein verständlicher Grund.«

»Da bin ich anderer Meinung.«

Cleo warf ihm einen amüsierten Blick zu.

»Was ist?«, fragte er.

»Wir sind in vielen Dingen anderer Meinung, oder?«

Theon drückte ihre Hand. »Aber nicht in allen.«

Ihr Lächeln wurde breiter. »Nein, nicht in allen.« Mit diesen Worten schlang sie die Arme um ihn und küsste ihn erneut, anfangs zärtlich, dann immer leidenschaftlicher.

Auf einmal kehrte ihre Zuversicht zurück. Theon würde bald ohne sie hierher zurückkehren, und ihm würde die Suche nach einem Heilmittel für Emilia sicher leichter fallen als ihr. Währenddessen würde sie sich dem Zorn ihres Vaters stellen, und sobald er sich etwas beruhigt hatte, würde sie ihm einfach erklären, dass sie sich in einen Gardisten verliebt hatte und dass er, wenn er seine jüngste Tochter liebte – was er *natürlich* tat – ihre Verlobung mit Aron lösen und ihr erlauben musste, Theon zu heiraten. Es gab keinen Grund, weshalb der König Theon nicht zum Ritter schlagen und ihm eine höhere Position im Palast übertragen konnte, damit er in aller Augen den angemessenen Status hatte, um einer Prinzessin den Hof zu machen. Immerhin war sie nicht die älteste Tochter und somit auch nicht die Thronfolgerin.

Da hörte sie plötzlich ein Geräusch, und ihr wurde eiskalt vor Angst.

Hufschläge.

Theon spannte sich an und löste sich aus ihrer Umarmung. Aus der Richtung, aus der sie gekommen waren, näherten sich drei Reiter. In Sekundenschnelle hatten sie Cleo und Theon eingeholt und schnitten ihnen den Weg zum Dorf ab.

»Ah, da seid Ihr ja. Das Mädchen hatte recht, Ihr seid nicht weit gekommen«, sagte der Mann in der Mitte. Er war jung, höchstens achtzehn oder neunzehn, und ganz in Schwarz gekleidet, was seine dunklen Haare und dunklen Augen noch betonte. Die anderen beiden Männer trugen rote Uniformen, die Cleo sofort als limerianisch erkannte.

Sie zog ihren Umhang fester um sich, als könnte sie damit gegen ihr Frösteln ankommen.

»Sprecht Ihr mit uns?«, fragte sie scharf.

»Ihr seid Prinzessin Cleiona Bellos«, antwortete er und bedachte sie mit einem gelangweilten Blick. »Richtig?«

Theon umfasste ihr Handgelenk fester. Vermutlich wollte er ihr damit sagen, dass sie die Frage nicht beantworten sollte.

»Wer will das wissen?«, fragte Theon stattdessen.

»Ich bin Magnus Lukas Damora, Prinz von Limeros. Und es ist mir eine Ehre, die auranische Prinzessin endlich persönlich kennenzulernen. Sie ist genauso entzückend, wie man sagt.«

Cleo starrte ihn überrascht an. Prinz Magnus. Natürlich hatte sie von ihm gehört, und das hier war auch nicht ihr erstes Treffen. Seine Eltern hatten ihn einmal zu einem Besuch im Palast mitgebracht, als sie noch ein Kind war, nicht älter als fünf oder sechs. Wie von selbst richtete sich ihr Blick auf die Narbe, die sich von seinem rechten Mundwinkel bis an sein Ohr zog, und plötzlich stieg eine Erinnerung aus ihrem Gedächtnis empor – eine Erinnerung aus ihrer Kindheit.

Ein kleiner Junge, in Tränen aufgelöst, mit einem tiefen Schnitt in der Wange. Blut tropft auf den farbenfrohen Teppich im Palast. Seine Mutter, die limerianische Königin, hat ihm eine Serviette gereicht, um sie auf sein Gesicht zu drücken, aber sie kniet sich nicht neben ihn oder nimmt ihn gar in den Arm. Sein Vater, der König, knurrt ihn nur an, er solle sich nicht so anstellen.

Der junge Mann, den sie jetzt vor sich sah, wirkte nicht, als würde er wegen eines bisschen Blutes in Tränen ausbrechen, vielmehr hatte Cleo das Gefühl, unter seinem kalten, forschenden Blick zu Eis zu erstarren. Manche Mädchen fanden ihn sicher sehr anziehend, aber sie nicht. Er hatte einen harten, gemeinen Zug um den Mund, und er machte sie nervös.

Aber sich mit unfreundlichen Menschen auseinanderzusetzen gehörte nun einmal zu ihren Pflichten als Prinzessin.

»Es hat mich sehr gefreut, Euch kennenzulernen, Prinz Magnus«, sagte Cleo in höflichem, gelassenem Ton. »Vielleicht treffen wir uns bald wieder. Jetzt müssen wir uns leider verabschieden, denn unser Freund wartet im Dorf auf uns, und wir wollen so bald wie möglich nach Auranos zurück.«

»Wie schön für Euch«, erwiderte Magnus. »Und wer ist Euer Freund, der hier neben Euch steht?«

»Das ist Theon Ranus, ein Gardist, der mich nach Paelsia begleitet hat.«

»Was macht Ihr in Paelsia, wenn ich fragen darf?«

»Die Landschaft genießen«, antwortete Cleo mit einem Lächeln. »Ich erkunde gerne fremde Länder.«

»Da bin ich mir sicher.« Statt den Weg frei zu machen, starrte der Prinz sie weiterhin unverwandt an. »Aber Ihr lügt. Ich weiß, dass Ihr in einer Hütte hier in der Nähe festgehalten wurdet – als ich gerade dort war, habe ich eine aufgebrochene Tür, drei bewusstlose Wachmänner und ein hysterisches Bauernmädchen vorgefunden, das Angst hatte, ich würde meine Wut über Eure Flucht an ihm auslassen. Die Reise hierher hat ein bisschen länger gedauert, als ich dachte. Ich bin nicht vertraut mit der paelsianischen Landschaft, und im Gegensatz zu Euch genieße ich sie auch nicht gerade.« Voller Abscheu blickte er sich um. »Ehrlich gesagt will ich so schnell wie möglich wieder weg.«

»Dann lasst Euch nicht aufhalten«, stieß Theon leise hervor.

Magnus sah auf ihn herab, doch anstatt zu antworten, lächelte er nur hämisch. Dann wandte er sich wieder Cleo zu, und unter dem Blick seiner teilnahmslosen Augen war sie wie gelähmt. »Ihr habt es also geschafft, Euren Häschern zu entkommen. Schlaues Mädchen.«

Sie versuchte, seinem Blick standzuhalten und sich keine Schwäche anmerken zu lassen. »Der Göttin sei Dank konnte ich fliehen. Mit Theons Hilfe.«

»Der Göttin sei Dank«, wiederholte Magnus. »Welche Göttin meint Ihr damit? Die böse Göttin, nach der Ihr benannt seid? Die Erzfeindin der Göttin meines Volkes?«

Langsam, aber sicher verlor Cleo die Geduld. »Sosehr ich dieses Gespräch auch genieße, Prinz Magnus, müssen wir uns jetzt wirklich auf den Weg machen. Bitte richtet Eurer Familie herzliche Grüße aus, wenn Ihr nach Limeros zurückkehrt.«

Magnus nickte seinen Wachen zu, die sofort abstiegen und näher kamen. Cleos ohnehin schon wild klopfendes Herz schlug noch schneller.

»Was soll das?« Ohne auch nur eine Sekunde zu zögern, zog Theon sein Schwert und stellte sich schützend vor sie.

»Ihr hättet es mir um einiges leichter gemacht, wenn Ihr einfach geblieben wärt, wo Ihr wart, Prinzessin«, sagte Magnus. »Ich soll Euch nach Limeros zurückbringen.«

Cleo atmete scharf ein. »Ihr werdet nichts dergleichen tun.«

»Der Auftrag kommt von meinem Vater, König Gaius, persönlich. Und ich werde ihn ausführen.« Seine dunklen Augen richteten sich auf Theon. »Ich würde dir raten, meine Männer nicht aufzuhalten. Wir sollten unnötiges Blutvergießen vermeiden.«

»Und ich würde Euch raten, kehrtzumachen und die Prinzessin in Ruhe zu lassen«, erwiderte Theon und hob sein Schwert. »Sie wird nirgendwo mit Euch hingehen.«

»Verzieh dich, Junge, solange du noch kannst.«

Theon lachte, und Magnus warf ihm einen bitterbösen Blick zu.

»Ihr enttäuscht mich ein bisschen, ganz ehrlich«, spottete Theon. »Ihr seid der limerianische Prinz, der Thronfolger. Ich dachte immer, die Männer Eurer Familie gehörten zu den stärksten und mächtigsten der Welt.«

»Das tun sie auch.«

»Wenn Ihr es sagt. Vielleicht seid Ihr ja einfach die Ausnahme von der Regel.«

»Wie amüsant …« Magnus gab seinen Begleitern ein Zeichen. »Männer, nehmt die Prinzessin in Gewahrsam. Und kümmert euch um ihren Beschützer.«

Die Wachen näherten sich Theon.

»Theon …« Cleos Kehle war wie zugeschnürt.

»Bleibt hinter mir.«

Panische Angst ergriff sie. Sie hatte gedacht, sie wären in Sicherheit. Sie war Jonas entkommen. Jetzt mussten sie sich nur noch mit Nic treffen, zum Hafen zurück und dort ein Schiff finden, das sie nach Hause brachte. Und dann würde alles gut werden.

»Was will Euer Vater von mir?«, fragte sie. »Das Gleiche wie Jonas? Wollt Ihr mich in Eurem Krieg als Druckmittel gegen meinen Vater einsetzen?«

»Seht es einfach als Versuch, die Beziehung zwischen unseren Ländern zu verbessern. Ergreift sie!«, fuhr Magnus seine Männer an. »Los!«

Doch um Cleo zu ergreifen, mussten sie an Theon vorbei. Die beiden Männer – und es waren wirklich Männer, keine Jungen – zogen ihre Schwerter. Cleo fürchtete um Theons Leben. Aber sie hatte ihn noch nie kämpfen sehen.

Er war unglaublich.

Cleo wich zurück, als die Schwerter klirrend und funkensprühend aufeinandertrafen. Der blonde Wachmann erwischte Theon am Arm, und plötzlich strömte Blut über den Ärmel seiner blauen Uniform. Mit Erleichterung nahm Cleo zur Kenntnis, dass er mit dem Arm weiterkämpfte, also war es wohl nur eine Fleischwunde. Im nächsten Moment stieß Theon sein Schwert in die Brust des Leibwächters.

Ein tödlicher Hieb. Mit einem Röcheln fiel der Mann auf die Knie und dann kopfüber in den Dreck.

Magnus fluchte laut. Cleo sah zu ihm auf, wie er regungslos auf seinem Pferd hockte und den Kampf aus sicherer Entfernung beobachtete. Der Tod seines Leibwächters schien ihn zu schockieren, als wäre er fest davon ausgegangen, dass Theon klein beigeben und ihm Cleo widerstandslos aushändigen würde.

Der Kampf war schwer, aber inzwischen war Cleo sicher, dass Theon siegen würde. Er war ihr Held. Er hatte sie schon einmal gerettet. Er würde sie auch jetzt retten.

Der zweite Leibwächter war älter und erfahrener, und er führte sein Schwert so mühelos, als wäre es eine Verlängerung seines Arms. Cleo hatte oft zugesehen, wie Wachmänner mit Holzschwertern trainierten oder in den alljährlich im Sommer stattfindenden Turnieren mit richtigen Schwertern aufeinander losgingen – doch einen Kampf wie diesen hatte sie noch nie erlebt.

Gerade als sie befürchtete, Theon würde doch unterliegen, verlor sein Gegner auf dem steinigen Boden das Gleichgewicht, und Theon rammte auch ihm ohne Zögern sein Schwert in die Brust.

Die Waffe des Mannes landete klirrend auf dem Boden, bevor er selbst zusammenbrach. Ein letztes Aufbäumen, dann war auch er tot.

Cleo hatte vor Angst die Luft angehalten, aber jetzt atmete sie erleichtert auf. Theon hatte die Männer getötet, um sie zu beschützen – er hatte gar keine andere Wahl gehabt. Wenn er nicht dazwischengegangen wäre, hätten die Limerianer sie als Geisel genommen, um ihren Vater zu erpressen.

Theon hatte ihr erneut das Leben gerettet.

Während sie ihn betrachtete, stieg eine tiefe Dankbarkeit in ihr auf. Seine Stirn war schweißnass, und er atmete schwer. Ihre Blicke trafen sich und wollten einander nicht mehr loslassen.

Doch plötzlich durchbohrte ein Schwert von hinten Theons Brust. Fassungslos starrte er auf die blutige Spitze, dann wurde die Waffe mit einem Ruck zurückgezogen, und in Sekundenschnelle war die Uniform durchweicht von dunklem Blut.

Blankes Entsetzen packte Cleo.

»Theon!«, schrie sie.

Theon fasste sich an die Brust und zog seine Hand blutüberströmt zurück. Noch einmal sah er ihr schmerzerfüllt in die Augen, dann sackte er zusammen und fiel mit dem Rücken hart auf den Boden, wo er regungslos liegen blieb.

Hinter Theon stand Magnus, das blutige Schwert fest in der Hand, und blickte kopfschüttelnd auf den leblosen Gardisten.

»Er hat meine Männer getötet. Als Nächstes wäre vermutlich ich selbst dran gewesen.«

Cleo zitterte am ganzen Leib. Wie in Trance stürzte sie zu Theon, ließ sich neben ihm auf die Knie fallen und umfasste seine Arme, seine Schultern, sein Gesicht. Heiße Tränen strömten ihr über die Wangen.

»Theon, alles wird gut. Du bist nur verwundet. Sieh mich an, bitte!« Die Worte gingen in ihrem erstickten, hilflosen Schluchzen unter.

Theon würde wieder gesund werden. Er musste. Sie hatte doch schon alles geplant. Er würde sie nach Auranos zurückbringen, und ihr Vater würde eine Weile wütend sein, aber dann würde sie ihm erklären, dass sie Theon liebte. Sie wollte nur ihn, es war ihr gleich, dass er nur ein Gardist war. Und Cleo bekam immer, was sie wollte, wenn sie es nur genug wollte.

»Es tut mir leid, dass es so weit kommen musste«, sagte Magnus. »Wenn Euer Wachmann sich zurückgehalten hätte, wie ich es ihm gesagt habe, wäre das nicht passiert.«

»Er ist nicht nur ein Wachmann«, flüsterte sie. »Nicht für mich.«

Als der Prinz ihren Arm berührte, als wollte er sie hochziehen, schrie Cleo auf und schlug nach ihm.

»Kommt mir nicht zu nahe! Fasst mich nicht an!«

Sein Gesicht blieb steinhart. »Ihr müsst mit mir kommen.«

»Niemals!«

»Macht es nicht noch schwerer, als es sowieso schon ist.«

Fassungslos starrte Cleo ihn an, doch durch den Tränenschleier vor ihren Augen erkannte sie nicht mehr als einen verschwommenen Schemen. Diese grausige Kreatur, dieses Ungeheuer hatte Theon so zugerichtet. Theon war gekommen, um sie zu retten, und jetzt …

Jetzt war er …

Nein, war er nicht. Er würde leben. Er musste leben.

Cleo stieß Magnus weg und klammerte sich an Theons Körper, drückte ihn an sich und schirmte ihn vor dem grausamen Prinzen ab. Theons Blut sickerte auf ihr Kleid, das sie die ganze Zeit sauber zu halten versucht hatte, selbst als sie tagelang in der kalten, dunklen Hütte gefangen gewesen war. Magnus' gefallene Begleiter würdigte sie keines Blickes. Sie waren tot. Aber Theon nicht. Er *lebte*.

»Genug!«, blaffte Magnus sie an, packte ihren Arm und zog sie auf die Beine. »Alles ist schiefgegangen, und jetzt muss ich Euch alleine nach Limeros zurückbringen. Strapaziert meine Geduld nicht noch mehr. Tut, was ich Euch sage!«

»Lasst mich los!« Rasend vor Wut und Angst kratzte Cleo ihm ins Gesicht, so fest sie konnte, und ihre Fingernägel rissen blutige Striemen in die Wange, die schon von der Narbe gezeichnet war. Magnus schrie auf und stieß Cleo so heftig von sich, dass sie zu Boden stürzte. Sie landete hart auf dem Rücken, und einen Moment blieb ihr die Luft weg.

Magnus starrte auf sie hinab, während sie nach Atem rang. Blut strömte aus den Kratzern auf seiner Wange, und sein Gesicht war hochrot, aber jetzt wirkte er eher verstört als wütend. Für einen Augenblick erinnerte er Cleo an den weinenden Jungen aus ihrer Erinnerung.

Er streckte die Hand nach ihr aus.

Plötzlich traf ihn etwas hart am Kopf. Mit einem Ächzen ging er zu Boden, und sein Schwert glitt ihm aus der Hand. Als Cleo mühsam auf die Beine kam, sah sie Nic auf sich zurennen. Er war es, der Magnus mit dem faustgroßen Stein außer Gefecht gesetzt hatte.

Der Prinz war bei Bewusstsein, aber desorientiert und benommen.

»Cleo!«, rief Nic und starrte mit schreckgeweiteten Augen auf das Blutbad um sie herum. »Was ist passiert?«

Bevor Magnus sich aufrappeln konnte, packte Cleo sein Schwert und hob es in die Höhe. Noch nie in ihrem Leben hatte sie eine solche Waffe in Händen gehalten, aber jetzt sammelte sie all ihre Kraft – eine von Schmerz und Wut genährte Kraft, von der sie bis zu diesem Moment nichts gewusst hatte – und drückte Magnus die blutige Spitze in die Brust.

Der Schreck durchdrang seine Benommenheit. »Prinzessin … bitte nicht …«

»Theon wollte mich retten. Und wegen Euch blutet er nun«, stieß sie zwischen zusammengebissenen Zähnen hervor. »Dafür werdet Ihr mit Eurem Blut bezahlen.«

Nic packte ihr Handgelenk. »Nein, Cleo. Tu das nicht!«

Ihre Arme schmerzten von der Anstrengung, das Schwert ruhig zu halten. »Ich muss verhindern, dass er noch mehr Unschuldigen wehtut.«

»Der kann uns nichts mehr anhaben. Sieh ihn dir an. Wenn du ihn umbringst, machst du alles nur noch schlimmer. Wir müssen zurück nach Hause. So schnell wie möglich.«

»Er wollte mich als Geisel nach Limeros verschleppen. Theon hat ihn aufgehalten.«

»Er wird dir nichts mehr tun, Cleo, das verspreche ich dir«, sagte Nic leise und nahm ihr das Schwert ab.

Magnus sah zu ihm auf, grimmig, aber erleichtert. »Danke für Eure Hilfe. Das werde ich Euch nicht vergessen.«

»Ich habe es nicht für dich getan, du Stück Dreck«, erwiderte Nic mit zornig blitzenden Augen.

Dann holte er aus und schlug Magnus die Breitseite des Schwerts mit aller Kraft gegen die Schläfe. Der Prinz stürzte bewusstlos zu Boden. Als Nic das Schwert wegwarf, sah Cleo, dass Blut an seinen Händen klebte. Theons Blut.

Sie stolperte zurück zu Theon, fiel wieder neben ihm auf die Knie und strich ihm zärtlich die bronzefarbenen Haare aus der Stirn.

Sein Blick war starr auf den Himmel gerichtet. So schön waren seine dunkelbraunen Augen. Cleo liebte diese Augen. Seine Nase. Seinen Mund. Sie liebte alles an ihm.

Behutsam berührte sie seine blutigen Lippen.

»Wach auf, Theon«, flüsterte sie. »Bitte komm zu mir zurück. Ich bin hier. Komm zu mir zurück und rette mich.«

Nic berührte sanft ihre Schulter.

Sie schüttelte den Kopf. »Er kommt wieder auf die Beine. Er braucht nur einen Moment.«

»Er ist tot, Cleo. Du kannst nichts mehr für ihn tun.«

Sie presste die Hand auf Theons Brust. Kein Herzschlag.

Und seine Augen starrten blicklos zu den Sternen empor. Seine Seele hatte seinen Körper verlassen. Alles, was von ihm übrig blieb, war eine leere Hülle. Und er würde nie mehr zu ihr zurückkommen.

Ein unkontrollierbares, herzzerreißendes Schluchzen erschütterte jede Faser von ihr. Für diesen Schmerz gab es keine Worte. Sie hatte Theon in dem Moment verloren, als ihr bewusst geworden war, wie viel er ihr bedeutete. Wenn sie nicht hergekommen wäre, hätte Theon ihr nicht folgen müssen. Er hatte sie geliebt. Er hatte sie beschützen wollen. Und jetzt war er tot. Ihretwegen.

Cleo beugte sich vor und küsste seine Lippen – ihr dritter Kuss.

Ihr letzter.

Dann ließ sie sich von Nic wegzerren, weg von dem bewusstlosen Prinzen, weg von ihrem toten Geliebten.

KAPITEL 26

PAELSIA

Als Magnus zu sich kam, waren alle drei Pferde weggelaufen. Er war allein mitten in Paelsia, umgeben von drei Leichen. Am Himmel hoch über ihm kreiste ein Falke. Für einen Moment dachte er, es könnte auch ein Aasgeier sein.

Mühsam rappelte er sich auf und stieß einen leisen Fluch aus, als sein Blick auf die toten Männer fiel. Dann spähte er mit finsterer Miene zum Dorf hinüber, konnte aber keine Spur von Prinzessin Cleiona oder ihrem geheimnisvollen Helfer entdecken.

Sosehr er sich auch bemühte, den auranischen Gardisten, den er erstochen hatte, nicht anzusehen, schweifte sein Blick dennoch immer wieder zu ihm hinüber. Die Augen des jungen Mannes waren immer noch weit geöffnet und starrten zum Himmel empor. An seinen Lippen klebte getrocknetes Blut, und um seinen Körper hatte sich eine rote Lache gebildet, die langsam in der Erde versickerte.

Auf einmal merkte Magnus, dass er zitterte. Dieser Gardist hatte zwei seiner Männer getötet, und um nicht als Nächster an die Reihe zu kommen, hatte er, Magnus, als Erster zugeschlagen und ihn von hinten erstochen. Wie ein Feigling.

Kurzentschlossen ging er in die Hocke und sah sich den Auranier genau an, obwohl er wusste, dass er das Gesicht des ersten Menschen, den er je getötet hatte, ohnehin nie vergessen würde. Der Junge war nicht viel älter gewesen als er selbst. Magnus streckte die Hand aus und drückte ihm die Augen zu.

Dann ließ er die Toten hinter sich, ging ins Dorf, kaufte einem Paelsianer, dem Magnus' bloße Anwesenheit eine Heidenangst einjagte, ein Pferd ab und ritt nach Limeros zurück. Erst als er so müde war, dass er fast aus dem Sattel fiel, machte er eine kurze Rast, schlief ein paar Stunden und galoppierte dann weiter – benommen, erledigt, geschlagen.

Die Kratzer, die die Prinzessin auf seiner Wange hinterlassen hatte, schmerzten nicht mehr, aber Magnus fragte sich, ob auch diesmal Narben zurückbleiben würden. Sie wären ein sichtbares Zeichen seiner Niederlage, seiner entsetzlichen Schande.

Als er endlich in Limeros ankam, ließ er sein Pferd vor den Palasttoren stehen, ohne einen Stallburschen zu rufen, der es wegführte und fütterte. Magnus konnte keinen klaren Gedanken fassen, und selbst das Gehen bereitete ihm Mühe.

So schnell er konnte, verzog er sich in sein Zimmer, schloss die Tür hinter sich und sank auf dem harten Steinboden auf die Knie.

Manche Leute waren der Ansicht, dass Magnus seinem Vater äußerlich und vom Temperament her sehr ähnelte. Bis zu diesem Tag hatte er dieser Meinung immer widersprochen. Aber es stimmte, er war der Sohn seines Vaters. Er war genauso grausam. Genauso hinterhältig. Genauso brutal. Auch Gaius hätte den Gardisten hinterrücks erstochen, um sein eigenes Leben zu retten. Der einzige Unterschied bestand darin, dass den König danach keine Gewissensbisse geplagt hätten. Er würde seine Taten nie bereuen. Er würde sie feiern, genau wie er die neu entdeckte Magie seiner Tochter gefeiert hatte, nachdem seine Geliebte wegen dieser Magie zu Asche verbrannt war.

Magnus hatte keine Vorstellung, wie lange er dort in der

Dunkelheit kniete, aber nach einer Weile wurde ihm bewusst, dass er nicht mehr allein war.

Lucia hatte seine Gemächer betreten. Noch sah er sie nicht, aber er spürte ihre Anwesenheit und roch ihren blumigen Duft.

»Bruder?«, flüsterte sie. »Du bist wieder da.«

Er antwortete nicht. Sein Mund war wie ausgetrocknet, und er war nicht sicher, ob er sich überhaupt bewegen konnte.

Lucia kam zu ihm und berührte sanft seine Schulter.

»Magnus!«, rief sie erschrocken aus, kniete sich neben ihn und strich ihm die Haare aus dem Gesicht. »Deine Wange. Du bist ja verletzt!«

Er schluckte schwer. »Halb so schlimm.«

»Wo warst du?«

»In Paelsia.«

»Du siehst so … oh Magnus.« Die Besorgnis in ihrer Stimme war unüberhörbar. Sie wusste nicht, was er getan hatte. Mit welchem Auftrag er nach Paelsia geschickt worden war.

Nimm Prinzessin Cleiona in Gewahrsam und bring sie nach Limeros zurück.

Eine ganz einfache Aufgabe. Bestimmt hätte sein Vater sie ihm nie anvertraut, wenn er nicht sicher gewesen wäre, dass er sie erfüllen würde.

Aber er hatte versagt.

Lucia erhob sich und kam wenige Minuten später mit einem feuchten Tuch und einem Glas Wasser zurück. »Trink das«, forderte sie ihn auf.

Magnus trank. Aber das Wasser riss ihn nur aus seiner Benommenheit, so dass seine Wange wieder anfing wehzutun.

»Woher hast du die Kratzer?«, fragte Lucia, während sie die Wunde behutsam auswusch.

Auch diesmal gab er keine Antwort. Lucia würde nicht verstehen, was er getan hatte.

»Sag es mir«, beharrte sie. Ihr ungewohnt strenger Ton brachte ihn dazu, sie direkt anzusehen. »Ja, so ist es recht. Du musst mir sagen, was passiert ist. Jetzt sofort.«

»Wirst du dafür sorgen, dass alles wieder gut wird?«

»Vielleicht.«

Er seufzte schwer, wodurch ihr Blick noch ernster wurde. »Magnus, bitte«, sagte sie leise, während sie ihm erneut die Haare aus dem Gesicht strich. »Was kann ich tun?«

Er schüttelte den Kopf. »Nichts.«

»Warum warst du in Paelsia?«

»Vater hat mich dorthin geschickt, um etwas für ihn zu erledigen. Ich habe versagt. Und ... es sind furchtbare Dinge passiert. Er wird sehr wütend auf mich sein.«

Magnus starrte auf den Boden, auf seine Hände. Er hatte sein Schwert unten im Eingangsbereich des Palasts liegen lassen, ohne es von dem Blut des Gardisten zu reinigen.

»Was ist passiert?«

»Die Wachmänner, die mit mir nach Paelsia gekommen sind – sie sind tot.«

»Sie sind tot?«, wiederholte Lucia bestürzt. »Aber ... aber du konntest fliehen. Du bist verletzt, aber du konntest fliehen.« Sie berührte zärtlich sein Gesicht. »Der Göttin sei Dank, dass du überlebt hast.«

Die Art, wie sie ihn ansah, so völlig überzeugt, dass er niemals etwas Böses tun könnte, gab ihm Kraft und brach ihm gleichzeitig das Herz. »Ich habe jemanden getötet.«

Überrascht sah sie ihn an. »Mein armer Bruder. Was du durchmachen musstest ... Das tut mir so leid.«

»Ich bin ein *Mörder*, Lucia.«

»Aber nein.« Sie nahm sein Gesicht in beide Hände und zwang ihn, sie weiter anzusehen. »Du bist mein Bruder, mein wundervoller Bruder. Du bist kein schlechter Mensch, Magnus, und das wirst du auch nie sein. Hörst du?«

Sie nahm ihn in die Arme und drückte ihn an sich, so fest, dass er fast vergessen konnte, was passiert war. Er klammerte sich regelrecht an sie. Lucia war der Anker, der ihn davor bewahrte, von der Strömung hinaus aufs Meer gerissen zu werden.

»Vater wird nicht wütend sein«, flüsterte sie. »Was immer er von dir wollte, ist nicht so wichtig. Viel wichtiger ist, dass du wieder hier bist.«

»Da wird er wahrscheinlich anderer Meinung sein.«

»Nein, das denke ich nicht. Auch ich habe mich schrecklich gefühlt wegen dieser Sache mit Sabina.« Sie stockte. »Aber er hat mir versichert, dass ich keine Angst vor meiner Magie zu haben brauche. Dass es so kommen musste. Es war Schicksal.«

»Und du hast ihm geglaubt?«

Einen Moment schwieg Lucia nachdenklich. »Es hat eine Weile gedauert, aber jetzt glaube ich ihm. Meine Fähigkeiten machen mir keine Angst mehr. Darf ich dir zeigen, was ich gelernt habe?«

Sie presste ihre Hand auf seine verletzte Wange. Sofort spürte Magnus eine angenehme Wärme, und ihre Finger begannen, in einem sanften, weißen Licht zu schimmern. Er starrte in ihre blauen Augen und zwang sich stillzuhalten, während ihre Hand immer heißer wurde. Es tat weh, aber er schreckte nicht vor ihr zurück. Als sie ihn endlich losließ und er seine Wange berührte, spürte er bis auf seine Narbe nur glatte Haut – die frischen Kratzer waren verschwunden. Lucia hatte ihn mit ihrer Erdmagie geheilt.

»Unglaublich. Du bist unglaublich.«

Ein kleines, selbstsicheres Lächeln erschien auf ihren Lippen. »Ich hätte nicht gedacht, dass Vater so freundlich zu mir sein würde, nachdem … na ja, nach dem, was ich getan habe. Er hätte es viel schlimmer machen können. Aber er hat das Gegenteil getan, und dafür liebe ich ihn.«

Dass ein paar freundliche Worte des Königs ausgereicht hatten, um Lucia die ganze Vergangenheit vergessen zu lassen, machte Magnus wütend. »Liebst du ihn genauso sehr wie mich?«

Sie lehnte sich an ihn und lachte leise. »Willst du die Wahrheit hören?«

»Unbedingt.«

»Dann verrate ich dir ein Geheimnis«, flüsterte sie ihm ins Ohr. »Ich liebe niemanden so sehr wie dich.«

Er löste sich ein Stück von ihr, umfasste ihr wunderschönes Gesicht mit beiden Händen und starrte in ihre Augen. Konnte das wahr sein?

»Heitert dich das ein bisschen auf?«, fragte sie.

Magnus nickte langsam. »Ja, das tut es.«

Und dann, mit flatterndem Herzen, drückte er seinen Mund auf ihren und küsste sie so innig und leidenschaftlich, wie er es sich schon seit Jahren erträumte. Ihre Lippen waren weich und süß, und sie erfüllten ihn mit Hoffnung und mit unendlicher Liebe.

Plötzlich wurde ihm bewusst, dass ihre Hände flach auf seiner Brust lagen – dass sie versuchte, ihn wegzuschieben. Als er von ihr abließ, rutschte sie so hastig zurück, dass sie hart auf dem Hintern landete. Erschrocken schlug sie sich die Hand vor den Mund. Aber er sah noch etwas anderes in ihren Augen. Abscheu.

Magnus' Lippen prickelten noch von dem wundervollen Gefühl, das der Kuss auf ihnen hinterlassen hatte, aber gleichzeitig traf ihn die Erkenntnis dessen, was gerade passiert war, wie ein Schlag ins Gesicht.

Lucia hatte seinen Kuss nicht erwidert.

»Wie … wie kannst du so etwas tun?«, stammelte sie, und ihre Stimme klang seltsam schrill.

Sein Herz hämmerte. »Es tut mir leid«, stieß er heiser hervor. Dann schüttelte er den Kopf. »Nein, das stimmt nicht. Es tut mir nicht leid. Ich wollte dich schon lange küssen, aber ich hatte Angst.«

Ihre Hand zitterte, als sie sie von ihrem Mund zurückzog. »Aber du bist mein Bruder.«

»Du hast gesagt, dass du mich liebst.«

»Ja, ich liebe dich über alles … als meinen *Bruder*. Aber das …« Sie schüttelte den Kopf. »Nein, das ist nicht richtig. So etwas darfst du nie wieder tun.«

»Du bist nicht wirklich meine Schwester«, platzte Magnus heraus. Er wollte sich nicht dafür schämen, dass er seinem Verlangen endlich nachgegeben hatte. Er hatte Lucia seine Gefühle auf eine ehrliche Art gezeigt, und daran war nichts Falsches. Nein, seine Liebe für sie war rein – so rein wie sonst nichts auf dieser verdorbenen Welt. »In deinen Adern fließt nicht dasselbe Blut wie in meinen. Du wurdest nicht in dieser Familie geboren, sondern in Paelsia. Sabina hat dich aus der Wiege gestohlen. Unsere Eltern haben dich hier als meine Schwester aufgezogen, aber wir sind nicht verwandt. Unsere Liebe ist nicht verboten.«

Während er sprach, wurde Lucia immer blasser. »Warum sagst du solche grausamen Dinge zu mir?«

»Weil es die Wahrheit ist. Die Wahrheit, die der König dir schon längst hätte gestehen müssen. Er will deine Fähigkeiten für seine eigenen Zwecke benutzen. Deshalb hat er dich hergebracht, nur deshalb hat er dich als seine Tochter aufgezogen.«

»Und du wusstest es die ganze Zeit?«

»Nein, ich habe es von Sabina erfahren, kurz vor ihrem Tod. Aber Mutter hat es mir bestätigt.«

»Ich verstehe das nicht.« Etwas wackelig stand Lucia auf. Auch Magnus erhob sich, ohne den Blick von ihr abzuwenden. Seine Schande in Paelsia war für den Moment vergessen. Er hatte nicht vorgehabt, Lucia so mit der Wahrheit über ihre Herkunft zu überrumpeln, aber sie musste es wissen.

»Keine Sorge«, versuchte er sie zu beruhigen. »Der König betrachtet dich auch weiterhin als seine geliebte Tochter. Das weiß ich ganz genau. Und wir wurden zusammen großgezogen, Seite an Seite. Das stimmt alles nach wie vor. Aber jetzt, da ich die Wahrheit weiß, kann ich dich nicht länger nur als meine Schwester sehen. Du bist so viel mehr für mich.«

Ihre Blicke begegneten sich. »Bitte sag so etwas nicht.«

»Du bist der einzige Mensch auf der ganzen Welt, der mir etwas bedeutet.« Seine Stimme brach. »Ich liebe dich, Lucia. Ich liebe dich von ganzem Herzen.«

Sie starrte ihn wortlos an.

»Du hast gesagt, du liebst mich.« Magnus gab sich alle Mühe, sich seine Verzweiflung nicht anhören zu lassen. »Mehr als alle anderen.«

»Ja, als Bruder! Als meinen wundervollen Bruder liebe ich dich über alles.«

Es war ein Gefühl, als würde sein Herz stehen bleiben, und die ganze Welt schien um ihn herum zusammenzubrechen. »Nur als Bruder«, wiederholte er tonlos.

»So etwas darfst du nie wieder tun. So darfst du mich nicht anfassen. Das ist falsch, Magnus.«

Er ballte die Hände zu Fäusten. »Nein, es ist *nicht* falsch.«

»Ich empfinde nicht das Gleiche für dich.«

»Aber vielleicht irgendwann ...«

»Nein.« Tränen glitzerten in ihren Augen. »Ich werde dich nie auf diese Art lieben. Bitte, lass uns nie wieder darüber reden.« Ohne ein weiteres Wort ging sie zur Tür, aber Magnus hielt sie am Handgelenk fest.

»Bitte lass mich nicht allein.«

»Ich muss gehen, Magnus. Ich kann im Moment nicht in deiner Nähe sein.«

Mit einem Ruck befreite sie sich aus seinem Griff und verließ sein Zimmer.

Er stand stocksteif da und starrte die Tür an, ohne irgendwas zu denken. Noch unter Schock wegen dem, was gerade passiert war.

Lucia würde ihm den Rücken kehren, ihn bestrafen, weil er ihr gezeigt hatte, was er für sie empfand. Weil er ihr sein Herz geöffnet hatte wie noch niemandem sonst.

Aber er war schon immer ein Narr gewesen. Ein dummes Kind, das ständig von Leuten geschlagen oder missbraucht wurde, die größer, stärker oder mächtiger waren. Schon sein Leben lang musste er so viel Schmerz ertragen, und der einzige Schutz, den er entwickelt hatte, war eine brüchige Maske, hinter der er seine wahren Gefühle verbarg. Aber eine Maske konnte allzu leicht heruntergerissen und zerschmettert werden.

Aber von diesem Tag an war er kein Kind mehr. Er hatte einen Mann getötet. Er hatte die Person verloren, die er über alles liebte, und sie würde ihm nie wieder so vertrauen wie früher. Seine Beziehung zu Lucia war für immer zerstört, dafür hatte er selbst gesorgt. Und als er jetzt ganz alleine in seinem Zimmer stand, ballte er die Fäuste und weinte über den Verlust seiner Schwester und seiner besten Freundin auf der ganzen Welt.

Sein Herz war in tausend Stücke zerbrochen, und nun, ganz langsam, erstarrte es zu Eis.

KAPITEL 27

AURANOS

Als sie im Schloss ankamen, fühlte Cleo sich immer noch wie betäubt. Sie konnte nichts anderes hören als das Rauschen ihres Blutes und das Klopfen ihres Herzens.

Theon war tot.

»Ich bin bei dir«, flüsterte Nic, während sie direkt zum König geführt wurden. Die Wachen hatten Cleo nicht einmal genug Zeit gegeben, sich in ihrem Zimmer auszuruhen.

Sie sagte kein Wort. Sie war nicht einmal sicher, ob sie überhaupt sprechen konnte.

Die großen, eisenbeschlagenen Holztüren schwangen auf, und einer der Wachmänner eilte voraus, um den König über Cleos Rückkehr in Kenntnis zu setzen.

»Cleo, bist du es wirklich?«, fragte er. »Bist du wirklich wieder da, oder ist das nur eine grausame Illusion?« Das Gesicht des Königs war bleich, und er sah noch älter aus, als sie ihn in Erinnerung hatte.

Kaum hatte man sie in den Raum geleitet, schlugen die Türen hinter ihnen zu. Einer der Wachmänner warf Cleo einen mitfühlenden Blick zu – offenbar kannte er das aufbrausende Temperament des Königs.

»Es tut mir leid«, brachte sie mühsam heraus, aber dann kamen ihr wieder die Tränen.

Mit wenigen Schritten war der König bei ihr und zog sie an sich. »Mein armes Mädchen. Ich bin so froh, dass du wieder zu Hause bist.«

Seine Reaktion überraschte Cleo, denn in letzter Zeit war er immer so streng zu ihr gewesen, dass sie seine sanfte Seite ganz vergessen hatte. Schließlich ließ er sie los und half ihr auf einen Stuhl, dann wandte er sich an Nic. »Erkläre mir, was passiert ist.«

Nic trat unruhig von einem Fuß auf den anderen. »Wo soll ich anfangen?«

»Ich bin immer noch wütend, dass ihr gegen meinen ausdrücklichen Wunsch nach Paelsia gereist seid, aber ich hatte keine Ahnung, dass die Schwierigkeiten zwischen den Ländern in einem solchen Konflikt enden würden. König Gaius hat mir einen Besuch abgestattet, um mich zu informieren, dass Cleo gefangen gehalten wird.«

»Sein Sohn wollte sie nach Limeros verschleppen«, erklärte Nic.

Cleo fröstelte bei der Erinnerung an den dunkelhaarigen Jungen mit den kalten, teilnahmslosen Augen.

»Aber wir konnten fliehen.«

»Der Göttin sei Dank«, sagte der König leise. »Wie seid ihr entkommen?«

»Theon«, setzte Nic an, stockte dann aber. Obwohl er bisher so ruhig gesprochen hatte, kämpfte auch er mit den Tränen. »Er hat Prinz Magnus' Männer getötet, um Cleo zu beschützen. Aber dann hat der Prinz ihn umgebracht.«

»Was?«, rief der König erschüttert aus.

»Wir hatten keine andere Wahl, als seinen Leichnam in Paelsia zurückzulassen. Wir mussten uns so schnell wie möglich in Sicherheit bringen.«

»Ich wollte den Prinzen töten«, stieß Cleo hervor. »Ich hatte die Gelegenheit, aber …«

»Aber ich habe sie davon abgehalten«, gab Nic zu. »Wenn sie Prinz Magnus getötet hätte, wäre die Situation nur noch schlimmer geworden.«

Der König schwieg einen Moment. »Du hast recht daran getan einzugreifen«, meinte er schließlich. »Aber ich verstehe auch Cleos Wunsch nach Rache.«

Rache. Das Wort klang so endgültig. Auch Jonas hatte nach Rache gestrebt, als er sie entführt hatte. Cleo hatte den glühenden Hass in seinen Augen gesehen, den er ihr seit dem Mord an seinem Bruder entgegenbrachte. Wenn er sich so gefühlt hatte wie sie jetzt, konnte sie von Glück sagen, dass sie noch lebte.

Er hatte sie so lange gefangen halten wollen, bis Prinz Magnus sie holen kam, dämmerte ihr jetzt. Die beiden hatten zusammengearbeitet, um ihren Vater zu zerstören. Es war ein Wunder, dass sie es geschafft hatte zu fliehen. Ein Wunder, für das sie einen viel zu hohen Preis bezahlt hatte.

»Cleo, du bist so bleich.« Die Besorgnis war König Corvin deutlich anzuhören.

Nic berührte ihren Arm. »Sie steht noch unter Schock.«

»Verstehst du jetzt, warum ich dich nicht gehen lassen wollte, Tochter? Ich weiß, du wolltest deiner Schwester helfen, aber im Moment steht zu viel auf dem Spiel.«

»Ich habe versagt«, schluchzte sie. »Ich habe kein Heilmittel für Emilia gefunden. Und Theon ist meinetwegen gestorben.«

Der König umfasste ihr Gesicht und küsste sie zärtlich auf die Stirn. »Geh in dein Zimmer und ruh dich aus. Morgen ist ein neuer Tag.«

»Ich dachte, Ihr wärt wütend auf mich.«

»Das bin ich auch. Aber die Erleichterung, dich wohlbehalten zurückzuhaben, ist größer. Liebe ist stärker als Wut. Liebe ist stärker als Hass – sie ist stärker als alles. Vergiss das nie.«

Nic brachte sie auf ihr Zimmer und wartete, bis sie im Bett lag, dann küsste er sie ebenfalls auf die Stirn und ließ sie allein. Cleo versuchte zu schlafen, aber ihre Albträume waren schlimmer denn je. Einer nach dem anderen suchte sie heim, und in jedem von ihnen spielte ein dunkelhaariger Junge die Hauptrolle. Entweder der wilde Paelsianer, der sie eine regennasse Straße entlangzerrte und in eine kleine, stockfinstere Hütte sperrte. Oder der eiskalte Limerianer mit der Narbe im Gesicht und einem blutigen Schwert in der Hand, der lachend über Theons Leichnam stand.

Mitten in der Nacht wachte sie schluchzend auf.

»Schon gut«, flüsterte eine vertraute Stimme. Eine kühle Hand strich beruhigend über ihre Stirn.

»Emilia?« Cleo setzte sich auf, als sie ihre Schwester erkannte. Selbst in der Dunkelheit sah sie deutlich, wie dünn und bleich Emilia war, und die tiefen Schatten unter ihren Augen. »Was machst du hier? Du solltest im Bett sein.«

»Wie könnte ich in meinem Zimmer bleiben, wenn meine kleine Schwester endlich zurück ist?«, erwiderte Emilia und schlüpfte neben Cleo unter die Decke. »Vater hat mir gesagt, was passiert ist, Cleo. Das mit Theon tut mir so leid.«

Cleo öffnete den Mund, aber es dauerte eine Weile, bis die Worte kamen. »Ich bin schuld an seinem Tod«, sagte sie schließlich leise.

»Nein, das darfst du nicht denken.«

»Wenn ich nicht weggelaufen wäre, hätte er überhaupt nicht nach Paelsia kommen müssen. Dann wäre er noch am Leben.«

»Es war seine Aufgabe, dich zu beschützen. Und das hat er getan. Er hat dich beschützt, Cleo.«

»Aber jetzt ist er tot«, schluchzte Cleo.

»Ich weiß.« Ihre Schwester nahm sie in die Arme, und Cleo weinte, als wollten ihre Tränen nie versiegen. »Und ich weiß, wie du dich fühlst. Als ich Simon verloren habe, dachte ich, ich könnte nicht weiterleben.«

»Du hast ihn wirklich geliebt.«

»Von ganzem Herzen«, nickte Emilia und strich Cleo tröstend über die Haare. »Trauere um Theon. Bewahre dir deine Erinnerung an ihn. Danke ihm für sein Opfer. Eines Tages wird der Schmerz nachlassen, das verspreche ich dir.«

»Nein, wird er nicht.«

»Jetzt ist die Wunde noch zu frisch, deshalb kommt es dir vor, als würde dein Kummer nie vergehen.« Emilia sah sie eindringlich an. »Aber du musst stark sein, Cleo. Schwere Zeiten stehen uns bevor.«

Cleo stockte der Atem. »Es gibt Krieg.«

Emilia nickte. »König Gaius wollte, dass Vater ihm die Herrschaft über Auranos kampflos überlässt. Er hat gedroht, dir schreckliche Dinge anzutun, wenn Vater nicht kooperiert.«

Bei der Vorstellung bekam Cleo eine Gänsehaut. »Und ganz unter uns«, fuhr Emilia verschwörerisch fort, »ich glaube, Vater hätte alles getan, was Gaius von ihm wollte, um dich zu retten.«

»Das kann er nicht. Sein Volk vertraut auf ihn, da kann er Auranos nicht einfach an die Limerianer abtreten.«

»Und an die Paelsianer. Paelsia und Limeros haben sich in ihrem Hass gegen uns verbündet.«

»Warum hassen sie uns so sehr?«

»Aus Neid. Sie sehen, in welchem Wohlstand wir hier leben. Und wir haben ja auch so viel mehr als sie.«

Cleo seufzte leise. Durch ihre Leichtsinnigkeit hätte ihr Vater um ein Haar sein Königreich verloren. »Meine Reise nach Paelsia war in vielerlei Hinsicht falsch, aber ich kann sie trotzdem nicht nur bereuen. Ich wollte dir helfen.«

»Ich weiß.« Ein kleines, trauriges Lächeln erschien auf Emilias Lippen. »Ich weiß, dass du es für mich getan hast. Und ich liebe dich so sehr dafür. Aber ich denke, nicht einmal eine Wächterin könnte mich noch heilen. Ehrlich gesagt bin ich nicht einmal sicher, ob ich an die Legenden glaube.«

»Die Wächter gibt es wirklich.«

»Hast du einen gesehen?«

Cleo zögerte einen Moment. »Nein. Aber eine Frau, die ich getroffen habe, Eirene, hat mir eine Geschichte erzählt, die ich noch nie gehört hatte. Von einer Magierin und einem Jäger. Wusstest du, dass die Göttinnen ursprünglich zu den Wächtern gehörten, bis sie eines Tages die Essenzen gestohlen und sich selbst ins Exil gebracht haben? Jetzt warten die übrigen Wächter auf eine Magierin, die sie zu den versteckten Essenzen führt, bevor die Magie der Kristalle endgültig stirbt. Ist das nicht unglaublich?«

Emilias Lächeln blieb unverändert. »Klingt nach einer erstaunlichen Geschichte.«

»Sie ist wahr«, beharrte Cleo. »Die Göttinnen haben die Essenzen gestohlen und sie unter sich aufgeteilt, aber durch die Macht ihrer Magie wurden sie zu Feindinnen. Davor war Mytica ein ungeteiltes Land. Es gab eine Zeit, in der wir alle zusammengehalten haben.«

»Aber die ist lange vorbei. Der limerianische König hasst unseren Vater. Er will ihn vernichten. Schon bevor er den Thron bestiegen hat, wollte er Auranos an sich reißen. Sein Vater war ein gütiger König, der sich immer für den Frieden eingesetzt hat, aber König Gaius hätte keine Skrupel, ein Blutbad anzurichten, wenn ihm das mehr Macht verschafft.«

Cleo wurde eng ums Herz. »Sein Sohn ist grausam und böse. Wenn ich ihn je wiedersehe, bringe ich ihn um.«

Zu ihrer Überraschung reagierte Emilia nicht mit Besorgnis, sondern mit Bewunderung. »Du bist so unendlich leidenschaftlich und entschlossen. Und stark.«

»Stark?«, wiederholte Cleo verwundert. »Ich könnte kein Schwert schwingen, selbst wenn mein Leben davon abhinge.«

»Ich meine nicht körperlich stark, sondern hier.« Emilia presste die Hand auf Cleos Herz. Dann berührte sie ihre Stirn. »Und hier. Dein kluges Köpfchen kann allerdings noch ein bisschen Übung brauchen, also solltest du erst mal keine Abenteuerreisen in gefährliche Länder unternehmen.«

»Ich bin nicht stark«, entgegnete Cleo. »Weder mein Herz noch mein Verstand.«

»Manchmal erkennt man die eigene Stärke erst, wenn man sie unter Beweis stellen muss. Als jüngste Tochter des Königs musstest du dich nicht oft beweisen, Cleo. Nicht so wie ich.« Ein Schatten legte sich über Emilias Gesicht. »Aber ich glaube, das wirst du. Schon bald. Du musst deine Stärke nutzen. Du musst sie ausbauen. Und du musst an ihr festhalten, denn manchmal ist diese innere Kraft alles, was uns in schweren Zeiten aufrechthält.«

Cleo ergriff die Hände ihrer Schwester. »Du musst auch stark sein. Ich werde einen Gardisten nach Paelsia schicken, und er wird ein Heilmittel für dich finden.«

Theon hatte ihr versprochen, das für sie zu tun, aber jetzt musste sie jemand anderen aussenden. Wenn Emilia noch genug Kraft hatte, um mitten in der Nacht aufzustehen und an Cleos Bett zu kommen, dann gab es noch Hoffnung, dass sie wieder gesund werden würde.

»Ich werde es versuchen«, sagte Emilia mit matter Stimme und wandte den Kopf zum Fenster. »Ich werde mir alle Mühe geben, stark zu sein. Für dich.«

»Gut.« Die Schwestern schwiegen einen Moment, und Emilia blickte weiter zu den Sternen empor.

»Du solltest wissen, dass Limeros und Paelsia bald mit einer Armee in Auranos einmarschieren werden, und sie erwarten, dass unser Vater seinen Thron widerstandslos aufgibt.«

Cleos Herz setzte einen Schlag aus. »Das kann er nicht.«

»Wenn er nicht sofort kapituliert, wird die Armee den Palast angreifen.«

Wut flammte in Cleo auf. »Was wird er tun?«

Emilia umfasste ihre Hände fester. »Wenn du in die Fänge der Limerianer geraten wärst, hätte Vater wahrscheinlich alles getan, um dein Leben zu retten.«

»Und jetzt, wo ich wieder hier bin?«

»Wenn Gaius jetzt immer noch Krieg will«, sagte Emilia und sah ihrer Schwester direkt in die Augen, »dann wird er genau den bekommen.«

KAPITEL 28

LIMEROS

Magnus hatte gewusst, dass der König vor Wut schäumen würde, wenn er von seinem Scheitern in Paelsia erfuhr. Doch jetzt, nach einer Woche des Wartens, fühlte er sich bereit, seinem Schicksal ins Gesicht zu blicken. Er stand an dem eisernen Treppengeländer, als König Gaius unten die Eingangshalle des Palasts betrat. Der König kam sofort zur Sache.

»Wo ist Prinzessin Cleiona?«, fragte er ohne Umschweife, noch während er seine Reiterhandschuhe auszog und sich von einem Diener seinen schlammbespritzten Umhang abnehmen ließ.

Magnus begegnete seinem Blick, ohne mit der Wimper zu zucken. »Ich nehme an, sie ist in Auranos.«

»Du hast also versagt?«, rief der König erbost.

»Wir sind in einen Hinterhalt gelockt worden, meine Männer sind im Kampf gefallen, und ich musste den Leibwächter der Prinzessin töten, um mein eigenes Leben zu retten.«

König Gaius' Gesicht lief vor Wut puterrot an. Ohne ein Wort stürmte er auf seinen Sohn zu und holte zum Schlag aus, aber Magnus hielt seinen Arm fest.

»Wagt es nicht«, sagte er drohend. »Wenn Ihr noch einmal die Hand gegen mich erhebt, werde ich auch Euch töten.«

»Ich habe dir diesen einen simplen Auftrag erteilt, und du hast versagt.«

»Und ich hatte alle Mühe, lebend nach Hause zu kommen.

Ja, König Corvins Tochter ist mir entwischt, aber daran lässt sich jetzt nichts mehr ändern. Ihr müsst einen anderen Weg finden, Auranos unter Eure Herrschaft zu bringen. Vielleicht ist Eure eigene Tochter ja Hilfe genug.« Magnus taxierte seinen Vater mit durchdringendem Blick. »Obwohl sie natürlich nicht wirklich Eure Tochter ist.«

Für einen kurzen Moment weiteten sich die Augen des Königs etwas, ansonsten zeigte er keine Reaktion auf Magnus' Worte. »Woher weißt du das?«

»Eure Mätresse hat es mir verraten, bevor Lucia sie zu Asche verbrannt hat. Und Mutter hat es mir bestätigt.« Magnus' Lippen zuckten. »Was habt Ihr dazu zu sagen?«

König Gaius schwieg einen Moment, dann befreite er mit einem Ruck seinen Arm aus Magnus' Griff. »Ich wollte es dir erzählen, wenn ich wieder da bin.«

»Aus irgendeinem Grund finde ich das schwer zu glauben.«

»Glaub, was du willst, Magnus. Was Sabina und deine Mutter dir gesagt haben, ist die Wahrheit, aber das ändert nichts.« Seine Wut verrauchte, und er nickte bedächtig. »Ich vertraue auf das Schicksal. Wir müssen in den Krieg ziehen, auch wenn wir keinerlei Sicherheit haben.«

Nicht ein Wort der Entschuldigung für ein Leben voller Lügen, aber Magnus hatte nichts anderes erwartet. Und genau aus diesem Grund würde er sich auch nicht für sein Scheitern in Paelsia entschuldigen. »Hätten wir denn wirklich eine Sicherheit gehabt, wenn wir Prinzessin Cleiona gefasst hätten?«

»Nein. Nur bessere Chancen.« König Gaius musterte seinen Sohn eindringlich. »Du hast offenbar aus deinem Fehler und aus den Enthüllungen hinterlistiger Frauen gelernt. Die Erfahrung hat dich stärker gemacht«, stellte er fest, und seine Lippen verzogen sich zu einem Grinsen. »Alles steht zum

Besten. Das Schicksal ist uns geneigt, Magnus. Warte es nur ab. Auranos gehört uns.«

Magnus' Gesicht blieb ausdruckslos. »Ich kann es kaum erwarten, unsere Feinde bluten zu lassen.«

Das Grinsen des Königs wurde noch breiter. »Du bist wohl auf den Geschmack gekommen, was? Findest du Gefallen daran, Menschen zu töten?«

»Vielleicht, ja.«

»Hervorragend. Schon bald wirst du diese Erfahrung noch sehr viel öfter machen können, das verspreche ich dir.«

Als der König ihn am nächsten Tag herbeizitierte, unterbrach Magnus augenblicklich seine Schwertkampfübungen und machte sich sofort auf den Weg. Andreas und die anderen Jungen blickten ihm mit mühsam verstecktem Missmut hinterher.

»Wenn ihr mich entschuldigen würdet«, sagte Magnus und warf sein Schwert von sich, mit dem er in der letzten Woche zwei Waffen seiner Trainingspartner zertrümmert hatte. Sie konnten sich glücklich schätzen, dass ihre Schwerter nicht aus Stahl waren, sonst hätten ihre Arme wohl mit dran glauben müssen. »Der König braucht mich.«

Mit seiner neuen inneren Einstellung schien alles so viel leichter. Er war der Sohn des Blutkönigs, und diesem Titel würde er auf jede erdenkliche Art gerecht werden.

Sein Vater wartete am Eingang des Ostturms, wo Gefangene eingesperrt waren, an denen der König ein spezielles Interesse hatte.

»Komm mit«, sagte er und führte Magnus die schmale Wendeltreppe hinauf. Die schwarzen Steinwände weiter oben waren reifbedeckt, denn in den Türmen gab es weder Wandteppiche noch Kaminfeuer, die wenigstens ein bisschen Wärme erzeugt hätten.

Magnus war nicht sicher, was ihn erwartete. Wahrscheinlich irgendein Gefangener, dem demnächst die Hände oder der Kopf abgeschlagen werden sollten. Womöglich würde der König seinem Sohn sogar erlauben, das endgültige Urteil über einen Mörder oder Taschendieb zu fällen. Doch als sie die Kerkerzelle erreichten und Magnus sah, wer dort eingesperrt war, wurde er bleich.

In dem kleinen, düsteren Raum stand Amia, mit den Armen an die Wand gekettet und von zwei stoisch dreinblickenden Wärtern flankiert. Das Gesicht der jungen Dienstbotin war blutig. Als sie Magnus erkannte, weiteten sich ihre Augen, dann blickte sie hastig zu Boden und biss sich auf die Unterlippe.

»Das hier ist eins unserer Küchenmädchen«, erklärte der König. »Sie wurde vor dem Thronsaal beim Lauschen erwischt. Du weißt, was ich von Spionen halte.«

»Ich bin kein Spion«, flüsterte Amia.

Mit wenigen Schritten hatte der König den Raum durchquert, packte ihr Kinn und zwang sie, ihn anzusehen. »Jeder, der heimlich Gespräche belauscht, ist ein Spion«, fuhr er sie an. »Die Frage ist nur, für wen du spionierst.«

Bittere Galle stieg Magnus in die Kehle. Das Mädchen spionierte für *ihn*. Seit er ihm seine Aufmerksamkeit schenkte, tat es alles, was er von ihm wollte, und es hatte ihm schon oft sehr interessante Informationen beschafft.

Als sie nicht antwortete, schlug der König sie so hart ins Gesicht, dass sie Blut spuckte. Sie schluchzte laut auf.

Magnus' Herz hämmerte. »Anscheinend will sie das nicht verraten.«

»Vielleicht deckt sie jemanden. Vielleicht ist sie aber auch einfach nur dumm. Was denkst du, wie ich mit einem solchen Problem umgehen soll, Magnus? Normalerweise zwinge ich Spione zu einem Geständnis, indem ich sie foltere. Bisher war die junge Amia nicht sehr hilfreich, aber vielleicht könnten ein paar Stunden auf der Streckbank ihr die Zunge lösen.«

»Ich … ich lausche doch nur, weil ich neugierig bin, weiter nichts«, stieß Amia mit brüchiger Stimme hervor. »Ich will niemandem schaden.«

»Aber ich schon«, entgegnete der König. »Dumme, neugierige Mädchen wie du lernen nur durch Schmerz ihre Lektion. Was wäre wohl eine angemessene Strafe für dich? Zum Lauschen braucht man Ohren, also sollte ich sie dir vielleicht abschneiden und dich zwingen, sie an einer Kette um den Hals zu tragen, damit jeder sehen kann, was ich mit Spionen mache.« Er ließ sich von einem der Gefängniswärter einen Dolch reichen. Amia wimmerte leise, als er ihr die Schneide ans Gesicht hielt. »Aber beobachtet hast du uns mit den Augen, vielleicht sollte ich dir die auch ausstechen. Das kann ich ziemlich gut, du würdest kaum etwas merken. Wie ich festgestellt habe, lernen Menschen ohne Augen fast immer aus ihren Fehlern.«

»Sag es ihm«, forderte Magnus. »Sag ihm, für wen du spionierst.«

Sag ihm, dass du es für mich tust.

Mit tränenüberströmtem Gesicht sah Amia ihn an. »Für niemanden. Ich spioniere für niemanden. Ich bin nur ein dummes Mädchen, das Spaß daran hat, andere Leute zu belauschen.«

Magnus wurde bange ums Herz.

Er wusste, dass sein Vater nicht zögern würde, seine Drohung wahrzumachen. Der König liebte es, grausame Spielchen mit den Gefangenen zu spielen, egal ob Männer oder Frauen. Sein Blutdurst war unstillbar, ganz gleich wie viele Menschen er tötete oder verstümmelte. Für Magnus' Großvater, der gestorben war, als Magnus noch ein kleiner Junge war, war dieser Charakterzug seines Sohnes eine tiefe Enttäuschung gewesen. Der frühere König von Limeros war für seine Güte und Barmherzigkeit bekannt gewesen – obwohl natürlich selbst der gütigste, barmherzigste König eine Folterkammer im Kerker seiner Burg besaß.

»Mir wird allmählich langweilig.« Magnus brachte die Worte nur mit Mühe heraus. »Ich weiß wirklich nicht, warum Ihr mein Kampftraining für so eine Lappalie unterbrochen habt. Das Mädchen ist offensichtlich eine einfältige Göre, aber harmlos. Wenn das ihr erstes Vergehen war, sollte sie ihre Lektion inzwischen gelernt haben. Und wenn wir sie noch einmal beim Lauschen erwischen, steche ich ihr eigenhändig die Augen aus.«

Der König warf ihm einen anerkennenden Blick zu, und seine Mundwinkel hoben sich zu einem bösen Lächeln. »Das würdest du tun? Darf ich zuschauen?«

»Darauf würde ich bestehen.«

Der König nahm Amias Gesicht grob zwischen die Finger. »Du kannst von Glück sagen, dass ich mit meinem Sohn übereinstimme. Benimm dich in Zukunft gefälligst anständig. Wenn du dir noch mal etwas zuschulden kommen lässt, ob du nun lauschst oder einen Teller zerbrichst, landest du sofort wieder hier. Und dann kannst du noch froh sein, wenn du nur deine Augen verlierst. Verstanden?«

Sie holte zitternd Luft. »Ja, Majestät.«

König Gaius tätschelte ihr die Wange. »Braves Mädchen.« Anschließend wandte er sich an die Gefängniswärter. »Verpasst ihr zwanzig Peitschenschläge, damit sie diesen Tag nie vergisst, und schickt sie dann zurück an die Arbeit.«

Ohne einen Blick zurück verließ Magnus mit seinem Vater den Turm. Amias Schluchzen hallte von den kalten Steinwänden wider und verfolgte ihn den ganzen Weg zum Ausgang.

»Mein Sohn.« Der König legte einen Arm um Magnus' Schultern. »Immer der perfekte Kavalier. Selbst der niedersten Küchenhure gegenüber.«

Magnus gab sich alle Mühe, in das dröhnende Gelächter seines Vaters einzustimmen.

Am nächsten Tag, als sein Vater zur Jagd ausgeritten war, suchte Magnus Amia in der Küche auf, wo sie gerade das widerliche *Kaana* fürs Abendessen pürierte, während der Chefkoch ein halbes Dutzend Hühner schlachtete. Das Gesicht des Mädchens war voller grüner und blauer Flecke, sein rechtes Auge fast völlig zugeschwollen.

Als sie Magnus neben sich bemerkte, spannte sie sich sichtlich an.

»Ich habe nichts gesagt«, flüsterte sie. »Ihr habt kein Recht, wütend auf mich zu sein.«

»Es war dumm von dir, dich erwischen zu lassen.«

Wortlos schluchzend wandte sie sich wieder ihrer Arbeit zu, ihre Schultern bebten. Wie dieses Mädchen so lange im Palast von Limeros durchgehalten hatte, war Magnus ein Rätsel. Sie hatte keinen Stahl in sich. Kein Eis. Überhaupt keine Härte. Offen gesagt überraschte es ihn, dass ein derart schwaches, weichherziges Mädchen, nachdem es ausgepeitscht und brutal zusammengeschlagen worden war, überhaupt noch lebte. Dass es noch aufrecht stehen konnte, grenzte an ein Wunder.

»Ich hätte nicht erwartet, dass Ihr Euch für mich einsetzt«, sagte sie leise.

»Gut. Wenn der König dir wirklich die Augen ausgestochen hätte, hätte ich ihn nicht aufgehalten. Niemand sagt meinem Vater, was er zu tun oder zu lassen hat, das entscheidet ganz allein er, und wer sich ihm in den Weg stellt, wird niedergetrampelt.«

Amia mied seinen Blick. »Ich muss das Abendessen vorbereiten. Bitte lasst mich weiterarbeiten, Hoheit.«

»Nein. Du bist hier fertig. Endgültig.«

Magnus packte das Dienstmädchen grob am Handgelenk und zerrte es aus der Küche. Schluchzend folgte es ihm durch die fackelbeleuchteten Burggänge – wahrscheinlich dachte es, er würde es zurück in seine Zelle bringen, um es diesmal selbst zu misshandeln. Trotzdem versuchte es nicht einmal, sich zu wehren.

Als sie in die kalte Spätnachmittagsluft hinaustraten, ließ Magnus die junge Dienstbotin los. Amia taumelte und schaute sich unsicher um. Dann fiel ihr Blick auf den Pferdekarren, der in der Nähe wartete.

»Du wirst verschwinden«, verkündete er. »Ich habe dem Fahrer aufgetragen, dich in ein Dorf fünfzig Meilen östlich von hier zu bringen, dort wirst du ein neues Zuhause finden.«

Fassungslos starrte sie ihn an. »Ich ... ich verstehe das nicht.«

Magnus drückte ihr einen Beutel voller Goldmünzen in die Hand. »Das sollte ausreichen, um dich für ein paar Jahre über Wasser zu halten.«

»Ihr schickt mich weg?«

»Ich rette dein Leben, Amia. Wenn du hierbleibst, bringt mein Vater dich um. Glaub mir, er würde schon bald einen Grund dafür finden, irgendeine Lappalie, und ich habe kein Interesse daran, dir beim Sterben zuzusehen. Also verschwinde und komm nie hierher zurück.«

Sie schwieg einen Moment und blickte mit nachdenklichem Gesicht auf den schweren Beutel, den er ihr gegeben hatte. Dann sah sie zu ihm auf. »Kommt mit mir, mein Prinz.«

Mit dieser Reaktion hatte Magnus ganz und gar nicht gerechnet. Sie brachte ihn fast zum Lächeln. »Unmöglich.«

»Ich weiß, Ihr verabscheut das Leben am Hof. Ihr hasst Euren Vater. Er ist ein gemeiner, herzloser Mann.« Amia reckte das Kinn, als hätte sie etwas gesagt, worauf sie mit Recht stolz war. »Ihr seid nicht wie er. Und werdet es auch niemals sein. Ihr versucht es zu verstecken, aber Ihr habt ein gutes Herz. Kommt mit mir, dann können wir gemeinsam ein neues Leben beginnen. Ich könnte Euch glücklich machen.«

Er nahm ihren Arm, führte sie zu dem Pferdewagen und hob sie auf die Ladefläche.

»Sei für uns beide glücklich«, trug er ihr auf.

Dann wandte er sich ab und ging zurück zum Palast.

Die Königin von Limeros lächelte. Was für ein … ungewöhnlicher Anblick. Lucia musterte sie argwöhnisch, als sie ihr im Flur begegnete.

»Mutter«, sagte sie, obwohl sie inzwischen wusste, dass diese Anrede nicht wirklich passend war. Ihre anfängliche Erschütterung und Angst waren inzwischen blanker Wut darüber gewichen, dass der König und seine Frau ihr die Wahrheit über ihre Herkunft vorenthalten hatten. Ihr ganzes Leben lang.

»Lucia, Liebling. Wie geht es dir?«

Sie schnaubte, ein sehr undamenhaftes Geräusch, und prompt zog die Königin tadelnd die Augenbrauen in die Höhe. »Entschuldigt, aber ich kann mich nicht erinnern, wann Ihr Euch das letzte Mal nach meinem Befinden erkundigt habt.«

Althea zuckte zusammen. »Habe ich mich wirklich so schlecht um dich gekümmert?«

»Ja«, antwortete Lucia mit einem Achselzucken. »Und jetzt weiß ich auch, weshalb. Ihr seid nicht wirklich meine Mutter. Warum sollte es Euch interessieren, wie es mir geht?«

Die Königin vergewisserte sich mit einem raschen Blick,

dass sie allein waren, dann zog sie Lucia ein Stück den Gang entlang in eine dunkle Nische. Lucia erwartete, dass sie zornig werden würde, aber das Gegenteil war der Fall.

»Du hättest die Wahrheit schon vor Jahren erfahren sollen. Ich wollte es dir sagen.«

»Ach ja?« Lucia starrte sie ungläubig an.

»Ja, natürlich. Etwas so Wichtiges hätten wir nie vor dir geheim halten dürfen. Es tut mir leid.«

»Wirklich?«

»Ja, wirklich. Aber auch als Königin muss ich tun, was der König mir befiehlt. Er wollte nicht, dass ich es dir sage. Er hatte Sorge, es könnte dich durcheinanderbringen, wenn du die Wahrheit zu früh erfährst.«

»Ich bin durcheinander! Wo ist meine richtige Mutter? Wie kann ich sie finden?«

Erneut schaute die Königin sich im Gang um, als befürchte sie, jemand würde sie belauschen. Göttin behüte, dass irgendjemand herausfand, dass die limerianische Prinzessin in Paelsia geboren war.

»Sie ist tot.«

Lucia stieß einen leisen Schreckenslaut aus. »Wie ist sie gestorben?«

»Sabina hat sie umgebracht«, erklärte Althea mit grimmigem Gesicht.

»Warum sollte sie so etwas tun?« Übelkeit stieg in Lucia auf.

»Weil Sabina Mallius eine niederträchtige, boshafte Hexe war, die ihr schreckliches Schicksal mehr als verdient hat.«

Lucia gab sich alle Mühe, ruhig zu bleiben, doch Altheas Worte hatten sie zutiefst erschüttert. Ihre gesamte Welt war aus den Fugen geraten, und nichts würde je wieder so sein wie zuvor. »Warum hat Vater Sabina so lange hier wohnen lassen, wenn er wusste, was sie getan hat?«

Altheas Gesicht wurde noch finsterer. »Du meinst, abgesehen von ihren offensichtlichen Reizen? Er dachte, sie wäre eine nützliche Beraterin, die ihm helfen könnte, noch mehr Macht an sich zu reißen.«

»Deswegen hat er mich entführen lassen.« Lucias Kehle war wie zugeschnürt. »Weil er dachte, ich könnte ihm helfen, noch mächtiger zu werden.«

»Die Sterne verkündeten deine Geburt, und irgendwie hat Sabina dich gefunden. Damals habe ich gerade versucht, noch ein Kind zu bekommen, aber vergeblich. Ich hatte zu viele Fehlgeburten gehabt und war unfruchtbar geworden. Als der König mit dem Wunsch an mich herantrat, ein so wundervolles kleines Mädchen wie dich als meine Tochter aufzuziehen ... nun ja, da habe ich nicht weiter nachgefragt, sondern einfach zugestimmt.«

Lucia schwirrte der Kopf, zwang sich aber, stark zu bleiben. »Wenn Ihr so glücklich wart, mich aufziehen zu dürfen, warum könnt Ihr mir dann kaum in die Augen sehen? Warum hattet Ihr nie ein freundliches Wort für mich?«

»Aber ich war doch freundlich zu dir«, widersprach Althea, doch dann runzelte sie nachdenklich die Stirn, als zweifelte sie an ihren eigenen Worten. »Ach, ich weiß nicht. Mir war nie bewusst, dass ich dich vernachlässige. Meine eigene Mutter war eine gemeine, kalte Frau. Vielleicht bin ich ihr ähnlicher, als ich dachte. Aber das war nicht meine Absicht, Lucia. Ich liebe euch beide, dich und deinen Bruder.«

»Er ist nicht mein Bruder«, sagte Lucia leise. Sie hatte versucht, nicht daran zu denken, was in Magnus' Zimmer passiert war. An das Gefühl, wie Magnus seinen Mund auf ihren gedrückt und damit etwas von ihr verlangt hatte, was sie ihm unmöglich geben konnte. Sein bestürztes Gesicht, als sie ihn weggeschoben hatte ...

»Familie ist das Wichtigste im Leben«, sagte die Königin

entschieden. »Sie ist für dich da, wenn alles andere auseinanderbricht. Und du hast eine Familie. Dein Vater ist sehr stolz auf dich.«

»Ich weiß nicht, wie er stolz auf mich sein kann. Ich habe Sabina getötet.« Lucia warf der Königin einen misstrauischen Blick zu. »Seid Ihr deshalb auf einmal so freundlich zu mir? Weil Ihr Angst habt, was ich Euch antun könnte?«

Altheas bläulichgraue Augen weiteten sich vor Überraschung. »Ich könnte mich nie vor dir fürchten, Tochter. Ich bewundere dich. Du entwickelst dich zu einer starken, schönen Frau, und deine Fähigkeiten flößen mir Ehrfurcht ein, keine Furcht.«

»Aber ich habe Sabina umgebracht, Mutter. Ich habe sie gegen die Wand geschleudert, und dann habe ich sie verbrannt.«

Etwas Kaltes, Dunkles flackerte in Altheas Augen auf. »Ich bin froh, dass sie tot ist und dass sie leiden musste. Ihr Tod war das Beste, was uns passieren konnte.«

Lucia bekam eine Gänsehaut. »Über den Tod sollte man sich nicht freuen.«

Königin Althea schaute weg und wechselte das Thema.

»Dein Vater will dich sehen. Ich war auf dem Weg zu deinem Zimmer, um dich zu ihm zu schicken. Er will etwas sehr Wichtiges mit dir besprechen. Geh zu ihm. Am besten gleich.«

Mit diesen Worten wandte die Königin sich ab und ging, ohne sich umzusehen, weiter den Gang hinunter. Lucia blickte ihr nach, bis sie um die nächste Ecke verschwand.

Dann machte sie sich auf den Weg zur Versammlungshalle ihres Vaters, wo er in letzter Zeit fast jede wache Minute verbrachte.

»Komm herein, Lucia«, rief der König, als sie durch die große Tür trat. Dann sah sie, dass er nicht allein war. Magnus war bei ihm. Bei seinem Anblick krampfte sich ihr Herz zusammen.

Er stand an der Wand und würdigte sie keines Blickes. Seit seiner Rückkehr aus Auranos verbrachte der König viel Zeit mit Magnus, aber Lucia hatte keine Ahnung, wie er auf das Scheitern seines Sohnes in Paelsia reagiert hatte, obwohl sie gern gewusst hätte, was zwischen den beiden vorgefallen war. Jedenfalls war Magnus sehr niedergeschlagen gewesen.

»Ich weiß, dass das alles sehr schwer für dich sein muss«, fuhr der König fort. »Besonders das, was Magnus dir über deine Geburt erzählt hat.«

Lucia sah ihren Bruder nicht an, spürte aber jetzt seinen eiskalten Blick auf sich ruhen. »Ich bemühe mich, es zu akzeptieren, so gut ich kann.«

»Eines solltest du wissen: Du bist meine Tochter. Ich liebe dich mindestens so sehr wie eine leibliche Tochter. Du wirst immer ein Teil dieser Familie sein. Glaubst du mir das?«

Die Worte des Königs klangen entschieden und aufrichtig, und Lucia entspannte sich endlich. »Ja, ich glaube Euch.«

Vorsichtig warf sie einen Blick zu Magnus, aber er hatte sich schon wieder von ihr abgewandt und tat, als wäre sie gar nicht da. Seit der Nacht vor über einer Woche, als sie ihn in seinem Zimmer zu trösten versucht hatte, zeigte er ihr die kalte Schulter. Beim Essen ignorierte er sie komplett. Wenn sie sich zufällig begegneten, ging er grußlos an ihr vorbei. Es war, als würde sie für ihn überhaupt nicht mehr existieren.

Sie hatte ihn tief verletzt, aber sie hatte keine andere Wahl gehabt. Was er von ihr wollte, konnte sie ihm nicht geben.

»Du weißt, was ich mit Auranos zu tun gedenke?«, fragte der König.

»Ja, Ihr wollt das Land zusammen mit dem paelsianischen Stammesführer erobern«, antwortete Lucia.

»Ganz genau. Findest du diesen Plan klug?«

Lucia verschränkte die Hände im Schoß. »Was Ihr vorhabt, klingt ziemlich gefährlich.«

»Ja, es ist gefährlich. Aber das Schicksal will es so«, erklärte ihr Vater. »Magnus wird an meiner Seite kämpfen. Womöglich werden wir in diesem Krieg beide unser Leben lassen, um den zukünftigen Wohlstand unseres Landes zu sichern.«

Entsetzt starrte sie ihn an. »Bitte sagt so etwas nicht.«

»Wir sind dir wichtig, nicht wahr, Lucia? Selbst jetzt noch, da du die Wahrheit über deine Herkunft weißt.«

Sie war eine Waise, die von dieser Familie aufgenommen worden war, daran änderten die Umstände ihrer »Adoption« überhaupt nichts. Ohne ihre Adoptivfamilie hätte sie niemanden. Ohne den Namen Damora wäre sie eine mittellose Paelsianerin. »Ja, natürlich«, antwortete sie.

Der König nickte. »Ich möchte, dass du mit uns kommst. Der Prophezeiung nach ist deine Magie mächtiger als alles, was diese Welt seit tausend Jahren gesehen hat. Deine Magie ist der Schlüssel zu unserem Erfolg. Ohne dich gibt es keine Sicherheit, dass wir überleben werden.«

Sie schluckte schwer. »Ihr wollt also, dass ich Euch helfe, Auranos zu erobern.«

»Nur wenn es nicht anders zu bewerkstelligen ist. Aber wir werden die Auranier wissen lassen, dass wir über eine sehr mächtige Waffe verfügen. Vielleicht ergeben sie sich dann ohne Widerstand.«

»Ich bin nicht sicher, ob das eine gute Idee ist«, meldete sich Magnus das erste Mal zu Wort. »Was, wenn die Prophezeiung nicht stimmt? Vielleicht ist Lucia doch nur eine einfache Hexe.«

Seine Stimme klang so kalt, so gefühllos, dass Lucia unwillkürlich fröstelte. Er bezeichnete sie absichtlich als Hexe, um sie zu verletzen. Aus seinem Mund klang das Wort wie die schlimmste Beleidigung. Als wäre sie vollkommen wertlos.

Sie sah ihn an, und sein Blick begegnete für einen kurzen Moment dem ihren, bevor er sich wieder abwandte.

Er hasste sie.

»Da irrst du dich, Magnus«, meinte der König. »Aber natürlich liegt die endgültige Entscheidung bei dir, Lucia. Ich glaube von ganzem Herzen, dass unser Schicksal in deinen Händen liegt. Allein von dir hängt es ab, ob wir Erfolg haben werden oder scheitern. Ob wir leben oder sterben.«

Lucias Liebe für Magnus würde nie vergehen, ganz gleich wie kalt er sich ihr gegenüber verhielt. Sie würde alles tun, um ihn zu beschützen. Selbst wenn er grausam zu ihr war. Selbst wenn er sie bis ans Ende seines Lebens hasste.

»Ich werde mit Euch kommen«, entschied sie. »Und ich werde alles in meiner Macht Stehende tun, um Euch zu helfen, Auranos zu besiegen.«

KAPITEL 29
AURANOS

Die vereinten Truppen limerianischer und paelsianischer Fußsoldaten marschierten in Auranos ein.

Als Jonas vor knapp drei Monaten zum letzten Mal hier gewesen war, hatte er geplant, sich allein über die Grenze zu schleichen, um an Lord Aron und Prinzessin Cleiona Rache zu üben. Die Gefahr, von auranischen Grenzwächtern erwischt und auf der Stelle hingerichtet zu werden, war dieselbe gewesen, wenn er mit seinem Bruder verbotenerweise im Wildland gejagt hatte.

Der tausend Mann starken Armee, die heute in Auranos einfiel, stellten sich keine Grenzwächter entgegen. Sie hatten sich der Hauptmacht der auranischen Truppen angeschlossen, die ein paar Meilen landeinwärts warteten.

»Die Limerianer haben wirklich hübsche Rüstungen«, meinte Brion, während sie nebeneinanderher marschierten. Häuptling Basilius hatte ihnen keine Pferde gegeben wie vielen ihrer Landsmänner, sondern ihnen aufgetragen, nach Nachzüglern Ausschau zu halten und dafür zu sorgen, dass alle an ihrem Ziel ankamen. Brion hatte die Armee mit einer Schafherde verglichen, die sie wie Schäferhunde hüten und antreiben mussten.

»Ja, sie glänzen sehr schön«, stimmte Jonas zu.

Die Limerianer waren um einiges besser ausgerüstet als die Paelsianer. Jonas konnte die paelsianischen Rekruten aus zwanzig Metern Entfernung erkennen, denn sie trugen weder Helm noch Rüstung. Wenn sie überhaupt ein Schwert hatten, war es verrostet oder stumpf, und die meisten von ihnen mussten mit noch primitiveren Waffen wie nagelgespickten Holzkeulen vorliebnehmen. Zwar konnten auch solche Waffen einen Feind niederstrecken, trotzdem waren sie alles andere als ideal.

»Bist du immer noch von Prinzessin Cleo besessen?«, fragte Brion.

Jonas warf ihm einen vernichtenden Blick zu. »Ich bin nicht von ihr besessen.«

»Wenn du es sagst.«

»Wirklich nicht.«

»Ich habe sie ja leider nicht selbst gesehen. Wer weiß? Vielleicht wäre ich sonst auch von ihr besessen. Sie ist wunderschön und blond, richtig?«

Die Erwähnung der Prinzessin hatte Jonas gründlich die Laune verdorben. »Halt den Mund.«

»Vergiss nicht – Laelia will dich wohlbehalten zurückhaben, da solltest du nicht die ganze Zeit an die Prinzessin denken. Du musst so bald wie möglich zu deiner Verlobten zurück.«

Jonas verzog das Gesicht. »Ich habe nie zugestimmt, sie zu heiraten.«

»Versuch das mal Häuptling Basilius klarzumachen. Er ist schon auf der Suche nach dem perfekten Hochzeitsgeschenk.«

Jonas musste grinsen, obwohl er das Thema überhaupt nicht lustig fand. Er hatte nicht vor, Laelia Basilius jemals zur Frau zu nehmen.

Aber mit einem hatte Brion recht. Jonas musste tatsächlich ständig an Prinzessin Cleiona denken, seit er bei seiner Rückkehr aus Auranos hatte feststellen müssen, dass sie wenige Minuten vor Prinz Magnus' Ankunft aus der Sturmhütte entkommen war. Ihre Retter hatten Felicias Mann und zwei seiner Freunde bewusstlos geschlagen, doch wahrscheinlich konnten die drei von Glück sagen, dass sie noch lebten. Völlig außer sich vor Wut hatte Felicia geschworen, sie würde es Jonas nie verzeihen, dass er sie in die Sache mit hineingezogen hatte. Es würde eine Weile dauern, bis sie sich beruhigte.

Inzwischen war Prinzessin Cleiona höchstwahrscheinlich wieder wohlbehalten im auranischen Palast angekommen. Eine Schlange, aber schön und voller Überraschungen.

Jonas ließ seinen Blick erneut über die Männer um sie herum schweifen. Einige paelsianische Soldaten waren bestenfalls zwölf Jahre alt – keine Männer, sondern Jungen, die noch nie einen richtigen Kampf erlebt hatten. Und sie waren den Limerianern auch zahlenmäßig weit unterlegen – für jeden Paelsianer sah Jonas drei Limerianer.

Brion fuhr sich mit der Hand durch die zerzausten Haare. »Tomas wäre stolz, dass sein Tod zu einer solchen Rebellion geführt hat. Er würde uns bestimmt gerne helfen, diese habgierigen Auranier zu vernichten.«

»Ja«, stimmte Jonas zu, obwohl er gar nicht so sicher war. Seit ihrem Treffen mit dem auranischen König musste er immer wieder daran denken, wie ausdrücklich König Corvin daran gezweifelt hatte, dass König Gaius Auranos wirklich gerecht zwischen Paelsia und Limeros aufteilen wollte. Seine Worte hatten glaubhaft geklungen, und sie hatten Jonas in der Überzeugung bestärkt, dass der limerianische König ihnen etwas verheimlichte.

Sein Hass auf die Auranier war jedoch stärker als sein Misstrauen gegen König Gaius – er wollte sie bluten sehen, er wollte ihnen ihr Land und ihren ganzen Besitz nehmen, damit Paelsia endlich aufblühen konnte. Also befolgte er die Befehle des Blutkönigs, marschierte wie alle anderen und hielt den Blick auf den vor ihnen liegenden Weg gerichtet.

Aber etwas machte ihm immer noch zu schaffen. Verwirrung war nichts Neues für ihn, doch jetzt, da er sein Leben der Rebellion gegen den verhassten Nachbarn verschrieben hatte, wäre er sich gerne absolut sicher gewesen, dass sie aus den richtigen Gründen in den Krieg zogen. Er wollte seine frühere Gewissheit zurück, dass sie für eine gerechte Sache kämpften.

Die Gewissheit, dass das Schicksal seines Volkes nicht unabänderlich war, wie sein Vater und viele andere Paelsianer glaubten, sondern eine schreiende Ungerechtigkeit. Die Gewissheit, dass die Auranier alles hatten, aber sich trotzdem weigerten, ihnen zu helfen oder das Handelsabkommen zurückzunehmen, das Paelsia in den Ruin getrieben hatte. Die Gewissheit, dass er – genau wie damals, als er sich mit Tomas der Wilderei schuldig gemacht hatte, um ihre Familie zu ernähren – kein Problem damit hatte, im Namen seines toten Bruders Auranos zu erobern, um seinem Volk eine bessere Zukunft zu sichern.

Nichts leichter als das. Mit solch einer gewaltigen Armee würden sie die Auranier mit Sicherheit schlagen.

Im Gegensatz zu König Corvin hatte König Gaius seine Hilfe angeboten und sich in den Augen des Stammesführers als würdiger Verbündeter erwiesen. Er hatte Häuptling Basilius' Vertrauen gewonnen, aber Jonas konnte nicht vergessen, dass er sich bis vor ein paar Monaten genauso wenig um ihr Schicksal gekümmert hatte wie die Auranier. Erst als sie begonnen hatten, sich gegen ihre südlichen Nachbarn aufzulehnen, war König Gaius ihnen plötzlich zu Hilfe gekommen – mit all seinen Ideen und Plänen und dieser Armee von über dreitausend kampferprobten Soldaten, die normalerweise dazu eingesetzt wurden, ihr eigenes Volk zu unterdrücken.

»Was ist los?«, fragte Brion. »Du machst ein Gesicht, als hättest du einen ekligen Geschmack auf der Zunge.«

Jonas sah seinen Freund an und machte den Mund auf, aber schloss ihn gleich wieder. »Vergiss es. Es ist nichts.«

Er konnte seine düsteren Gedanken unmöglich mit Brion teilen, aber er konnte sie auch nicht verdrängen.

Was, wenn König Gaius es sich anders überlegte? Was, wenn er ganz Auranos für sich alleine wollte? Wenn der limerianische König seine Karten richtig ausspielte, konnte er nicht nur ein Land erobern, sondern zwei.

Alles würde ihm gehören.

Was, wenn das von Anfang an sein Plan gewesen war?

Wenn dem wirklich so sein sollte, stellte sich jedoch die Frage, warum König Gaius mit seiner mächtigen Armee nicht einfach zuerst Paelsia erobert hatte. Warum sollte er sich mit einem schwächeren Land zusammentun? Warum sollte er sich solche Mühe geben, das Vertrauen des Stammesführers zu gewinnen?

Jonas sah zu König Gaius und Prinz Magnus hinüber, wie sie hoch aufgerichtet auf ihren Pferden saßen und auf das einfache Fußvolk hinunterschauten. Neben ihnen ritt die limerianische Prinzessin, Lucia. Auf den ersten Blick erschien sie Jonas schön, aber auch überheblich. Er hatte keine Ahnung, warum ihr Vater sie auf eine so gefährliche Reise mitnahm.

Die drei wirkten so … adelig.

Jonas hasste das Adelsvolk – daran hatte sich nichts geändert. Doch Häuptling Basilius hatte sich und Paelsia unwiderruflich mit der limerianischen Königsfamilie verbündet, und so lag ihr Schicksal von jetzt an in ihren Händen.

Trotz des milden auranischen Klimas wurde etwas in Jonas' Innerem bei diesem Gedanken eiskalt.

KAPITEL 30

AURANOS

Tief in ihre Trauer um Theon versunken bekam Cleo gar nicht mit, wie sehr sich der Konflikt außerhalb der Palastmauern zugespitzt hatte, bis sie Aron unruhig im Schloss auf und ab wandern sah. Aron wirkte nie beunruhigt, außer wenn er fürchtete, ihm könne bald der Wein ausgehen.

Cleo und Mira waren gerade auf dem Weg zu ihrem nachmittäglichen Kunstunterricht, und ihr Lehrer hasste es, wenn sie ihn warten ließen, dennoch blieb Cleo stehen und hielt auch Mira am Handgelenk fest.

»Was machst du denn hier, Aron?«, fragte sie.

Aron lachte, aber es klang völlig humorlos. »Ist das etwa eine angemessene Begrüßung für deinen zukünftigen Ehemann?«

Ihr Gesicht verfinsterte sich. »Es ist so … so schön, dich zu sehen, Aron«, verbesserte sie sich mit einiger Mühe.

Er dachte tatsächlich, er könnte über sie bestimmen, aber Cleo war zuversichtlich, dass ihre Zukunft sich nie mit seiner verbinden würde.

»Also, *ich* freue mich, dich zu sehen, Aron«, sagte Mira in zuckersüßem Ton. Cleo warf ihr einen fragenden Blick zu, wandte sich dann aber sofort wieder an Aron. »Du siehst ein bisschen blass aus. Stimmt etwas nicht?«

»Ob etwas nicht stimmt?«, stieß Aron fassungslos hervor. »Oh nein, alles ist bestens. Der Palast ist von brutalen Wilden umzingelt, die uns umbringen wollen, aber es gibt keinen Grund zur Sorge. Abgesehen von unserem bevorstehenden Tod!«

Doch auch sein beinahe hysterischer Ausbruch brachte Cleo nicht aus der seltsamen Ruhe, in die ihre Trauer sie versetzt hatte. »Sie werden es nicht in den Palast schaffen.«

Die feindlichen Truppen hatten wenige Meilen vom Palast entfernt ihr Lager aufgeschlagen, aber soweit Cleo wusste, machten sie bisher keine Anstalten anzugreifen. Ständig wurden Botschaften zwischen ihrem Vater, dem limerianischen König und dem paelsianischen Stammesführer ausgetauscht. Ihre Feinde forderten König Corvin zur Kapitulation auf, aber er weigerte sich und forderte seinerseits, dass die Limerianer und Paelsianer aus seinem Land abrückten.

Seit der Ankunft ihrer vereinigten Armeen waren bereits drei Tage vergangen, dennoch zeigte sich nach wie vor niemand auch nur zum kleinsten Kompromiss bereit. Cleo war es noch immer strengstens verboten, den Palast zu verlassen. »Bist du deswegen hier?«, wollte sie jetzt von Aron wissen. »Sucht deine Familie hier im Schloss Zuflucht, weil ihr Angst habt, unsere Feinde könnten die Palastmauern durchbrechen?«

Aron setzte seinen vertrauten goldenen Flachmann an die Lippen und trank einen großen Schluck, bevor er antwortete. »Unsere Villa ist längst nicht so gut geschützt wie das Schloss«, erklärte er dann und wischte sich mit dem Handrücken den Mund ab.

»Glaubst du, wir sind ernsthaft in Gefahr?«, fragte Mira besorgt.

In diesem Moment gesellte sich Nic zu ihnen, und Cleo sah ihn dankbar an. Ohne ihn wäre sie nicht wohlbehalten nach Auranos zurückgelangt.

»Was ist los?«, erkundigte er sich und erwiderte Cleos Blick.

»Aron ist ins Schloss gezogen«, informierte Mira ihn.

»Oh, kling doch nicht so enttäuscht, Mira«, neckte Aron. »Ich weiß genau, wie gerne du mich hier hast. Ich sorge immer für gute Stimmung.«

Mira errötete.

»Warum sollte irgendjemand enttäuscht sein, dass du hier bist?«, fragte Nic. »Du bist immer willkommen, Aron. Mein Schloss ist dein Schloss.«

»Das Schloss gehört nicht dir«, entgegnete Aron und nahm noch einen Schluck aus seinem Flachmann. »Der König lässt dich und deine Schwester hier wohnen, aber im Grunde seid ihr bloß zwei bessere Diener.«

Nic quittierte die Beleidigung mit einem vernichtenden Blick. »Bist du zu betrunken, um einen simplen Scherz zu vertragen, du jämmerlicher Bastard?«

»Leg dich nicht mit mir an«, knurrte Aron und packte Nic am Kragen.

»Warum nicht?«, erwiderte Nic unbeeindruckt. »Du machst mir keine Angst.«

»Seit wann hast du Eier in der Hose? Wirst du jetzt plötzlich mutig, weil du mit meiner zukünftigen Frau durchbrennen durftest?«

»Deine zukünftige Frau hasst dich.« Nic schubste Aron weg. »Und nur damit du es weißt: Du stinkst aus dem Mund wie ein Pferd aus dem Arsch.«

Aron wurde knallrot vor Wut.

»Es reicht!«, rief Cleo frustriert aus. Sie hatte keine Zeit und schon gar keine Geduld für solche kindischen Zankereien. Dass Aron von jetzt an hier wohnen würde, passte ihr genauso wenig wie Nic, aber wenn die Verhandlungen wirklich so schlecht liefen, dass die anderen Adelsfamilien im Schloss Zuflucht suchten, dann musste sie die Wahrheit erfahren, und zwar am liebsten sofort. Ohne ein weiteres Wort drehte sie sich um und ging auf schnellstem Weg zum Versammlungssaal. Der große Raum war brechend voll, überall standen Männer in Grüppchen zusammen und stritten sich lautstark, so dass Cleo eine Weile brauchte, um ihren Vater ausfindig zu machen. Schließlich entdeckte sie ihn mitten im Durcheinander.

»Cleo, du solltest nicht hier sein«, sagte er, kaum dass sie sich einen Weg zu ihm gebahnt hatte.

»Was ist los?«

»Nichts, worüber du dir Sorgen machen müsstest.«

Dass er sie so abfertigte, machte sie wütend. »Ich denke, ich habe ein Recht, mir Sorgen zu machen, wenn uns ein Angriff bevorsteht. Wie kann ich helfen?«

Der Mann neben ihrem Vater schnaubte. »Ihr wollt helfen? Könnt Ihr mit einem Schwert umgehen, Prinzessin?«

Cleo straffte die Schultern und bedachte ihn mit einem kalten Blick. »Wenn es nötig ist.«

»Schwerter sind schwer«, erwiderte der Mann in verächtlichem Ton. »Ihr hättet Söhne zeugen sollen, Corvin. In unserer derzeitigen Situation sind Männer wesentlich nützlicher als Frauen.«

»Seid still«, knurrte der König. »Meine Töchter sind mir wichtiger als alles andere auf der Welt.«

»Dann hättet Ihr sie lieber wegschicken sollen, bevor dieser Konflikt eskaliert ist. Irgendwohin, wo sie sicher sind.«

»Ist das Schloss nicht sicher?«, fragte Cleo mit wachsender Besorgnis.

»Cleo, geh jetzt bitte«, sagte der König. »Geh zu deinem Unterricht und mach dir wegen dieser Sache keine Sorgen. Wir kümmern uns darum.«

»Ich bin kein Kind mehr, Vater«, entgegnete sie.

Der unfreundliche Mann lachte. »Wie alt seid Ihr denn? Sechzehn? Tut, was Euer Vater sagt, und lernt malen. Oder sticken. Oder was kleine Mädchen sonst so machen. Unschöne Dinge wie Krieg solltet Ihr uns Männern überlassen.«

Cleo konnte nicht fassen, wie respektlos sich dieser Mann verhielt, sowohl ihr als auch ihrem Vater gegenüber.

»Und wer seid Ihr, dass Ihr denkt, Ihr könntet so mit mir reden?«, fuhr sie ihn an.

Er wirkte amüsiert, als hätte ihm ein kleines Kätzchen die Krallen gezeigt. »Jemand, der Eurem Vater in einer sehr schwierigen Situation zu helfen versucht.«

»Cleo, du musst Lord Larides seine Unhöflichkeit verzeihen. Er steht wie wir alle unter großem Druck. Aber keine Sorge – unsere Feinde werden nicht ins Schloss eindringen können, selbst wenn sie die Palastmauern überwinden sollten. Hier bist du sicher, Cleo, das schwöre ich dir. Geh zu deinen Freunden. Zu deiner Schwester. Lass mich die Dinge hier regeln.«

Lord Larides – der Name war Cleo vertraut, und jetzt erkannte sie auch den Mann selbst. Sein Bart war länger als bei ihrer letzten Begegnung. Er war der Vater von Lord Darius, Emilias früherem Verlobten. Seine Familie gehörte zu den engsten Vertrauten ihres Vaters.

All diese Männer betrachteten sie als kleines Mädchen, das aus einer Laune heraus von zu Hause weggelaufen war, um nach magischen Traubenkernen zu suchen. Ein Mädchen, das seinem Vater nichts als Ärger bereitete. Das zu nichts anderem zu gebrauchen war, als hübsch auszusehen. Vielleicht hatten sie recht. Falls ja, dann würde ihre Anwesenheit hier ihrem Vater nur noch mehr Probleme bereiten. Als ihr das klar wurde, wandte Cleo sich zum Gehen, doch ihr Vater hielt sie am Handgelenk zurück.

»Alles wird gut«, versicherte er ihr, drückte ihr einen Kuss auf die Stirn und zog sie außer Hörweite seiner Berater. »Ich weiß, wie schwer das für dich sein muss, aber wir werden diese Sache durchstehen. Sei stark für mich, Cleo. Versprichst du mir das?«

Er sah so besorgt aus, dass sie nur nicken konnte. »Ich verspreche es«, sagte sie, und sein finsterer Blick hellte sich etwas auf.

»Was auch geschehen mag, denk immer daran: Die Menschen in Auranos leben schon seit Jahrtausenden in Wohlstand und Harmonie, und das wird immer so bleiben. Ganz gleich was passiert.«

»Und was *wird* passieren?«, fragte Cleo leise.

Das Gesicht des Königs blieb angespannt. »Wenn all das überstanden ist, wird sich einiges ändern. Ich habe zu lange die Augen verschlossen vor den Missständen, die jenseits unserer Grenzen herrschen. Wenn ich früher eingegriffen hätte, wäre es vielleicht nicht zu diesem Konflikt gekommen. Ich habe nicht vor, meinen Fehler zu wiederholen. Auranos wird immer ein mächtiges, einflussreiches Land bleiben, aber in Zukunft werden wir unsere Nachbarn freundlicher behandeln und ihnen die Unterstützung zukommen lassen, die ihnen gebührt.«

Seine Worte beruhigten sie ganz und gar nicht. »Wird es Krieg geben?«

Der König nahm ihre Hände und drückte sie sanft.

»Er hat schon begonnen.«

KAPITEL 31

AURANOS

Jonas stand Schulter an Schulter mit den Männern, die seine Kampfgenossen werden sollten, und wartete auf das Zeichen zum Angriff. Die Sonne brannte auf das Heer von Limerianern und Paelsianern herab, und der Schweiß lief Jonas über die Stirn und in die Augen.

Er war sicher gewesen, dass der auranische König sich kampflos ergeben würde. Drei Tage waren seit ihrer Ankunft in Auranos vergangen, für die gemeinen Soldaten gab es keine Verpflegung mehr, so dass sie gezwungen waren, sich im zwei Meilen von den Palastmauern entfernten Wald Nahrung zu suchen, der auch ihr einziger Schutz vor der sengenden Sonne war. Aber selbst in dieser ganzen langen Zeit des Wartens war er sicher gewesen, König Corvin würde sich vom Anblick der Legion limerianischer und paelsianischer Soldaten, die kampfbereit auf ihren Befehl warteten, zur Kapitulation bewegen lassen, und das Blutvergießen könnte vermieden werden.

Aber er hatte sich geirrt. Die Schlacht würde beginnen.

Auf König Gaius' Befehl hin formierten sich die Truppen und begannen, auf die Mauern zuzumarschieren. Sie mussten einen Fluss überqueren, der das grüne, grasbewachsene Land mit seinen sanften Hügeln und Tälern durchschnitt. Dahinter kam der golden schimmernde Palast in Sicht – ein spektakulärer Anblick, der Jonas fast den Atem raubte.

Ebenso wie König Corvins gewaltige Armee, die sie in

glänzender Rüstung, mit polierten Helmen und dem goldenen auranischen Wappen auf den Schilden erwartete.

So standen sich die beiden Heere eine volle Stunde gegenüber. Und warteten. Und beobachteten. Jonas' Herz klopfte in seiner Brust, und er umklammerte sein Schwert so fest, dass sich Blasen auf seiner ohnehin harten Haut bildeten.

»Ich hasse sie. Und ich würde sie alle töten, um eine Chance auf ein Leben wie ihres zu bekommen«, flüsterte er Brion zu, ohne den Blick von dem riesigen leuchtenden Palast abwenden zu können, der so anders war als die bescheidenen Hütten von Paelsia. Und dieses Land – so fruchtbar und grün war es, während seine Heimat dahinwelkte, vertrocknete und braun wurde. »Sie würden uns alles wegnehmen und uns bedenkenlos leiden und sterben lassen.«

Unter Brions Auge zuckte nervös ein Muskel. »Dabei sind sie es, die zu leiden und zu sterben verdienen. Sollen *sie* doch versuchen, von Trauben satt zu werden.«

Jonas war bereit, sein Leben zu opfern, um seinem Volk eine Chance auf ein besseres Leben zu geben. Auf dieser Welt wurde einem nichts geschenkt. Und alles, was lebte, musste irgendwann sterben. Wenn heute sein Todestag war, dann sollte es eben so sein!

König Gaius ritt auf seinem glänzenden schwarzen Hengst die Reihe der wartenden Soldaten entlang, hoch aufgerichtet in seinem Sattel, einen Ausdruck unerschütterlicher Entschlossenheit im Gesicht. Dicht neben ihm ritt Prinz Magnus, und sein kühler Blick glitt prüfend über die Truppen. Die Kavallerie würde den Angriff anführen. Standarten in den Farben von Limeros wurden hochgehalten, auf ihnen das bekannte Motto »Kraft. Glaube. Weisheit«.

Das klang alles sehr ehrenhaft und angemessen. Nur das Rot der Fahnen deutete auf König Gaius' Ruf als Blutkönig hin.

Häuptling Basilius und seine Eliteleibwächter waren nirgends zu sehen. Vor einer Weile war Jonas durch die Zeltstadt auf der anderen Seite des Waldes geschlendert. Da der Häuptling Raum brauchte, um sich ungestört und in Ruhe der Meditation zu widmen und die in ihm schlummernde Magie heraufzubeschwören – die ihnen bei ihrem Unterfangen helfen sollte –, hatte er vier Zelte für sich allein in Anspruch genommen.

»Der Magier wird erwachen«, munkelte man in der Truppe. »Seine Magie wird unsere Feinde zermalmen.«

Häuptling Basilius war der Schlüssel zu ihrem Sieg.

Seinen wachsenden Zweifeln zum Trotz hatte auch Jonas sich entschlossen, daran zu glauben.

Nun sprach König Gaius zu den Truppen. »Heute ist der Tag, auf den wir seit tausend Jahren gewartet haben. Ein Tag, an dem wir uns endlich das nehmen, was man uns so lange vorenthalten hat. Was man *euch* vorenthalten hat. Was ihr in diesem Königreich seht, gehört euch, ihr müsst es euch nur nehmen – jeder von euch. Niemand kann euch daran hindern, nur ihr selbst. Werdet euch eurer Stärke bewusst! Ich weiß, dass ihr sie besitzt. Werdet euch ihrer bewusst und helft mir, alle Feinde niederzuwerfen, die sich uns entgegenstellen.«

Unter den Soldaten erhob sich leise ein Sprechchor, der mit jeder Wiederholung lauter und kräftiger wurde.

»Blutkönig! Blutkönig! BLUTKÖNIG!«

Nicht lange, da merkte Jonas, dass er mit eingestimmt hatte, und während er immer wieder dieses Wort rief, ergriff ihn die Energie der blutdurstigen Menge. Ein Teil von ihm wusste, dass König Gaius nicht sein König war. Er hatte keinen König. Dennoch folgte er diesem Blutkönig in den Kampf und war bereit, sein Leben aufs Spiel zu setzen.

»Vor drei Monaten ist ein unschuldiger paelsianischer Junge durch die Hand eines selbstsüchtigen auranischen Adligen gestorben«, fuhr der König mit dröhnender Stimme fort. »Heute werden wir dafür Rache üben. Wir werden das auranische Königreich erobern und seinem König für immer seine Macht entreißen. Auranos gehört uns!«

Die Menge jubelte.

»Bringt mir König Corvins Kopf, und ich werde euch mit Schätzen belohnen, die ihr euch nicht vorstellen könnt«, versprach er. »Zeigt kein Erbarmen! Lasst das Blut eurer Feinde in Strömen fließen! Nehmt euch, was euch zusteht. Tötet sie alle.« Dann reckte er sein Schwert und schwang es hoch über dem Kopf. »Attacke!«

Die Truppen stürmten los, rannten quer über das Feld, dass der Boden unter ihren donnernden Schritten erbebte. Am Fluss, weniger als eine Meile von den Palastmauern entfernt, stießen sie frontal mit der auranischen Streitmacht zusammen, und unter gewaltigem Getöse prallten Körper, Schwerter und Schilde aufeinander.

Um Jonas herum fielen Männer beider Seiten, niedergemäht von stählernen Pfeilspitzen, Streitäxten, Schwertern, noch ehe das Kämpfen richtig begonnen hatte. Im Handumdrehen erhob sich der durchdringend metallische Geruch frischen Blutes.

Jonas kämpfte sich durch die dichte Masse der Körper, schlug und stach, immer möglichst nah bei Brion, denn die beiden lebenslangen Freunde hatten sich geschworen, einander den Rücken freizuhalten.

Massige Pferdekörper stürzten schwer zu Boden oder landeten im Fluss, feindliche Schwerter durchbohrten die Brust der von ihnen wegkriechenden Reiter. Schmerzensschreie erfüllten die Luft, Metallklingen bohrten sich in ungeschütztes Fleisch, überall fielen abgehackte Gliedmaßen zu Boden.

Ihr Ziel war es, möglichst dicht an die Mauer heranzukommen und den Palast im Sturm einzunehmen. Sie waren schon so nah, aber die auranischen Truppen standen ihnen bezüglich Grausamkeit und Brutalität in nichts nach.

Ein Schild knallte so heftig gegen Jonas' Schläfe, dass er stürzte und benommen liegen blieb, während sich in seinem Mund der Geschmack von Blut ausbreitete. Über dem Schlachtfeld zog ein Falke seine Kreise wie ein unbeteiligter Beobachter.

Plötzlich erschien ein auranischer Ritter über Jonas und hob sein Schwert, um es ihm ins Herz zu bohren.

Aber ein anderes Schwert kam ihm zuvor, und der Auranier stürzte. Eine Gestalt glitt von ihrem Pferd, rammte blitzschnell eine Dolchklinge in den Hals des Ritters und durchtrennte ihm die Kehle mit einem Ruck, dass das Blut nach allen Seiten spritzte.

»Willst du da liegen bleiben wie ein Stein?«, fauchte ihn eine Stimme an. »Steh auf. Du verpasst ja den ganzen Spaß.«

Vor Jonas' Gesicht erschien eine behandschuhte Hand, er schüttelte den Kopf und setzte sich mühsam auf, ehe Prinz Magnus ihn vollends auf die Beine zog.

»Lass ein paar für mich übrig.« Ein winziges Lächeln umspielte die Lippen des Prinzen, dann schwang er sich blitzschnell wieder auf sein Pferd und ritt tiefer ins Getümmel der Schlacht hinein, das blutige Schwert fest in der Hand.

Tatsächlich hatte der Kampf sich dem Palast genähert – allerdings noch nicht weit genug, um ihn zu stürmen. Überall auf dem riesigen Schlachtfeld brannten Feuer, und der Gestank des Todes stieg Jonas in die Nase. Er zwang sich innezuhalten und stellte fest, dass sein Schwert verschwunden war.

Offensichtlich war er bewusstlos gewesen. Wie lange hatte er wohl so im zertrampelten Gras gelegen, umringt von toten Körpern? Laut fluchend bahnte er sich einen Weg durch die

Leichen und suchte eine neue Waffe. Anscheinend war ihm jemand zuvorgekommen – ein Plünderer, der die Waffen der Gefallenen eingesammelt hatte. Doch dann fand Jonas endlich eine Axt. Sie würde genügen.

Kaum hatte er sie in die Hand genommen, stürzte sich auch schon ein Feind auf ihn, dessen grausig verwundeter linker Arm schlaff an seiner Seite hing. Aber in den Augen des Mannes war mehr Zorn als Schmerz.

»Paelsianischer Abschaum!«, knurrte der Mann und zückte das Schwert. »Stirb, du Wurm.«

Jonas' Muskeln schmerzten und brannten, als er seine Axt hob und mit ihr Fleisch und Knochen zerschmetterte. Das Blut spritzte ihm direkt ins Gesicht.

Jonas kämpfte weiter, beleuchtet nur durch die in den Boden gesteckten Fackeln und den Mond, der hell von einem dunklen Himmel schien. Inzwischen hatte er seine Streitaxt gegen zwei kurze Krummschwerter ausgetauscht, die aussahen, als hätten sie den Leibwächtern des Häuptlings gehört. Doch sie fühlten sich gut an in seinen Händen und gestatteten es ihm, alles zu zerschlagen, was sich ihm entgegenstellte.

Viele waren bereits seinen Klingen zum Opfer gefallen. Er hatte aufgehört zu zählen, wie viele Leben er schon ausgelöscht hatte.

Doch auch an ihm selbst war der seit zwölf Stunden pausenlos tobende Kampf nicht spurlos vorübergegangen. Jonas blutete aus einer Schulterwunde, eine andere Waffe hatte ihn direkt unter den Rippen in den Oberbauch getroffen. Er würde es überleben, aber die Wunden verlangsamten seine Bewegungen.

»Jonas!«, rief da eine Stimme aus dem Wirrwarr der am Boden liegenden Körper.

Er stieß eins seiner Schwerter einem Auranier in den

Bauch und sah zu, wie das Lebenslicht in den Augen des Mannes erlosch. Dann erst blickte Jonas nach links.

Dort lag ein Junge, halb unter einem gefallenen Pferd. Jonas kämpfte sich zu ihm.

»Kennen wir uns?« Mit raschem Blick nahm er die Verletzungen des Jungen in Augenschein. Das Pferd, das ihm die Beine zerquetscht hatte, war nicht das Problem, sondern die tiefe blutende Bauchwunde, durch die auch schon die Eingeweide herausquollen. Daran war kein Pferd schuld, so etwas konnte nur eine scharfe Schwertklinge anrichten.

»Du kommst aus meinem Dorf. Du bist Jonas – Jonas Agallon. Der jüngere Bruder von Tomas.«

Jetzt erkannte er das blasse Gesicht des Jungen, obwohl es einen Moment dauerte, bis ihm der Name einfiel. »Stimmt. Du heißt Leo, richtig?«

Neben ihm stießen zwei Soldaten zusammen. Während der eine über eine Leiche stolperte, machte der andere ihm endgültig den Garaus – zum Glück auf Jonas' Seite. Links von ihm flog ein Hagel brennender Pfeile durch die Luft, abgeschossen von den Bogenschützen auf den Palastmauern.

»Jonas«, sagte Leo so leise, dass man ihn kaum verstehen konnte. »Ich habe Angst.«

»Das musst du nicht.« Jonas zwang sich, seine Aufmerksamkeit auf den Jungen zu konzentrieren. »Die Wunde ist nicht sehr tief. Das wird schon wieder.«

Er log. Leo würde den Sonnenaufgang nicht mehr erleben.

»Gut.« Der Kleine lächelte gequält, aber in seinen Augen standen Tränen. »Ich muss nur einen Moment ausruhen, dann kann ich weiterkämpfen.«

»Ruh dich aus, so lange du magst.« Obwohl er wusste, wie gefährlich es war, kauerte Jonas sich neben den Jungen und nahm seine Hand. »Wie alt bist du?«

»Ich bin gerade elf geworden.«

Elf. Jonas spürte, wie die Reste des halb garen Kaninchens, das er vor dem Kampf gegessen hatte, in seinem Magen grummelten. Wieder schwirrte ein Pfeil durch die Luft und durchbohrte die Rippen eines Soldaten neben ihm. Die Wunde war nicht tödlich, und der Soldat – dem Wappen auf seinem Ärmel nach ein Limerianer – riss sich den Pfeil mit einem rauen Aufschrei aus der Brust.

Jonas wandte sich wieder dem sterbenden Jungen zu. »Tapfer von dir, dass du dich freiwillig gemeldet hast.«

»Mein großer Bruder und ich hatten eigentlich keine andere Wahl. Wir mussten mit. Wer ein Schwert halten kann, muss König Gaius dienen.«

König Gaius dienen.

Heißer Zorn stieg Jonas in die Kehle. »Deine Familie wird sehr stolz auf dich sein.«

»Auranos ist so schön. So grün und warm und … ich war vorher noch nie hier. Wenn meine Mutter einmal so ein Leben haben kann, dann hat sich alles gelohnt.«

Der Junge hustete Blut. Mit seinem bereits blutverschmierten Ärmel wischte Jonas es ab und sah sich suchend um. Neben ihnen wurde gekämpft – viel zu nah. Er wollte bei dem Jungen bleiben, aber er konnte es nicht länger riskieren. Wenn er den Kleinen doch ins Lager zurückbringen könnte – einen Wundarzt finden …

Der Griff des Jungen wurde fester. »K-kannst du mir einen Gefallen tun, Jonas?«

»Gern.«

»Sag meiner Mutter, dass ich sie liebe. Und dass ich es für sie getan habe.«

Jonas blinzelte. »Ich verspreche es dir.«

Der Junge lächelte, dann verschwand das Lächeln, und seine Augen wurden glasig.

Einen Augenblick noch verharrte Jonas, dann sprang er auf

und schickte einen Wutschrei zum Himmel hinauf. Es war nicht richtig, dass ein Kind sterben musste, weil der Blutkönig befohlen hatte, dass auch die Jüngsten halfen, Auranos zu erobern.

Und die Paelsianer – einschließlich seiner selbst – halfen ihm, so gut sie konnten, hielten ihre Köpfe hin und opferten ihre Zukunft.

Durch den Tod des Jungen war Jonas mit einem Schlag alles klar geworden. Es gab keinerlei Gewähr, dass König Gaius sich an seine Versprechen halten würde. Die Limerianer waren zahlenmäßig überlegen, ihre Armee war riesig und gut ausgebildet. Paelsia diente nur als Kanonenfutter.

Er musste zurückgehen und mit dem Häuptling sprechen. Sofort. Er umfasste seine Schwerter, wandte sich von dem Jungen ab – und hatte plötzlich einen Arm in einer stachelgespickten Stulpe vor sich, der auf ihn zielte. In letzter Sekunde konnte Jonas ihm ausweichen. Der Schlag verpasste sein Gesicht um Haaresbreite. Der Auranier, der ihn angegriffen hatte, besaß von seiner Rüstung nur noch den Brustpanzer, sein hässliches Gesicht wies Schnitte und Schrammen auf, seine Haare waren blutverkrustet. Offenbar hatte jemand versucht, ihm die Kehle durchzuschneiden, aber er war mit einem bösen Kratzer davongekommen.

»Du verabschiedest dich wohl von deinem kleinen Bruder, was?«, fragte er mit einem gemeinen Grinsen, das den Blick auf seine Zahnlücke freigab. »Das hat man davon, wenn man sich mit uns anlegt. Man kriegt mein Schwert in den Bauch. Und du bist der Nächste, Wilder.«

Wutentbrannt starrte Jonas ihn an. Der Ritter stürzte sich auf ihn, ließ sein Schwert durch die Luft sausen, und die Klinge traf mit solcher Wucht auf die von Jonas, dass seine Zähne klapperten. Direkt neben seinem Ohr zischte ein mit einer Stahlspitze bewehrter Pfeil vorbei und traf einen paelsianischen Soldaten von hinten ins Bein. Schreiend stürzte der Mann zu Boden.

Der auranische Ritter war zwar ausgebildet für diese Art Kampf, aber auch schwer angeschlagen. Seine Erschöpfung war Jonas' einziger Vorteil.

»Ihr werdet verlieren«, zischte der Auranier. »Und du wirst sterben. Wir hätten euch schon vor Jahren von eurem Elend befreien sollen – eurem ganzen gottverlassenen Land. Ihr solltet uns dafür danken, dass wir euch zertreten wie die dreckigen Kakerlaken, die ihr seid.«

Als Kakerlake beschimpft zu werden störte Jonas nicht. Kakerlaken waren widerstandsfähige und einfallsreiche Kreaturen, und das war wesentlich besser als ein stumpfsinniger Barbar. Aber am schlimmsten war es, wenn man ihm sagte, er würde verlieren.

»Da irrst du dich«, gab er wütend zurück. »Unser Elend ist zu Ende, aber eures fängt gerade erst an.«

Mit seinem ganzen Gewicht warf er sich auf den Ritter und riss ihn mit sich zu Boden. Blitzschnell entledigte er sich seiner Klingen, wand dem Ritter sein Schwert aus der Hand und presste es ihm an die Gurgel.

»Gib auf«, knurrte Jonas.

»Niemals. Ich kämpfe für meinen König und mein Land. Ich werde nicht ruhen, bis auch der letzte von euch dreckigen Wilden tot ist.«

Auf einmal hatte der Ritter ein Messer in der Hand, und dann fühlte Jonas einen stechenden Schmerz in der Seite. Ehe das Messer weiter eindringen konnte, rollte er sich weg, packte das Schwert mit beiden Händen und ließ es mit aller Kraft auf die ungeschützte Kehle seines Gegners niedersausen.

Der Schlag trennte den Kopf des Auraniers glatt vom Rumpf, und Jonas wischte sich mit dem Ärmel das umherspritzende Blut aus dem Gesicht.

Dann kam er mühsam auf die Füße und kämpfte sich unter Schmerzen in entgegengesetzter Richtung über das Feld, über den Fluss, der jetzt rot unter dem Nachthimmel dahinströmte. Auch aus seinen Wunden rann heiß und dick das Blut, aber er bewegte sich vorwärts ... oder genau genommen zurück.

Durch den dichten Wald auf die andere Seite, wo die Zeltstadt aufgebaut war. In dem Bereich, wo die Verwundeten versorgt wurden, wimmelte es von verletzten und sterbenden Männern, und von überallher waren Schmerzenslaute zu hören.

Auf schwachen Beinen schleppte Jonas sich weiter, bis er endlich sein Ziel erreichte – das Wohnzelt des Häuptlings. Seine Zelte waren von den Limerianern bereitgestellt worden und größer als alle paelsianische Hütten, die Jonas jemals gesehen hatte. Hier erholte sich die Elite und nahm ihre Mahlzeiten ein, die von Köchen und Dienern hingebungsvoll zubereitet wurden.

Während zwei Meilen entfernt elfjährige Jungen in der Schlacht kämpften und starben.

Basilius' Wachen erkannten Jonas trotz seines lädierten Zustands und hinderten ihn nicht, als er Anstalten machte, das riesige, prächtig ausgestattete Zelt zu betreten. Jonas kam die Galle hoch, als er nach allem, was er gerade auf dem Schlachtfeld erlebt hatte, auf all diesen Luxus blickte.

»Jonas!«, rief der Häuptling enthusiastisch. »Komm doch herein! Geselle dich zu mir!«

Vor Schmerz und Erschöpfung geriet Jonas ins Straucheln, dass er schon fürchtete, seine Knie würden gleich nachgeben. Der Blick des Häuptlings fiel auf seine Verletzung. »Wundarzt!«, rief er laut und gebieterisch.

Sofort eilte ein Mann herbei und zog Jonas' Hemd weg, um die Wunde zu inspizieren. Plötzlich stand ein Stuhl hinter ihm, auf den er sich hart niedersinken ließ. Gerade rechtzeitig, denn ihm war schwindlig, seine Haut fühlte sich kalt und klamm an, und die Welt um ihn herum begann zu verschwimmen. Doch er bemühte sich, ruhig zu atmen und stark zu bleiben, um nicht ganz die Orientierung zu verlieren.

Der Wundarzt reinigte seine Verletzungen und verband sie fachmännisch.

»Dann sage mir«, wandte der Häuptling sich schließlich lächelnd an ihn. »Wie läuft die Schlacht?«

»Habt Ihr die ganze Zeit meditiert? Ich dachte, vielleicht könnt Ihr uns durch die Augen der Vögel beobachten.« Jonas war nicht sicher, warum er das sagte. Es war eine Kindergeschichte, an die er sich vage erinnerte, eine, an die seine Mutter noch immer glaubte.

Der Häuptling nickte, sein Lächeln blieb. »Ich wollte, ich hätte diese Gabe. Vielleicht kann ich sie ja in den kommenden Jahren entwickeln.«

Jonas nahm allen Mut zusammen. »Ich würde gerne persönlich mit Euch sprechen«, sagte er. Auf einmal machte er sich Sorgen wegen Brion und hatte ein schlechtes Gewissen, weil er das Schlachtfeld vor dem Ende des Kampfes verlassen hatte. Schon ziemlich früh hatte er seinen Freund aus den Augen verloren, und womöglich lag er jetzt schwer verletzt irgendwo da draußen, und niemand beschützte ihn vor einem auranischen Todesstoß. Oder vor einem verirrten Pfeil.

Seit Tomas' Tod war Brion für ihn wie ein Bruder geworden.

Seine Augen brannten, aber das schob er entschlossen auf den Rauch aus der Pfeife des Häuptlings. Der Duft nach zerstoßenen Pfirsichblättern und noch etwas Süßerem erfüllte das Zelt. Jonas kannte den Geruch, er stammte von einem seltenen Kraut, das man in den Verbotenen Bergen fand und das angenehme Halluzinationen verursachte.

»Bitte, sprich dich einfach aus und nimm kein Blatt vor den Mund.« Mit einer Handbewegung gab Basilius dem Wundarzt zu verstehen, dass er verschwinden sollte, und setzte sich an einen Tisch, auf dem vorher offensichtlich ein Festmahl serviert worden war. Abgenagte Ziegenknochen lagen noch herum, dazwischen standen sicher ein Dutzend leerer Weinflaschen.

»Ich mache mir Sorgen«, begann Jonas. »Wegen dieses Krieges.«

»Man darf den Krieg niemals unterschätzen, er ist eine ernste Sache. Jawohl. Und du scheinst mir ein ernster junger Mann zu sein.«

»Da ich in Paelsia aufgewachsen bin, hatte ich kaum eine andere Wahl, oder?« Jonas versuchte die Bitterkeit aus seiner Stimme zu verbannen, doch es gelang ihm nicht. »Ich habe mit acht Jahren angefangen, in den Weinbergen zu arbeiten.«

»Du bist ein guter Junge. Deine Arbeitsmoral ist vorbildlich.« Der Häuptling nickte. »Ich freue mich sehr, dass meine Laelia dich gefunden hat.«

Vielleicht sagte er die Wahrheit, aber es war eher anders herum gewesen – Jonas hatte Laelia gefunden. Er hatte Zeit in ihrem Bett verbracht, er hatte ihr zugehört, wenn sie über ihre Freunde geschwatzt oder ihm von ihren grässlichen Schlangen erzählt hatte – alles, um das Vertrauen des Häuptlings zu gewinnen und ihn zu überzeugen, sich gegen die Auranier zu erheben und sich zu nehmen, was Paelsia gebührte.

Denn selbst wenn Tomas nicht ermordet worden wäre, wünschte sich Jonas genau das für sein Land.

Doch was jetzt geschah – das war falsch. Er fühlte es tief in seinem Inneren.

Er hatte keine Zeit, um den heißen Brei herumzureden. Auf dem Schlachtfeld starben Kinder, bereit, ihr Leben zu geben, damit die angreifenden Truppen ein paar Fuß näher an die Palastmauern gelangten. Der Häuptling musste erfahren, weshalb Jonas zu ihm gekommen war.

»Ich vertraue König Gaius nicht«, erklärte er klipp und klar.

Der Häuptling lehnte sich in seinem gepolsterten Stuhl zurück und betrachtete Jonas neugierig. »Aus welchem Grund?«

»Wir Paelsianer sind den Limerianern zahlenmäßig weit unterlegen, und ihrem König eilt der Ruf voraus, ein brutaler, habgieriger Mensch zu sein. Welche Sicherheit haben wir, dass er, nachdem wir bei der Eroberung von Auranos unser Leben gegeben haben, sich nicht umdreht und uns umbringt? Zu seinen Sklaven macht? Damit er alles für sich behalten kann?«

Der Häuptling schürzte die Lippen und sog an seiner Pfeife. »Hältst du das wirklich für möglich?«

Jonas war zutiefst frustriert, sein Herz hämmerte. »Wir müssen uns zurückziehen. Die Lage neu überdenken, bevor es noch mehr Tote gibt. Ein elfjähriger Junge ist in meinen Armen gestorben. Natürlich möchte ich Auranos fallen sehen, aber ich möchte nicht, dass unser Sieg mit dem Blut von Kindern erkauft wird.«

Das Gesicht des Häuptlings wurde ernst. »Ich bin kein Mann, der etwas anfängt und mittendrin aufgibt.«

Nein, Basilius war ein Mann, der etwas anfing, sich in sein Luxuszelt zurückzog und gemütlich darauf wartete, bis es vorbei war. »Aber …«, begann Jonas.

»Ich verstehe deine Sorge«, fiel der Häuptling ihm ins Wort, »aber du musst Vertrauen zu mir haben, Jonas. Ich habe tief in meinem Inneren geforscht, um die richtige Lösung zu finden. Und leider lautet diese: Krieg. Erst wenn die Schlacht ausgefochten ist, wird er zu Ende sein. Es ist mein Schicksal, mich mit König Gaius zu verbünden. Ich vertraue ihm. Er hat mir ein außerordentliches Blutopfer gebracht, so etwas habe ich noch nie zuvor erlebt.« Er nickte bekräftigend. »König Gaius ist ein ehrenwerter Mann, der jedes Versprechen halten wird, das er mir gegeben hat. Daran zweifle ich keinen Augenblick.«

Jonas ballte die Fäuste. »Wenn er so gut und ehrenwert ist, wieso hat er uns dann nicht schon früher geholfen? Hat er sich je um unser sterbendes Land, unser leidendes Volk gekümmert? Wo war er die ganze Zeit?«

Häuptling Basilius seufzte schwer. »Lass die Vergangenheit ruhen. Wir können nur nach vorn blicken und versuchen, die Zukunft besser zu machen.«

»Bitte, denkt über das nach, was ich Euch gesagt habe.« Je länger das Gespräch dauerte, desto überzeugter wurde Jonas, dass sie sich mit diesem Krieg auf einen dunklen, blutigen Pfad begeben hatten. Was er auf dem Schlachtfeld gesehen hatte, war nur der Anfang eines großen Elends, das ihnen bevorstand.

»Natürlich. Ich werde alles in Betracht ziehen. Deine Meinung ist mir wichtig, Jonas.«

»Und was ist mit Eurer Magie? Glaubt Ihr, dass Ihr sie einsetzen könnt, um uns zu helfen?«

Der Häuptling breitete die Hände aus. »Das wird nicht notwendig sein. König Gaius sagt, er ist im Besitz einer ganz besonderen Geheimwaffe, die er einsetzen wird, sobald wir die Palastmauern durchbrochen haben. Dieser Kampf wird sich nicht über Tage und Wochen hinziehen, sondern morgen schon beendet sein. Das verspreche ich dir.«

Jonas' Mund war so trocken, dass er sich wünschte, in den herumstehenden Flaschen wäre noch Wein. »Was für eine Geheimwaffe denn?«

Seine Frage wurde mit einem rätselhaften Lächeln beantwortet. »Wenn ich dir das verraten würde, wäre die Waffe nicht mehr geheim, richtig?« Der Häuptling erhob sich, ging zu Jonas und klopfte ihm aufmunternd auf den Rücken. Jonas zuckte vor Schmerz zusammen, denn seine Wunde war noch frisch, und jede Berührung tat weh. »Vertrau mir, Jonas. Wenn dies alles vorbei ist und wir den Lohn für unsere Mühen hier in Auranos ernten, wird dein Hochzeitsfest das großartigste sein, das man jemals in Paelsia gesehen hat.«

Verfolgt vom Lachen des Häuptlings verließ Jonas das Zelt. Er hätte genauso gut mit einer Wand sprechen können.

Trübsinnig blickte er in den dunklen Himmel hinauf, an dem die Sterne und ein umwölkter Mond leuchteten, und fragte sich, warum dort kein Anzeichen des nahenden Sturms zu erkennen war.

KAPITEL 32

AURANOS

Inzwischen war Emilia so krank, dass sie Schmerzen und heftiges Nasenbluten bekam, wenn sie nur den Kopf hob. Cleo hatte Mira vor einer Weile beim Vorlesen abgelöst, um sich von der Schlacht abzulenken, die vor den Palastmauern tobte. Die Atmosphäre im Schloss war trist und bedrohlich. Sosehr Cleo irgendwo einen Hoffnungsschimmer zu entdecken versuchte – mit jeder Stunde, die seit Beginn der Belagerung vergangen war, schien alles nur noch trostloser zu werden.

»Bitte weine nicht.« Emilias Stimme brach. »Ich hab dir doch gesagt, dass du stark sein musst.«

Cleo wischte sich die Tränen von den Wangen und versuchte sich auf die Worte in dem kleinen, abgegriffenen Gedichtband zu konzentrieren, der zu Emilias Lieblingsbüchern gehörte. »Kann ein starker Mensch denn nicht auch mal weinen?«

Zwar hatte Cleo versucht, das Geschehene zu akzeptieren, aber der Schmerz war wohl noch zu frisch. Sie hatte ihn noch nicht einmal vollständig begriffen. Jemanden zu verlieren, den sie gerade zu lieben begonnen hatte, war schlimm genug, aber der Gedanke, womöglich auch noch Emilia zu verlieren …

Behutsam nahm sie die Hand ihrer Schwester. »Kann ich dir irgendwie helfen?«

Emilia lehnte sich in ihre bunten Kissen zurück. Auf ihrem Nachttisch stand ein großer Blumenstrauß, den Cleo im

Schlosshof gepflückt hatte – im Moment konnte man sonst nirgendwo ins Freie. Der Hof lag im Zentrum des Schlosses, eine große, von Mauern umgebene Grünfläche, mit Apfel- und Pfirsichbäumen und einem wunderschön gepflegten Blumengarten. Beide Schwestern hatten ihren Unterricht am liebsten dort, sofern die Lehrer damit einverstanden waren.

»Sei einfach stark, weiter nichts«, antwortete Emilia. »Und du solltest gerade jetzt, wo alles so seltsam und verwirrend ist, unbedingt möglichst viel Zeit mit deinen Freunden verbringen, nicht nur mit mir. Es macht mir nichts, heute Abend alleine zu sein.«

Selbst jetzt noch bewahrte die zukünftige Königin von Auranos die Fassung, so, wie man es ihr beigebracht hatte. Cleo fand es immer wieder erstaunlich, wie wenig ihre ältere Schwester ihr ähnelte, obwohl der Altersunterschied zwischen ihnen nicht einmal drei Jahre betrug – Emilia war im Gegensatz zu ihr so erwachsen.

Cleo wickelte sich eine Haarsträhne um den Finger. »Ich habe versucht, sie zu meiden. Aron lauert mir ständig irgendwo im Schatten auf, ich weiß nie, wann er mich von hinten überfällt.«

Emilia musste lachen. »Du meinst, er ist nicht auf dem Feld draußen, um sein Schwert zu schwingen und so seine Zukünftige zu beschützen?«

»Du solltest darüber keine Witze machen«, meinte Cleo etwas zimperlich.

»Entschuldige. Ich weiß, du kannst der Situation nichts Spaßiges abgewinnen.«

»Nein, überhaupt nichts.« Cleo seufzte. »Aber reden wir nicht mehr von Aron. Deine Gesundheit liegt mir viel mehr am Herzen, Schwester. Und sobald die Schlacht vorüber ist, was hoffentlich bald sein wird, schicke ich wie versprochen einen Gardisten nach Paelsia.«

»Um weiter nach dieser Wächterin mit den Heilkernen zu suchen, die mein Leben retten soll.«

»Ja, und sag das nicht so skeptisch. Du bist diejenige, die mich überhaupt erst auf die Idee gebracht hat. Davor hab ich gar nicht an Magie geglaubt.«

»Aber jetzt glaubst du daran?«

»Ja, von ganzem Herzen.«

Aber Emilia schüttelte den Kopf. »Mich kann keine Magie mehr retten, Cleo. Es wäre das Beste, wenn du versuchst, das Unausweichliche zu akzeptieren.«

Cleo zuckte zusammen. »Niemals werde ich das akzeptieren.«

Wieder lachte Emilia, aber es war ein schwacher Laut, tief in ihrer Brust. »Dann glaubst du also, du kannst das Schicksal besiegen?«

»Ja, ohne jeden Zweifel.« Solange Emilia atmete, gab es auch Hoffnung, sie zu heilen.

»Jetzt geh und suche Mira und Nic«, erwiderte Emilia und drückte ihre Hand.

»Soll ich Mira nachher zu dir schicken?«

»Nein. Sie soll heute frei haben, ich brauche wirklich keine Gesellschaft. Bestimmt macht sie sich große Sorgen wegen der Belagerung.«

»Wenigstens ist alles still. Ich glaube, das ist ein gutes Zeichen.« Wenn sie nicht gewusst hätten, was auf der anderen Seite der Palastmauern passierte, hätten sie es niemals erraten. Von dem Getöse der Schlacht drang nicht das Geringste durch die dicken Schlossmauern.

Emilia sah ihre Schwester müde und traurig an. »Hoffentlich.«

»Morgen ist ein neuer, ein besserer Tag.« Cleo beugte sich über sie und küsste ihre kühle Stirn. »Ich liebe dich, Emilia.«

»Ich liebe dich auch.«

Cleo verließ das Zimmer und streifte eine Weile ziellos durch die Gänge. Die Stille war geradezu unheimlich. Alle Fenster waren mit Brettern verrammelt.

Weil sie hier eingesperrt war, hatte sie viel zu viel Zeit, an Theon zu denken. Sie vermisste ihn, vermisste es, dass er in der Nähe war und sie streng anschaute, wenn sie etwas sagte oder tat, was er für unangemessen hielt. Sie dachte daran, wie froh und erleichtert er gewesen war, als er sie in Paelsia gefunden hatte. Sie dachte an seinen leidenschaftlichen Blick, als er ihr gestanden hatte, was er für sie empfand.

Und an den Schrecken und den Schmerz, als der limerianische Prinz ihn mit einem Schwert durchbohrt und ihm für immer das Leben geraubt hatte.

Sie musste die Tränen hinunterschlucken, als sie durch die Gänge wanderte, die sie auch mit ihm entlanggeschlendert war. Der Verlust war wie eine ständige Last auf ihrem Herzen, die mit jedem Tag schwerer wurde.

Schließlich war sie so müde, dass sie sich auf ihr Zimmer zurückzog, statt nach Mira und Nic zu suchen. Aber als sie im Bett lag, starrte sie nur an die Decke und konnte nicht einschlafen.

Wenn sie die Wächterin in Paelsia gefunden hätte, wäre alles anders gekommen. Dann könnte sie Emilia jetzt höchstwahrscheinlich wieder gesund machen.

Aber vielleicht war ja alles tatsächlich nur eine Legende. Schon der Gedanke tat ihr weh.

Nur mithilfe von Eirenes Geschichten hatte sie ihre Zuversicht und ihren Glauben aufrechterhalten können. Sie waren so lebendig, so real. Eirene hatte Cleo Hoffnung gegeben.

In den letzten Tagen hatte sie die alte Frau allerdings fast vergessen. Sie hatte nicht einmal den Umschlag mit dem Namen des Tavernenbesitzers geöffnet, durch den sie ihre Dankesgeschenke hatte schicken lassen wollen.

»Die Magie wird diejenigen finden, die reinen Herzens sind, selbst wenn alles verloren scheint.«

Das waren Eirenes Abschiedsworte gewesen. Und im Augenblick schien wirklich alles verloren zu sein. Cleo saß im Schloss fest und hatte keine Ahnung, wann sie es jemals wieder gefahrlos würde verlassen können. Und ihre Schwester wurde vor ihren Augen immer schwächer.

Schließlich schwang Cleo die Beine über den Bettrand, um den Umschlag zu holen. Selbst wenn es zurzeit nicht möglich war, Eirene etwas zu schicken, konnte sie in ihrer Freizeit doch schon ein paar Dinge zusammenpacken. An Freizeit mangelte es ihr momentan ja nicht.

Der kleine Umschlag lag unter einem Stapel ungelesener Bücher auf ihrer Frisierkommode. Sie zog ihn heraus und zerbrach das Siegel.

An Stelle einer Adresse fand sie im Innern des Umschlags einen Brief und zwei kleine braune Körner.

Der Brief lautete:

Prinzessin, bitte entschuldigt, dass ich Euch nicht die Wahrheit über mich sagen konnte. Ich hüte dieses Geheimnis schon viele Jahre, und es weiß niemand davon, nicht einmal meine Enkelin. Nur die Legende. Ein reines Herz ist für mich mehr wert als Gold, und Ihr habt solch ein Herz. Nehmt diese kostbaren Samen, um Eure Schwester zu heilen, damit sie Auranos in eine bessere Zukunft führen kann.

Eirene

Cleo las den Brief drei Mal, ehe sie den Inhalt zu begreifen begann. Aber als sie ihn endlich verstand, fiel er ihr aus der Hand.

Eirene hatte ihre und Nics Lüge, dass sie aus Limeros waren, durchschaut. Sie hatte gewusst, dass Cleo die auranische Prinzessin war.

Und noch mehr, noch wichtiger – Eirene war die Wächterin, nach der sie gesucht hatten. Eirene hatte sie gefunden.

Und Cleo hatte keine Ahnung gehabt.

Mit großen Augen blickte sie auf die beiden Körner. Das also waren die magischen Traubenkerne. Die ganze Zeit schon waren sie in ihrem Besitz gewesen.

Zwei Samenkörner, die einen Menschen heilen konnten, der dem Tode nahe war.

Wenn sie das gewusst hätte, hätte sie Theon mit einem davon retten können.

Bei diesem hoffnungslosen Gedanken wurde ihr Herz so schwer, dass sie einen lauten Schrei ausstieß und weinend zu Boden sank. Zusammengekauert lag sie da, die Knie eng an die Brust gezogen.

Doch noch während das Schluchzen sie schüttelte, wusste sie, dass sie keine Zeit für Tränen oder Reue hatte.

Sie musste zu Emilia.

So zwang sie sich schließlich aufzustehen, lief zur Tür und hinaus auf den Korridor, wo sie unsanft mit jemandem zusammenstieß. Es war Nic, der ein paar Schritte zurücktaumelte und sich die Rippen massierte.

»Autsch. Du hast dir anscheinend angewöhnt, mir wehzutun, Cleo.« Besorgt musterte er ihre rot geschwollenen Augen. »Ich habe einen Schrei aus deinen Gemächern gehört und dachte, vielleicht brauchst du Hilfe.«

Ihr Herz flatterte. »Ja, ich glaube schon. Ich – ich habe die Kerne. Eirene … sie war die Wächterin.«

Er starrte sie verständnislos an. »Wie viel Wein hast du heute Abend getrunken? Ich glaube, du bist womöglich noch betrunkener als Aron.«

»Ich bin überhaupt nicht betrunken. Es ist wahr.« Ihr schweres Herz wurde etwas leichter. »Komm, wir müssen sofort zu Emilia.«

»Du glaubst also wirklich an Magie?«, fragte er.

»Aber ja!«

Er nickte, und ein Grinsen erschien auf seinem Gesicht. »Na, dann los, retten wir deine Schwester.«

Als sie durch die Gänge eilten, trafen sie an einer Ecke auf zwei Gardisten und hörten, wie sie sich unterhielten.

»Ihre Streitkräfte sind unerbittlich«, sagte der eine gerade. »Und die Palastmauern werden nicht ewig halten.«

»Haben sie die Mauern durchbrochen?«, fragte Nic scharf und brachte auch Cleo zum Anhalten.

Die Gardisten wirkten verlegen, es schien ihnen unangenehm zu sein, dass jemand ihr Gespräch mitgehört hatte.

»Ich fürchte, ja«, antwortete der eine schließlich mit ernstem Nicken. »Aber ins Schloss werden sie nicht kommen.«

»Wie kannst du da so sicher sein?«, fragte Cleo erschrocken.

Die beiden Männer wechselten einen Blick. Cleo mochte zwar erst sechzehn sein, aber sie war eine Prinzessin, und ihre Fragen mussten beantwortet werden. »Das Schlosstor ist durch den Zauber einer Hexe verstärkt.«

Fassungslos starrte sie den Mann an. »Das hat mein Vater mir nie verraten.«

»Der Zauber wird jedes Jahr von der Hexe erneuert, damit er stark bleibt. Aber sie wird uns nicht mehr viel helfen können.«

»Sei still!«, zischte sein Freund.

»Warum?«, wollte Nic wissen. »Wo ist die Hexe denn jetzt?«

Der erste Gardist biss die Zähne zusammen, und sein Blick wanderte zwischen seinem Freund, Nic und Cleo hin und her. »König Gaius hat dem König vor drei Tagen eine Kiste mit ihrem Kopf drin geschickt. Aber das spielt keine Rolle. Was auch immer der König von Limeros jetzt zu unternehmen versucht, er wird scheitern, denn der Zauber wird halten.«

Cleo kannte den gemeinen, blutrünstigen Prinzen von Limeros, aber es hörte sich an, als wäre sein Vater sogar noch schlimmer – genau wie die Gerüchte, die sie über ihn gehört hatten, es nahelegten. »Warum hat mein Vater mir nie etwas davon gesagt?«

»Der König will Euch schützen.«

»Warum erzählst *du* uns dann davon?«, fragte Nic.

»Weil Ihr ein Recht habt zu erfahren, dass wir in Gefahr sind.« Das Gesicht des Gardisten wurde hart. »Der König hat uns durch seine Weigerung zu kapitulieren alle einem großen Risiko ausgesetzt.«

Cleo atmete scharf ein. »Du glaubst also, er sollte sich ergeben?«

»Das würde draußen auf dem Schlachtfeld viele Leben retten. Wir können ja nicht ewig in diesem Schloss bleiben, mit oder ohne einen Zauber, der die Türen versiegelt. Hier sind wir nicht besser dran als ein in die Ecke getriebenes Kaninchen, das darauf wartet, dass der Wolf ihm die Kehle durchbeißt.«

Cleo musterte den Jammerlappen von oben herab. »Wie kannst du es wagen, schlecht über meinen Vater zu sprechen? Er trifft die beste Entscheidung, die er kann, damit Auranos stark bleibt. Wäre es dir lieber, wenn er sich dem Blutkönig ergeben würde? Glaubst du vielleicht, die Welt wäre dann besser? Glaubst du, dass diejenigen, die ihr Leben bereits verloren haben, dann gerettet werden könnten?«

»Was versteht Ihr denn schon von solchen Dingen?«, entgegnete der Gardist finster. »Ihr seid ja nur ein Mädchen.«

»Oh nein«, erwiderte Cleo fest. »Ich bin eine Prinzessin von Auranos, und ich unterstütze jede Entscheidung meines Vaters. Und wenn du deinen Kopf nicht auch in einer Kiste finden möchtest, solltest du mehr Respekt gegenüber deinem König zeigen.«

Das schüchterte den Gardisten sichtlich ein, und er senkte ehrerbietig den Kopf vor ihr. »Bitte entschuldigt, Hoheit.«

Cleo umklammerte die magischen Samen so fest, dass sie ihr in die Haut pikten. »Geht zurück an eure Arbeit«, sagte sie eisig, dann wandte sie sich ab und ging mit Nic weiter.

»Das war brillant, Cleo«, meinte Nic. »Du hast ihn mit Worten geschlagen.«

Sie warf ihm einen Seitenblick zu, trotz ihrer Sorge beinahe amüsiert. »Es sieht nicht gut aus draußen auf dem Schlachtfeld, richtig?«

Er schüttelte den Kopf, und alle Leichtigkeit war verschwunden. »Nein, gar nicht.«

»Glaubst du, wir werden verlieren?«

»König Gaius und Häuptling Basilius haben viele Männer, die bereit sind, ihr Leben für ihre gemeinsame Sache zu opfern. Ganz gleich, wie lange es dauert.«

»Mein Vater darf niemals kapitulieren.«

»Wenn er keine andere Lösung sieht, wird er es wohl müssen.«

Cleo erinnerte sich an die Kälte in Prinz Magnus' Augen, als er Theon ermordet hatte. Sie würde es nicht ertragen, ihm noch einmal zu begegnen. »Nein, das wird nicht passieren.«

»Nein?«

Sie rang sich ein zuversichtliches Lächeln ab und verdrängte die dunklen Erinnerungen. »Merkst du das nicht? Wir können uns nicht einmal vorstellen, dass wir verlieren – weil wir nicht verlieren werden. Wir werden siegen und diese habgierigen Schweine dorthin zurückschicken, woher sie gekommen sind. Wenn dann wieder Ruhe eingekehrt ist, können wir den Menschen in Paelsia helfen, die unsere Hilfe verdient haben, und nicht denen, die unser ganzes Land stehlen wollen.«

»Wenn man es so sieht, glaube ich beinahe, dass du recht hast.«

»Natürlich habe ich recht.« Cleo streckte die Handfläche mit den Samenkörnern aus. »Diese hier werden alles ändern. Wenn Emilia geheilt ist, wird die Welt ein besserer Ort sein, voll unendlicher Möglichkeiten.«

»Dann auf zu Emilia, Prinzessin!«, rief Nic.

Als sie bei Emilias Tür ankamen, machte Cleo sich nicht einmal die Mühe zu klopfen, sondern ging einfach hinein. Aus Rücksicht auf Emilia, die ja im Bett lag, blieb Nic an der Tür stehen, während Cleo freudestrahlend zu ihr lief. Emilia hatte das Gesicht zum Fenster gewandt und war anscheinend zu schwach, um ihrer Schwester entgegenzublicken.

Cleo konnte ihre Aufregung kaum im Zaum halten.

»Emilia! Du wirst es nicht glauben, was ich hier habe. Die Samenkörner! Frag mich nicht, wie das möglich ist, aber es ist so. Sie werden dich heilen, das weiß ich.« Zwar zeigte Emilia noch immer keine Reaktion, aber Cleo ließ sich nicht beirren. »Die Wächter gibt es wirklich, ich habe eine Frau kennengelernt, die zu ihnen gehörte – auch wenn ich das bei unserer Begegnung noch nicht wusste. Sie ist ein Mensch wie du und ich. Und sie will dir helfen.«

Cleo warf einen Blick über die Schulter zu Nic, der einen zögernden Schritt ins Zimmer gemacht hatte. Er sah besorgt aus.

»Cleo …«, begann er.

»Ich weiß, dass du eine harte Zeit hinter dir hast«, fuhr Cleo fort, ohne auf ihn zu achten, und setzte sich vorsichtig auf den Bettrand. »Erst hast du den Mann verloren, den du liebst. Das haben wir jetzt gemeinsam, und ich weiß, wie du dich fühlst. Aber wir müssen weitermachen und uns der Zukunft gemeinsam stellen. Es wird sicher nicht leicht, aber ich werde stark sein. Genau wie du es mir gesagt hast.«

Nic legte ihr die Hand auf die Schulter. »Es tut mir so leid.«

Sie schüttelte seine Hand ab. »Nein, sie wird gleich aufwachen. Alles wird gut. Besser denn je.« Zärtlich strich sie über die langen honigfarbenen Haare ihrer Schwester auf dem Seidenkissen. »Wach auf, Emilia, bitte.«

»Sie ist tot, Cleo«, sagte Nic leise.

»Sag so etwas nicht.« Cleo begann zu zittern. »Bitte sag so etwas nicht.«

»Es tut mir leid. Es tut mir so leid.«

Mit blinden Augen starrte Emilia aus dem Fenster zum sternenübersäten Himmel. Ihre Haut fühlte sich kühl an. Vielleicht war sie gestorben, kurz nachdem Cleo vorhin weggegangen war.

Cleo versuchte aufzustehen, aber ihre Beine gaben einfach unter ihr nach. Zum Glück war Nic rechtzeitig zur Stelle und fing sie auf, ehe sie zu Boden stürzte. Die Samenkörner glitten ihr aus der Hand, und dann brach der Damm in ihr, der so lange gehalten hatte. Cleo begann haltlos zu schluchzen und mit den Fäusten auf Nics Brustkorb einzuschlagen. So viel Traurigkeit konnte sie nicht ertragen. Sie würde daran sterben. Sie *wollte* sterben.

Sie hatte die Lösung in Händen gehalten – das Heilmittel, das ihrer Schwester das Leben gerettet hätte. Aber sie war zu spät gekommen. Sie hatte versagt.

Emilia lebte nicht mehr.

»Es tut mir leid«, murmelte Nic wieder und ließ sich klaglos ihre Schläge gefallen. Nach einer Weile versuchte er sie an sich zu ziehen, um sie zu trösten, aber sie wehrte sich.

»Die Samen!«, rief sie plötzlich, fiel auf die Knie und suchte die Kerne, die ihr vorhin entglitten waren. Schließlich fand sie sie, zog sich am Bettgestell in die Höhe und stand auf.

Emilias Gesicht war gespenstisch weiß. Selbst ihre Augen schienen zu einem farblosen Grau verblasst. Mit zitternden Fingern berührte Cleo das Gesicht ihrer Schwester, öffnete sanft die blassen Lippen und schob die Traubenkerne hinein. Als sie Emilias Zunge berührten, schimmerten sie kurz in einem weißen Licht und verschwanden dann.

Wie Magie.

»Bitte.« Das Wort klang wie ein leiser Aufschrei. »Bitte tut etwas.«

Cleo wartete eine gefühlte Ewigkeit, aber nichts geschah. Gar nichts.

Es war zu spät.

Nun endlich schaute sie Nic direkt an, und ihm traten Tränen in die Augen, als er den Kummer in ihrem Gesicht sah. Langsam breitete sich eine eisige Kälte in ihr aus.

»Meine Schwester ist tot.« Sie selbst erkannte ihre Stimme kaum. »Sie ist alleine gestorben, den Blick zu den Sternen gewandt.«

Cleo wusste, dass Emilia und Simon in der romantischen Nacht, die sie gemeinsam verbracht hatten, die Sterne gezählt hatten. Er hatte ihr gesagt, dass sie zu Sternen würden, wenn sie starben, und als Sterne über die Menschen wachten, die sie liebten. Deshalb hatte Emilia sich heute Abend zum Fenster gewandt – sie hatte nach ihrem Geliebten gesucht.

Nic blieb in Cleos Nähe, sagte aber nichts, und das erwartete sie auch gar nicht. Ohnehin hätte nichts, was er sagte, ihren Schmerz erträglicher machen können.

»Ich bin zu spät gekommen«, sagte sie leise. »Ich hätte sie retten können, aber ich bin zu spät gekommen.«

Dann setzte sie sich aufs Bett, ergriff die Hand ihrer Schwester und blieb neben Emilia sitzen, bis die Sonne aufging. Nic kauerte sich mit übereinandergeschlagenen Beinen auf den Boden beim Fenster und wich nicht von ihrer Seite.

»Wir sollten ihr die Augen schließen«, meinte er, als es langsam hell wurde.

Cleo konnte nicht sprechen, sie nickte nur stumm.

Leise trat Nic ans Bett und drückte Emilia sanft die Augen zu, so dass Cleo sich fast einbilden konnte, ihre Schwester schliefe nur.

»Wir müssen deinem Vater Bescheid geben«, sagte Nic dann. »Ich erledige das, keine Sorge. Du brauchst dich um nichts zu kümmern, es wird alles gut.«

Aber sie schüttelte entschieden den Kopf. »Nichts wird jemals wieder gut werden.«

»Ich weiß, es wird nicht leicht für dich sein, das jetzt zu hören, aber du musst stark sein. Kannst du das?« Er nahm ihr Gesicht zwischen beide Hände. »Kannst du stark sein?«

Auch Emilia hatte sie in ihrem letzten gemeinsamen Gespräch aufgefordert, stark zu sein. Das war ihr einziger Wunsch an sie gewesen. Und Cleo hatte es ihr versprochen.

»Ich kann es versuchen«, flüsterte sie.

»Dann lass uns jetzt gehen«, antwortete Nic.

Er legte den Arm um sie, und sie gingen zur Tür. Dort drehte Cleo sich um und warf einen letzten Blick auf ihre Schwester, die so friedlich in ihrem Bett lag, als könne sie jeden Augenblick aus einem schönen Traum erwachen und sich auf ein gutes Frühstück freuen.

Langsam wanderten sie den Korridor hinunter auf die Gemächer den Königs zu, und Nics Hand lag stützend auf Cleos Rücken, für den Fall, dass ihre Beine wieder nachgaben.

Einen Augenblick später erschütterte eine mächtige Explosion das Schloss.

KAPITEL 33

AURANOS

Auf der ganzen Welt gab es nichts Schöneres als den Sonnenaufgang – selbst in Kriegszeiten. Lucia war eigens früh aufgestanden, um vor ihrem Zelt zu beobachten, wie sich der Himmel hinter der Zeltstadt in einer leuchtenden Mischung aus Rosa und Orange verfärbte. Hoch am Himmel flog ein Falke, und seine goldenen Schwingen fingen die ersten Strahlen der Morgensonne ein.

Lucia war es zuwider, hier zu sein. Zwar hatte man sie, so weit es ging, von der Schlacht ferngehalten, aber sie wusste genug. Auf beiden Seiten der Belagerung gab es Todesopfer. Sie hatte nur einen Wunsch – dass es endlich vorbei war.

Eigentlich war Lucia entschlossen gewesen, ihren Vater um die Erlaubnis zu bitten, nach Limeros zurückzukehren, aber der Gedanke war in dem Moment verflogen, als ihr Bruder von zwei königlichen Leibwächtern in ihr Zelt geschleppt wurde. Mit grimmigem Gesicht folgte ihnen der König. Magnus' Gesicht war blutig, seine Augen geschlossen.

Dann traten die Gardisten zur Seite, und ein Wundarzt eilte herein und schnitt hastig Magnus' Wams und Hemd auf, um an die Verletzungen zu gelangen. Nun sah man, dass Magnus' Arm bis auf den Knochen aufgeschlitzt war, außerdem hatte er eine üble Bauchwunde, offensichtlich von einem Dolchstoß.

»Was ist passiert?«, wollte Lucia wissen.

»Ich wusste nicht einmal, dass er noch draußen war, bis ihn

jemand auf der Trage ins Lager brachte«, erklärte der König. »Ich wollte nicht, dass er sich so früh in den Kampf mischt, aber er widersetzt sich bekanntlich gern meinen Befehlen. Törichter Junge.«

Lucia streckte ihre Hand zitternd nach ihrem Bruder aus, zog sie aber zurück und presste sie sich an den Mund. »Magnus!«

»Er hat viel Blut verloren. Ich wollte ihn hierher bringen, damit er Ruhe hat.«

Auf einmal wurde Lucia zornig. »Magnus, warum hast du das getan? Warum bist du so unverantwortlich, dich in solche Gefahr zu begeben?«

Magnus wandte ihr sein schmerzverzerrtes Gesicht zu und sah sie mit glasigen Augen an. Aber er antwortete nicht.

Plötzlich hielt der Wundarzt inne und machte ein ängstliches Gesicht. »Was tust du?«, fragte ihn Lucia, die es sofort bemerkte. »Hilf ihm! Rette ihn!«

Doch der Mann war schon während der Untersuchung des Prinzen immer blasser geworden. »Ich fürchte, dafür ist es zu spät, Hoheit. Er ist dem Tode nah.«

Fluchend hielt ihm der König sein Schwert an die Gurgel. »Du sprichst vom Thronerben von Limeros.«

»Ich – ich kann ihm nicht helfen. Seine Verletzungen sind zu schwer.« Seine Stimme zitterte, und er kniff die Augen zusammen, als erwartete er, für seine Erklärung mit dem Tod bestraft zu werden.

»Ich kann meinem Bruder helfen«, sagte Lucia. »Aber der Wundarzt soll gehen.«

»Verschwinde«, knurrte der König, dann ritzte er den Hals des Wundarztes nur so weit an, dass er blutete. »Kümmere dich um deine eigenen Wunden.«

Die Hand an den Hals gepresst brachte der Mann sich, so

schnell er konnte, vor dem königlichen Schwert in Sicherheit und floh aus dem Zelt.

Lucia sank neben ihrem Bruder auf die Knie. Inzwischen war der Zeltboden von seinem Blut durchnässt, er atmete immer langsamer, ließ Lucia aber keine Sekunde aus den Augen. Trotz seiner Schmerzen sah er wütend aus. Und argwöhnisch.

»Ich habe gehört, was du mit den Jungen aus deinem Schwertkampfunterricht gemacht hast«, sagte sie leise zu ihm. »Es gefällt mir nicht, wie du dich aufspielst. Das passt nicht zu meinem Bruder, er ist kein schlechter Mensch.«

Seine Augen wurden schmal, seine Brauen zogen sich zusammen.

»Du willst dich ins dichteste Kampfgetümmel stürzen, damit du andere verletzen kannst. Fühlst du dich nur wie ein richtiger Mann, wenn deine Waffe das Fleisch deiner Gegner durchbohrt? Wie viele hast du heute getötet?« Selbst wenn er hätte sprechen können, hätte sie wohl keine Antwort von ihm erhalten, denn sie hatten seit dem Abend seiner Rückkehr aus Paelsia kein Wort mehr miteinander gewechselt.

»Wenn du nicht mein Bruder wärst, würde ich dich sterben lassen. Aber ganz gleich wie viele Männer du umbringst, ganz gleich wie dumm du dich aufführst, ganz gleich wie sehr du mich hasst – ich liebe dich trotzdem. Hast du das verstanden, hörst du mich?«

Seine schmerzerfüllten Augen wanderten zur Wand des Zelts, als könnte er den Anblick ihres Gesichts nicht mehr ertragen.

Ihr tat das Herz weh, aber das spielte keine Rolle mehr. Wichtig war nur noch ihre Magie.

Zum Glück war sie in diesem Moment sehr wütend. Das würde helfen.

Sie wusste nicht, wie ihre Magie wirkte, nur dass sie wirkte. Sie hatte geübt, sowohl allein als auch mit der Lehrerin, die ihr Vater ihr zugewiesen hatte – eine alte Frau, die behauptete, eine Hexe zu sein, obwohl sie keine eigene Magie vorweisen konnte.

Luft, Wasser, Feuer, Erde.

Sie warf ihrem Vater einen raschen Blick zu, dann drückte sie die Hände auf Magnus' Arm. Unter Blut und Muskeln war der Knochen deutlich zu sehen. Ihr wurde flau im Magen.

»Ich habe um die Gelegenheit gebeten, andere Wunden zu heilen, Vater. Dann hätte ich Erfahrung sammeln können. Womöglich versage ich jetzt.« Der König hatte ihr verboten, anderen Verletzten zu helfen, und diese kaum zu bewältigende Aufgabe den Wundärzten überlassen.

»Du wirst nicht versagen«, entgegnete ihr Vater mit fester Stimme und steckte das Schwert weg. »Tu es, Lucia, heile ihn.«

Sie wusste schon, dass sie kleinere Kratzer heilen konnte, das hatte sie an sich selbst ausprobiert. Aber eine tiefere Wunde von einem Dolch oder einem Schwert … Sie war nicht sicher.

Aber eines wusste sie, nämlich dass sie Magnus nicht verlieren durfte.

Und so konzentrierte sie ihre ganze Energie auf seine Heilung. Als die Wärme ihrer Erdmagie mit einem blassen weißen Licht aus ihren Händen in seinen Arm strömte, wölbte er den Rücken wie in Todesqualen.

Fast hätte sie aufgehört, aber sie wagte es nicht, denn sie wusste nicht, ob sie die magische Kraft noch einmal in dieser Intensität fließen lassen konnte. Irgendeinen Teil ihrer Magie bis zum Äußersten einzusetzen – wie sie es bei Sabina getan hatte – war enorm anstrengend und schwächte sie.

Ihre Lehrerin glaubte, es käme daher, dass solche Magie für sie noch neu war und dass Lucia Zeit und Übung brauchte, um stärker zu werden.

Ihrem Instinkt folgend unterdrückte sie die Angst, ihn noch schlimmer zu verletzen, und schickte stattdessen noch mehr Magie in seine Wunde. Von Schmerzen gepeinigt wand er sich unter ihrer Berührung, und ihre Hände glühten in einem hellen weißen Licht. Doch dann begann die Wunde sich zu schließen – das Fleisch verband sich von neuem, und die Haut darüber glättete sich.

Lucia zog sich nicht zurück, sondern legte die Hände nun auf Magnus' geschundenen Bauch. Auch dort ließ sie ihre Magie in die Wunde strömen.

Diesmal schrie er vor Schmerzen laut auf.

Doch Lucia wappnete sich, legte unbeirrt die Hände auf sein blutiges Gesicht und heilte die Prellungen und Kratzer, bis er sie schließlich wegschob.

»Es reicht«, knurrte er, und es hörte sich nicht an, als wäre er dankbar dafür, dass sie ihm das Leben gerettet hatte.

»Hat es sehr wehgetan?«, fragte sie.

Er schnaubte – vielleicht war es aber auch ein Lachen unter Schmerzen. »Es hat sich in meine Knochen gebrannt wie flüssige Lava.«

»Gut. Vielleicht lehrt dich der Schmerz, nicht so leichtfertig zu sein.«

Er quittierte ihren scharfen Ton mit einem grimmigen Blick. »Ich werde mein Bestes tun, Schwester. Garantieren kann ich es dir nicht.«

Ihre Augen brannten, aber sie brauchte einen Moment, um zu merken, dass sie weinte – was sie noch wütender machte. »Ich werde dich eigenhändig erstechen, falls du jemals wieder so töricht sein solltest, dich beinahe umbringen zu lassen.«

Endlich entspannte sich sein Gesicht. Ihre Tränen – die sie nur sehr selten vergoss – rührten ihn fast immer, selbst wenn sie sich stritten. »Weine nicht, Lucia. Nicht meinetwegen.«

»Ich weine nicht deinetwegen. Ich weine über diesen dummen Krieg. Ich möchte, dass er aufhört.«

Der König inspizierte Magnus' Arm und Bauch und wischte mit einem Lappen das Blut weg. Die Wunden waren vollständig verschwunden, und in den Augen des Königs leuchtete ein Stolz, wie ihn Lucia noch nie dort gesehen hatte. »Unglaublich. Einfach unglaublich. Dein Bruder verdankt dir sein Leben.«

Sie sah zu Magnus. »Seine Dankbarkeit würde mir völlig genügen.«

Magnus schluckte. Eine seltsame Verletzlichkeit huschte über sein Gesicht, und er wandte sich rasch ab. »Danke, dass du mir das Leben gerettet hast, Schwester.«

Der König half Lucia beim Aufstehen. »Du sagst also, du möchtest, dass der Krieg aufhört?«

»Das wünsche ich mir mehr als alles andere.«

»Momentan stagniert der Kampf. Zwar haben wir die Palastmauern durchbrochen, aber wir kommen nicht weiter. König Corvin und alle anderen, die einem raschen und leichten Ende des Krieges im Wege stehen, haben sich im Schloss verbarrikadiert und weigern sich zu kapitulieren.«

»Dann schlagt das Tor ein«, sagte Magnus und erhob sich ebenfalls vom blutigen Zeltboden. Sein Gesicht war bleich, und er hatte dunkle Ringe unter den Augen. Zwar hatte Lucia seine Wunden geheilt, aber es würde eine Weile dauern, bis er sich ganz erholt hatte.

»Das würden wir tun, wenn wir es könnten. Aber das Tor ist mit einem Schutzzauber gesichert. Es kann nicht aufgebrochen werden … zumindest nicht mit alltäglichen Mitteln.«

»Ein Schutzzauber«, wiederholte Lucia überrascht. »Von einer Hexe?«

»Ja.«

Unbändige Wut darüber, wie der König sie hinters Licht geführt hatte, stieg in ihr auf. »Deshalb also habt Ihr mich hergebracht! Weil Ihr bereits von dem Zauber wusstet, nicht wahr? Warum sagt Ihr es mir erst jetzt?«

»Weil ich, bevor wir selbst Zugang zu dem Tor hatten, nicht sicher war, ob die Berichte der Wahrheit entsprachen. Zwar hat man die Hexe, die den Zauber gewirkt haben soll, zu mir gebracht, damit sie mir meine Fragen beantwortet, aber sie war keine große Hilfe.«

»Wo ist sie jetzt?«, fragte Magnus.

»Fort.«

»Ihr habt sie gehen lassen?« Magnus war fassungslos. »Oder habt Ihr sie getötet?«

Der König lächelte dünn, dann antwortete er: »Sie hat sich mit dem Feind gegen uns verschworen und wollte die Seiten nicht wechseln. Ihr Tod war schneller und schmerzloser, als sie es verdient hatte.«

Ein Frösteln lief über Lucias Arme. Nun wandte der König sich wieder ihr zu, und sein barscher Ton wurde fürsorglich. »Ich brauche deine Magie, um diesen Zauber zu durchbrechen«, erklärte er und nahm ihre Hände.

Aus alter Gewohnheit warf Lucia ihrem Bruder einen fragenden Blick zu.

Und Magnus sah ihre Sorge. »Das klingt gefährlich.«

»Nicht für meine Tochter«, erwiderte der König. »Sie ist keine bloße Hexe, sondern eine Magierin, der ein endloses Potential mächtiger Magie zur Verfügung steht.«

»Seid Ihr absolut sicher?«, hakte Magnus nach. »Wenn Ihr Euch irrt …«

»Ich irre mich nicht«, fiel der König ihm ins Wort.

»Natürlich helfe ich Euch, Vater«, sagte Lucia. »Für Limeros.«

Dass Magnus in dieser Schlacht fast ums Leben gekommen wäre, hatte ihren Wunsch nach einem schnellen Ende des Krieges noch verstärkt – ganz gleich was dafür passieren musste. Sie wollte nur so schnell wie möglich wieder nach Hause zurückkehren. Der König drückte ihre Hände und lächelte. »Danke. Ich danke dir, meine wunderschöne Tochter.«

Unverzüglich wurde Lucia nun unter dem Schutz von zwanzig limerianischen Gardisten über das mit Leichen übersäte Schlachtfeld geführt. Sie gab sich Mühe, nicht in die Gesichter der Toten zu sehen – all dieser Schmerz, diese sinnlose Zerstörung hätten vermieden werden können, wenn Auranos kapituliert hätte. Inzwischen hasste sie dieses Land ebenso sehr wie ihr Vater, nur dafür, dass sie den Konflikt hatten derart eskalieren lassen.

»Aber du musst aufhören, wenn es dir zu viel wird«, sagte Magnus so leise, dass niemand es hörte, als sie am Schlosstor ankamen. »Versprich mir das.«

»Ich verspreche es.« Sie nickte und lenkte ihre Aufmerksamkeit dann auf das große hölzerne Tor vor ihr. Für sie war unverkennbar, dass ein Zauber auf ihm lag. Und zwar ein sehr mächtiger. »Kannst du ihn sehen?«, fragte sie ihren Bruder.

»Wen?«

»Den Zauber. Wie ein leichtes Schimmern liegt er auf dem Tor. Ich … ich glaube, er enthält alle vier Elemente.«

Magnus schüttelte den Kopf. »Nein, ich sehe nur ein Tor. Ein sehr großes.«

Das Tor selbst war kein Problem, nur der Zauber. Er war von einer sehr mächtigen Hexe gewirkt worden – einer Hexe, die sich tief in die Magie versenkt hatte, um ihn hervorzubringen.

Blutmagie hat ihr dabei geholfen, dachte Lucia plötzlich. Ein Mensch – oder mehrere – waren dafür geopfert worden.

Dass die Auranier solche Praktiken zuließen, stärkte ihre Entschlossenheit. An auranischen Händen klebte mindestens ebenso viel Blut wie an denen aller anderen.

Diesen Schutz zu durchdringen würde Lucia viel Kraft kosten und viel von ihrer Magie erfordern, und sie durfte keinen Augenblick an sich zweifeln. Ihre Kraft war am größten, wenn sie aus einem tiefen, emotionalen Teil ihres Innern kam. Sie rief sich ins Gedächtnis, wie sie sich gefühlt hatte, als sie Magnus an der Schwelle des Todes gesehen hatte, und dann rief sie ihre Magie herbei.

Ihre Kraft stieg an die Oberfläche, um sie zu begrüßen. Sie spürte die Macht der Luft, den Mut der Erde, die Beständigkeit des Wassers und die Hitze des Feuers.

Magnus und die anderen sahen zu, wie Lucia die Hände auf das Tor richtete, auf den Zauber, der es verschloss, und alles freisetzte, worüber sie verfügte.

Als Lucias Magie auf die Blutmagie der Hexe traf, gingen die beiden Zauberkräfte in Flammen auf. Der Schutzbann erhob sich wie ein feuriger Drache und versuchte, Lucia abzuwehren –, aber ihr Vater hatte recht. Ihre Magie war mächtiger. Sie balancierte sich aus, veränderte sich. Sie wuchs vor ihren Augen.

Und plötzlich explodierte das Holz in einem riesigen Feuerball. Der Boden unter ihren Füßen bebte, die Detonationswelle erfasste alle, die sich im Umkreis von hundert Fuß befanden, und schleuderte sie zurück. Auch Lucia stürzte hart zu Boden, und der Schmerz schlug über ihr zusammen.

Schreckensschreie dröhnten in ihren Ohren. Menschen starben. Manche verbrannten, andere verbluteten, während ihnen die scharfen Holzsplitter die Gurgel durchschnitten, wieder andere lagen verstümmelt am Boden. Ströme von Blut sickerten in die Erde.

Das Letzte, was Lucia sah, ehe sie die Besinnung verlor, waren die Truppen ihres Vaters, die durch das zerstörte, brennende Tor in das auranische Schloss stürmten.

KAPITEL 34

AURANOS

Nach der Explosion, die das Schlosstor zerstört hatte, versank alles im Chaos. Cleo konnte ihrem Kummer nicht nachgeben, konnte nicht auf die Knie fallen und den Tod ihrer Schwester beweinen – sie hatte keine andere Wahl, als mit Nic weiterzulaufen. Ihre Feinde drangen ins Schloss ein.

Schreie und Schwerterklirren hallten durch die Gänge, während sie Nics Arm umklammerte. »Was sollen wir tun?«

Ihm stand der Schweiß auf der Stirn. »Ich muss Mira finden. Wir müssen ... ach, ich weiß nicht. Ich möchte helfen, ich möchte kämpfen. Aber dein Vater würde wollen, dass ich dich und meine Schwester beschütze.«

»Aber wie? Wie kannst du uns denn jetzt noch beschützen?«

»Wir müssen uns verstecken«, meinte Nic grimmig. »Und warten, bis sich eine Gelegenheit zur Flucht ergibt.«

»Aber erst muss ich meinen Vater suchen.«

Er nickte und fluchte dann leise. Durch den dunklen Gang kam Aron auf sie zugerannt. Er packte Nic am Hemd.

»Sie sind überall«, rief er. »Die Göttin steh uns bei. Sie haben das Tor gesprengt.«

»Alles in Ordnung mit dir?«, fragte Cleo. Aron blutete aus einer Schnittwunde unter dem linken Auge.

»Jemand wollte mich packen, aber ich habe mich gewehrt und konnte fliehen. Das hier hab ich zu meinem Schutz mitgenommen.« Mit der rechten Hand umklammerte er einen blutigen Dolch. Dessen Anblick ließ Cleo an Tomas Agallons Tod denken, aber sie verdrängte die Erinnerung.

Auf einmal roch sie den Wein in Arons Atem. »Du bist ja betrunken!«, rief sie entsetzt.

»Vielleicht ein bisschen«, gab er gleichgültig zurück.

Sie verzog angeekelt das Gesicht. »So früh am Morgen bist du schon betrunken?«

Aber er ignorierte sie. »Was sollen wir jetzt tun?«, fragte auch er.

»Nic meint, wir müssen Mira suchen und uns dann verstecken.«

»Klingt nach einer guten Idee. Aber was ist mit deiner Schwester, Cleo?«

»Emilia – sie … sie ist tot«, stieß sie mühsam hervor. Nic zog sie wieder tröstend zu sich.

Arons übernächtigtes Gesicht wurde blass. »Oh nein, Cleo. Wie schrecklich.«

Cleo holte tief Atem. »Wir haben keine Zeit, darüber zu sprechen. Sie ist tot, und ich kann nichts mehr für sie tun. Aber wir müssen überleben. Und ich muss meinen Vater finden.« Sie sah Nic an. »Geh du Mira suchen. Ich nehme Aron mit, und wir treffen uns in fünfzehn Minuten an der Treppe zum Obergeschoss. Wenn wir nicht da sind, dann geh einfach weiter und versteck dich irgendwo. Da oben gibt es jede Menge Zimmer. Such dir eines aus und verhalte dich möglichst still. Das Schloss ist groß, und die Belagerung kann nicht ewig dauern.«

»Kommst du zurecht?«, fragte Nic und deutete auf Aron. »Mit ihm als einzigem Schutz?«

»Das muss ich wohl.«

»Dann bis bald«, sagte Nic. »Bitte sei vorsichtig, Cleo.« Ehe er sich umdrehte und den Gang hinunterrannte, drückte er ihr schnell einen Kuss auf die Wange.

»Vielleicht sollten wir lieber mit ihm gehen«, schlug Aron vor. »Zu mehreren sind wir sicherer.«

»Nicht unbedingt. Große Gruppen ziehen auch mehr Aufmerksamkeit auf sich.«

Entschlossen schob Cleo ihre Angst beiseite und versuchte sich zu konzentrieren. Zunächst erschien es ihr am wichtigsten, den König zu finden und sich dann zu verstecken. Wenn Auranos den Feind nicht abwehren konnte, würde ihnen nichts anderes übrigbleiben, als aus dem Palast zu fliehen und ins Exil zu gehen, bis die Ordnung wiederhergestellt war. Hoffentlich hatte ihr Vater einen besseren Plan. Aber in diesem Augenblick ging es nur ums pure Überleben.

Aron brachte keine weiteren Einwände vor und lief schweigend neben ihr durch das Labyrinth der Schlossgänge. Doch als sie um die nächste Ecke bogen, war ihr Weg abrupt versperrt.

Cleo stolperte, blieb stehen und starrte sprachlos auf die Gestalt, die mit einem Schwert in der Hand vor ihr stand. Sie kannte diesen Mann nur allzu gut.

»Oh, wen haben wir denn da?«, sagte Prinz Magnus. »Das ist doch die Prinzessin, nach der ich suche!«

Lähmende Angst ergriff Cleo, und vor ihrem inneren Auge erschien die grässliche Szene, wie Magnus mit seinem Schwert hinterrücks Theons Brust durchbohrt hatte.

»Wer seid Ihr?«, wollte Aron wissen.

»Ich?« Magnus legte den Kopf schief. »Ich bin Magnus Lukas Damora, Kronprinz und Thronerbe von Limeros. Und wer seid Ihr?«

Aron blinzelte, beeindruckt, dass ihm plötzlich ein so wichtiges Mitglied der feindlichen Königsfamilie gegenüberstand. »Ich bin Lord Aron Lagaris.«

Der Prinz lächelte verkniffen. »Ja, ich habe schon von Euch gehört. Ihr seid recht berühmt, Lord Aron. Ihr habt den Sohn eines Weinhändlers getötet und diese ganze Geschichte ins Rollen gebracht, nicht wahr?«

»Es war Notwehr«, verteidigte sich Aron sofort.

»Selbstverständlich.« Magnus' falsches Lächeln wurde noch breiter. »Und außerdem seid Ihr, wenn ich mich nicht irre, mit Prinzessin Cleo verlobt. Richtig?«

Aron richtete sich auf. »Ja, das ist richtig.«

»Wie romantisch.« Magnus' Blick huschte zu Cleo. »Wie Ihr wahrscheinlich schon bemerkt habt, haben wir das Schloss eingenommen. Und wir haben nicht vor, es wieder zu verlassen. Also ergebt Euch.«

»Wir sollen uns *Euch* ergeben?«, platzte Cleo, ohne nachzudenken, heraus. »*Niemals.*«

Sein Gesicht wurde hart. »Ach, kommt schon. Ich weiß, dass wir vor nicht allzu langer Zeit eine unschöne Begegnung hatten, aber das ist doch kein Grund, so unfreundlich zu sein.«

»Mir fallen ungefähr eine Million Gründe ein, unfreundlich zu Euch zu sein.«

»Prinzessin, Ihr solltet diejenigen, die jetzt zu Gast in Eurem Land sind, wirklich nicht so unhöflich empfangen. Ich reiche Euch meine Hand in Freundschaft.«

Cleos Wangen brannten. »Ihr wagt es, in mein Heim einzudringen, und dann behandelt Ihr mich auch noch wie ein dummes, unwissendes Kind?«

»Ich bitte um Entschuldigung, wenn Ihr das so aufgefasst habt. Mein Vater wird erfreut sein, Euch endlich kennenzulernen. Macht es Euch nicht unnötig schwer. Ich habe schon einmal versäumt, Euch zu ihm zu bringen, das werde ich mir nicht ein zweites Mal zuschulden kommen lassen.«

Cleo packte Arons Arm und wartete, dass er etwas unternahm oder wenigstens etwas sagte. Warum kam unter seinem betrunkenen, egoistischen Äußeren denn nicht endlich ein Held zum Vorschein, dem sie alles Schreckliche verzeihen konnte, was er in der Vergangenheit angerichtet hatte?

»Der Prinz hat recht«, erwiderte Aron schließlich mit finsterer Miene. »Wenn wir überleben wollen, müssen wir tun, was er sagt. Wir müssen uns ergeben.«

Cleo warf ihm einen kalten, wütenden Blick zu. »Du bist so unfassbar jämmerlich, dass sich mir der Magen umdreht.«

»Oh nein, sagt nur nicht, dass es zwischen Euch und Eurem Liebsten Ärger gibt – und das schon vor der Hochzeit«, spottete Magnus. »Zerstört doch nicht mein romantisches Ideal wahrer Liebe.«

Langsam wandte Cleo sich ihm zu. »Nein, denn Ihr habt den Mann, den ich geliebt habe, vor meinen Augen ermordet.«

Einen Moment sah er sie verwirrt an, dann ging ihm ein Licht auf, und er runzelte die Stirn. »Er hätte ja nicht so auf meine Männer losgehen müssen.«

»Er hat mich beschützt.« Cleos Unterlippe zitterte. »Und Ihr habt ihn getötet.«

Das Stirnrunzeln, das gar nicht zu seinem üblichen eiskalten Gesichtsausdruck passte, wurde noch eine Spur stärker.

»Wartet«, mischte Aron sich ein. »Von wem sprechen wir eigentlich?«

Cleo ignorierte ihn und zwang sich, ruhig zu bleiben. »Prinz Magnus ...«

»Ja, Prinzessin Cleiona?«

»Ich möchte, dass Ihr Eurem Vater eine Nachricht von mir überbringt.«

»Die könnt Ihr ihm sicherlich bald persönlich überbringen, aber wie Ihr wollt. Wie lautet Eure Nachricht?«

»Sagt ihm, dass sein Sohn wieder einmal versagt hat.«

Damit drehte Cleo sich um und rannte weg, so schnell ihre Füße sie trugen. Zum Glück kannte sie die Gänge dieses Schlosses besser als irgendjemand sonst, und der wütende Aufschrei des Prinzen hallte von den Steinwänden wider, als er sie aus den Augen verlor.

Zu einer anderen Zeit, an einem anderen Ort hätte sie sich vielleicht über diesen kleinen Triumph gefreut, aber dafür war jetzt keine Zeit. Zwar empfand sie einen Anflug von Reue, weil sie Aron allein zurückgelassen hatte, aber mehr als ein Anflug war es auch nicht – wenn er sich den Limerianern so leicht ergeben wollte, konnte er das tun – nur eben ohne sie.

Auf einmal hörte sie von vorn wieder Kampflärm, wütende Schreie und klirrende Schwerter. Cleo erstarrte und drückte sich an die Wand. *Hier komme ich anscheinend nicht weiter.* Also musste sie wohl einen anderen Weg nehmen, die Suche nach ihrem Vater würde sie jedenfalls nicht aufgeben.

Doch als sie um die nächste Ecke bog, packte sie plötzlich jemand grob an den Haaren. Sie schrie auf, trat aus und schlug um sich. Der limerianische Soldat, der sie erwischt hatte, betrachtete sie neugierig.

»Wen haben wir denn da?«, fragte er. Von seinem Schwert tropfte Blut auf den Marmorboden. »Bist ja ein hübsches kleines Ding, was?«

»Lass mich los!«, knurrte sie. »Sonst bist du tot.«

Der Mann lachte. »Und Temperament hast du auch noch. Das gefällt mir. Wird nicht lange halten, gefällt mir aber trotzdem.«

Im nächsten Moment ließ er sie abrupt los und taumelte nach vorn. Aus dem Augenwinkel sah Cleo, wie auch der Gefährte des Angreifers neben ihm zu Boden stürzte und in einer Blutlache dort liegen blieb.

Und dann stand plötzlich König Corvin vor ihr, das Gesicht eine Maske des Zorns, das Schwert bis zum Heft mit Blut besudelt.

»Vater!«, stieß Cleo hervor.

»Komm, hier ist es zu gefährlich.« Er packte sie am Arm und zog sie mit sich den Gang hinunter.

»Ich habe Euch gesucht. Diese Männer …«

»Ich weiß. Das hätte nicht passieren dürfen.« Er fluchte leise. »Ich weiß nicht, wie sie es geschafft haben, das Tor zu durchbrechen.«

»Ich habe gehört, dass es mit einem Hexenzauber belegt war, um es zu versiegeln. Ist das wahr?«

Erst jetzt, als er sie musterte, bemerkte sie, dass er verletzt war, sofort setzte ihr Herz einen Schlag aus. An seiner Schläfe klaffte eine hässliche Wunde, aus der ihm in einem stetigen Strom Blut über die Wange lief. »Ja, es ist wahr.«

Bis zu diesem Augenblick hatte Cleo nicht einmal gewusst, dass ihr Vater an Hexen und Magie glaubte. Nachdem ihre Mutter gestorben war, hatte ihr Vater der Göttin den Rücken gewandt, deshalb hatte sie nie nachgefragt. Jetzt wünschte sie sich, sie hätte die Wahrheit gekannt. Er zog sie in einen kleinen Raum am Ende eines Ganges, schloss die Tür und lehnte sich mit dem Rücken dagegen. Durch ein schmales Fenster fiel gerade genug Licht herein, um überhaupt etwas zu sehen.

»Der Göttin sei Dank, dass ich Euch gefunden habe«, sagte Cleo und gestattete sich nun endlich einen Moment der Freude und Erleichterung. »Jetzt müssen wir nur noch Nic und Mira suchen und uns verstecken, bis wir eine Möglichkeit haben zu fliehen.«

»Ich kann nicht weglaufen, Cleo«, entgegnete ihr Vater kopfschüttelnd. »Und wir können auch Emilia nicht alleine hierlassen.«

Auf einmal brach der Damm, und die Tränen, die Cleo so mühsam unterdrückt hatte, seit sie das Zimmer ihrer Schwester verlassen hatte, flossen in Strömen. »Sie ist tot«, schluchzte sie. »Emilia ist tot. Ich habe sie vorhin in ihrem Zimmer gefunden. Sie ... sie ist tot.«

Das Gesicht des Königs wurde tieftraurig, aber auch etwas Dunkles, Kaltes breitete sich dort aus. »Ich hatte unrecht, Cleo. Entschuldige. Ich hätte meine Männer nach Paelsia schicken sollen, um diese Wächterin zu suchen, von der du mir erzählt hast. Ich hätte dir glauben sollen. Dann hätte ich helfen können, ihr Leben zu retten.«

Darauf wusste Cleo keine Antwort. Auch sie wünschte sich, dass er all das getan hätte, sie wünschte es sich mehr als alles andere. »Dafür ist es jetzt zu spät.«

Er packte ihren Arm so fest, dass sie einen Schrei ausstieß. Aber der Schmerz wirkte wie eine Ohrfeige, sie war im Handumdrehen wieder bei Verstand und hörte auf zu weinen.

»Du musst stark sein, Cleo.« Seine Stimme brach. »Jetzt bist du die Thronfolgerin.«

Daran hatte sie noch gar nicht gedacht, und ihr wurde bei dem Gedanken ganz flau im Magen. »Ich versuche ja, stark zu sein, Vater!«

»Du hast auch keine andere Wahl, meine liebe Tochter. Du musst stark sein. Für mich, für Auranos, für alles, was dir lieb und wert ist.«

Die Panik raubte ihr fast die Luft zum Atmen.

»Ich war ein Narr«, fuhr der König leise und voller Trauer fort. In seinen Augen schimmerten Tränen. »Ein blinder Narr. Ich hätte all das verhindern können, aber jetzt ist es zu spät.«

»Nein, es ist nicht zu spät. So etwas dürft Ihr nicht sagen!«

»Sie werden siegen, Cleo«, beharrte er. »Sie werden uns alles nehmen. Aber du musst einen Weg finden, es zurückzuholen.«

Sie blickte ihn verwundert an. »Wovon redet Ihr?«

Ihm lief der Schweiß in Strömen über die Stirn, und mit

einer mühsamen Bewegung griff er nach hinten und zog eine lange goldene Kette unter seinem Hemd hervor. An ihrem Ende hing ein goldener Ring mit einem violetten Stein. Er löste ihn von der Kette und drückte ihn Cleo in die Hand. »Nimm ihn.«

»Was ist das?«

»Der Ring deiner Mutter. Sie hat immer geglaubt, dass er die Kraft hat, die Essenzen zu finden.«

»Die Essenzen«, hauchte Cleo ungläubig. Auf einmal erinnerte sie sich an Eirenes Erzählung von den vier Kristallen, die die Essenzen der *Elementia* enthielten. Die beiden Göttinnen hatten sie gestohlen und unter sich aufgeteilt. Feuer und Luft, Erde und Wasser. »Aber wie kam dieser Ring zu meiner Mutter?«

»Der Ring ist in ihrer Familie von einem Mann weitergereicht worden, der angeblich etwas mit einer Hexe zu tun hatte. Das ist vor vielen Jahren geschehen und inzwischen zu einer Legende geworden, aber deine Mutter hat immer daran geglaubt. Ich wollte den Ring deiner Schwester Emilia an ihrem Hochzeitstag geben.« Wieder versagte seine Stimme. »Aber da es nie so weit kam, habe ich ihn bei mir behalten, und jetzt gehört er dir. Wenn du die Essenzen findest, wirst du über genügend Macht verfügen, um dieses Königreich von denen zurückzuholen, die uns alle zerstören wollen.«

Sie blickte zu ihm empor, den Ring fest in der Hand. »Ich wusste nicht, dass Ihr an Magie glaubt.«

»Ich glaube daran, Cleo. Selbst als ich meinen Glauben verloren hatte, habe ich auf den Glauben deiner Mutter vertraut.« Er lächelte traurig. »Aber bitte sei vorsichtig. Welche Waffe König Gaius auch benutzt haben mag, um den Schutzzauber zu brechen, sie muss sehr mächtig und gefährlich sein.«

»Kommt, wir müssen gehen«, drängte Cleo. »Wir werden

die Essenzen gemeinsam finden und das Königreich gemeinsam zurückerobern.«

Er drückte seine Hand an ihre Wange, und sein Gesicht wurde noch trauriger. »Ich wollte, das wäre möglich.«

»Was sagt Ihr …« Cleo brach ab. Jetzt erst fiel ihr auf, wie seltsam er dastand, an die Wand gestützt, die eine Hand verkrampft an seine Seite gedrückt. Voller Entsetzen wanderte ihr Blick zu Boden, und nun sah sie auch die Blutlache, die sich dort gebildet hatte.

Mit einem Ruck sah sie ihrem Vater wieder ins Gesicht. »Nein!«

»Ich habe den Mann getötet, der mir das angetan hat. Aber das ist ein schwacher Trost.«

»Du brauchst Hilfe. Einen Wundarzt. Einen Heiler!«

»Dafür ist es zu spät.«

Verzweifelt legte Cleo ihre zitternde Hand an seine Seite, und als sie sie zurückzog, war sie voller Blut. Angst und Schmerz schlugen über ihr zusammen. »Nein, Vater, bitte, Ihr könnt mich doch jetzt nicht verlassen!«

Er rutschte ein Stück weiter nach unten, und sie packte ihn, um ihn zu stützen. »Ich weiß, dass du eine wunderbare Königin sein wirst.«

Die Tränen strömten ihr übers Gesicht, sie konnte kaum sehen. »Nein, bitte. Bitte verlasst mich nicht.«

»Ich liebe dich.« Die Stimme ihres Vaters klang angestrengt, offensichtlich kostete es ihn große Mühe, überhaupt noch zu sprechen. »Ich werde dich immer lieben. Handle klüger als ich. Sei eine bessere Herrscherin als ich. Bringe Auranos zurück zu seinem einstigen Ruhm. Und glaube an die Magie … immer. Ich weiß, sie wartet irgendwo da draußen darauf, dass du sie findest.«

»Nein, bitte nicht«, flüsterte sie abermals. »Geht nicht, ich brauche Euch.«

Aber er entglitt ihrem Halt und stürzte endgültig zu Boden. Einen Augenblick umklammerte er ihre Hand so fest, dass es wehtat, dann erschlaffte sein Griff.

König Corvin war tot.

Cleo musste sich die Hand vor den Mund halten, um nicht laut aufzuschreien. Sie warf sich auf den Boden, zog die Knie an die Brust, schaukelte vor und zurück, und der Schrei, den sie in ihre Kehle zurückgewürgt hatte, drohte sie zu ersticken. Nach einer Weile wandte sie sich wieder ihrem Vater zu und klammerte sich an ihn, als könnte sie ihn daran hindern, sie zu verlassen. »Ich liebe Euch, ich liebe Euch so sehr.«

Er hatte sich den Limerianern nicht ergeben. Wenn er es getan hätte, wäre all dies nicht geschehen.

Aber noch während ihr dieser Gedanke durch den Kopf ging, wusste sie, dass er nicht der Wahrheit entsprach. König Gaius von Limeros war ein Tyrann. Ein Diktator. Ein böser Mensch, der jeden umbrachte, der sich ihm in den Weg stellte. Wenn ihr Vater kapituliert hätte, um Gewalt und Blutvergießen zu vermeiden, wäre er trotzdem getötet worden, weil Gaius seine Pläne von ihm bedroht sah.

Wie früher als Kind, wenn sie wegen irgendeiner Kleinigkeit Trost brauchte, wenn sie gekränkt war oder sich das Knie aufgeschürft hatte, legte sie den Kopf an die Schulter ihres Vaters. Er hatte sie dann jedes Mal an sich gezogen und ihr gesagt, alles würde gut werden. Der Schmerz würde vergehen, die Zeit alle Wunden heilen.

Aber nicht diese, niemals. Cleo hatte so viel verloren, dass es sich anfühlte, als hätte man ihr einen Teil ihres Herzens aus der Brust gerissen und dort eine blutige Wunde hinterlassen. Sie würde einfach hierbleiben und warten, bis Prinz Magnus sie fand. Sollte er sie doch mit seinem Schwert durchbohren, dann würde sie nach all diesem Chaos und all diesem Schmerz endlich Ruhe und Frieden finden.

Doch der hoffnungslose Gedanke hielt sich nur ein paar Minuten, dann hörte Cleo die Stimme ihrer Schwester im Kopf, die sie ermahnte, stark zu sein. Aber wie sollte sie stark sein, wo man ihr doch alles genommen hatte?

Ihr Blick fiel auf den Ring, der ihr aus der Hand geglitten war. Selbst in dem schwachen Licht, das durch das schmale Fenster kam, glitzerte und funkelte der große Amethyst.

Sie war eine Nachfahrin des Jägers – des Manns aus Paelsia, der die Hexe Eva geliebt hatte. Als die Göttinnen sich aus Gier und Rachedurst gegenseitig zerstörten, hatte er die Essenzen versteckt. Wenn das, was ihr Vater ihr erzählt hatte, der Wahrheit entsprach, dann war es dieser Ring, der Eva erlaubt hatte, die Essenzen zu berühren, ohne von ihrer unendlichen Magie verführt zu werden.

Cleo ergriff den Ring und steckte ihn an den Mittelfinger ihrer linken Hand.

Er passte wie angegossen.

Wenn dieser Ring die Macht hatte, ihr bei der Suche nach den Essenzen zu helfen, dann gab er ihr auch die Macht, die Magie der Essenzen auszuüben, ohne davon zerstört zu werden. Sie konnte sie einsetzen, um ihr Königreich von denen zurückzugewinnen, die es gestohlen hatten. Dieser Gedanke trocknete ihre Tränen und schenkte ihr Klarheit. Sie würde nicht aufgeben. Nicht heute, niemals.

Ein letztes Mal blickte sie ins Gesicht ihres Vaters, beugte sich über ihn und küsste sein Gesicht.

»Ich werde stark sein«, flüsterte sie. »Ich werde stark sein für dich. Für Emilia. Für Theon. Für Auranos. Ich schwöre, dass ich sie für das bezahlen lasse, was sie uns angetan haben.«

KAPITEL 35

PAELSIA

Alexius beobachtete die alte Frau, wie sie ihre Wäsche zum Trocknen auf eine Leine hängte, die zwischen zwei Bäumen neben ihrer Hütte gespannt war. Ihr Gesicht war grimmig, und sie blickte immer wieder in seine Richtung.

»Verzieh dich«, sagte sie barsch.

Er rührte sich nicht von seinem Ast.

»Ich weiß, wer du bist. Ich weiß, dass du schon oft hier warst.« Sie stemmte die Hände in die Hüften. »Du bist es, nicht wahr, Bruder? Keiner von den anderen würde sich jetzt noch mit mir abgeben.«

Seine Schwester Eirene hatte das Heiligtum vor mehr als fünfzig Menschenjahren verlassen. Damals war sie schön und jung und voller Leben gewesen und wäre auch für alle Ewigkeit so geblieben. Aber jetzt, jenseits des Schleiers, der das Heiligtum umhüllte, war sie faltig geworden, bucklig und grau vom Alter und der schweren Arbeit.

Sie hatte ihre Wahl getroffen. Wenn man das Heiligtum verließ, konnte man nie mehr dorthin zurückkehren.

»Weißt du Bescheid über den Krieg, der gerade wütet?«, fragte sie. Alexius war nicht sicher, ob sie ihn wirklich für ihren Bruder hielt oder ob sie nur ein bisschen verrückt war – eine alte Frau, die mit den Vögeln redete. »Wie alle Kriege wird auch dieser in Blut und Tod enden. Der Blutkönig sucht das Gleiche wie du, das weiß ich. Glaubst du, du wirst es vor ihm finden?«

Er konnte ihr nicht antworten, deshalb versuchte er es erst gar nicht.

»Das Mädchen ist geboren, sie lebt, Bruder. Vor Jahren schon habe ich es in den Sternen gesehen – aber das weißt du wahrscheinlich schon. Sie kann die Essenzen finden. Die Ältesten werden zufrieden sein, wenn alles wieder so wird wie früher.«

Eirene verzog das Gesicht. »Ohne die Kristalle wird das Heiligtum langsam verschwinden. Ich sehe ja, was in diesem Land passiert. Es hängt alles zusammen. Alles hängt zusammen, Bruder, noch viel mehr, als ich geglaubt habe.« Sie lachte, aber es klang nicht fröhlich. »Vielleicht ist es das Beste so. Wenn ich als Mensch sterbe, warum sollte dann nicht allen das gleiche Schicksal widerfahren, ganz gleich wie lange sie gelebt haben oder für wie wichtig sie sich halten? Alle Dinge müssen irgendwann vergehen.«

Eirene hatte das Heiligtum verlassen, weil sie sich in einen Sterblichen verliebt hatte. Sie hatte der Unsterblichkeit den Rücken gekehrt und sich dafür entschieden, ihre Liebe zu leben. Alles in dem Glauben, dass ein paar Jahre voller Leidenschaft und Leben besser waren als eine endlose unberührte Existenz. Damals hatte er ihre Entscheidung verabscheut. Für einen Wächter waren fünfzig Jahre nur ein Atemzug.

»Aber nimm dich vor einem in Acht, Bruder«, fuhr sie fort, als sie sich zum Gehen wandte, um in ihre Hütte zurückzukehren. »Überschätze nicht deine Fähigkeit im Umgang mit den Sterblichen, vor allem mit den hübschen. Nach zweitausend Jahren könnte es deinen Tod bedeuten.«

Bisher hatte er weder Danaus noch Timotheus und nicht einmal Phaedra von der Magie der schönen dunkelhaarigen Prinzessin erzählt. Sie war zu wichtig, und seit ein paar Monaten verlor Alexius immer mehr das Vertrauen in seine

Artgenossen. Er musste die Prinzessin weiterhin bewachen und den richtigen Zeitpunkt abwarten, mit ihr in Kontakt zu treten.

Und sehr bald musste er auch eine Möglichkeit finden, sie zu töten.

KAPITEL 36

AURANOS

Der Sieg gehörte ihnen. Der König von Auranos war tot. Auch die älteste Prinzessin und Thronerbin war tot in ihrem Zimmer gefunden worden. Aber ein unerledigtes Problem gab es noch immer. Prinzessin Cleiona war die Flucht aus dem Palast gelungen.

Für ein so junges und scheinbar harmloses Mädchen war sie ziemlich gerissen.

Sollte Magnus ihr noch einmal begegnen, würde sie ihm ganz sicher nicht ein drittes Mal durch die Finger schlüpfen. Er mochte es nicht, wenn man seine Pläne durchkreuzte. Und er mochte auch die Gewissensbisse nicht, die sich wegen der Tragödie, die das Mädchen erlebte, bei ihm eingeschlichen hatten – nicht nur sein Vater und seine Schwester waren tot, nein, auch noch der junge Mann, der es in Paelsia beschützt und den es angeblich geliebt hatte. Der junge Mann, den Magnus hinterrücks mit seinem Schwert durchbohrt hatte.

Bedeutungslos. Es war nun mal passiert. Er konnte es nicht ändern, selbst wenn er es gewollt hätte.

Magnus hatte seinem Vater verschwiegen, dass ihm das Mädchen abermals um Haaresbreite entwischt war. Vermutlich würde ihm sein erneutes Versagen nicht das Wohlwollen des Königs einbringen. Aber er wollte ihn auch nicht beim Feiern stören. Außer Häuptling Basilius war nur Magnus zu dem privaten Essen im schwer bewachten Zelt seines Vaters eingeladen, wo sie mit edelstem paelsianischen Wein auf ihren Sieg anstießen.

Magnus verzichtete auf Essen und Trinken. Er sorgte sich viel zu sehr um Lucia, als dass ihm zum Feiern zumute gewesen wäre. Inzwischen waren mehrere Stunden vergangen, seit sie mit ihrer Magie das Schlosstor aufgebrochen und ihren Sieg herbeigeführt hatte, und doch war sie noch immer bewusstlos. Die Gewalt der Explosion hatte auch Magnus die Besinnung geraubt, doch als er wenige Minuten später wieder zu sich kam, war er zwar zittrig, aber nicht verletzt gewesen.

Lucia dagegen hatte blutüberströmt am Boden gelegen. Außer sich vor Angst hatte Magnus sie zu den Wundärzten getragen. Als er dort ankam, waren die Schnitte und Schürfwunden auf wundersame – oder magische – Weise schon wieder vollständig abgeheilt und verschwunden. Aber sie blieb bewusstlos.

Etwas ratlos hatten die Wundärzte ihm gesagt, sie brauche Ruhe und würde irgendwann wieder aufwachen. Während er darauf wartete, hatte Magnus zur Göttin Valoria gebetet, sie möge Lucia zurückbringen. Seine Schwester glaubte von ganzem Herzen an Valoria. Magnus nicht, aber in diesem Fall war er bereit, alles zu versuchen.

Mindestens zweihundert Menschen – aus allen drei Königreichen – waren bei der Detonation ums Leben gekommen. Aber Lucia lebte, und dafür war Magnus dankbar.

Sie hatte ihn geheilt, als er dem Tode so nah gewesen war, und das trotz der zahlreichen Schwierigkeiten, die sie miteinander gehabt hatten. Eigentlich hatte er gedacht, sie würde ihn hassen, aber sie hatte ihm ohne Zögern geholfen.

Genau genommen war die Verletzung seine eigene Schuld gewesen. Er hatte sich mitten in der Schlacht vom Anblick eines blutbespritzten goldenen Haarschopfs ablenken lassen.

Er gehörte Andreas Psellos, dem Verehrer seiner Schwester, seinem Erzrivalen seit ihrer Kindheit, der nun tot und verstümmelt auf dem Schlachtfeld lag. Magnus war lange genug unaufmerksam gewesen, dass ein Auranier ihm nicht nur einen, sondern zwei tiefe Schwertstöße hatte verpassen können, ehe ein paelsianischer Soldat dem Prinzen zu Hilfe geeilt war und ihn getötet hatte.

Andreas war tot und würde keine Probleme mehr verursachen.

Doch der Triumph fühlte sich schal an, noch schaler, als Magnus erwartet hatte. Sicher, er hatte den Jungen gehasst. Aber ihn so zu sehen, vernichtet, geschlagen, blutig …

Das hatte ihm schwer zugesetzt.

Jetzt bemühte er sich, das Erlebnis zu verdrängen. Die Schlacht war vorüber, und trotz großer Verluste hatten sie gesiegt. Magnus lebte, derweil Lucia im Koma lag, weil sie den Befehl des Königs befolgt hatte. Inzwischen war sie seit zwölf Stunden ohne Bewusstsein, jedenfalls hatte Magnus nichts Neues von ihr gehört.

So saß er mit dem König und dem Häuptling beim Essen, und während die Männer anstießen, über ihren Sieg lachten und auf eine herrliche Zukunft tranken, rührte er nichts an.

»Oh mein Sohn«, wandte der König sich lächelnd an ihn. »Immer so ernst, sogar in diesem Augenblick.«

»Ich mache mir Sorgen um Lucia.«

»Meine liebe Tochter, meine Geheimwaffe«, strahlte der König. »Genauso mächtig, wie ich es mir erhofft hatte. Beeindruckend, nicht wahr?«

»Höchst beeindruckend«, stimmte der Häuptling ihm zu und kippte sein viertes Glas Wein hinunter. »Und ein wunderschönes Mädchen obendrein. Wenn ich Söhne hätte, könnten wir eine schöne Verbindung zwischen unseren Ländern arrangieren.«

»Allerdings.«

»Da wir gerade von Verbindungen sprechen …«, begann der Häuptling mit einem Seitenblick zu Magnus. »Ich habe tatsächlich eine Tochter, die noch nicht in festen Händen ist. Zwar ist sie erst zwölf Jahre alt, aber sie würde eine vorzügliche Frau abgeben.«

Magnus gab sich Mühe, seinen Widerwillen zu verbergen. Allein bei dem Gedanken an eine so junge Braut wurde ihm übel.

»Man weiß nie, was die Zukunft bringt«, antwortete sein Vater und fuhr mit dem Finger über den Rand seines Weinglases. »Deshalb sollten wir bald darüber nachdenken, wie wir mit der Kriegsbeute umgehen. Die kommenden Tage und Wochen werden sehr interessant sein.«

»Wir müssen Vertrauenspersonen benennen, um sicherzugehen, dass es gerecht zugeht, wie wir es besprochen haben. Natürlich vertraue ich darauf, dass Limeros uns ehrlich behandeln wird.«

»Selbstverständlich.«

»So viele Reichtümer – Gold, Kostbarkeiten, Bodenschätze. Frisches Wasser. Endlose Felder. Ein Land, auf dem es von Wild wimmelt. Wie im Paradies.«

»Ja«, bestätigte der König. »Und dann ist da noch die Sache mit den Essenzen.«

Die dunklen, buschigen Augenbrauen des Königs hoben sich. »Ihr glaubt an die Essenzen?«

»Ihr etwa nicht?«

Der Häuptling leerte sein nächstes Glas. »Natürlich glaube ich an die Essenzen. Seit Jahren versenke ich mich in die Meditation, um Hinweise auf ihr Versteck zu bekommen, und schicke meine eigene Magie übers Land, um zu erspüren, wo sie sein könnten.«

»Hattet Ihr Glück?«, fragte der König.

Der Häuptling gestikulierte. »Ich habe das Gefühl, dass ich auf einer sehr guten Spur bin.«

»Ich glaube, die Essenzen sind hier in Auranos«, meinte König Gaius mit ruhiger Stimme.

»Ach wirklich? Wie kommt Ihr darauf?«

»Auranos gedeiht, grün und üppig wie das legendäre Heiligtum selbst, während Paelsia immer mehr verkommt und Limeros zu Eis gefriert. Da muss man doch nur eins und eins zusammenzählen.«

Während der Häuptling sich die Erklärung durch den Kopf gehen ließ, schwenkte er den bernsteinfarbenen Wein in seinem Glas herum. »Ja, manche sind dieser Ansicht, aber ich bin nicht sicher, was ich davon halten soll. Ich glaube eher, dass die Steinräder, die man in Limeros und Paelsia gefunden hat, als Hinweise auf das Versteck betrachtet werden sollten.«

»Vielleicht«, räumte König Gaius ein. »Aber nun, da wir König Corvin dieses Land entrissen haben, gehört uns alles, was dieses Land besitzt, und wir können es bei unserer Suche auseinandernehmen, wenn wir wollen. Auch nur einen der Kristalle zu finden, würde unendliche Magie bedeuten – aber sie alle unser Eigen zu nennen …«

Der Häuptling nickte, und seine Augen funkelten gierig. »Wir könnten zu Göttern werden. Ja, das ist gut. Wir werden die Essenzen gemeinsam finden, und dann bekommt jeder die Hälfte.«

»Gefällt Euch dieser Plan?«

»Er gefällt mir sehr.«

»Wisst Ihr, Euer Volk hält Euch bereits für seinen Gott. Es bringt Euch Blutopfer dar und zahlt Euch genügend Weinsteuer, dass Ihr Euch eine komfortable Lebensführung leisten könnt.« König Gaius lehnte sich zurück. »Eure Untertanen glauben, dass Ihr ein großer Magier seid, ein Nachfahr der

Wächter selbst, und dass Ihr Euch bald erheben und sie aus dem Elend befreien werdet.«

Der Häuptling spreizte die Hände. »Ohne mein Volk bin ich nichts.«

»Ich kenne Euch nun schon eine Weile, und ich habe noch keine Spur von dieser Magie gesehen.«

Ein unfreundlicher Schatten zog über das Gesicht des Häuptlings. »So lange kennt Ihr mich nun auch nicht. Vielleicht zeige ich Euch eines Tages meine wahre Macht.«

Magnus beobachtete seinen Vater aufmerksam. Hier ging etwas sehr Merkwürdiges vor, was er nicht ganz verstand, aber er hielt wohlweislich den Mund. Als der König ihn zu dem Treffen und der Feier eingeladen hatte, hatte er ihn ausdrücklich aufgefordert, einfach nur zuzuschauen und zu lernen.

»Wann beginnen wir mit der Suche nach den Essenzen?«, fragte der Häuptling nun. Inzwischen waren sein Teller und sein Glas leer.

»Ich habe vor, unverzüglich mit der Suche zu beginnen«, antwortete der König.

»Und für welche zwei Elemente entscheidet Ihr Euch?«

»Zwei? Ich will alle vier.«

»Ihr wollt alle vier?«, wiederholte der Häuptling stirnrunzelnd. »Das ist aber keine gerechte Aufteilung.«

»Nein.«

»Ich verstehe nicht.«

»Das weiß ich. Und das ist einfach nur … traurig.« Ein böses Grinsen erschien auf dem Gesicht des Königs.

Einen Moment starrte der paelsianische Stammesführer ihn an, und seine Augen waren glasig von den zwei Flaschen Wein, die er geleert hatte. Dann begann er plötzlich zu lachen. »Jetzt habt Ihr mich aber um ein Haar hinters Licht geführt. Nein, Gaius. Ich vertraue auf Euer Wort. Nachdem

Ihr mir Euren Bastard als Blutopfer gebracht habt, sind wir Brüder. So etwas vergesse ich nicht.«

»Ich auch nicht.« Lächelnd erhob Gaius sich und ging zur anderen Seite des Tisches. »Zeit, sich auszuruhen. Morgen ist ein neuer Tag. Ich habe genug von Zelten, wir ziehen ins Schloss. Dort ist es wesentlich komfortabler.«

Er streckte Basilius, der noch immer leise in sich hineinlachte, die Hand hin. Der Häuptling nahm sie und kam etwas schwankend auf die Beine. »Ein köstliches Essen. Eure Köche verstehen ihr Handwerk.«

König Gaius sah ihn an. »Zeigt mir etwas von Eurer Magie. Nur ein kleines bisschen. Ich denke, das habe ich verdient.«

»Nicht heute Abend«, erwiderte der Häuptling und klopfte sich auf den Bauch. »Dafür bin ich zu satt.«

»Wie Ihr meint.« Abermals streckte der König die Hand aus. »Dann gute Nacht, mein Freund.«

»Gute Nacht.« Basilius ergriff die Hand und schüttelte sie.

König Gaius zog ihn näher zu sich. »Ich habe die Geschichten geglaubt. Die Geschichten darüber, dass Ihr ein Magier seid. Ich habe schon genug Magie gesehen, um nicht an solchen Gerüchten zu zweifeln. Jedenfalls, bis ich genügend Gegenbeweise habe. Ich muss gestehen, dass ich sogar ein wenig Angst hatte. Denn ich bin zwar ein Mann der Tat, besitze selbst aber keine Magie. Noch nicht.«

Der Häuptling zog finster die Brauen zusammen. »Wollt Ihr damit sagen, dass Ihr mich für einen Lügner haltet?«

»Ja«, antwortete König Gaius. »Genau das wollte ich damit sagen.«

Blitzschnell packte er den Dolch, den er in der anderen Hand verborgen hatte, und schnitt dem Häuptling mit einer raschen, geschmeidigen Bewegung die Kehle durch.

Vor Schreck und Schmerz riss Basilius die Augen auf, dann taumelte er zurück.

»Wenn Ihr wirklich ein Magier seid«, sagte der König kühl, »dann heilt Euch selbst.«

Magnus hielt die Tischkante umklammert, rührte sich aber nicht vom Fleck. Jeder Muskel in seinem Körper war zum Zerreißen angespannt.

Zwischen den Fingern des Häuptlings strömte das Blut hervor, und er starrte panisch zum Eingang des Zelts, doch dort standen nur König Gaius' Männer. In seiner Naivität war Basilius ohne Leibwächter hergekommen.

»Oh, und diese Abmachung zwischen uns?«, fuhr der König mit höhnischem Grinsen fort. »Die galt nur für eine begrenzte Zeit. Auranos gehört mir. Und nun gehört mir auch Paelsia.«

Mit unsäglichem Entsetzen blickte der Stammesführer noch einmal um sich, bevor er vornüber zu Boden stürzte. Mit der Fußspitze drehte der König ihn auf den Rücken, wo er liegen blieb, die weit aufgerissenen Augen glasig, im Hals eine klaffende Wunde, aus der nur noch langsam das Blut sickerte.

Obwohl Magnus nicht wirklich überrascht war, musste er an sich halten, um nicht die Flucht zu ergreifen. Im Grunde hatte er schon eine ganze Weile darauf gewartet, dass sein Vater sich seines lästigen Verbündeten entledigte.

Als der König sich umdrehte, um die Reaktion seines Sohnes zu betrachten, sah er auf dem Gesicht des Prinzen nur einen leicht gelangweilten Ausdruck.

»Na, komm. Bist du denn gar nicht beeindruckt?«, fragte er und stieß ein bellendes Lachen aus. »Oh Magnus, du musst mir doch wenigstens ein bisschen Anerkennung zollen.«

»Ich weiß nicht, ob ich beeindruckt oder besorgt sein soll«, erwiderte Magnus gelassen. »Womöglich macht Ihr ja dasselbe mit mir.«

»Ach, das ist doch lächerlich. Schließlich tue ich all das nur für dich, Magnus. Zusammen werden wir die Essenzen finden – seit ich ein Kind war und die Geschichten zum ersten Mal gehört habe, war das mein Lebensziel. Wenn wir die vier Kristalle finden, werden wir absolute Macht besitzen. Dann können wir das ganze Universum beherrschen.«

Als er den Ausdruck des Wahnsinns in den Augen seines Vaters sah, bekam Magnus eine Gänsehaut. »Ich kann wirklich nicht behaupten, dass es meinem Vater an großen Plänen mangelt.«

»Klar und präzise. Aber jetzt« – der König ging zum Eingang des großen, luxuriösen Zelts – »jetzt verkünden wir erst einmal den Bürgern von Auranos und Paelsia, dass ihre Anführer tot sind und sie das Knie nun vor mir beugen müssen. Oder sterben.«

KAPITEL 37

AURANOS

Es wäre wirklich schön gewesen, wenn du dich wenigstens dieses eine Mal geirrt hättest«, flüsterte Brion.

Jonas sah ihn an. »Ich hab mich schon oft geirrt.«

»Aber diesmal nicht.«

»Nein, diesmal nicht.«

Sie standen am Waldrand und sahen zu, wie der blutüberströmte Leichnam des Häuptlings für alle sichtbar aufgehängt wurde. Der limerianische König stellte den Mord zur Schau – als Symbol für die Schwäche des Stammesführers. Basilius war kein Magier oder Gott, wie sein Volk geglaubt hatte, sondern nur ein Mensch.

Ein toter Mensch.

Nach dem Tod des Häuptlings gestern Abend waren einige limerianische Soldaten mit dem Schwert auf die gleichen Paelsianer losgegangen, mit denen sie bislang Seite an Seite gekämpft hatten. Denjenigen, die sich weigerten, vor König Gaius die Knie zu beugen, wurde die Kehle aufgeschlitzt oder der Kopf abgeschlagen und auf eine Stange gesteckt. Die meisten jedoch ergaben sich und gelobten Limeros die Treue. Denn die meisten hatten Angst davor zu sterben.

Mit jeder Minute, die er sich diese Gräuel mit ansehen musste, wurde Jonas' Herz dunkler. Nicht nur Auranos, sondern auch Paelsia war diesen gierigen und betrügerischen limerianischen Ungeheuern zum Opfer gefallen, die von einem König angeführt wurden, für den es nur Gewalt und Tod gab.

Jonas hatte Brion gerade noch rechtzeitig in Sicherheit gebracht. Sein Freund war von einem Limerianer mit dem Schwert bedroht worden, hatte sich aber trotzdem nicht zwingen lassen, sich vor König Gaius zu verneigen. Als der limerianische Ritter das Schwert hob, um Brions Kopf abzuschlagen, hatte Jonas ihn erstochen, und die Freunde waren zusammen geflohen.

Seit Beginn des Krieges hatte er schon viele Menschen getötet. Früher war er Jäger gewesen, er hatte Tiere gejagt, keine Menschen. Inzwischen hatte er seine Klinge schon so vielen Männern ins Herz gestoßen, dass der kleine Teil in ihm, der noch ein siebzehnjähriger Junge gewesen war, sich verhärtet hatte, um das alles zu verkraften. Jedes Mal, wenn er tötete, wurde das Töten leichter, und die Gesichter der Männer, denen er das Leben raubte, waren immer schwerer voneinander zu unterscheiden. Niemals hätte er diesen Weg gewählt, wenn er gewusst hätte, wo er hinführte.

Brion und Jonas hatten noch ein paar andere Jungen gefunden, die wie sie nicht vor diesem Irrsinn kapitulieren wollten, und inzwischen hatte sich eine Gruppe von sechs jungen Männern im Schutz des Waldes versammelt.

»Was nun?«, fragte Brion mit grimmigem Gesicht. »Was können wir tun außer zuschauen und warten? Wenn wir da rausgehen, werden wir abgeschlachtet.«

Jonas dachte an seinen Bruder. Seit seinem Tod hatte sich alles verändert. Das harte, ärmliche Leben in Paelsia schien fast gemütlich im Vergleich zu dem Horror, der vor ihnen lag. »Wir müssen warten, was als Nächstes geschieht«, antwortete er schließlich.

»Dann sollen wir uns also verkriechen wie Feiglinge?«, knurrte Brion. »Und zulassen, dass König Gaius unser Land zerstört? Unser Volk abschlachtet?«

Bei dem Gedanken wurde Jonas richtig übel. Er hasste es,

sich so machtlos zu fühlen. Er wollte handeln, jetzt sofort, aber er wusste, dass sie nur in den sicheren Tod rennen würden. »Der Häuptling hat viele Fehler gemacht. Jetzt ist er tot. Und wenn ihr mich fragt, dann war er ein schlechter Anführer. Wir hätten jemanden gebraucht, der stark und fähig ist, nicht einen Mann, der sich von König Gaius an der Nase herumführen lässt.« Jonas biss die Zähne zusammen. »Es macht mich krank, dass Basilius sich so hat überlisten lassen. Wegen seiner Habgier und Dummheit muss der Rest von uns leiden.«

Auch die anderen Jungen murrten leise über die Ungerechtigkeit des Ganzen.

»Aber wir haben immer überlebt, trotz aller Hindernisse, die man uns in den Weg gelegt hat. Seit Generationen schon stirbt Paelsia, doch wir leben noch immer.«

»Aber jetzt gehört unser Land König Gaius«, meldete sich ein Junge namens Tarus zu Wort. Er war höchstens vierzehn Jahre alt und der große Bruder des Jungen, den Jonas auf dem Schlachtfeld hatte sterben sehen. »Er hat uns geschlagen, und jetzt gehören wir ihm.«

»Wir gehören niemandem! Hörst du? Niemandem!« Auf einmal erinnerte Jonas sich daran, was sein Bruder vor vielen Jahren zu ihm gesagt hatte, und er wiederholte Tomas' Worte: »Wenn ihr etwas wollt, müsst ihr es euch nehmen, denn keiner wird es euch geben. Deshalb werden wir uns das zurückholen, was man uns gestohlen hat. Und dann begründen wir eine bessere Zukunft für Paelsia. Eine bessere Zukunft für uns alle.«

»Aber wie?«

»Das weiß er auch nicht«, antwortete Brion für Jonas und grinste breit – zum ersten Mal seit Tagen. »Er wird es trotzdem schaffen.«

Jonas konnte nicht anders, als das Grinsen zu erwidern.

Sein Freund hatte recht. Er würde herausfinden, was sie tun mussten, daran zweifelte er keine Sekunde.

Nachdenklich blickte er zum auranischen Palast hinüber. Zwar schimmerte er weiterhin golden im Sonnenlicht, aber die aufsteigende schwarze Rauchwolke verriet, dass ein Teil noch immer von der Explosion brannte, die ihn gestern in der Morgendämmerung erschüttert hatte.

Jonas hatte die Berichte gehört. Der König von Auranos war tot. Die älteste Prinzessin, Emilia, war ebenfalls tot. Doch Prinzessin Cleo blieb verschwunden.

Als er die Nachricht gehört hatte, war er überrascht gewesen, wie leicht auf einmal sein schweres Herz geworden war.

Die junge Frau, der er die Schuld am Tod seines Bruders gegeben hatte, die er in seiner Fantasie aus Rache hatte töten wollen, die klug und raffiniert ihren Fesseln und dem verriegelten und bewachten Schuppen entflohen war.

Sie war jetzt Königin. Eine Königin im Exil.

Und er musste sie finden.

Die Zukunft, sowohl die von Paelsia als auch die von Auranos, hing jetzt ganz und gar davon ab, dass sie überlebte.

KAPITEL 38

AURANOS

Prinzessin Cleos Zimmer gehörte nun Lucia. Magnus war bei ihr geblieben, während die Wundärzte und Heiler sie umschwirrten, aber da sie nichts tun konnten, waren die meisten bald wieder verschwunden. Jetzt lag Lucia in dem großen Himmelbett, das schöne Gesicht sehr blass, die mitternachtsschwarzen Haare auf dem Seidenkissen ausgebreitet.

Wie versteinert stand Magnus an ihrem Bett und verfluchte die Göttin, die seine Gebete nicht erhört hatte. Die einzige noch anwesende Heilerin betupfte Lucias Stirn mit einem kühlen feuchten Tuch.

»Verschwindet«, herrschte Magnus sie an.

Erschrocken blickte die Frau auf und huschte aus dem Zimmer. In letzter Zeit passierte Magnus so etwas oft. Seine Taten auf dem Schlachtfeld, die Leichtigkeit, mit der er denen, die sich ihm in den Weg stellten, das Leben nahm, und nun auch noch die Tatsache, dass er bei dem Mord an Häuptling Basilius zugegen gewesen war – das alles hatte seinen Ruf als Blutprinz so gefestigt, dass er bald dem seines Vaters gleichkam.

Lucia war die Einzige, die je sein wahres Wesen hatte sehen können – noch bevor das erste Blut sein Schwert befleckt hatte. Aber vielleicht war dieser Magnus in der Nacht gestorben, als er ihr seine wahren Gefühle gestanden hatte. Die Maske, die er immer getragen hatte, war zerstört. Aber nun war ihm eine neue gewachsen, noch stärker und undurchdringlicher als die vorige. Eigentlich hätte er sich darüber freuen müssen. Doch stattdessen fühlte er nur Trauer um das, was er verloren hatte.

»Die Liebe eines Bruders zu seiner Schwester«, ertönte plötzlich die Stimme des Königs hinter ihm. Magnus' Schultern wurden starr, aber er wandte den Blick nicht von Lucias Gesicht. »Wirklich ein schöner Anblick.«

»Es geht ihr immer noch nicht besser.«

»Aber bald.«

»Was macht Euch da so sicher?« Magnus' Worte waren so scharf wie sein Schwert.

»Ich habe Vertrauen, mein Sohn, ich glaube daran. Deine Schwester ist genau das, was die Prophezeiung vorausgesagt hat – eine Magierin, wie sie die Welt seit tausend Jahren nicht mehr gesehen hat.«

Magnus schluckte. »Vielleicht ist sie aber auch nur eine Hexe, die sich selbst zerstört hat, weil sie Euch dabei helfen wollte, Auranos zu besiegen.«

»Magnus, du bist ein solcher Pessimist!«, spottete sein Vater. »Aber warte nur. Morgen spreche ich zu meinen neuen Untertanen und beruhige ihre Gemüter hinsichtlich ihrer Zukunft. Alle sind jetzt Ehrenbürger von Limeros. Sie werden meinen Sieg feiern.«

»Und wenn nicht, werdet Ihr dafür sorgen, dass sie ihre Strafe erhalten.«

»Wir können keine Abweichler brauchen. Das würde nicht gut aussehen, oder?«

»Und Ihr glaubt nicht, dass jemand sich gegen Euch stellen wird?«

»Vielleicht ein paar. Ich werde gezwungen sein, an ihnen ein Exempel zu statuieren.«

Die gelassene Haltung seines Vaters war unerträglich.

»Nur ein paar? Wir sind hier über sie hergefallen, haben

ihren König und ihre älteste Prinzessin getötet und Besitz von ihrem Land ergriffen – und auch noch den paelsianischen Stammesführer ermordet. Glaubt Ihr wirklich, dass die Menschen das alles einfach hinnehmen?«

»Für den Tod von Prinzessin Emilia sind wir nicht verantwortlich. Es ist tragisch, dass sie so krank war. Niemals würde ich ein unschuldiges Mädchen töten. Schließlich hätte ihre Anwesenheit im Palast mir den Weg in die Herzen der auranischen Bürger geebnet.«

»Und Prinzessin Cleiona? Was ist mit ihr? Sie ist jetzt Königin.«

Das Gesicht seines Vaters wurde hart – das erste Anzeichen von Anspannung, das Magnus bisher mitbekommen hatte. »Es wäre klug von ihr, zu mir zu kommen und um meinen Schutz zu flehen.«

»Würdet Ihr ihn gewähren? Oder ihr ebenfalls die Kehle durchschneiden?«

Der König lächelte – ein kaltes Lächeln – und legte den Arm um die steife Schulter seines Sohnes. »Also ehrlich, Magnus. Einem sechzehnjährigen Mädchen die Kehle durchschneiden? Hältst du mich für ein Ungeheuer?«

In diesem Moment nahm Magnus aus dem Augenwinkel eine Bewegung wahr – Lucias Augenlider flatterten. Ihm stockte der Atem, aber nichts weiter passierte. Der Griff des Königs auf seiner Schulter wurde fester, als wüsste er, wie untröstlich Magnus darüber war.

»Schon gut, mein Sohn. Sie wird wieder gesund, sie braucht nur ein bisschen Zeit.«

»Woher wollt Ihr das wissen?« Magnus' Stimme klang erstickt.

»Weil die Magie noch in ihr ist. Außerdem brauche ich sie noch. Ich muss die Essenzen finden«, sagte er ernst und überzeugt. »Lass uns allein, Magnus. Ich setze mich zu ihr.«

»Aber Vater …«

»Ich habe gesagt, du sollst gehen.« Sein Ton war unmissverständlich. Der König duldete keinen Widerspruch.

Mit einem finsteren Blick wandte Magnus sich zum Gehen. »Ich komme wieder.«

»Daran habe ich keinen Zweifel.«

So verließ Magnus das Zimmer und lehnte sich draußen an die kalte Steinwand des Korridors. Er fühlte sich, als hätte man ihm das Herz durchbohrt. Wenn Lucia nicht mehr aufwachte, hatte er sie für immer verloren. Die Trauer um die einzige Person auf der ganzen Welt, die er jemals geliebt und die seine Liebe erwidert hatte, zwang ihn in die Knie.

Seine Hand tastete über sein Gesicht, und er fragte sich, warum es so feucht war. Einen Moment dachte er, er würde bluten.

Aber dann wischte er leise fluchend die Tränen weg und schwor sich, dass es die letzten waren, die er jemals vergießen würde. Er musste stark sein. Vom heutigen Tag an war kein Platz mehr für Schwäche.

KAPITEL 39
AURANOS

König Gaius stand auf dem Schlossbalkon und blickte auf die Menge. Über tausend Menschen hatten sich versammelt, um seine Siegesrede zu hören.

Sie hatten Angst vor ihm und vor seiner Armee, die sie umringte und Ausschau hielt nach dem geringsten Anzeichen von Unruhe. Cleo zog die Kapuze ihres Umhangs enger um ihr Gesicht, während dieser Mann, den sie aus tiefstem Herzen hasste, lächelnd seine Lügen erzählte und falsche Versprechungen machte.

Sie war erschöpft. Den ganzen Tag und die ganze Nacht hatte sie sich im Schatten der ummauerten Palaststadt versteckt gehalten, die jetzt von limerianischen Sicherheitskräften überlaufen war. Aber keiner von ihnen hatte auf ein kleines, zierliches Mädchen geachtet.

Jedes Mal, wenn sie zu verzweifeln drohte, berührte sie den Ring, den ihr Vater ihr gegeben hatte – der Ring ihrer Mutter, der sie stark machen würde. Der Ring der Magierin Eva.

Ihr Königreich war Cleo entrissen worden. Ihre Familie war tot. Sie war vollkommen allein auf der Welt. Aber sie war noch nicht bereit davonzulaufen. Nic und Mira hatten es nicht rechtzeitig aus dem Schloss geschafft, und König Gaius hatte offensichtlich seine »großzügige Gastfreundschaft« auch auf sie ausgedehnt, denn sie standen als Vertreter von Auranos neben ihm auf dem Balkon, bleich und verstört, aber so tapfer, wie sie in der Situation eben sein konnten.

Zu sehen, dass sie lebten, war für Cleo ein Hoffnungsschimmer. Vielleicht konnte sie die beiden bald befreien. Sie brauchte ihre Freunde, um Pläne zu schmieden, wie sie dieses Unrecht wiedergutmachen konnten. Es war der letzte Wunsch ihres Vaters gewesen.

Den Gedanken, sie könnte scheitern, ließ Cleo nicht zu.

Plötzlich spürte sie, dass jemand sie anstarrte, und als sie den Blick verstohlen nach links richtete, blieb ihr fast die Luft weg. Ein paar Meter von ihr entfernt stand Jonas Agallon, ebenfalls in einem Kapuzenumhang. Sie fürchtete schon, er würde Alarm schlagen, doch stattdessen legte er den Zeigefinger an die Lippen.

Der Junge, der sie entführt und eingesperrt hatte, der Prinz Magnus ihren Aufenthaltsort verraten hatte, damit er sie als Kriegsgefangene nach Limeros schleppen konnte, gab ihr Zeichen, sich ruhig zu verhalten. Unauffällig.

Cleo rührte sich nicht vom Fleck, während er sich durch die Menge schlängelte, bis er schließlich direkt neben ihr stand.

»Ich will Euch nichts Böses«, flüsterte er.

Langsam wandte sie ihm das Gesicht zu.

»Ich wollte, ich könnte das Gleiche sagen«, erwiderte sie und drückte ihm die scharfe Spitze ihres Dolches gegen den Bauch.

Doch statt erschrocken zu reagieren, grinste er sie nur frech an. »Gut gemacht.«

»Deine Meinung wird sich vermutlich ändern, wenn du verblutest.«

»Ja, da habt Ihr sicher recht. Aber Ihr solltet nicht hier sein, Hoheit. Ihr müsst sofort weg.«

Wütend funkelte sie ihn an und drückte den Dolch fester gegen seinen Körper, um zu zeigen, dass sie es ernst meinte. »Wer sagt das? Ein paelsianischer Wilder, der dem Mann die

Treue schwört, der mein Königreich gestohlen und meine Familie zerstört hat?«

»Nein«, antwortete er. »Ein Rebell, der den Blutkönig vernichten will.« Ohne auf den Dolch zu achten, beugte er sich vor, bis seine Lippen ihr Ohr streiften. »Haltet Euch bereit. Sehr bald schon.«

Verwirrt blickte sie ihn an, aber er zog sich ohne ein weiteres Wort zurück. Rasch versteckte sie den Dolch wieder unter ihrem Umhang. Als sie sich das nächste Mal umblickte, war Jonas von der Menge verschluckt.

»Ihr seht also«, rief König Gaius von seinem königlichen Balkon herab. »Ihr seht, die Zukunft gehört Limeros. Und wenn ihr euch mir anschließt, wird sie auch euch gehören.«

Die Menge murrte, aber der König lächelte unbeirrt weiter.

»Ich weiß, ihr macht euch Sorgen um Prinzessin Cleiona. Die Gerüchte, dass sie tot ist, nehmen überhand. Aber ich versichere euch, sie sind nicht wahr. Die Prinzessin befindet sich in Sicherheit, sie ist wohlbehalten und wird bald mein Gast im Palast sein. Nehmt dies als Zeichen, dass ich allen Auraniern wohlgesonnen bin.«

Cleo runzelte die Stirn. Wie konnte er so etwas sagen? Sie war nicht sein Gast.

»Wir sollten wirklich zusehen, dass wir uns nicht immer auf diese Weise treffen«, sagte plötzlich eine verhasste, aber nur allzu vertraute Stimme dicht an ihrem Ohr. Erschrocken blickte sie nach rechts. Neben ihr stand Prinz Magnus.

Ehe sie nach ihrem Dolch greifen konnte, packten zwei Gardisten ihre Arme und hielten sie fest. Prinz Magnus kam näher, tastete unter ihrem Umhang nach ihrer Waffe und betrachtete sie gelangweilt.

»Lasst mich los«, forderte sie.

»Habt Ihr meinen Vater nicht gehört?«, fragte Magnus mit

einem Blick zum Balkon. »Ihr seid herzlich eingeladen, unser Gast zu sein. Mein Vater mag es nicht, wenn man ihn enttäuscht, daher rate ich Euch, die Einladung so freundlich wie möglich anzunehmen.« Er musterte sie. »Ich weiß, dass das alles sehr schwer für Euch sein muss.«

Das war zu viel. Wutentbrannt spuckte sie ihn an. »Ich werde Euch sterben sehen!«

Wortlos wischte er die Spucke ab, dann umfasste er ihr Kinn, und sein Blick wurde eiskalt. »Und ich, Prinzessin, werde mit Euch beim Essen sitzen.« Er nickte den Gardisten zu. »Bringt sie ins Schloss.«

Ihre Arme fest im Griff führten die Gardisten Cleo zum Palast. Ihr Drang, sich zu wehren und zu schreien, war beinahe überwältigend, aber sie ging stumm und hoch erhobenen Hauptes zwischen ihnen. Sie würde stark bleiben, und letzten Endes konnte sich diese Wendung der Dinge sogar als nützlich erweisen. Im Palast war sie wieder mit Nic und Mira zusammen, da konnten sie gemeinsam Fluchtpläne schmieden. Sie würden lernen, den Ring ihrer Mutter zu benutzen und mit seiner Hilfe die Essenzen finden. Dann würde sie über mehr als genug Macht verfügen, Auranos zurückzuerobern und ihre Feinde für immer zu vernichten.

Jonas hatte ihr gesagt, sie solle sich bereithalten. Aber wofür? Sie traute ihm nicht. Ein paar verschwörerische Worte änderten nichts. Womöglich hatte sogar er diesem Magnus verraten, wo in der Menge sie zu finden sein würde.

Auf jeden Fall war der Kampf noch nicht vorüber – noch lange nicht. Er hatte gerade erst begonnen. Und Cleo würde stark sein. Genau wie ihr Vater und Emilia es sich von ihr gewünscht hatten.

Sie würde stark sein.

Sie würde ihren rechtmäßigen Thron zurückerobern.

Sie würde Königin sein.

DANK

Falling Kingdoms würde es nicht geben ohne das unglaubliche Team von Razorbill, das sich so unermüdlich dafür engagiert hat, die Welt von Mytica in die Hände der Leser zu bringen. Vielen, vielen Dank an meine einzigartige Lektorin Laura Arnold, die meine Figuren mindestens so gut kennt wie ich – ohne Dich hätte das alles viel weniger Spaß gemacht und wäre viel chaotischer gelaufen! Dank auch an Ben Schrank, der mir die Chance gegeben hat, an all dem teilzuhaben; an Erin Dempsey, dass sie mich vom ersten Tag an unterstützt hat; an die wundervolle Richelle Mead für das Essen auf dem CN Tower, bei dem wir so ausführlich über meine Liebe zu Vampiren und ihren Bildungsanstalten gesprochen haben; an Shane Rebenschild für die phänomenale und gefährlich schöne Covergestaltung und an Jim McCarthy, meinen Superagenten.

Und danke an meine Familie und meine Freunde, die mich auf jedem Schritt dieser atemlosen Reise unterstützt haben und mich zum Essen ausführen, wenn ich mal wieder aussehe, als könnte ich eine Pause brauchen. Wenn ich euch nicht hätte, hätte ich dieses Buch nicht fertig schreiben können – und wäre bestimmt nicht bei Trost geblieben!

Morgan Rhodes

Morgan Rhodes ist das Pseudonym einer beliebten Urban-Fantasy-Autorin. Mit ihrer High-Fantasy-Reihe »Falling Kingdoms« ist ihr auf Anhieb ein großer Erfolg gelungen. Momentan schreibt sie an weiteren Bänden der Serie. Morgan Rhodes lebt in Ontario, Kanada.

Mehr zur Autorin unter www.fallingkingdoms.com

Weitere Bände der »Falling Kingdoms«-Reihe von Morgan Rhodes:

Brennende Schwerter. Falling Kingdoms Band 2. Roman
(Die Taschenbuchausgabe erscheint im Januar 2016)

Lodernde Macht. Falling Kingdoms Band 3. Roman
(Die Taschenbuchausgabe erscheint im Februar 2016)

(Alle auch als E-Book erhältlich)

GOLDMANN
Lesen erleben